FRAGMENTADOS

NEAL SHUSTERMAN

Tradução:
Camila Fernandes

Novo Conceito

Esta é uma obra de ficção. Nomes, personagens, lugares e acontecimentos descritos são produto da imaginação do autor. Qualquer semelhança com nomes, datas e contecimentos reais é mera coincidência.

1ª Impressão — 2015
Impressão e Acabamento Intergraf 010615

Produção editorial:
Equipe Novo Conceito

Designer da série: Chloe Foglia
Designer da capa: Krista Vossen (baseado no designer original): Daniel Roode
Foto da capa: Getty Images

Dados Internacionais de Catalogação na Publicação (CIP)
(Câmara Brasileira do Livro, SP, Brasil)

Shusterman, Neal
Fragmentados / Neal Shusterman ; tradução Camila Fernandes. -- Ribeirão Preto, SP : Novo Conceito Editora, 2015.

Título original: Unwind.
ISBN 978-85-8163-519-4

1. Ficção norte-americana I. Título.

15-02739 CDD-813

Índices para catálogo sistemático:
1. Ficção : Literatura norte-americana 813

Novo Conceito
Rua Dr. Hugo Fortes, 1885
Parque Industrial Lagoinha
14095-260 – Ribeirão Preto – SP
www.grupoeditorialnovoconceito.com.br

Dedicado à memória de Barbara Seranella

Se mais pessoas tivessem doado seus órgãos,
a fragmentação nunca teria acontecido.

— O Almirante

A Lei da Vida

A Segunda Guerra Civil, também conhecida como "Guerra de Heartland", foi um conflito longo e sangrento devido a uma única questão.

Para acabar com a guerra, uma série de emendas constitucionais conhecida como "A Lei da Vida" foi passada.

Ela satisfez tanto o exército Pró-Vida como o Pró-Escolha.

A Lei da Vida declara que a vida humana não pode ser tocada desde o momento da concepção até que a criança chegue à idade de treze anos.

No entanto, entre os treze e os dezoito, a mãe ou o pai pode escolher "abortar" retroativamente uma criança...

... com a condição de que a vida da criança não tenha fim "tecnicamente".

O processo pelo qual uma criança é ao mesmo tempo eliminada e mantida viva é chamado de "fragmentação".

Agora, a fragmentação é uma prática comum e aceita pela sociedade.

Parte 1

Triplicata

Eu nunca seria grande coisa mesmo, mas, agora, falando estatisticamente, há uma chance maior de que alguma parte minha alcance a grandeza em algum lugar do mundo. Eu prefiro ser parcialmente grande a ser completamente imprestável.

— Samson Ward

1 · Connor

— Há lugares aonde você pode ir — Ariana diz a ele —, e um cara esperto como você tem uma boa chance de sobreviver até os dezoito.

Connor não tem tanta certeza, mas olhar para os olhos de Ariana afasta as dúvidas, mesmo que só por um momento. Os olhos dela estão com um tom violeta doce raiado de cinza. Ela é completamente escrava da moda — sempre comprando a mais nova injeção de pigmento no segundo em que entra em voga. Connor nunca ligou para essas coisas. Sempre manteve os olhos da cor que vieram. Castanhos. Nunca fez nem mesmo uma tatuagem, como as que tantas crianças fazem hoje quando são pequenas. A única cor na pele dele é o bronzeado que ganha no verão, mas agora, em novembro, esse bronzeado já desbotou há muito tempo. Ele tenta não pensar no fato de que nunca voltará a ver o verão. Pelo menos, não como Connor Lassiter. Ainda não consegue acreditar que sua vida vai ser roubada agora, aos dezesseis anos.

— A gente devia fugir — diz Ariana. — Também estou de saco cheio de tudo. Da minha família, da escola, tudo. Eu poderia *desertar* e nunca olhar pra trás.

Connor pensa um pouco nisso. A ideia de desertar sozinho o aterroriza. Ele podia bancar o valente, podia agir como o fodão na escola — mas fugir sozinho? Ele nem sabe se tem coragem. Se Ariana vier, aí é outra história. Aí ele não estará sozinho.

— Tá falando sério?

A garota o encara com aqueles olhos mágicos.

— Claro. Claro que tô. Eu poderia ir embora. Se você me pedisse.

Connor sabe que isso é coisa séria. Fugir com um fragmentário — *isso*, sim, é compromisso. O fato de que ela faria isso o comove mais do que é capaz de dizer. Ele a beija e, apesar de tudo o que está acontecendo em sua vida, Connor de repente acha que é o cara mais sortudo do mundo. Ele a abraça — talvez um pouco forte demais, porque ela começa a se contorcer.

Isso só o faz querer segurá-la ainda mais apertado, mas ele luta contra o impulso e a solta. Ela sorri.

— Desertar... — diz ela. — O que isso quer dizer, afinal?

— É algum termo militar ou coisa assim — responde Connor. — Significa "se ausentar sem permissão".

Ariana pensa nisso e volta a sorrir.

— Hmm. Está mais pra "viver sem sermões".

Connor segura a mão dela, esforçando-se para não apertá-la demais. Ela disse que o acompanharia se ele pedisse. Só agora ele percebe que na verdade ainda não pediu.

— Você vem comigo, Ariana?

A garota sorri e faz que sim com a cabeça.

— Claro — diz ela. — Claro que vou.

Os pais de Ariana não gostam de Connor.

— Nós sempre soubemos que ele seria fragmentado — ele consegue ouvi-los dizer. — É melhor você ficar longe desse moleque Lassiter. — Ele nunca foi "Connor" para eles. Sempre foi "o moleque Lassiter". Acham que, só porque o garoto já passou por várias instituições disciplinares, eles têm o direito de julgá-lo.

Ainda assim, quando a acompanha até em casa esta tarde, ele para longe da porta, escondido atrás de uma árvore, enquanto ela entra. Antes de ir para casa, ele pensa que ficar escondido vai ser parte do estilo de vida deles de agora em diante.

Casa.

Connor se pergunta como é que pode chamar o lugar onde vive de "casa", já que está prestes a ser expulso — não só do lugar onde dorme, mas dos corações daqueles que deveriam amá-lo.

O pai está sentado na poltrona, vendo o noticiário, quando Connor entra.

— Oi, pai.

O homem aponta para alguma tragédia qualquer na TV.

— Batedores de novo.

— O que eles fizeram desta vez?

— Explodiram uma loja no shopping North Akron.

— Hmm — responde Connor. — Pensei que eles tivessem bom gosto.

— Não acho isso engraçado.

Os pais de Connor não sabem que ele já sabe que vai ser fragmentado. Não era para ele ter descoberto, mas Connor sempre foi bom em desencavar segredos. Três semanas atrás, enquanto procurava um grampeador no escritório do pai em casa, ele encontrou passagens aéreas para as Bahamas. Eles iam tirar férias em família no feriado do Dia de Ação de Graças. Só tinha um problema: havia apenas três passagens. Para a mãe, o pai e o irmão mais novo. Nada para ele. Primeiro, imaginou que sua passagem devia estar em outro lugar, mas, quanto mais pensava nisso, mais parecia errado. Então, Connor foi procurando por todo lado quando seus pais saíram de casa e descobriu uma coisa. A ordem de fragmentação. Havia sido assinada à moda antiga, em triplicata. A cópia branca já era — fora entregue às autoridades. A cópia amarela acompanharia Connor até o fim, e a cor-de-rosa ficaria com seus pais, como evidência do que eles haviam feito. Talvez eles a colocassem em uma moldura e a pendurassem ao lado do retrato da formatura dele no primeiro grau.

A data da ordem era um dia antes da viagem às Bahamas. Ele ia ser fragmentado e eles iam sair de férias para se sentirem melhor com a situação. A injustiça de tudo isso fizera Connor querer quebrar alguma coisa. Tivera vontade de quebrar um monte de coisas — mas não o fizera. Pela primeira vez ele havia controlado o pavio curto e, tirando algumas brigas na escola, que não foram culpa sua, manteve as emoções escondidas. Guardou para si o que sabia. Todo mundo sabia que uma ordem de fragmentação era irreversível, então gritar e brigar não mudaria nada. Além do mais, ele se sentia meio poderoso por saber o segredo dos pais. Agora, os golpes que podia dar neles surtiam muito mais efeito. Como no dia em que ele trouxe flores para a mãe e ela chorou por horas. Como o B+ que ele trouxe para casa numa prova de ciências. A melhor nota que já havia tirado nessa matéria. Entregou a prova ao pai, que olhou para ela, empalidecendo.

— Tá vendo, pai? Minhas notas estão melhorando. Talvez no final do semestre eu consiga até tirar um A.

Uma hora depois, o pai estava sentado na poltrona, ainda segurando a prova na mão e olhando inexpressivo para a parede.

O objetivo de Connor era simples: fazê-los sofrer. Fazer com que soubessem pelo resto da vida o erro terrível que haviam cometido.

Mas não havia doçura nessa vingança, e agora, depois de três semanas esfregando tudo isso na cara dos pais, ele não se sente nada melhor. Apesar do que pensa, está começando a se sentir mal por eles, e odeia sentir-se assim.

— Perdi o jantar?

O pai não desvia o olhar da TV.

— Sua mãe deixou um prato pra você.

Connor sai em direção à cozinha, mas, no meio do caminho, escuta:

— Connor?

Ele se vira para ver o pai olhando-o. Não apenas olhando, mas encarando. *Ele vai me contar agora*, pensa Connor. *Vai me contar que vão me entregar pra fragmentação e depois vai se acabar de chorar, repetindo de novo e de novo que lamenta muito, muito, muito tudo isso.* Se ele fizer isso, Connor pode até aceitar o pedido de desculpas. Pode até mesmo perdoá-lo e depois dizer a ele que não pretende estar aqui quando os Juvis, a polícia juvenil, vierem para pegá-lo. Mas, no fim, o que o pai diz é:

— Você trancou a porta quando entrou?

— Vou fazer isso agora.

Connor tranca a porta e depois vai para o quarto. Não tem mais vontade de comer o que quer que a mãe tenha guardado para ele.

***

Às duas da manhã, Connor se veste de preto e enche uma mochila com as coisas que realmente importam para ele. Ainda há espaço para três mudas de roupa. Ele acha incrível, quando para e pensa nisso, como são poucas as coisas que valem a pena levar. Memórias, principalmente. Lembranças de uma época antes de as coisas darem tão errado entre ele e seus pais. Entre ele e o resto do mundo.

Connor espia o irmão, pensa em acordá-lo e dizer adeus, depois decide que não é uma boa ideia. Silenciosamente, ele se esgueira para fora, para a noite. Não pode levar a bicicleta, pois instalou um mecanismo de rastreio antirroubo. Nunca imaginou que ele mesmo a roubaria. Mas Ariana tem bicicletas para os dois.

A casa dela fica a vinte minutos de caminhada, se usar a rota convencional. Os bairros suburbanos de Ohio nunca têm ruas que sigam em linha reta, então, em vez disso, ele toma o caminho mais direto, por dentro do bosque, e chega em dez minutos.

As luzes na casa de Ariana estão apagadas. Ele já esperava por isso. Teria sido suspeito se ela tivesse passado a noite toda acordada. É melhor fingir que está dormindo, para não causar nenhuma desconfiança. Ele se mantém distante da casa. O quintal e a varanda da frente estão equipados com luzes com sensores de movimento que se acendem se qualquer coisa se aproximar. Estão ali para afugentar animais selvagens e criminosos. Os pais de Ariana estão convencidos de que Connor é as duas coisas.

Ele saca o telefone e tecla o número conhecido. De onde está, nas sombras no canto do quintal dos fundos, consegue ouvi-lo tocar no quarto dela, no andar de cima. Connor desliga rapidamente e se afasta ainda mais nas sombras, temendo que os pais de Ariana estejam espiando pelas janelas. No que ela está pensando? O combinado era que Ariana deixasse o telefone só no modo vibratório.

Ele se movimenta em um arco amplo ao redor do fundo do quintal, largo o bastante para não acionar as luzes, e, embora uma lâmpada se acenda quando ele pisa na varanda da frente, só o quarto de Ariana fica virado para esse lado. Ela surge na porta pouco depois, abrindo-a em um vão que não é suficiente nem para ela sair, nem para ele entrar.

— Oi, você está pronta? — pergunta Connor. Claramente, não está; ela usa um robe por cima do pijama de cetim. — Você não esqueceu, né?

— Não, não, não esqueci...

— Então, vai logo! Quanto mais cedo a gente sair daqui, mais vantagem vai ter antes que alguém perceba que a gente foi embora.

— Connor — diz ela —, é o seguinte...

E a verdade está bem ali, na voz dela, na forma como é difícil para ela até mesmo pronunciar o nome dele, o tremor de um pedido de desculpas pairando como um eco. Ariana não precisa dizer mais nada depois disso, pois ele sabe, mas deixa que ela fale mesmo assim. Ele vê como é difícil para ela e quer que seja difícil mesmo. Ele quer que seja a coisa mais difícil que ela já fez na vida.

— Connor, eu quero mesmo ir, de verdade... mas é que o momento é muito ruim pra mim. Minha irmã vai se casar, e você sabe que ela me escolheu como dama de honra. E tem a escola.

— Você odeia a escola. Disse que ia largar quando fizesse dezesseis.

— Eu disse que estava *pensando* nisso — retruca ela. — Tem diferença.

— Então, você não vem?

— Eu quero, quero muito, *muito*... mas não posso.

— Então, tudo o que a gente conversou hoje foi só uma mentira.

— Não — responde Ariana. — Foi um sonho. A realidade atrapalhou tudo, só isso. E fugir não resolve nada.

— Fugir é o único jeito de salvar a minha vida — sibila Connor. — Eu estou prestes a ir pra fragmentação, caso você tenha esquecido.

Ariana toca delicadamente o rosto dele.

— Eu sei — diz ela. — Mas eu, não.

Então, uma luz se acende no topo da escada e Ariana, em um ato reflexo, fecha alguns centímetros da porta.

— Ari? — Connor escuta a mãe dela chamar. — O que foi? O que você está fazendo aí na porta?

Connor recua, saindo das vistas, e Ariana se vira para olhar para a escada.

— Nada, mãe. Pensei que tinha visto um coiote pela janela e só queria ter certeza de que os gatos não estavam aqui fora.

— Os gatos estão no andar de cima, meu bem. Feche a porta e volte pra cama.

— Então, agora eu sou um coiote — diz Connor.

— Psiu! — responde Ariana, fechando a porta até sobrar apenas uma fenda minúscula. Tudo o que ele pode ver agora é o canto do rosto dela e um único olho violeta. — Você vai escapar, eu sei que sim. Me ligue quando estiver em um lugar seguro. — Então ela fecha a porta.

Connor fica ali parado por um longo tempo, até o sensor de movimento das luzes se desativar. Ficar sozinho não fazia parte de seus planos, mas ele percebe que já deveria ter entendido. Desde o momento em que seus pais assinaram aqueles papéis, Connor estava sozinho.

Ele não pode pegar um trem. Nem um ônibus. Claro, ele tem bastante dinheiro, mas nenhum transporte sai até de manhã, e a essa hora já estarão procurando por ele em todos os lugares óbvios. "Fragmentários" em fuga são tão comuns hoje em dia que há equipes inteiras da polícia juvenil dedicadas a encontrá-los. As autoridades transformaram a coisa em uma arte.

Ele sabe que seria capaz de desaparecer em uma cidade, pois há tantos rostos que você nunca vê um deles duas vezes. Sabe que também pode desaparecer na zona rural, onde as pessoas são tão raras e distantes umas das outras; poderia se abrigar em um celeiro velho, onde ninguém nem pensaria em procurar. Mas então Connor percebe que a polícia provavelmente já pensou nisso. Provavelmente já transformaram cada celeiro velho em uma ratoeira, pronta para pegar garotos como ele. Ou talvez ele esteja sendo paranoico. Não, Connor sabe que a situação realmente exige cuidado — não só esta noite, mas pelos próximos dois anos. Então, depois que ele fizer dezoito, estará livre. Depois disso, claro, podem jogá-lo na prisão, podem levá-lo a julgamento — mas não podem fragmentá-lo. Sobreviver até lá é que será complicado.

Junto da rodovia interestadual há um posto de parada onde os caminhoneiros passam a noite. É para lá que Connor vai. Ele acha que pode se esconder na traseira de um desses caminhões de dezoito rodas, mas logo descobre que os caminhoneiros mantêm a carga trancada. Ele se xinga por não ter previsto esse problema. Planejar com antecedência nunca foi um dos pontos fortes de Connor. Se fosse, talvez ele não tivesse se metido nos vários aborrecimentos que causou a si mesmo nos últimos anos. Situações que lhe renderam rótulos como "problemático" e "arriscado" e, finalmente, o último rótulo: "fragmentário".

Há cerca de vinte caminhões estacionados e uma lanchonete intensamente iluminada onde meia dúzia de caminhoneiros come. São 3h30 da manhã. Aparentemente, caminhoneiros têm seus próprios relógios biológicos. Connor observa e espera. Então, mais ou menos às 3h45, um carro da polícia entra silenciosamente no estacionamento dos caminhões. Luzes desligadas, sirene também. Rodeia o lugar lentamente, como um tubarão. Connor acha que consegue se esconder, até ver uma segunda viatura entrar. Há luzes demais no estacionamento para ele conseguir se esconder nas sombras, e não pode sair correndo sem ser visto à luz forte da lua. Em um segundo os faróis da polícia estarão sobre ele, então ele rola para baixo de um caminhão e reza para que os policiais não o tenham visto.

Observa enquanto as rodas do carro-patrulha passam devagar. Do outro lado do caminhão enorme, o segundo carro passa na direção oposta. *Talvez seja só uma checagem de rotina*, pensa ele. *Talvez não estejam procurando por mim.* Quanto mais pensa nisso, mas convence a si mesmo de que é este o caso. Não há como saberem que ele já foi. Seu pai dorme feito pedra e sua mãe nunca verifica como Connor está à noite, não mais.

Ainda assim, o carro de polícia o rodeia.

Do ponto onde está, sob o caminhão, Connor vê a porta do motorista de outro veículo aberta. Não. Não é a porta do motorista, é a porta do compartimento atrás da cabine. Um caminhoneiro emerge dela, se espreguiça e segue para os banheiros do posto de parada, deixando a porta entreaberta.

Em uma fração de segundo, Connor toma uma decisão e se joga para fora do esconderijo, correndo pelo estacionamento até aquele caminhão. Os pés espalham pedregulhos soltos pelo chão enquanto ele corre. Não sabe mais onde está o carro dos policiais, mas não importa. Ele se comprometeu a fazer isso e tem que ir até o fim. Quando se aproxima da porta, vê faróis dobrando uma esquina, prestes a se virar para ele. Puxa a porta do compartimento do caminhão, se joga lá dentro e dá outro puxão para fechá-la.

Ele se senta em uma cama muito estreita, tomando fôlego. O que vai fazer em seguida? O caminhoneiro vai voltar. Connor tem mais ou menos cinco minutos, se der sorte, e um minuto se não der. Ele espia além da cama. Há um espaço embaixo onde poderia se esconder, mas está ocupado por duas malas de lona cheias de roupas. Ele poderia empurrá-las, se espremer ali e depois colocar as malas na frente, ficando oculto. O caminhoneiro nunca saberia que ele está ali. Mas, antes mesmo que consiga afastar a primeira mala, a porta se escancara. Connor fica parado, incapaz de reagir, enquanto o caminhoneiro estica a mão para apanhar uma jaqueta e vê o garoto.

— Opa! Quem é você? Que diabo está fazendo no meu caminhão?

Um carro de polícia passa lentamente atrás dele.

— Por favor — diz Connor, a voz subitamente esganiçada como era antes de mudar, na infância. — Por favor, não conte a ninguém. Eu tenho que dar o fora daqui. — Ele enfia a mão na mochila, remexendo lá dentro, e tira um bolo de dinheiro da carteira. — Você quer grana? Eu tenho grana. Te dou tudo o que tenho.

— Não quero seu dinheiro — responde o homem.

— O que quer, então?

Mesmo à luz fraca, o caminhoneiro deve estar vendo o pânico nos olhos do garoto, mas não diz uma palavra.

— Por favor — repete Connor. — Faço o que você quiser...

O homem olha para ele em silêncio por mais um momento.

— Ah, é? — responde, finalmente. Então, ele entra no compartimento e fecha a porta atrás dele.

Connor fecha os olhos, sem coragem de pensar no que acabou de se meter.

O caminhoneiro senta ao seu lado.

— Qual é o seu nome?

— Connor. — Ele percebe, tarde demais, que deveria ter dado um nome falso.

O homem coça a barba por fazer e pensa por um instante.

— Me deixa te mostrar uma coisa, Connor. — Ele se estica para além do garoto e pega, dentre todas as coisas possíveis, um jogo de baralho de uma bolsinha pendurada junto da cama. — Já viu isto? — O caminhoneiro pega o baralho em uma só mão e faz um floreio habilidoso. — Muito bom, né?

Sem saber o que dizer, Connor apenas balança a cabeça, concordando.

— E que tal isto? — Então, o homem pega uma única carta e, com dedos rápidos, faz com que ela desapareça no ar. Depois, estica a mão e tira a carta bem de dentro do bolso da camisa de Connor. — Gostou?

O garoto solta uma risada nervosa.

— Bom, sabe esses truques que você acabou de ver? — continua o caminhoneiro. — Não fui eu que fiz.

— Eu... não entendo o que você quer dizer.

O homem arregaça a manga para revelar que o braço que realizou os truques foi transplantado na altura do cotovelo.

— Dez anos atrás eu peguei no sono no volante — conta ele. — Baita acidente. Perdi um braço, um rim e mais umas coisas. Mas ganhei todas novas e, no fim, fiquei bem. — Ele olha para as mãos, e agora Connor consegue ver que a mão que faz truques com cartas é um pouco diferente da outra. A outra mão tem dedos mais grossos e a pele tem um tom mais azeitonado.

— Então — diz Connor —, você recebeu uma mão nova.

O caminhoneiro ri disso, depois fica quieto por um momento, olhando para a mão substituta.

— Estes dedos aqui sabiam coisas que o resto de mim não sabia. Memória muscular, é como chamam. E não se passa nem um dia sem que eu imagine que outras coisas incríveis o menino que era dono deste braço sabia, antes de ser fragmentado... quem quer que fosse ele.

O homem fica de pé.

— Você tem sorte de ter entrado aqui — diz ele. — Tem caminhoneiros por aí que aceitam qualquer coisa que você ofereça e depois te entregam pra polícia mesmo assim.

— E você não é assim?

— Não, não sou. — Ele estende a mão (a *outra* mão) e Connor a aperta, cumprimentando-o. — Josias Aldridge — diz ele. — Estou indo pro norte. Você pode vir comigo até de manhã.

O alívio de Connor é tão grande que quase lhe tira o fôlego. Não consegue nem dizer obrigado.

— Esta cama não é a coisa mais confortável do mundo — conta Aldridge —, mas dá pro gasto. Vê se descansa um pouco. Eu só preciso ir ali no banheiro e logo depois a gente pega a estrada. — Então ele fecha a porta e Connor escuta os passos que se afastam. Finalmente o garoto baixa a guarda e começa a perceber a própria exaustão. O caminhoneiro não informou um destino, só uma direção, e tudo bem. Norte, sul, leste, oeste — não importa, desde que seja longe daqui. Quanto ao que ele fará em seguida, bem, primeiro ele tem que sair dessa antes de pensar no que vem a seguir.

Um minuto depois, Connor já está começando a cochilar quando escuta o grito lá fora:

— Sabemos que você está aí! Saia agora e não vai se machucar!

O coração de Connor afunda. Josias Aldridge aparentemente fez outro truque manual. Fez Connor aparecer para a polícia. Abracadabra. Com sua jornada terminada antes mesmo de começar, ele empurra a porta, abrindo-a para ver três Juvis apontando as armas.

Mas não estão apontando para ele.

Na verdade, estão de costas para ele.

Do outro lado, alguém abre a porta do caminhão debaixo do qual ele se escondeu só uns minutos antes. Um menino sai de detrás do banco vazio do motorista, as mãos para cima. Connor o reconhece na mesma hora. É um menino que ele conhece da escola. Andy Jameson.

Meu Deus, o Andy também vai pra fragmentação?

Há medo na expressão de Andy, mas por baixo disso há algo pior. Um ar de completa derrota. É quando Connor percebe a própria tolice. Ficou tão surpreso com essa reviravolta que ainda está parado ali, simplesmente, exposto para todo mundo ver. Bem, os policiais não o viram. Mas Andy, sim. Ele percebe Connor, sustenta o olhar, apenas por um momento...

... e nesse momento algo extraordinário acontece.

De repente, o ar de desespero no rosto de Andy é substituído por uma firme determinação que beira o triunfo. Logo ele desvia o olhar de Connor e dá alguns passos antes de a polícia agarrá-lo — dá passos *para longe* de Connor, de forma que os Juvis continuem de costas para ele.

Andy o viu e não o denunciou! Se não restar nada a Andy depois deste dia, pelo menos esta pequena vitória ele terá.

Connor se inclina para trás nas sombras do caminhão e lentamente puxa a porta, fechando-a. Do lado de fora, enquanto a polícia leva Andy, Connor se deita e as lágrimas vêm tão de repente quanto uma tempestade de verão. Ele não tem certeza de por quem está chorando — por Andy, por si mesmo, por Ariana —, e não saber disso faz com que as lágrimas corram mais ainda. Em vez de enxugá-las, deixa que sequem no rosto, como costumava fazer quando era um garotinho e as coisas pelas quais chorava eram tão insignificantes que, de manhã, ele já as havia esquecido.

O caminhoneiro não aparece para ver como ele está. Em vez disso, Connor escuta o motor sendo ligado e sente o caminhão em movimento. O balanço suave da estrada o embala até dormir.

O toque do celular de Connor o desperta de um sono profundo. Ele luta contra a consciência. Quer voltar ao sonho que estava tendo. Era sobre um lugar no qual ele tinha certeza de que já estivera, embora não conseguisse lembrar exatamente quando. Estava em uma cabana de praia com seus pais, antes de o irmão nascer. A perna de Connor havia caído por causa de uma tábua apodrecida no chão da varanda, indo parar em teias de aranha tão grossas que pareciam de algodão. Ele havia gritado e gritado de dor e de medo das aranhas gigantes que, ele tinha certeza, comeriam sua perna. E, sim, esse era um bom sonho — uma boa memória —, pois o pai estava lá para puxá-lo e libertá-lo, levando-o para dentro, onde enfaixou sua perna e o colocou sentado junto ao fogo com algum tipo de cidra tão gostosa que ele ainda conseguia saborear quando pensava nela. O pai contou a ele uma história da qual ele não se lembra mais, mas tudo bem. Não era a história, mas o tom de voz que importava, uma voz grave e gentil, tão calmante quanto as ondas do mar rebentando na praia. O menininho Connor bebeu sua cidra e se recostou na mãe, fingindo cair no sono, mas o que realmente estava fazendo era tentar se dissolver no momento, fazendo-o durar para sempre. No sonho, ele se dissolvia. Todo o seu ser fluía para o copo de cidra, e os pais o colocavam cuidadosamente sobre a mesa, perto o bastante do fogo para mantê-lo aquecido para todo o sempre.

Sonhos idiotas. Até os bons são ruins, pois fazem você lembrar como a realidade é péssima em comparação.

O celular toca de novo, expulsando o resto do sonho. Connor quase atende. O compartimento de dormir do caminhão está tão escuro que ele não percebe, de início, que não está na própria cama. A única coisa que o salva é que não consegue encontrar o telefone e, por isso, precisa acender uma luz. Quando ele encontra uma parede onde deveria estar o criado-mudo, percebe que este não é o seu quarto. O telefone volta a tocar. É quando toda a memória retorna e ele lembra onde está. Encontra o celular na mochila. O identificador de chamadas informa que o telefonema é de seu pai.

Então, agora eles sabem que Connor partiu. Acham mesmo que ele vai atender o telefone? Ele espera até a chamada cair no correio de voz, depois desliga o aparelho. O relógio diz que são 7h30 da manhã. Ele esfrega os olhos, afastando o sono e tentando calcular quão longe estão. O caminhão não está mais se movendo, mas eles devem ter viajado por pelo menos trezentos quilômetros enquanto ele dormia. É um bom começo.

Há uma batida na porta.

— Pode sair, menino. A carona acabou.

Connor não vai reclamar — foi incrivelmente generoso esse motorista de caminhão fazer o que fez. Connor não vai pedir mais nada a ele. Abre a porta e sai para agradecer ao homem, mas não é Josias Aldridge quem está parado ali. Aldridge está a alguns metros, sendo algemado, e na frente de Connor está um policial: um Juvi com um sorriso enorme, de orelha a orelha. A uns dez metros está o pai de Connor, ainda segurando o telefone do qual acabou de ligar.

— Acabou, filho — diz ele.

Isso deixa Connor furioso. *Não sou seu filho!* Ele quer gritar. *Deixei de ser seu filho quando você assinou a ordem de fragmentação!* Mas o choque do momento o deixa sem voz.

Foi tão idiota ter deixado o celular ligado — foi assim que eles o rastrearam —, e ele se pergunta quantos outros jovens foram pegos pela própria confiança cega na tecnologia. Bem, Connor não vai partir com eles numa boa, como Andy Jameson. Ele avalia rápido a situação. O caminhão foi trazido para o acostamento da interestadual por dois carros da patrulha rodoviária e uma unidade de Juvis. O tráfego segue a cento e dez quilômetros por hora, indiferente ao pequeno drama que se desenrola na curva. Connor toma uma decisão instantânea e avança, empurrando o policial contra o caminhão e correndo rumo à estrada movimentada. Será que atirariam pelas costas em um garoto desarmado? Ele se pergunta. Ou será que mirariam nas pernas dele e poupariam os órgãos vitais? Enquanto foge para a interestadual, carros desviam dele em guinadas, mas ele continua a correr.

— Connor, pare! — ouve o pai berrar. Então, ouve um tiro.

Ele sente o impacto, mas não na pele. A bala se crava na mochila. Ele não olha para trás. Então, quando alcança o canteiro central da rodovia, escuta outro disparo, e um pequeno borrão azul aparece no canteiro. Estão atirando balas tranquilizantes. Não querem matá-lo, estão tentando derrubá-lo — e é muito mais provável que disparem tranquilizantes à vontade, em vez de balas comuns.

Connor escala a divisória central e se vê no caminho de um Cadillac em alta velocidade. O carro dá uma guinada para evitar atropelá-lo, e por pura sorte os reflexos de Connor o tiram do caminho do Cadillac por uns poucos centímetros. O espelho retrovisor lateral o acerta dolorosamente nas costelas antes de o carro parar com um som estridente, lançando o fedor acre de borracha queimada em suas narinas. Segurando o corpo dolorido, ele vê alguém olhando-o da janela aberta do banco traseiro. É outro garoto, todo vestido de branco. Está aterrorizado.

Com a polícia já chegando à divisória central da estrada, Connor olha nos olhos do menino apavorado e sabe o que tem de fazer. É hora de mais uma decisão instantânea. Ele enfia a mão pela janela, puxa a trava e abre a porta.

2 · Risa

Risa anda para lá e para cá nos bastidores, esperando sua vez ao piano.

Ela sabe que poderia tocar a sonata até mesmo dormindo — na verdade, frequentemente faz isso. Tantas noites ela acordou sentindo os dedos tocarem na roupa de cama. Pôde ouvir a música na cabeça, e esta ainda tocava por alguns momentos antes de ela acordar, mas depois se dissolvia na noite, nada deixando além dos dedos tamborilando contra os cobertores.

Ela *tem* que conhecer a sonata. A música *tem* que ser tão natural para ela quanto respirar.

— Não é uma competição — o Sr. Durkin sempre diz a ela. — Não há vencedores ou perdedores em um recital.

Risa sabe que não é bem assim.

— Risa Ward — chama o gerente do teatro. — É sua vez.

Ela gira os ombros, ajusta a tiara no longo cabelo castanho e sobe ao palco. Os aplausos da plateia são educados, nada mais. Alguns são genuínos, pois ela tem alguns amigos por ali, sim, e professores que lhe desejam sucesso. Mas a maior parte é o aplauso obrigatório de uma plateia que espera ser impressionada.

O Sr. Durkin está lá. É seu professor de piano há cinco anos. É a coisa mais próxima de um pai que Risa tem. Sorte dela. Nem todo mundo na Casa Estadual 23 de Ohio tem um professor do qual possa dizer isso. A maioria das crianças da Casa odeia os professores, pois os enxerga como carcereiros.

Ignorando a rígida formalidade do seu vestido de recital, ela se senta ao piano; é um Steinway para concertos, negro como a noite e igualmente longo.

Foco.

Ela mantém os olhos no piano, forçando a plateia a sumir na escuridão. A plateia não importa. Tudo o que importa são o piano e os sons gloriosos que ela está prestes a gerar nele como que por encanto.

Os dedos pairam sobre as teclas por um momento. Então, ela começa com perfeita paixão. Logo as mãos dançam nas teclas, fazendo o impecável parecer simples. Ela faz o instrumento cantar... e então o dedo indicador esquerdo tropeça em um si bemol, escorregando desajeitadamente para um bequadro.

Um erro.

Acontece tão rapidamente que poderia passar despercebido — mas não para Risa. Ela mantém a nota errada na mente, e, embora continue a tocar, a nota reverbera dentro dela e segue em um crescendo, roubando-lhe o foco até ela escorregar de novo em uma segunda nota errada, e então, dois minutos depois, rompe um acorde inteiro. Lágrimas começam a encher seus olhos, e ela não consegue enxergar claramente.

Você não precisa enxergar, diz a si mesma. *Só precisa sentir a música.* Ela ainda consegue emergir triunfante dessa queda, não consegue? Os erros, que parecem tão pavorosos para ela, mal são perceptíveis para os outros.

— Relaxe — o Dr. Durkin diria. — Ninguém está te julgando.

Talvez ele realmente acredite nisso — mas, até aí, ele pode se dar ao luxo de crer. Ele não tem quinze anos e nunca foi um tutelado do Estado.

Cinco erros.

Cada um deles é pequeno, sutil, mas ainda assim é um erro. Estaria tudo bem se a apresentação de alguma das outras crianças tivesse sido menos que perfeita. Mas as outras brilharam.

Ainda assim, o Sr. Durkin está todo sorrisos quando cumprimenta Risa na recepção.

— Você foi maravilhosa! — diz ele. — Me deixou orgulhoso.

— Eu fui uma droga no palco.

— Bobagem. Você escolheu uma das obras mais difíceis de Chopin. Profissionais não conseguem tocá-la sem um erro ou dois. Você fez jus a ela!

— Preciso de mais do que jus.

O Sr. Durkin suspira, mas não nega.

— Você está indo muito bem. Eu espero ansioso pelo dia em que essas mãos tocarão no Carnegie Hall.

O sorriso dele é caloroso e sincero, assim como os parabéns das outras garotas do dormitório. É calor suficiente para aquietar o sono de Risa esta noite e para dar-lhe esperança de que talvez, apenas talvez, ela esteja dando importância demais ao assunto e sendo desnecessariamente dura consigo mesma. Ela pega no sono pensando no que deverá tocar da próxima vez.

Uma semana depois, Risa é chamada ao escritório do diretor.

Há três pessoas nele. *Um tribunal*, pensa ela. Três adultos prontos para um julgamento, como os três macacos: não ouço o mal, não vejo o mal, não digo o mal.

— Por favor, sente-se, Risa — diz o diretor.

Ela tenta sentar-se graciosamente, mas os joelhos, agora trêmulos, não permitem. Ela desaba desajeitada em uma cadeira fofa demais para uma inquisição.

Risa não conhece as duas outras pessoas sentadas ao lado do diretor, mas ambas parecem muito oficiais. Os modos são relaxados, como se esta fosse uma coisa corriqueira para elas.

A mulher à esquerda do diretor se identifica como a assistente social designada para trabalhar no "caso" de Risa. Até este momento, ela nem sabia que tinha um caso. A mulher se apresenta. Srta. Alguma-coisa-ou-outra. O nome nem assenta na memória de Risa. A mulher folheia as páginas dos quinze anos de vida de Risa tão casualmente como se estivesse lendo o jornal.

— Vejamos... Você está sob a tutela do Estado desde que nasceu. Parece que seu comportamento tem sido exemplar. Suas notas têm sido respeitáveis, mas não excelentes. — Então a assistente social ergue o olhar e sorri. — Eu vi sua apresentação na outra noite. Você foi muito bem.

Bem, pensa Risa, *mas não excelente*.

A Srta. Alguma-coisa-ou-outra folheia a pasta por mais alguns segundos, mas Risa consegue perceber que ela não está realmente olhando. O que quer que esteja acontecendo aqui já foi decidido antes de a garota passar pela porta.

— Por que estou aqui?

A Srta. Alguma-coisa-ou-outra fecha a pasta e olha de relance para o diretor e o homem ao lado dele, com um terno caro. O homem de terno mexe a cabeça e a assistente social se volta para Risa com um sorriso caloroso.

— Achamos que você já alcançou seu potencial aqui — diz ela. — O diretor Thomas e o Sr. Paulson concordam comigo.

Risa olha para o de terno.

— Quem é o Sr. Paulson?

O de terno pigarreia e responde, quase em tom de desculpas:

— Sou o conselheiro legal do colégio.

— Um advogado? Por que tem um advogado aqui?

— É só parte do procedimento — revela o diretor Thomas. Ele coloca um dedo no colarinho da camisa, puxando-o, como se a gravata de repente tivesse se tornado um nó corrediço. — É política da escola ter um advogado presente nesse tipo de procedimento.

— E que tipo de procedimento é este?

Os três olham uns para os outros, nenhum querendo tomar a dianteira. Finalmente, a Srta. Alguma-coisa-ou-outra decide falar:

— Você deve saber que o espaço nos lares estaduais é raro e caro hoje em dia, e, com os cortes orçamentários, cada Casa Estadual sofre o impacto... inclusive a nossa.

Risa mantém frio contato visual com ela.

— Tutelados do Estado têm lugar garantido em Casas Estaduais.

— É bem verdade, mas a garantia só vai até os treze anos.

Então, assim, de repente, todo mundo tem algo a dizer:

— O dinheiro não dura pra sempre — afirma o diretor.

— Padrões educacionais podem ficar comprometidos — alega o advogado.

— Nós só queremos o que é melhor pra você e para todas as crianças aqui — garante a assistente social.

E para lá e para cá a coisa vai, como uma partida de pingue-pongue a três. Risa nada diz, apenas ouve.

— Você é uma boa musicista, mas...

— Como eu disse, já alcançou seu potencial.

— Foi tão longe quanto podia.

— Talvez se tivesse escolhido uma trajetória de estudos menos competitiva...

— Bem, isso tudo são águas passadas.

— Nossas mãos estão atadas.

— Bebês indesejados nascem todos os dias, e nem todos são adotados.

— Temos a obrigação de aceitar os que não são.

— Temos que abrir espaço para cada novo tutelado.

— O que significa cortar cinco por cento da nossa população adolescente.

— Você entende, não é?

Risa não quer ouvir mais nada, e então ela os cala ao dizer o que eles mesmos não têm coragem de declarar:

— Eu vou ser fragmentada?

Silêncio. É uma resposta mais clara do que se eles tivessem dito "sim".

A assistente social estende a mão para tocar a de Risa, mas a garota se afasta antes que ela consiga.

— Tudo bem ficar assustada. Toda mudança é assustadora.

— Mudança? — grita Risa. — Como assim, "mudança"? Morrer é um pouquinho mais do que uma "mudança".

A gravata do diretor se transforma em nó corrediço outra vez, impedindo que o sangue chegue ao rosto. O advogado abre sua maleta.

— Por favor, Senhorita Ward. Não é a morte, e tenho certeza de que todos aqui ficariam mais à vontade se a senhorita não sugerisse algo tão absurdamente exagerado. O fato é que cem por cento da sua pessoa ainda estará vivo, só que em estado dividido. — Então ele põe a mão dentro da maleta e entrega a ela um panfleto colorido. — Este é um folheto do Campo de Colheita Twin Lakes.

— É um lugar ótimo — diz o diretor. — É a instituição que escolhemos para todos os nossos fragmentários. Na verdade, meu próprio sobrinho foi fragmentado lá.

— Que bom pra ele.

— Mudança — repete a assistente social —, só isso. Assim como o gelo se torna água, assim como a água se torna nuvens. *Você vai viver*, Risa. Só que de uma forma diferente.

Mas Risa não está mais ouvindo. O pânico já começou a tomar conta dela.

— Eu não tenho que ser musicista. Posso fazer outra coisa.

O diretor Thomas balança a cabeça tristemente.

— Receio que seja tarde demais para isso.

— Não, não é. Eu posso malhar. Posso virar uma recruta. Os militares sempre precisam de mais recrutas!

O advogado suspira, exasperado, e olha para o relógio. A assistente social se inclina para a frente.

— Risa, por favor — diz ela. — É necessário ter um certo biotipo para uma garota se tornar recruta do exército, e muitos anos de treinamento físico.

— Eu não tenho escolha aqui? — Quando olha atrás de si, a resposta fica clara. Há dois guardas esperando para garantir que ela não tenha escolha nenhuma. E, quando eles a levam embora, Risa pensa no Sr. Durkin. Com uma risada amarga, ela percebe que, no final das contas, pode ser que o desejo do professor se realize. Algum dia ele poderá ver as mãos dela tocando no Carnegie Hall. Infelizmente, o restante de Risa não estará lá.

***

Ela não tem permissão para voltar ao dormitório. Não levará nada consigo, pois não há nada de que precise. É assim com os fragmentários. Só um punhado de seus amigos se esgueira até o centro de transporte da escola, roubando-lhe abraços rápidos e derramando lágrimas breves, o tempo todo olhando por cima dos ombros, com medo de serem pegos.

O Sr. Durkin não vem. Isso magoa Risa mais do que tudo.

Ela dorme em um quarto de hóspedes no centro de recepção da Casa. Depois, ao amanhecer, é colocada em um ônibus cheio de adolescentes transferidos do grande complexo da Casa Estatal para outros lugares. Reconhece alguns rostos, mas não conhece de verdade nenhum dos companheiros de viagem.

Do outro lado do corredor do ônibus, um garoto razoavelmente bonito — um recruta do exército, pelo jeito — sorri para ela.

— Oi — diz ele, flertando da forma como só os recrutas conseguem flertar.

— Oi — responde Risa.

— Estou sendo transferido para a academia naval do Estado — diz ele. — E você?

— Ah, eu? — Rapidamente, ela procura algo impressionante para dizer. — Vou para a Academia de Miss Marple para Superdotados.

— É mentira — retruca um menino pálido e esquelético sentado do outro lado de Risa. — Ela é um fragmentário.

Subitamente, o garoto recruta se afasta, como se a fragmentação fosse contagiosa.

— Uh — diz ele. — Bom... hã... que pena. Até mais! — Então ele se levanta para ir sentar com outros recrutas nos fundos.

— Valeu — Risa resmunga para o moleque magricela.

Ele apenas dá de ombros.

— Não importa. — Então, ele estende a mão para cumprimentá-la. — Sou Samson — diz. — Também vou pra fragmentação.

Risa quase ri. Samson. Como Sansão. Um nome tão forte para um menino tão franzino. Ela não aperta a mão dele. Ainda está irritada por ter sido desmascarada na frente do recruta bonitão.

— Então, o que você fez pra ser fragmentado? — ela pergunta.

— Não é o que eu fiz, é o que eu *não* fiz.

— O que você não fez?

— Nada — responde Samson.

Faz sentido para Risa. Não fazer nada é um caminho fácil para a fragmentação.

— Eu nunca seria grande coisa mesmo — continua Samson —, mas agora, falando estatisticamente, há uma chance maior de que alguma parte minha alcance a grandeza em algum lugar do mundo. Eu prefiro ser parcialmente grande a ser completamente imprestável.

O fato de essa lógica distorcida quase fazer sentido só deixa a garota mais zangada.

— Espero que curta o campo de colheita, Samson. — Ela então sai para procurar outro assento.

— Por favor, sente-se! — brada a monitora na frente do ônibus, mas ninguém a escuta. O veículo está cheio de adolescentes indo de um banco a outro, tentando encontrar almas irmãs ou então escapar delas. Risa se vê em um assento junto à janela, sem ninguém ao lado.

Esta viagem será apenas a primeira parte da jornada. Explicaram a ela — e a todos que entraram no ônibus — que seriam levados primeiro para um centro de transportes, onde adolescentes de dezenas de Casas Estatais seriam separados em ônibus que os levariam aonde quer que estivessem indo. O próximo ônibus de Risa estaria cheio de Samsons. Maravilha. Ela já considerou a possibilidade de entrar às escondidas em outro ônibus, mas o código de barras que todos têm no cós da calça torna isso impossível. É tudo perfeitamente organizado e à prova de falhas. Ainda assim, Risa ocupa a mente com todas as situações que possibilitariam uma fuga.

É quando ela vê a comoção lá fora. Já estão na estrada. Carros-patrulha estão do outro lado da rodovia, e, enquanto o ônibus troca de pista, ela vê duas figuras na estrada: dois garotos correndo em meio ao tráfego. Um deles está com o outro preso pela garganta em uma chave de braço, praticamente arrastando-o. E os dois correm bem para a frente do ônibus.

A cabeça de Risa bate contra a janela quando o ônibus dá uma guinada súbita à direita para não atropelar os dois meninos. O veículo se enche de gemidos e gritos, e Risa é jogada para a frente, pelo corredor, quando o ônibus para de repente, rangendo. Ela machuca o quadril, mas não muito. É só um arranhão. Ela se levanta, avaliando rapidamente a situação. O ônibus se inclina para um lado. Está fora da estrada, em uma vala. O para-brisas está esmagado e coberto de sangue. Muito sangue.

Os jovens à sua volta verificam o próprio estado. Assim como ela, ninguém se feriu muito, embora alguns estejam fazendo mais alarde que outros. A monitora tenta acalmar uma garota que entrou em pânico.

E, neste caos, Risa tem uma súbita revelação.

Isto não é parte do plano.

O sistema pode ter um milhão de formas de impedir que os tutelados do Estado tentem ferrar com as coisas. Mas eles não têm um plano de ação para lidar com um acidente. Pelos próximos segundos, nada é impossível.

Risa fixa o olhar na porta da frente do ônibus, prende a respiração e corre naquela direção.

3 · Lev

A festa é grande, a festa é cara, a festa foi planejada durante anos.

Há pelo menos duzentas pessoas no grande salão de baile do clube de campo. Lev teve que contratar a banda, teve que escolher a comida, teve até mesmo que selecionar a cor das toalhas de mesa: vermelha e branca — por seu time de baseball, o Cincinnati Reds —, e seu nome, Levi Jedediah Calder, está gravado em dourado nos guardanapos de seda que as pessoas devem levar para casa como lembrança.

Esta festa é tudo para ele. É toda *para* ele. E ele está determinado a se divertir como nunca na vida.

Os adultos convidados são parentes, amigos da família, parceiros de negócios dos pais de Lev — mas pelo menos oitenta dos convidados são amigos. Há gente da escola, da igreja e das várias equipes esportivas das quais ele fez parte. Alguns de seus amigos se sentiram estranhos por vir à festa, é claro.

— Sei lá, Lev — disseram eles. — É meio esquisito. Quero dizer, que tipo de presente eu devo levar?

— Não precisa trazer nada — Lev respondeu a cada um. — *Não tem* presentes em uma festa de dízimo. É só vir e se divertir. *Eu* com certeza vou.

E assim ele faz.

Ele chama para dançar cada uma das garotas que convidou, e nenhuma recusa. Ele até faz as pessoas o levantarem em uma cadeira e dançarem com ele pelo salão, pois viu fazerem isso no *bar mitzvah* de um amigo judeu. Claro que este é um tipo muito diferente de festa, mas também é a comemoração dos treze anos de Lev, então ele merece ser levantado em uma cadeira também, não merece?

Lev acha que o jantar é servido cedo demais. Olha para o relógio e vê que já se passaram duas horas. Como o tempo pode ter corrido tanto?

Logo as pessoas agarram o microfone e, levantando taças de champanhe, começam a propor brindes a Lev. Seus pais erguem um brinde. A avó ergue um brinde. Um tio que ele nem conhece ergue um brinde.

— Para Lev: foi uma alegria ver você crescer e se tornar o ótimo jovem que é, e eu sei, no meu coração, que você vai fazer grandes coisas por todas as pessoas que tocar neste mundo.

É maravilhoso e estranho que tantas pessoas digam tantas coisas gentis sobre ele. É demais, mas, de uma forma esquisita, não é o bastante. Tem que haver mais. Mais comida. Mais dança. Mais tempo. Já estão trazendo o bolo de aniversário. Todo mundo sabe que a festa acaba assim que o bolo é servido. Por que estão trazendo o bolo? Sério mesmo que já foram três horas de festa?

Depois, há mais um brinde. É o brinde que quase estraga a noite.

Dos muitos irmãos e irmãs de Lev, Marcus foi o que esteve mais quieto a noite toda. Não é do feitio dele. Lev deveria ter sabido que algo aconteceria. Lev, aos treze, é o caçula de dez. Marcus, com vinte e oito, é o mais velho. Ele voou do outro lado do país para estar aqui, na festa de dízimo de Lev, e mesmo assim mal dançou, nem falou, nem tomou parte em nenhuma das festividades. Além disso, está bêbado. Lev nunca tinha visto Marcus bêbado.

Acontece depois que os brindes formais são erguidos, quando o bolo de Lev está sendo cortado e distribuído. Não começa como um brinde; começa como um simples momento entre irmãos.

— Parabéns, maninho — diz Marcus, dando-lhe um abraço forte. Lev consegue farejar o álcool no hálito do irmão. — Hoje você é um homem. Mais ou menos.

O pai dos dois, sentado à mesa principal, solta uma risada nervosa.

— Obrigado... mais ou menos — responde Lev. Olha de relance para os pais. O pai espera para ver o que vem a seguir. A expressão apertada da mãe faz Lev sentir-se tenso.

Marcus olha para o irmão com um sorriso que não demonstra nenhuma das emoções que normalmente vêm com sorrisos.

— O que você acha de tudo isso? — pergunta a Lev.

— É ótimo.

— É claro que é! Todas essas pessoas aqui pra você? É uma noite maravilhosa! Maravilhosa!

— É — responde Lev. Ele não tem certeza de aonde Marcus quer chegar, mas sabe que há um objetivo. — É o melhor momento da minha vida.

— É isso aí! O melhor momento da sua vida! Tem que reunir todos os eventos da vida, todas as festas, em uma só: aniversários, casamento, funeral. — Então ele se volta para o pai. — É muito eficiente, né, pai?

— Já chega — o pai responde em voz baixa, o que só faz Marcus falar ainda mais alto.

— Quê? Eu não posso falar sobre isso? Ah, tudo bem, isto é uma comemoração. Eu quase esqueci.

Lev quer que Marcus pare, mas ao mesmo tempo não quer.

A mãe se levanta e diz em uma voz mais enérgica que a do pai:

— Marcus, pare. Você está fazendo papel de bobo.

A esta altura, todos no salão pararam o que quer que estivessem fazendo e se voltaram para o drama familiar em andamento. Marcus, vendo que ganhou a atenção de toda a sala, pega a taça semivazia de champanhe e a ergue.

— Um brinde ao meu irmão, Lev — diz ele. — E aos nossos pais! Que sempre fizeram a coisa certa. A coisa mais *apropriada*. Que fizeram doações generosas à caridade. Que sempre deram dez por cento de tudo pra nossa igreja. Ei, mãe; temos sorte de você ter tido dez filhos em vez de cinco, se não a gente acabaria tendo que cortar o Lev pelo meio!

Todos ali reunidos ofegam de susto. Pessoas balançando a cabeça. Que comportamento decepcionante para um filho mais velho.

Agora o pai se levanta e agarra com força o braço de Marcus.

— Já chega! — diz ele. — Sente-se.

Marcus sacode o braço, livrando-se do pai.

— Ah, eu vou fazer melhor do que sentar. — Agora ele tem lágrimas nos olhos quando se volta para Lev. — Eu te amo, mano... e sei que hoje é o seu dia especial. Mas não posso fazer parte disso. — Ele lança a taça de champanhe na parede, onde ela se estilhaça, espalhando estilhaços de cristal por toda a mesa do bufê. Depois, ele se vira e sai marchando com tamanha autoconfiança no passo que Lev percebe que seu irmão não está nem um pouco bêbado.

O pai de Lev gesticula para a banda, que começa a tocar uma música dançante antes mesmo de Marcus ter deixado o enorme salão. As pessoas ocupam o vazio na pista de dança, fazendo o melhor para acabar com esse momento constrangedor.

— Sinto muito por isso, Lev — diz o pai. — Por que você não... por que não vai dançar?

Mas Lev percebe que não quer mais dançar. O desejo que tinha de ser o centro das atenções foi embora com o irmão.

— Eu gostaria de falar com o Pastor Dan, se estiver tudo bem por você.

— Claro que sim.

O Pastor Dan já era amigo da família antes de Lev nascer, e sempre foi muito mais fácil conversar com ele do que com os pais sobre qualquer assunto que exija paciência e sabedoria.

O salão de festas está barulhento demais, cheio demais, então eles saem para o pátio que dá vista para o campo de golfe do clube.

— Você está ficando com medo? — pergunta o Pastor Dan. Ele sempre consegue perceber o que passa pela cabeça de Lev.

O menino assente.

— Eu pensei que estivesse pronto. Pensei que estivesse preparado.

— É natural. Não se preocupe com isso.

Mas isso não diminui a decepção que Lev sente consigo mesmo. Ele teve a vida toda para se preparar — deveria ter sido o bastante. Ele soube que era um dízimo desde que nasceu.

— Você é especial — seus pais disseram a ele. — Sua vida será servir a Deus e à humanidade. — Ele não se lembra da idade que tinha quando descobriu exatamente o que isso significava no seu caso.

— O pessoal na escola tem te provocado?

— Não, só o de sempre — Lev conta a ele. É verdade. Por toda a vida ele teve que lidar com crianças que se ressentiam dele, pois os adultos o tratavam como se fosse especial. Havia crianças que eram gentis e crianças que eram cruéis. Assim era a vida. Ele ficava incomodado, no entanto, quando alguém o chamava de "fragmentário nojento". Como se ele fosse igual àquelas *outras* crianças, cujos pais assinavam a ordem de fragmentação para se livrar delas. Isso não poderia estar mais distante da verdade de Lev. Ele é a alegria e o orgulho da família. Só tira nota A na escola, é o jogador mais valioso na liga infantil. Só porque vai ser fragmentado NÃO quer dizer que ele *seja* um fragmentário.

É claro que há mais alguns dízimos na escola, mas são todos de outras religiões. Então, Lev nunca experimentou um verdadeiro senso de camaradagem com eles. O grande comparecimento à festa desta noite dá o testemunho de quantos amigos Lev tem — mas eles não são *como* ele; suas vidas serão vividas em estado indivisível. Seu corpo e seu futuro pertencem a eles mesmos. Lev sempre se sentiu mais próximo de Deus do que dos amigos, ou mesmo da família. Com frequência ele se pergunta se ter sido escolhido deixa alguém tão isolado. Ou será que há algo errado com ele?

— Eu ando tendo um monte de pensamentos errados — conta Lev ao Pastor Dan.

— Não existem pensamentos errados, só pensamentos que precisam ser trabalhados e superados.

— Bom... eu andei sentindo ciúmes dos meus irmãos e irmãs. Fico pensando em como o time de baseball vai sentir a minha falta. Sei que é uma honra e uma bênção ser um dízimo, mas não consigo parar de me perguntar por que tem que ser eu.

O Pastor Dan, que sempre foi tão bom em olhar as pessoas nos olhos, agora desvia o olhar.

— Isso foi decidido antes de você nascer. Não é algo que você tenha feito ou deixado de fazer.

— O caso é que eu conheço um monte de gente com famílias grandes...

O Pastor Dan assente.

— Sim, é muito comum hoje em dia.

— Mas muitas dessas pessoas não dão nenhum dízimo, até mesmo as famílias da nossa igreja, e ninguém as culpa por isso.

— Também há pessoas que dão como dízimo o primeiro, o segundo ou o terceiro filho. Cada família deve tomar a decisão sozinha. Seus pais esperaram muito tempo antes de tomar a decisão de ter você.

Lev concorda relutante, sabendo que é verdade. Ele foi um "verdadeiro dízimo". Com cinco irmãos naturais, mais um adotado e três que chegaram "pela cegonha", Lev foi exatamente a décima parte. Seus pais sempre lhe disseram que isso o tornava ainda mais especial.

— Vou te contar uma coisa, Lev — diz o Pastor Dan, finalmente olhando-o nos olhos. Como Marcus, os dele estão úmidos, a um único passo das lágrimas. — Eu vi todos os seus irmãos e irmãs crescerem e, embora eu não goste de eleger favoritos, acho que você é o melhor deles sob tantos aspectos que eu nem saberia por onde começar. É isso que Deus pede, sabe? Não os primeiros frutos, mas os melhores.

— Obrigado, pastor. — O Pastor Dan sempre sabe o que dizer para fazer Lev sentir-se melhor. — Estou pronto. — E dizer isso faz com que ele perceba: apesar de todos os seus medos e inquietações, ele realmente está pronto. Foi para isso que ele viveu. Mesmo assim, sua festa de dízimo acaba cedo demais.

Pela manhã, os Calder têm que tomar o café da manhã na mesa de jantar, com todas as sobras na mesa. Todos os irmãos e irmãs de Lev estão aqui. Só alguns deles ainda vivem na casa, mas hoje todos vieram para o café da manhã. Todos eles, exceto Marcus.

Ainda assim, para uma família tão grande, estão estranhamente silenciosos, e o tinir dos talheres na porcelana torna a falta de conversa ainda mais evidente.

Lev, vestindo a seda branca dos dízimos, come com cuidado, de forma a não deixar nenhuma mancha nas roupas. Depois do café da manhã, as despedidas são longas, cheias de abraços e beijos. É a pior parte. Lev gostaria que todos eles simplesmente acabassem logo de dizer adeus e o deixassem partir.

O Pastor Dan chega — ele veio a pedido de Lev —, e, depois disso, as despedidas se tornam mais rápidas. Ninguém quer desperdiçar o valioso tempo do pastor. Lev é o primeiro a entrar no Cadillac do pai, e, embora tente não olhar para trás enquanto o pai dá a partida no carro e começa a dirigir, não consegue evitar. Fica olhando enquanto sua casa desaparece lá atrás.

Nunca mais vou ver essa casa, pensa ele, mas afugenta o pensamento para longe da mente. É improdutivo, inútil, egoísta. Ele olha para o Pastor Dan, sentado a seu lado no banco de trás do carro, observando-o. O pastor sorri.

— Está tudo bem, Lev — diz ele. Só de ouvir isso, tudo já parece bem.

— O campo de colheita é muito longe? — pergunta Lev para quem quer que se importe em responder.

— Fica a cerca de uma hora daqui — diz a mãe.

— E... eles vão fazer na mesma hora?

Os pais olham um para o outro.

— Tenho certeza de que haverá uma orientação — garante o pai.

Essa resposta curta deixa claro para Lev que eles não sabem mais do que ele.

Enquanto pegam a interestadual, o menino abre a janela para sentir a brisa no rosto e fecha os olhos para se preparar.

Foi para isso que eu nasci. Foi para isso que vivi. Eu fui escolhido. Sou abençoado. E estou feliz.

Subitamente, o pai mete o pé no freio.

De olhos fechados, Lev não vê a razão dessa parada repentina. Ele apenas sente a desaceleração repentina do Cadillac e o puxão do cinto de segurança no ombro. Abre os olhos para ver por que eles pararam no meio da estrada. Luzes da polícia piscam. E... foi um tiro o que ele acabou de ouvir?

— O que está acontecendo?

Então, do lado de fora da janela, há outro garoto, alguns anos mais velho que ele. Parece assustado. Parece perigoso. Lev estica a mão para fechar rapidamente a janela, mas, antes que consiga, o menino enfia a mão por ela, puxa a trava da porta e a escancara. Lev está paralisado. Não sabe o que fazer.

— Mãe? Pai? — chama ele.

O garoto de olhos assassinos agarra a camisa de seda branca de Lev, tentando puxá-lo para fora do carro, mas o cinto de segurança o segura firme.

— O que você tá fazendo? Me deixa em paz!

A mãe de Lev grita, pedindo que o pai faça alguma coisa. Mas ele está remexendo no próprio cinto de segurança.

O maníaco estica o braço e em um único movimento ágil destrava o cinto de Lev. O Pastor Dan tenta agarrar o intruso, que reage com um soco forte e rápido — um *jab* bem na mandíbula do pastor. O choque de presenciar tamanha violência distrai Lev em um momento crucial. O maníaco o puxa novamente, e desta vez Lev cai para fora do carro, batendo a cabeça no asfalto. Quando ergue o olhar, vê o pai finalmente saindo do veículo, mas o garoto doido empurra a porta do carro contra ele de uma vez, fazendo-o voar.

— Pai! — O pai de Lev aterrissa no caminho de outro carro em movimento. O veículo se desvia e, graças a Deus, não o atropela. Mas vai na direção de outro carro, acertando-o e fazendo-o girar, fora de controle. O som dos impactos enche o ar. Lev é forçado a ficar de pé pelo garoto, que lhe agarra o braço e o arrasta para longe. Lev é pequeno para a idade. Esse garoto é mais velho e muito maior. É impossível se libertar.

— Pare! — grita Lev. — Pode levar o que quiser. Pegue a minha carteira — diz ele, embora não tenha uma carteira. — Pegue o carro. Só não machuque ninguém.

O garoto pensa sobre o carro, mas apenas por um instante. Balas agora passam voando por eles. Nas pistas da estrada que vão para o sul há policiais que finalmente detiveram o tráfego daquele lado da interestadual, até o canteiro central, dividindo as pistas restantes entre norte e sul. O policial mais próximo atira outra vez. Uma bala tranquilizante acerta o Cadillac e espirra.

O garoto doido agora prende Lev em uma chave de braço, segurando-o entre o próprio corpo e os policiais. Lev percebe que ele não quer nem carro nem dinheiro: quer um refém.

— Pare de lutar... eu tenho uma arma! — E Lev sente o garoto cutucando-o do lado. Lev sabe que não é uma arma; é só o dedo do garoto, mas este é claramente um indivíduo instável, e ele não quer provocá-lo.

— Eu não valho nada como escudo humano — diz Lev, tentando argumentar com ele. — O que eles estão atirando são balas tranquilizantes, o que significa que a polícia não liga se acertar em mim... Vão só me deixar desmaiado.

— Antes você do que eu.

Balas voam perto deles enquanto correm entre os carros desviados.

— Por favor... você não entende... não pode me levar agora. Eu vou ser um dízimo. Vou perder minha colheita! Você vai estragar tudo!

E, finalmente, um resquício de humanidade surge nos olhos do maníaco.

— *Você é um fragmentário?*

Há um milhão de outras coisas que deveriam deixar Lev furioso, mas ele se vê enraivecido pela forma como acaba de ser chamado.

— Eu sou *um dízimo!*

Uma buzina estridente, e Lev se vira para ver um ônibus avançando sobre eles. Antes que qualquer um dos dois tenha chance de gritar, o ônibus se inclina para fora da estrada para evitar atropelá-los e se choca de frente com o tronco grosso de um carvalho enorme, parando de uma só vez.

Há sangue por todo o para-brisa esmigalhado. É do motorista do ônibus. Metade do corpo pende em meio ao vidro, e ele não está se mexendo.

— Ah, merda! — diz o maníaco, em um gemido sinistro.

Uma menina acaba de sair do ônibus. O garoto doido olha para ela e Lev percebe que agora, enquanto o doido está distraído, é a última chance que terá de escapar. Esse menino é um animal. A única forma de lidar com ele é tornar-se também um animal. Então, Lev agarra o braço que está ao redor do pescoço e afunda os dentes nele com toda a força dos maxilares, até sentir gosto de sangue. O garoto berra, soltando-o, e Lev se joga para longe, correndo em direção ao carro do pai.

Enquanto ele se aproxima, a porta traseira se abre. É o Pastor Dan que a está abrindo para recebê-lo, mas a expressão no rosto do homem é tudo menos feliz.

Com o rosto já inchado pelo soco brutal do garoto doido, o pastor diz, com um sibilo e um trinado estranhos na voz:

— Corra, Lev!

Lev não esperava por essa.

— Quê?

— Fuja! Corra tão rápido e tão longe quanto puder. FUJA!

Lev fica parado ali, impotente, incapaz de se mover, de processar isso. Por que o Pastor Dan o está mandando fugir? Então, uma dor súbita surge em seu ombro e tudo começa a girar e girar e a descer por um ralo rumo à escuridão.

4 · Connor

A dor no braço de Connor é insuportável. Aquele monstrinho o mordeu mesmo — praticamente lhe arrancou um naco do antebraço. Outro carro breca para evitar atingi-lo, mas ele sabe que isso é temporário. Os acidentes deixaram os Juvis momentaneamente distraídos, mas eles não ficarão assim por muito tempo.

Nesse momento ele faz contato visual com a garota que desceu do ônibus. Pensa que ela vai cambalear em direção às pessoas que saem dos carros para ajudar, mas em vez disso ela se vira e corre para dentro do bosque. Será que o mundo todo enlouqueceu?

Ainda segurando o braço que sangra e arde, ele se vira para correr até o bosque também, mas para. Volta-se outra vez para ver o menino de branco acabando de chegar ao carro. Connor não sabe onde estão os Juvis. Estão espreitando, sem dúvida, em algum ponto do emaranhado de veículos. É quando Connor toma mais uma decisão instantânea. Ele sabe que é uma decisão estúpida, mas não pode evitar. Tudo o que sabe é que causou uma morte hoje. A do motorista do ônibus, talvez outras. Mesmo que isso arrisque tudo, ele tem que se redimir de alguma forma. Tem que fazer algo decente, algo bom, para compensar a consequência horrorosa da sua *deserção.* E assim, lutando contra o próprio instinto de autopreservação, ele corre em direção ao garoto de branco que estava tão alegremente seguindo para a própria fragmentação.

É quando Connor se aproxima que ele vê o policial a uns dezoito metros, erguendo a arma e atirando. Não deveria ter se arriscado assim! Deveria ter fugido enquanto podia. Connor espera sentir a dor denunciadora da bala tranquilizante, mas ela nunca vem, pois, no momento em que é disparada, o menino de branco dá um passo para trás e é atingido no ombro. Dois segundos e os joelhos dele cedem. O menino vai ao chão, totalmente apagado, involuntariamente recebendo a bala que era para Connor.

Connor não desperdiça tempo. Ele pega o menino do chão e o joga sobre o ombro. Balas tranquilizantes voam, mas nenhuma outra acerta. Em alguns segundos, Connor já passou o ônibus, onde um bando de adolescentes em estado de choque está em fuga. Passa por eles, empurrando-os, e entra no bosque.

A mata é densa, não só com árvores, mas também com arbustos altos e cipós. Já há uma trilha de ramos quebrados e arbustos partidos, aberta pela garota que fugiu do ônibus. É como se houvesse placas indicando à polícia aonde eles foram. Ele vê a garota e grita para ela:

— Pare!

Ela se vira, mas apenas por um instante. Então, recomeça a batalha contra a vegetação densa ao redor.

Connor coloca cuidadosamente o corpo do menino de branco no chão e corre, alcançando-a. Agarra o braço da garota gentilmente, mas com firmeza suficiente para que ela não escape.

— Do que quer que você esteja fugindo, não vai conseguir a não ser que a gente trabalhe junto — é o que ele diz a ela. Olha atrás de si para ter certeza de que ainda não há nenhum Juvi à vista. Não há. — Por favor... não temos muito tempo.

A garota para de lutar com as moitas e olha para ele.

— O que você tem em mente?

5 · Policial

O oficial J. T. Nelson passou doze anos trabalhando na Polícia Juvenil. Ele sabe que fragmentários desertores não desistem enquanto restar um grama de consciência neles. Estão excitados com a adrenalina e, frequentemente, com substâncias ilegais também. Nicotina, cafeína ou coisa pior. Ele gostaria que suas balas fossem de verdade. Gostaria de poder realmente eliminar esses imprestáveis em lugar de só deixá-los desacordados. Talvez aí eles pensassem duas vezes antes de sair correndo — e, se o fizessem, bem, não seria uma grande perda.

O policial segue a trilha feita na mata pelo fragmentário desertor, até encontrar um volume no chão. É o refém, simplesmente largado pelo caminho, as roupas brancas manchadas de verde pela folhagem e de marrom pela terra lamacenta. *Ótimo*, pensa o policial. Estar inconsciente provavelmente salvou a vida deste menino. Não dá para saber aonde aquele fragmentário o teria levado, nem o que teria feito com ele.

— Socorro! — diz uma voz logo à frente. É da garota. O policial não esperava por essa. — Socorro, por favor! Estou machucada!

No fundo da mata, uma menina está sentada, encostada a uma árvore, segurando o braço e fazendo uma careta de dor. Ele não tem tempo para isso, mas "Proteger e Servir" é mais do que apenas um lema para ele. Às vezes, gostaria de não ter tanta integridade moral.

Ele vai até a garota.

— O que você está fazendo aqui?

— Eu estava no ônibus. Eu saí e corri porque fiquei com medo de ele explodir. Acho que quebrei o braço.

Ele olha para o braço da garota. Não está nem mesmo aranhado. Esta deveria ser a primeira pista, mas sua mente já foi longe demais para parar.

— Fique aqui. Eu volto já. — Ele se vira, pronto para reiniciar a perseguição, quando algo desaba sobre ele. Não *algo*, mas *alguém*. O fragmentário desertor! O policial é derrubado no chão e, de repente, há duas figuras atacando-o: o fragmentário e a garota. Estão nessa juntos. Como ele pode ter sido tão burro? Tenta pegar a pistola de tranquilizantes, mas ela não está mais lá. Em vez disso, ele sente o cano da arma apertado contra a coxa esquerda e vê o triunfo nos olhos escuros e maldosos do fragmentário.

— Boa noite — diz o fragmentário.

Uma dor aguda na perna do policial, e o mundo desaparece.

6 · Lev

Lev acorda com uma dor frouxa no ombro. Ele acha que talvez tenha dormido de mau jeito, mas logo percebe que a dor é de um ferimento. O ombro esquerdo foi onde a bala tranquilizante o atingiu, embora ele não perceba isso prontamente. Todas as coisas que lhe aconteceram nas últimas doze horas são como nuvens esparsas e deformadas na mente. Tudo o que ele sabe com certeza é que estava a caminho de ser um dízimo, foi sequestrado por um adolescente mortífero e, por alguma estranha razão, a imagem do Pastor Dan fica reaparecendo para ele.

O Pastor Dan o estava mandando fugir.

Ele tem certeza de que esta deve ser uma lembrança falsa, pois não consegue acreditar que o pastor faria uma coisa dessas.

Tudo está embaçado quando Lev abre os olhos. Ele não sabe onde está, só sabe que já é noite e que não está onde deveria estar. O garoto doido que o levou está sentado junto a uma pequena fogueira. Há uma garota ali também.

É aí que Lev percebe que foi atingido por uma bala tranquilizante. A cabeça dói, ele sente que vai vomitar e o cérebro parece estar com apenas metade da capacidade. Ele tenta levantar, mas não consegue. A princípio, acha que talvez isso também seja por causa do tranquilizante, mas depois percebe que está amarrado a uma árvore com cipós.

Ele tenta falar, mas a voz sai na forma de um gemidinho e de um monte de baba. O garoto e a garota o olham, e ele tem certeza de que vão matá-lo agora. Só o mantiveram vivo para que pudesse estar acordado quando o matassem. Maníacos são assim.

— Olha quem voltou da Tranquilizândia — diz o garoto de olhos insanos. Só que os olhos não parecem insanos agora, só o cabelo; está todo espetado, como o de alguém que acabou de acordar.

Embora a língua de Lev pareça de borracha, ele consegue soltar uma única palavra:

— Onde...

— Não temos certeza — responde o garoto.

Então, a garota acrescenta:

— Mas pelo menos você está seguro.

Seguro?, pensa Lev. *O que poderia haver de seguro nesta situação?*

— R... r... refém? — resmunga ele.

O garoto olha para a garota e depois novamente para Lev.

— Mais ou menos. Eu acho. — Esses dois falam em um tom de voz tranquilo, como se os três fossem amigos. *Estão tentando me dar uma falsa sensação de segurança*, pensa Lev. *Estão tentando fazer com que eu fique do lado deles, para eu tomar parte de sei lá quais atividades criminosas que eles planejaram.* Há uma expressão para isso, não há? Quando um refém se une à causa do sequestrador? Síndrome de *Alguma Coisa*.

O garoto doido olha para uma pilha de frutas silvestres e nozes obviamente colhidas da mata.

— Tá com fome?

Lev assente, mas o ato de balançar a cabeça faz com que ela gire tanto que ele percebe que, não importa quão faminto esteja, é melhor não comer, pois vai botar tudo para fora.

— Não — responde.

— Você parece confuso — diz a garota. — Não se preocupe, é só o tranquilizante. O efeito deve passar logo.

Síndrome de Estocolmo! É isso! Bem, Lev não será conquistado por esse par de sequestradores. Ele nunca ficará ao lado deles.

O Pastor Dan me mandou fugir.

O que ele quis dizer? Queria que ele fugisse dos sequestradores?

Talvez, mas ele pareceu estar dizendo uma coisa inteiramente diferente. Lev fecha os olhos e expulsa esse pensamento.

— Meus pais vão procurar por mim — diz ele, a boca finalmente conseguindo produzir frases inteiras.

Os adolescentes não respondem, pois provavelmente sabem que é verdade.

— De quanto é o resgate? — pergunta Lev.

— Resgate? Não tem resgate — responde o garoto doido. — Eu te peguei pra te salvar, idiota!

Para salvá-lo? Lev simplesmente olha para ele, incrédulo.

— Mas... mas o meu dízimo...

O garoto doido o encara e balança a cabeça, negando.

— Eu nunca vi um menino ter tanta pressa pra ser fragmentado.

Não adianta tentar explicar a essa gente ímpia como é o dízimo. Que entregar a si mesmo é a maior bênção. Eles nunca entenderiam, nem se importariam. Salvá-lo? Ninguém o salvou. Eles o condenaram.

Então, Lev percebe uma coisa. Percebe que pode usar toda esta situação em seu benefício.

— Meu nome é Lev — diz ele, tentando soar tão calmo quando possível.

— Prazer em te conhecer, Lev — responde a garota. — Eu sou Risa, e este é o Connor.

Connor lança a ela um olhar ameaçador, deixando claro que ela acaba de informar seus nomes verdadeiros. Não é uma boa ideia para quem pegou um refém, mas a maioria dos criminosos é assim mesmo, burra.

— Eu não queria que você tivesse levado a bala tranquilizante — Connor diz a ele. — Mas o policial atirava mal.

— Não foi culpa sua — responde Lev, ainda que cada partezinha disso seja culpa de Connor. Lev pensa no que aconteceu e continua: — Eu nunca teria fugido do meu próprio dízimo. — Isso, Lev sabe, é verdade.

— Que bom que eu estava lá, então — retruca Connor.

— É — concorda Risa. — Se não fosse o Connor correndo pra atravessar a estrada, eu provavelmente também já teria sido fragmentada agora.

Há um momento de silêncio. Então, engolindo à força a raiva e a revolta, diz:

— Obrigado. Obrigado por me salvar.

— Não há de quê — responde Connor.

Ótimo. Eles que pensem que ele está grato. Eles que pensem que estão ganhando sua confiança. E, uma vez envolvidos na própria sensação de falsa segurança, ele vai se certificar de que recebam exatamente o que merecem.

7 · Connor

Connor deveria ter ficado com a arma do Juvi, mas naquela hora não pensou direito. Estava tão surtado por ter apagado um policial com a própria arma que só a largou no chão e correu — assim como havia largado a mochila no meio da estrada para poder carregar Lev. A carteira e todo o seu dinheiro estavam na mochila. Agora, não resta nada além do que ele tem nos bolsos.

Agora é tarde — ou, mais exatamente, cedo: quase de manhã. Ele e Risa estiveram se movendo pelo bosque o dia todo, da melhor forma possível, com Connor tendo que carregar um dízimo inconsciente. Assim que a noite caiu, ele e Risa se alternaram, um vigiando enquanto o outro dormia.

Connor sabe que não devem confiar em Lev, por isso ele o amarrou à árvore — mas também não há razão para confiar nessa garota que saiu correndo de um ônibus. Só o objetivo comum de permanecer vivos é que os vincula.

A lua deixou o céu agora, mas há uma luminosidade familiar prometendo a rápida chegada do amanhecer. A esta hora, os rostos deles devem estar por toda parte. *Você viu estes jovens? Não se aproxime. Considerados extremamente perigosos. Chame a polícia imediatamente.* É engraçado como Connor gastou tanto tempo na escola tentando convencer as pessoas de que era perigoso, mas, lá no fundo, ele nunca achou que representasse o mínimo perigo. Um perigo para si mesmo, talvez.

Enquanto isso, Lev o observa. Primeiro, os olhos do menino estavam preguiçosos e a cabeça pendia para um lado, mas agora o olhar é afiado. Mesmo na penumbra do fogo quase apagado, Connor consegue ver os olhos dele. Um azul gelado. Calculistas. Esse menino é esquisito. Connor não tem muita certeza do que está rolando no Planeta Lev, nem certeza de que quer saber.

— Essa mordida vai infeccionar se você não cuidar dela — diz Lev.

Connor olha para a marca no braço onde Lev o mordeu, ainda inchada e vermelha. Ele havia deixado de pensar na dor até o menino lembrá-lo.

— Vou dar um jeito.

Lev continua a analisá-lo.

— Por que você vai ser fragmentado?

Connor não gosta dessa pergunta por um monte de razões.

— Você quer dizer por que eu IA ser fragmentado; como pode ver, não vou mais pra fragmentação.

— Você vai se eles te pegarem.

Connor tem vontade de socar a cara do menino até arrancar aquela expressão presunçosa, mas se contém. Não resgatou o garoto para bater nele.

— Então, como é — pergunta Connor — passar a vida toda sabendo que você vai ser sacrificado?

Ele esperava que isso doesse como um soco, mas Lev encara a pergunta como séria.

— É melhor do que passar a vida sem conhecer seu propósito.

Connor não tem certeza se isso tinha a intenção de deixá-lo desconfortável — como se sua vida não tivesse propósito. O que sente é como se *ele* estivesse amarrado a uma árvore, não Lev.

— Acho que poderia ser pior — responde Connor. — Nós todos poderíamos ter acabado como o Humphrey Dunfee.

Lev parece surpreso com a menção do nome.

— Você conhece a história? Eu achei que ela só fosse contada na minha vizinhança.

— Que nada — diz Connor. — O pessoal conta isso em todo lugar.

— É invenção — alega Risa, que acabou de acordar.

— Pode ser — responde Connor. — Mas teve uma vez que um amigo e eu tentamos pesquisar sobre isso enquanto a gente navegava em um dos computadores da escola. Encontramos um site que falava da história, dizendo que os pais dele ficaram doidos. Daí o computador enguiçou. No final das contas, foi atingido por um vírus que apagou o servidor da escola inteira. Coincidência? Eu não acho.

Lev está convencido, mas Risa, meio enojada, diz:

— Bom, *eu* nunca vou terminar como o Humphrey Dunfee, porque a pessoa precisa ter pais pra eles ficarem doidos, e eu não tenho. — Ela se levanta. Connor desvia o olhar do fogo quase apagado e vê que já amanheceu. — Se queremos evitar que nos peguem, então temos que mudar de direção de novo — afirma Risa. — A gente também deveria pensar em se disfarçar.

— De que jeito? — pergunta Connor.

— Não sei. Primeiro mudar de roupa. Talvez cortar o cabelo. Eles estão procurando por dois meninos e uma menina. Talvez eu possa me disfarçar de menino.

Connor dá uma boa olhada nela e sorri. Risa é bonita. Não da forma como Ariana era — de um jeito melhor. A beleza de Ariana era feita de maquiagem e injeções de pigmentos e coisas do tipo. Risa tem um tipo de beleza natural. Sem pensar, Connor estende a mão para tocar no cabelo dela e diz baixinho:

— Eu não acho que você conseguiria parecer um cara...

Então, de repente, ele percebe a própria mão sendo puxada para trás de si, o corpo inteiro é girado e ela torce dolorosamente o braço dele junto à coluna lombar. Dói tanto que ele nem consegue dizer "ai!". Tudo o que consegue dizer é:

— E-e-ei!

— Me toque de novo e eu arranco o seu braço — diz Risa. — Entendeu?

— Sim, sim. Beleza. Sem tocar. Entendi.

Lá no carvalho, Lev ri, aparentemente feliz por ver Connor sofrer.

Ela o solta, mas o ombro dele ainda lateja.

— Não precisava fazer isso — diz Connor, tentando não demonstrar o quanto ainda dói. — Não ia te machucar nem nada assim.

— É, bom, agora com certeza você não vai — retruca Risa, talvez soando um pouco culpada por ter sido tão dura. — Não esqueça que eu vivi numa Casa Estadual.

Connor assente. Ele sabe sobre as crianças das Casas. Elas têm que aprender a se virar sozinhas muito cedo, ou suas vidas não serão muito agradáveis. Ele deveria ter percebido que ela era cheia de não-me-toques.

— Com licença — diz Lev. — Não podemos ir a lugar nenhum se eu estiver amarrado a uma árvore.

Mas Connor não gosta da expressão implicante nos olhos de Lev.

— Como é que a gente sabe que você não vai fugir?

— Não sabem. Mas, até vocês me desamarrarem, eu sou um refém — responde Lev. — Assim que eu estiver livre, passo a ser um fugitivo, como vocês. Amarrado, sou o inimigo. Solto, sou um amigo.

— Só se não fugir — retruca Connor.

Risa começa a desatar os cipós impacientemente.

— A não ser que a gente queira deixá-lo aqui, vamos ter que arriscar.

Connor se ajoelha para ajudar e, em poucos momentos, Lev está livre. Ele se levanta e se alonga, esfregando o ombro onde a bala tranquilizante o atingiu. Os olhos ainda são de um azul gelado, e Connor os acha difíceis de decifrar, mas o menino não está fugindo. *Talvez*, pensa Connor, *ele tenha superado aquele "dever" de ser um dízimo. Talvez esteja finalmente começando a entender o sentido de continuar vivo.*

8 · Risa

Risa percebe que está ficando incomodada pelas embalagens de comida e pedaços de plástico quebrado que eles começam a encontrar na mata, pois o primeiro sinal de civilização é sempre o lixo. Civilização significa gente que pode reconhecê-los se seus rostos tiverem se espalhado pela rede de notícias.

Ela sabe que ficar completamente livre de contato humano é impossível. Não tem ilusões quanto às chances ou habilidades do trio de se manter invisível. Embora precisem continuar anônimos, não conseguirão se virar inteiramente sozinhos. Precisam da ajuda de outrem.

— Não, não precisamos — Connor se apressa em discordar enquanto os sinais da civilização aumentam ao redor. Não é só lixo agora, mas os restos musgosos de um muro de pedras à altura dos joelhos, e os resquícios de uma velha torre da época em que a eletricidade era transmitida por fios. — Não precisamos de ninguém. Vamos arranjar o que for necessário.

Risa suspira, tentando reunir uma paciência que já se esgotou.

— Tenho certeza de que você é muito bom em roubar, mas não acho que seja uma boa ideia.

Connor parece ofendido pela insinuação.

— Você acha o quê? Que as pessoas vão simplesmente nos dar comida e tudo mais que precisarmos porque elas têm bom coração?

— Não — responde Risa. — Mas, se pensarmos direito nisso em vez de avançar às cegas, vamos ter uma chance melhor.

As palavras dela, ou talvez apenas o tom intencionalmente condescendente, fazem Connor apertar o passo, afastando-se.

Risa percebe Lev observando a discussão a distância. *Se ele quiser fugir*, pensa ela, *agora é a hora certa pra isso, enquanto Connor e eu estamos ocupados brigando.* Então, ocorre-lhe que esta é uma excelente oportunidade para testar Lev e ver se ele realmente está ao lado deles agora ou só ganhando tempo até poder escapar.

— Não me dê as costas! — rosna ela para Connor, fazendo o melhor que pode para continuar a briga, ficando o tempo todo de olho em Lev para ver se ele foge. — Ainda estou falando com você!

Connor se volta para ela.

— Quem disse que eu tenho que ouvir?

— Você ouviria se tivesse metade de um cérebro, mas obviamente não tem!

Connor se aproxima até estar mais dentro do espaço pessoal de Risa do que ela gostaria que alguém estivesse.

— Se não fosse por mim, você estaria a caminho do campo de colheita! — diz ele. A garota ergue a mão para empurrá-lo, mas a mão dele é mais rápida desta vez e ele lhe agarra o pulso antes que ela possa afastá-lo.

É neste momento que Risa percebe que foi longe demais. O que é que ela sabe mesmo sobre esse garoto? Ele ia ser fragmentado. Talvez haja uma razão para isso. Talvez uma *boa* razão.

Ela toma o cuidado de não lutar, porque isso daria uma vantagem a ele. Deixa que o tom de voz transmita toda a força de que precisa:

— Me solta.

— Por quê? O que exatamente você acha que vou fazer com você?

— Esta é a segunda vez que você me toca sem permissão — responde Risa. Ainda assim, ele não a solta. Mas ela percebe que o aperto não é assim tão ameaçador. Não é forte, é leve. Não é áspero, é gentil. Ela poderia facilmente se desvencilhar com um movimento de pulso. Então, por que não faz isso?

Risa sabe que ele está fazendo isso para provar alguma coisa, mas ela não tem certeza do que seria isso. Será que ele está avisando que pode machucá-la se quiser? Ou talvez a mensagem esteja na natureza gentil do aperto — uma forma de dizer que ele não é do tipo que machuca.

Bem, não importa, pensa Risa. Até uma violação gentil é uma violação.

Ela olha para o joelho dele. Um chute bem posicionado lhe quebraria a rótula.

— Eu poderia te derrubar em um segundo — ameaça ela.

Se é que ele está preocupado, não demonstra.

— Eu sei.

De alguma forma, ele também sabe que ela não fará isso — que a primeira vez foi apenas um reflexo. Se ela pretendesse machucá-lo uma segunda vez, no entanto, seria um ato consciente. Seria uma escolha.

— Saia de perto — diz ela. Agora falta à voz a força que tinha poucos momentos antes.

Desta vez ele obedece e a solta, recuando até uma distância respeitosa. Ambos poderiam ter machucado um ao outro, mas nenhum dos dois o fez. Risa não tem certeza do que isso significa; tudo o que sabe é que está zangada com ele por uma mistura de tantas razões que não consegue identificar todas.

Então, de repente, uma voz chama por eles à direita:

— Isso está muito divertido e tal, mas eu não acho que brigar vá ajudar muito.

É Lev — e Risa percebe que seu tiro saiu pela culatra. Ela pretendia testá-lo com uma falsa discussão, mas a discussão tornou-se real e, no processo, ela esqueceu Lev completamente. Ele poderia ter fugido e eles não teriam percebido até ele estar bem longe.

Risa lança a Connor um olhar raivoso só por garantia e os três continuam a andar. Não é senão dez minutos depois, quando Lev se afasta para fazer suas necessidades em privacidade, que Connor volta a falar com Risa.

— Boa ideia — diz ele. — Funcionou.

— O quê?

Connor se aproxima e sussurra:

— A briga. Você começou com isso pra ver se o Lev sairia correndo quando a gente não estivesse prestando atenção, né?

Risa está impressionada.

— Você sabia?

Connor olha para ela, um tanto satisfeito consigo mesmo.

— Bom... sim.

Se Risa sentia-se insegura quanto a ele antes, agora é ainda pior. Ela nem tem ideia do que pensar.

— Então... tudo que aconteceu lá atrás foi só teatrinho?

Agora é a vez de Connor sentir-se inseguro.

— Acho que sim. Mais ou menos. Não foi?

Risa precisa reprimir um sorriso. De repente, sente-se estranhamente à vontade com Connor. Ela se maravilha com isso. Se a briga dos dois tivesse sido inteiramente real, ela estaria ressabiada com ele. Se tivesse sido tudo só fingimento, estaria ressabiada também, pois, se ele sabia mentir de forma tão convincente, ela nunca seria capaz de confiar nele. Mas isso é uma mistura de ambos. É real, é fingimento, e essa combinação é ótima — é segura, como realizar truques acrobáticos que desafiam a morte por sobre uma rede de segurança.

Ela se agarra a esse sentimento inesperado enquanto os dois alcançam Lev e se movem em direção à assustadora perspectiva de civilização.

Parte Dois

Entregues pela Cegonha

Você não pode mudar as leis sem antes mudar a natureza humana.
— Enfermeira Greta

Você não pode mudar a natureza humana sem antes mudar a lei.
— Enfermeira Yvonne

9 · Mãe

A mãe tem dezenove anos, mas não se sente com essa idade. Não se sente mais sábia, nem mais capaz de lidar com essa situação do que uma garotinha. Ela se pergunta: quando é que deixou de ser uma criança? A lei diz que foi quando ela fez dezoito, mas a lei não a conhece.

Ainda dolorida do trauma do parto, ela segura o recém-nascido junto de si. O dia acaba de raiar em uma manhã fria. Ela agora se move por becos. Nenhum som ao redor. Lixeiras projetam sombras angulosas. Garrafas quebradas por toda parte. Este, ela sabe, é o momento perfeito do dia para fazer isso. Há menos chance de coiotes e outros animais carniceiros estarem por perto. Ela não conseguiria suportar a ideia de o bebê sofrer sem necessidade.

Uma grande Lixeira verde assoma à frente dela, inclinando-se de forma ameaçadora na calçada irregular do beco. Ela segura o bebê com força, como se a Lixeira pudesse criar mãos e puxar o bebê para dentro de suas profundezas imundas. Contornando-a, ela continua a seguir pelo beco.

Houve uma época, pouco depois de a Lei da Vida ser aprovada, em que Lixeiras como essas teriam sido tentadoras para garotas como ela. Garotas desesperadas que largariam recém-nascidos indesejados no lixo. Isso havia se tornado tão comum que nem era mais considerado digno dos noticiários — havia se tornado só uma parte da vida.

Engraçado, mas era para a Lei da Vida proteger a santidade da vida. Em vez disso, apenas tornava a vida algo barato. Graças a Deus há a Iniciativa da Cegonha, essa lei maravilhosa que dá a garotas como ela uma alternativa muito melhor.

Enquanto a madrugada se torna manhã, ela deixa as vielas e entra em um bairro que se mostra melhor a cada rua que ela cruza. As casas são grandes e convidativas. Este é o bairro certo para a cegonha deixar um bebê.

Ela seleciona o lar de forma astuta. A casa que escolhe não é a maior, mas também não é a menor. Tem um caminho bem curto até a rua, então ela consegue chegar rapidamente, e há muitas árvores junto da entrada, de forma que ninguém, dentro ou fora dela, será capaz de ver a garota enquanto ela deixa o recém-nascido.

Cuidadosamente, ela se aproxima da porta. Não há nenhuma luz acesa na casa ainda, isso é bom. Há um carro na frente da garagem — tomara que isso signifique que a família está em casa. Ela sobe rapidamente os degraus da varanda, tomando o cuidado de não fazer nenhum som, e depois se ajoelha, depositando o bebê adormecido no tapete que diz "bem-vindo". Há dois cobertores envolvendo o bebê, e uma touca de lã cobre sua cabeça. Ela arruma os cobertores para que fiquem cômodos e justos. É a única coisa que ela aprendeu a fazer como mãe.

Ela pensa em tocar a campainha e sair correndo, mas percebe que não é uma boa ideia. Se eles a pegarem, ela será obrigada a ficar com o bebê — isso também é parte da Iniciativa da Cegonha —, mas, se abrirem a porta e não acharem nada além da criança, "se você achou, é seu", aos olhos da lei. Quer desejem isso ou não, o bebê passa a ser legalmente deles.

No momento em que soube que estava grávida, ela soube que acabaria deixando o bebê. Ela havia esperado que, quando finalmente o visse olhando para ela, totalmente indefeso, talvez mudasse de ideia — mas a quem estava enganando? Sem habilidade nem desejo de ser mãe neste momento da vida, entregá-lo à cegonha sempre havia sido a melhor opção.

Ela percebe que já se demorou aqui mais do que deveria. Há uma luz acesa no andar de cima agora, então ela se força a afastar o olhar do recém-nascido e vai embora. Com o fardo agora tirado dos braços, ela tem uma força súbita. Agora, terá uma segunda chance na vida, e desta vez será mais esperta — tem certeza disso.

Enquanto segue apressada pela rua, pensa em como é maravilhoso que ela possa ter uma segunda chance. Como é maravilhoso poder descartar tão facilmente sua responsabilidade.

10 · Risa

A muitas ruas de distância do bebê deixado, à beira de um bosque denso, Risa está parada à porta de uma casa. Ela toca a campainha, e uma mulher de roupão atende.

Risa oferece a ela um grande sorriso.

— Oi, meu nome é Didi! Estou coletando roupas e comida pra minha escola. Nós vamos, tipo, entregar pros sem-teto, sabe? E é tipo uma competição: quem conseguir mais ganha uma viagem para a Flórida ou coisa assim. Então, seria muito, muito legal se a senhora pudesse ajudar, sabe?

A mulher sonolenta tenta acelerar o cérebro para acompanhar "Didi", a tonta dos sem-teto. A mulher não consegue soltar nem uma palavra em resposta, pois Didi fala rápido demais. Se Risa tivesse um chiclete para mascar, teria feito uma bola no meio do falatório para acrescentar mais autenticidade.

— Por-favor-por-favorzinho? Eu estou, tipo, no segundo lugar agora, sabe?

A mulher à porta suspira, resignada ao fato de que "Didi" não aceitará sair de mãos abanando, e às vezes o melhor jeito de se livrar de meninas como esta é simplesmente dar alguma coisa.

— Volto já — diz a mulher.

Três minutos depois, Risa se afasta da casa com uma sacola cheia de roupas e comida enlatada.

— Isso foi incrível — comenta Connor, que estava espiando a cena com Lev à beira do bosque.

— O que posso dizer? Sou uma artista — responde ela. — É como tocar piano; você só precisa saber quais teclas apertar nas pessoas.

Connor sorri.

— Você tinha razão, isso é muito melhor que roubar.

— Na verdade — diz Lev —, enganar *é* roubar.

Risa sente-se um tanto irritada e desconfortável com essa ideia, mas tenta não demonstrar.

— Talvez seja — retruca Connor —, mas é roubar com estilo.

A mata acabou em um bairro planejado de classe média. Gramados cuidadosamente podados se tornaram amarelos com as folhas caídas. O outono realmente tomou conta. As casas aqui são quase idênticas, mas não iguais, cheias de pessoas quase idênticas, mas não iguais. É um mundo que Risa conhece apenas pelas revistas e pela TV. Para ela, o subúrbio é um reino mágico. Talvez tenha sido por isso que foi ela quem teve sangue frio para se aproximar de uma casa e fingir ser Didi. O bairro a atraiu como o cheiro do pão fresquinho assando nos fornos industriais da Casa Estadual 23 de Ohio.

De volta ao bosque, onde não podem ser vistos das janelas do bairro, eles verificam a sacola de brindes, como se estivesse cheia de doces do Dia das Bruxas.

Há uma calça e uma camisa azul de botões que servem em Connor. Há uma jaqueta que serve em Lev. Não há roupas para Risa, mas tudo bem. Ela pode bancar Didi novamente em outra casa.

— Eu ainda não entendo como é que mudar de roupa vai fazer diferença — comenta Connor.

— Você nunca vê TV? — retruca Risa. — Nos programas policiais, eles sempre descrevem o que os bandidos estavam vestindo quando foram vistos pela última vez.

— Nós não somos bandidos — diz Connor. — Somos desertores.

— Somos criminosos — afirma Lev. — Porque o que vocês estão fazendo, quero dizer, o que *nós* estamos fazendo é um crime federal.

— O quê, roubar roupas? — pergunta Connor.

— Não, roubar a nós mesmos. Assim que as ordens de fragmentação foram assinadas, todos nós nos tornamos propriedade do governo. Nossa deserção é um crime federal.

Isso não soa bem para Risa, aliás, nem para Connor, mas ambos fingem não ligar.

Esta excursão a uma área habitada é perigosa, mas necessária. Talvez, à medida que a manhã passe, eles consigam encontrar uma biblioteca onde possam baixar mapas e achar uma floresta grande o bastante para se perderem para sempre. Há rumores de comunidades ocultas de fragmentários desertores. Talvez possam encontrar uma.

Enquanto se deslocam cuidadosamente pelo bairro, uma mulher se aproxima deles — só uma garota, na verdade, talvez com dezenove ou vinte anos. Ela anda depressa, mas de um jeito engraçado, como se tivesse ganhado um ferimento ou estivesse se recuperando de um. Risa tem certeza de que ela vai vê-los e reconhecê-los, mas a garota passa sem nem mesmo fazer contato visual e corre, contornando uma esquina.

11 · Connor

Expostos. Vulneráveis. Connor gostaria que eles tivessem ficado no bosque, mas a quantidade de bolotas e frutas que ele consegue comer tem limite. Na cidade, encontrarão comida. Comida e informação.

— Este é o melhor momento para não sermos notados — diz ele aos outros. — Todo mundo tem pressa de manhã. Estão atrasados pro trabalho ou coisa assim.

Connor encontra um jornal em uma moita, lançado no lugar errado por um entregador.

— Olha pra isso! — aponta Risa. — Um jornal. Que coisa retrô!

— Aí diz alguma coisa sobre a gente? — pergunta Lev. Ele diz isso como se fosse algo bom. Os três espiam a primeira página. A guerra na Austrália, políticos mentindo, as mesmas coisas de sempre. Connor vira a página desajeitadamente. As folhas são grandes e incômodas. Rasgam fácil e se enchem de vento como uma pipa, tornando difícil ler.

Não há nada sobre eles na página 2, nem na 3.

— Talvez seja um jornal velho — sugere Risa.

Connor verifica a data no topo.

— Não, é de hoje. — Ele luta contra a brisa para virar a página. — Ah... aqui está.

A manchete diz ENGAVETAMENTO NA INTERESTADUAL. É uma notícia bem pequena. Um acidente de trânsito pela manhã, *blá-blá-blá*, tráfego lento por horas, *blá-blá-blá*. O texto menciona a morte do motorista de ônibus e o fato de que a estrada ficou fechada por três horas. Mas nada sobre eles. Connor lê a última linha da notícia em voz alta:

— "Acredita-se que a atividade policial na área possa ter distraído os motoristas, levando ao acidente."

Os três estão estarrecidos. Para Connor, há uma sensação de alívio — de ter escapado impune depois de apontar algo muito sério.

— Isso não pode estar certo — diz Lev. — Eu fui sequestrado, ou... hã... pelo menos eles *acham* que fui. Isso deveria estar no jornal.

— O Lev tem razão — afirma Risa. — Os casos com fragmentários sempre vão pros noticiários. Se não tem nada sobre a gente, há uma razão.

Connor não consegue acreditar que esses dois estão olhando os dentes do cavalo dado! Ele fala devagar, como se conversasse com idiotas:

— Nenhuma notícia no jornal significa nenhuma foto, e isso significa que as pessoas não vão nos reconhecer. Eu não entendo por que isso seria um problema.

Risa cruza os braços.

— *Por que* não tem fotos?

— Eu sei lá... Talvez a polícia esteja mantendo sigilo porque não quer que as pessoas saibam que ela deu mancada.

A garota balança a cabeça.

— Não parece certo...

— Quem liga pra isso?

— Fala baixo! — diz Risa, em um sussurro zangado. Connor luta para se controlar. Ele não diz mais nada por medo de começar a gritar de novo e atrair a atenção da vizinhança. Pode ver Risa quebrando a cabeça no assunto e Lev olhando de um lado para o outro entre os dois. *Risa não é burra*, pensa Connor. *Ela vai entender que isso é bom e que está se preocupando por nada.*

Mas, em vez disso, a garota diz:

— Se nunca houver notícias da fuga, então quem vai ficar sabendo se a gente viver ou morrer? Olha... se o jornal dissesse que a polícia está nos perseguindo, então, quando eles nos encontrassem, teriam que nos atingir com balas tranquilizantes e nos levar para a colheita, certo?

Connor não tem ideia de por que ela está afirmando o óbvio.

— Tá, e o que isso quer dizer?

— E se eles não quiserem nos levar pra ser fragmentados? E se quiserem nos *matar*?

O garoto abre a boca para dizer como isso é estúpido, mas se detém. Pois não é nem um pouco estúpido.

— Lev — diz Risa —, a sua família é bem rica, né?

Ele dá de ombros, modesto.

— Acho que sim.

— E se eles tiverem pagado a polícia pra recuperar você matando os sequestradores... e pra fazer tudo em segredo, pra que ninguém nunca saiba o que aconteceu?

Connor olha para Lev, esperando que o menino ria da mera sugestão, garantindo que os pais dele nunca, jamais fariam algo tão terrível. Lev, no entanto, fica curiosamente silencioso enquanto considera a possibilidade.

E nesse momento duas coisas acontecem. Um carro da polícia vira e entra na rua e, em algum lugar muito próximo, um bebê começa a chorar.

Corra!

Esse é o primeiro pensamento na mente de Connor, seu primeiro instinto, mas Risa agarra seu o braço com firmeza no momento em que vê o carro da polícia, e isso o faz hesitar. Ele sabe que a hesitação pode fazer a diferença entre a vida e a morte em momentos de perigo. Mas não hoje. Hoje, isso lhe dá tempo suficiente para fazer algo que Connor raramente faz em uma emergência. Ele passa além do primeiro pensamento e processa o *segundo*:

Correr vai chamar atenção.

Ele força os pés a ficarem no lugar e se dá um momento breve para analisar o cenário. Carros estão dando a partida nas entradas das garagens enquanto as pessoas vão para o trabalho. Em algum lugar, um bebê está chorando. Adolescentes do Ensino Médio estão reunidos em uma esquina do outro lado da rua, conversando, empurrando uns aos outros, rindo. Quando ele olha para Risa, consegue perceber que ambos estão pensando a mesma coisa, antes mesmo que ela diga:

— Ponto de ônibus!

O carro-patrulha passa vagarosamente pela rua. Vagarosamente para alguém que não tem nada a esconder, mas para Connor esse ritmo é ameaçador. É impossível saber se esses policiais estão procurando por eles ou só fazendo uma patrulha de rotina. Novamente, ele luta contra o impulso de correr.

Ele e Risa dão as costas ao carro da polícia, prontos para marchar discretamente em direção ao ponto de ônibus, mas Lev não está seguindo o roteiro. Ele vai na direção errada, olhando direto para a viatura que se aproxima.

— Que é isso, tá maluco? — Connor agarra o ombro dele e o força a virar-se. — Faça o que a gente fizer e aja naturalmente.

Um ônibus escolar se aproxima na direção oposta. Os adolescentes na esquina começam a juntar suas coisas. Agora, finalmente, há permissão para correr sem parecer deslocado. Connor começa, dando alguns passos à frente de Risa e Lev, depois se vira e os chama com um grito calculado:

— Vem, pessoal! A gente vai perder o ônibus de novo!

A viatura está ao lado deles agora. Connor permanece de costas para ela e não se vira para ver se os policiais lá dentro estão olhando para eles. Se estiverem, tomara que simplesmente ouçam a conversa e presumam que esta é a bagunça normal de toda manhã e nem parem para pensar. A versão de Lev de "agir naturalmente" é andar de olhos arregalados e braços duros dos lados do corpo como se estivesse cruzando um campo minado. Já era a ideia de sair discretamente...

— Você tem que andar tão devagar? — grita Connor. — Se eu me atrasar de novo, vou ganhar uma detenção!

O carro-patrulha passa por eles. Lá adiante, o ônibus se aproxima do ponto. Connor, Risa e Lev se apressam em atravessar a rua na direção dele — é tudo parte da farsa, só para o caso de os policiais estarem olhando para eles pelo espelho retrovisor. É claro, pensa Connor, isso poderia dar errado e os policiais poderiam ralhar com eles por atravessar a rua sem olhar.

— Nós vamos mesmo entrar no ônibus? — pergunta Lev.

— Lógico que não — responde Risa.

Agora Connor se atreve a olhar para o carro da polícia. A luz no topo está piscando. O carro vai virar a esquina e, depois disso, eles estarão a salvo... Mas aí o ônibus escolar para, liga as luzes vermelhas piscantes e abre a porta — e qualquer um que já tenha andado de ônibus escolar sabe que, quando essas luzes começam a piscar, todo o tráfego ao redor tem que parar até que o ônibus volte a rodar.

A viatura para a uns dez metros da esquina, esperando até que todos entrem no ônibus. Isso significa que o carro da polícia estará parado bem ali quando o ônibus se afastar.

— Estamos ferrados — diz Connor. — Agora nós *temos* que entrar no ônibus.

É quando estão alcançando a calçada que um som que até então estivera leve demais e em grau de prioridade muito baixo na sua escala de importância agarra a atenção de Connor. O bebê chorando.

Na casa diante deles há um embrulho na varanda. O embrulho se move.

Connor instantaneamente sabe o que é isso. Já viu antes. Já viu bebês entregues à cegonha duas vezes diante de sua própria casa. Ainda que não seja o mesmo bebê, ele para no meio do caminho como se fosse.

— Anda, Billy, você vai perder o ônibus!

— Hã?

É Risa. Ela e Lev estão alguns metros à frente dele. Ela fala com Connor por entre dentes rilhados.

— Vem, "Billy". Não seja burro.

Os adolescentes já começaram a se acomodar no ônibus. O carro da polícia jaz imóvel atrás das luzes vermelhas piscantes.

Connor tenta se obrigar a prosseguir, mas não consegue. É por causa do bebê. Por causa do jeito que ele chora. *Não é o mesmo bebê!*, diz a si mesmo. *Não seja burro. Não agora!*

— Connor — sussurra Risa —, o que há de errado com você?

Então a porta da casa se abre. Há um menininho gorducho à porta — seis, talvez sete anos. Ele olha para o bebê no chão.

— Ah, fala sério! — Então ele se vira e grita para dentro da casa: — Mãe! Tem entrega da cegonha de novo!

A maior parte das pessoas têm dois modos de emergência. Lutar e Fugir. Mas Connor sempre soube que ele tinha três: Lutar, Fugir e Estragar Tudo Magistralmente. Era um curto-circuito mental perigoso. O mesmo curto-circuito que o fez voltar correndo na direção dos Juvis armados para resgatar Lev em vez de simplesmente salvar a si mesmo. Ele pode sentir o curto se ativando agora mesmo. Sente o cérebro começando a fritar.

"Tem entrega da cegonha de novo", disse o menino gorducho. Por que ele tinha que dizer "de novo"? Connor teria ficado numa boa se ele não tivesse dito "de novo".

Não faça isso! Diz Connor a si mesmo. *Não é o mesmo bebê!*

Mas, em uma parte profunda e irracional da mente de Connor, eles são todos o mesmo bebê.

Indo contra qualquer senso de autopreservação, ele voa na direção da varanda. Aproxima-se da porta tão rápido que o menino ergue olhos apavorados para ele e depois recua para junto da mãe, uma mulher igualmente rechonchuda que acabou de chegar à porta. Ela tem no rosto uma carranca nada acolhedora. Olha para Connor de relance, brevemente, e depois para o bebê que chora, mas não faz nenhum gesto na direção dele.

— Quem é você? — ela exige saber. O menininho agora está escondido atrás dela como um filhote atrás da mãe ursa. — Foi você quem pôs isto aqui? Responda!

O bebê continua a chorar.

— Não... não, eu...

— Não minta pra mim!

Ele não sabe o que esperava obter ao vir aqui. Isso não era da sua conta, não era problema seu. Mas agora passou a ser.

E atrás dele o ônibus ainda está recebendo os adolescentes. O carro de polícia continua lá, esperando. Connor pode muito bem ter dado um fim à própria vida ao vir até esta casa.

Então, surge uma voz atrás dele:

— Ele não colocou o bebê aí. Eu coloquei.

Connor se vira e vê Risa. Seu rosto está rígido como pedra. Ela nem olha para ele. Apenas encara firmemente a mulher, cujos olhos miúdos vão de Connor para Risa.

— Vocês foram pegos no ato, queridinhos — diz ela. A palavra "queridinhos" soa como uma maldição. — A lei pode permitir que vocês o entreguem, mas só se não forem pegos. Então, peguem seu bebê e vão embora, antes que eu chame aqueles policiais.

Connor tenta desesperadamente recuperar o cérebro.

— Mas... mas...

— Cala a boca! — ordena Risa, a voz cheia de veneno e acusação.

Isso faz a mulher na porta sorrir, mas não de um jeito agradável.

— O papaizinho aqui arruinou tudo, não foi? Ele voltou em vez de simplesmente sair correndo. — A mulher lança um olhar breve e desdenhoso para Connor. — Primeira regra da maternidade, queridinha: homem só faz asneira. Aprenda isso já e vai ser muito mais feliz.

Entre eles, no chão, o bebê ainda chora. É como na brincadeira de passar o anel, só que ninguém quer ficar com o anel. Finalmente, Risa se abaixa e ergue o bebê do tapete de boas-vindas, segurando-o junto ao corpo. Ele ainda chora, mas muito mais baixo agora.

— Agora, saiam daqui — diz a mulher gorda. — Ou vão ter que falar com aqueles policiais.

Connor tenta ver a viatura parcialmente bloqueada pelo ônibus escolar. Lev está parado no meio do caminho entre entrar e sair do ônibus, impedindo que a porta se feche, um ar de absoluto desespero no rosto. O motorista do ônibus, irritado, olha para ele.

— Vamos, eu não tenho o dia todo!

Connor e Risa dão as costas à mulher na porta e correm para o ônibus.

— Risa, eu...

— Não — rosna ela. — Eu não quero ouvir.

Connor sente-se tão arrasado como no dia em que descobriu que os pais haviam assinado sua ordem de fragmentação. Na época, no entanto, ele tinha a raiva para ajudar a diluir o medo e o choque. Mas não há raiva nele agora, exceto por si mesmo. Sente-se desamparado, desesperado. Toda a sua autoconfiança implodiu como uma estrela agonizante. Três fugitivos correndo da lei. E agora, graças ao seu curto-circuito idiota, são três fugitivos com um bebê.

12 · Risa

Ela não consegue nem imaginar o que deu em Connor.

Agora Risa percebe que ele não toma apenas decisões ruins; toma decisões perigosas. Há só alguns adolescentes dentro do ônibus escolar quando eles embarcam, e o motorista fecha a porta com raiva atrás deles, nada dizendo sobre o bebê. Talvez por não ser o único bebê no ônibus. Risa passa por Lev e guia os três até os fundos. Eles passam por outra garota com seu próprio pacotinho de alegria nos braços, e este não pode ter mais do que seis meses de idade. A jovem mãe olha para eles com curiosidade, e Risa tenta não fazer contato visual.

Depois que eles se sentam nos fundos, a algumas filas de distância dos adolescentes mais próximos, Lev olha para Risa, quase com medo de fazer a pergunta óbvia. Finalmente, ele diz:

— Hã... Por que temos um bebê?

— Pergunta *pra ele* — responde Risa.

Com o rosto rígido, Connor olha pela janela.

— Eles estão procurando dois meninos e uma menina. Estar com um bebê vai afastá-los.

— Ótimo — rosna Risa. — Talvez todos nós devamos pegar um bebê, então.

Connor fica visivelmente vermelho. Volta-se para ela e estende as mãos.

— Eu seguro ele — diz, mas Risa mantém o bebê longe dele.

— Você vai fazê-lo chorar.

Risa tem familiaridade com bebês. Na Casa Estadual, ela às vezes teve que cuidar dos pequeninos. Este aqui provavelmente acabaria em uma Casa Estadual também. Deu para ver que a mulher à porta não tinha a menor intenção de ficar com ele.

Ela olha para Connor. Ainda vermelho, ele intencionalmente evita encará-la. A razão que Connor informou era mentira. Algo mais o fez correr até aquela varanda. Mas, qualquer que seja o verdadeiro motivo, ele pretende guardá-lo para si.

O ônibus para, rangendo, e mais adolescentes entram. A garota na frente do veículo — a que também segura um bebê — vai para os fundos e se senta bem na frente de Risa, virando-se e olhando para ela por cima do encosto do banco.

— Oi, vocês devem ser novos! Eu sou Alexis, e este é o Chase. — O bebê de Alexis olha para Risa curiosamente e baba por cima do assento. A mãe pega na mão frouxa do bebê e a faz acenar como faria, talvez, com a mão de uma boneca. — Fala "oi", Chase! — Ela parece ainda mais jovem do que Risa.

Alexis espia o rosto do bebê adormecido nos braços de Risa.

— Um recém-nascido! Oh, uau! É muito corajoso da sua parte voltar pra escola tão cedo! — Ela se vira para Connor. — Você é o pai?

— Eu? — Connor parece afobado e acuado por um instante, antes de recuperar o juízo e responder: — É. É, eu sou, sim.

— É *tããão* legal vocês ainda estarem saindo juntos. O Chaz, que é o pai do Chase, nem frequenta mais a nossa escola. Ele foi enviado para um colégio militar. Os pais dele ficaram tão doidos da vida quando descobriram que eu estava, sabe, "de barriga" que ele ficou com medo que o mandassem pra fragmentação. Dá pra acreditar?

Risa poderia estrangular essa garota se não fosse pelo fato de que isso tornaria o babão Chase órfão de mãe.

— E aí, o seu é menino ou menina?

A pausa antes da resposta é esquisita e desconfortável. Risa imagina se há um jeito discreto de verificar sem que Alexis veja, mas percebe que não.

— Menina — chuta Risa. Pelo menos, há cinquenta por cento de chance de ela estar certa.

— Qual é o nome dela?

Desta vez Connor se adianta.

— Didi — responde ele. — O nome dela é Didi.

Isso gera um sorrisinho no rosto de Risa, apesar de ela estar furiosa com ele.

— Isso — confirma Risa. — Que nem eu. Tradição familiar.

Claramente, Connor recuperou pelo menos uma parte da capacidade de raciocínio. Ele parece um pouco mais relaxado e espontâneo, cumprindo o papel da melhor forma possível. A vermelhidão no rosto diminuiu até que só as orelhas estivessem coradas.

— Bom, vocês vão adorar o colégio Center-North High — diz Alexis. — Eles têm uma ótima creche diurna e realmente tomam conta das mães estudantes. Alguns professores até nos deixam amamentar na sala de aula.

Connor coloca a mão no ombro de Risa.

— Os pais podem assistir?

Risa se desvencilha dele com um chacoalhão e pisa silenciosamente em seu pé. Connor se encolhe, mas não diz nada. Se ele achou que o castigo já tinha terminado, errou feio. No que diz respeito a ela, ele ainda pode ficar no cantinho pensando no que fez.

— Parece que seu irmão está fazendo amizades — diz Alexis. Ela olha para onde Lev estava sentado, mas ele mudou para um banco lá adiante e está conversando com um menino sentado ao lado. Risa tenta ouvir sobre o que estão falando, mas não consegue escutar nada além da tagarelice de Alexis. — Ou ele é *seu* irmão? — pergunta ela para Connor.

— Não, é meu — responde Risa.

Alexis sorri e mexe o ombro um pouco, sinuosamente.

— Ele é bem bonitinho.

Risa não pensou que fosse possível desgostar ainda mais de Alexis do que já desgostava. Aparentemente, estava errada. Alexis deve ter percebido a expressão de Risa, pois diz:

— Bom, eu quero dizer, bonitinho pra uma *criança*.

— Ele tem treze anos. Pulou uma série — afirma Risa, queimando Alexis com um olhar ainda mais maldoso que diz: *Mantenha suas garras longe do meu irmãozinho.* Tem de lembrar a si mesma de que Lev não é realmente seu irmão mais novo. Agora é a vez de Connor pisar no pé dela, e ele tem razão em fazer isso. Informação demais. A verdadeira idade de Lev era mais do que Alexis precisava saber. Além disso, criar uma inimiga não fará nada de bom por eles.

— Desculpe — diz Risa, suavizando o olhar. — Foi uma noite longa com o bebê. Está me deixando rabugenta.

— Ah, pode acreditar, eu sei exatamente como é isso.

Parece que a inquisição de Alexis poderia continuar até eles chegarem à escola, mas o ônibus para outra vez bruscamente, fazendo o pequeno Chase bater o queijo no encosto do banco, e ele começa a chorar. De repente, Alexis entra no modo mãe e a conversa termina.

Risa solta um suspiro profundo, e Connor diz:

— Eu sinto muito mesmo por isso.

Embora ele pareça sincero, ela não vai aceitar suas desculpas.

13 · Lev

Este dia não saiu conforme o plano.

O plano era escapar assim que possível depois que eles chegassem à civilização. Lev poderia ter corrido no momento em que eles saíram do bosque. Poderia, mas não correu. *Vai haver um momento melhor*, pensou ele. Um momento perfeito se apresentaria se ele tivesse paciência e permanecesse alerta.

Fingir ser um deles — fingir ser *como* eles — exigira cada fibra da força de vontade de Lev. A única coisa que o fazia prosseguir era a noção de que, muito em breve, tudo ficaria como deve ficar.

Quando o carro da polícia apareceu na rua, Lev estava totalmente preparado para se jogar na direção dele e se entregar. Ele teria feito isso, não fosse por uma coisa.

As fotos deles não estavam nos jornais.

Isso incomodava Lev ainda mais do que os outros. Sua família era influente. Não era gente a se menosprezar. Ele tinha certeza de que seu rosto ocuparia a primeira página. Quando viu que não ocupava, não soube o que pensar. Até mesmo a teoria de Risa sobre os pais de Lev quererem que ela e Connor fossem mortos parecia possível.

Caso ele se entregasse aos policiais, e se eles disparassem balas de verdade contra Risa e Connor? Será que fariam isso? Lev queria que os dois fossem levados à justiça, mas não poderia suportar a ideia de causar a morte deles; então, deixara o carro passar sem parar.

E agora tudo está pior. Agora há um bebê. Roubar um bebê entregue pela cegonha! Esses dois fragmentários estão fora de controle. Ele não teme mais que decidam matá-lo, mas isso não os torna menos perigosos. Eles precisam ser protegidos de si mesmos. Precisam... precisam... precisam ser fragmentados. Sim. É a melhor solução para esses dois. Não são úteis para ninguém no estado atual, menos ainda para si mesmos. Provavelmente seria um alívio para eles, pois agora estão feridos, partidos por dentro. Melhor que isso é estar partido por fora. Assim, seus espíritos divididos poderão descansar, sabendo que a carne viva se espalhou pelo mundo, salvando vidas, completando outras pessoas. Assim como o espírito do próprio Lev em breve descansará.

Ele pondera sobre o assunto enquanto fica no ônibus, tentando negar os sentimentos mistos que experimenta com ele.

Enquanto Risa e Connor conversam com uma garota dolorosamente petulante e o bebê dela, Lev vai para um banco mais à frente no ônibus, deixando alguma distância entre eles. Um menino entra no veículo e senta ao lado dele, usando fones de ouvido e cantando uma música que Lev não consegue ouvir. O menino coloca a mochila entre os dois no assento, praticamente empurrando Lev, e volta a atenção para o que está ouvindo.

É quando Lev tem uma ideia. Ele olha ao redor para ver se Connor e Risa ainda estão envolvidos com a outra garota e o bebê. Cuidadosamente, enfia a mão na mochila do menino e tira um caderno com páginas cheias de orelhas. Escrita nele em grandes letras pretas está a frase ÁLGEBRA MATA, com caveirinhas e ossos cruzados. Dentro há equações bagunçadas e lições de casa com notas baixas por desleixo. Lev rapidamente encontra uma página em branco. Depois, procura na mochila do menino de novo até achar uma caneta. Durante todo esse tempo o menino está tão absorto na música que não percebe nada. Lev começa a escrever:

SOCORRO! ESTOU SENDO MANTIDO COMO REFÉM
POR DOIS FRAGMENTÁRIOS DESERTORES.
SE VOCÊ ENTENDEU, FAÇA UM SINAL.

Quando termina, ele cutuca o ombro do menino. São necessários dois cutucões para chamar a atenção dele.

— Sim?

Lev ergue o caderno, assegurando-se de fazê-lo de uma forma que não fique óbvia demais. O menino olha para ele e diz:

— Ei, esse caderno é meu.

Lev suspira profundamente. Connor está olhando para ele agora. Precisa tomar cuidado.

— Sei que o caderno é seu — diz Lev, tentando falar tanto quanto possível com o olhar. — Eu só... precisava... de... uma... página...

Ele segura o caderno um pouco mais para cima para o menino ler, mas o garoto nem está olhando.

— Não! Você devia ter pedido primeiro.

Então ele arranca a página sem nem mesmo olhar para ela, amassa o papel e, para horror de Lev, joga-o na frente do ônibus. A bola de papel quica na cabeça de outro menino, que a ignora, e cai no chão. O ônibus para e Lev vê sua esperança ser pisoteada por trinta pares de sapatos arrastados.

14 · Connor

Dúzias de ônibus param diante da escola. Adolescentes se amontoam em todas as portas. Enquanto ele desce do ônibus com Risa e Lev, olha ao redor em busca de uma rota de fuga, mas não há nenhuma. Há guardas da segurança do *campus* e professores alertas. Qualquer um que fosse visto saindo da escola atrairia a atenção de todos os vigias.

— Não podemos entrar de verdade — diz Risa.

— Eu digo que deveríamos — responde Lev, parecendo mais pirado do que de costume.

Um professor já os percebeu. Ainda que a escola tenha uma creche para as mães estudantes, o bebê chama muita atenção.

— Vamos entrar — concorda Connor. — Vamos nos esconder em algum lugar onde não haja câmeras de segurança. O banheiro dos meninos.

— Das meninas — retruca Risa. — Deve estar mais limpo e provavelmente vai haver mais cabines pra gente se esconder.

Connor considera as duas afirmações e percebe que ela provavelmente acertou em ambas.

— Tá bom. Vamos nos esconder até a hora do almoço, daí saímos do *campus* com o resto dos alunos.

— Você está presumindo que este bebê vá cooperar — diz Risa. — Em algum momento ele vai querer ser alimentado... e eu não tenho exatamente o material pra isso, se é que você me entende. Se ele começar a chorar no banheiro, provavelmente vai ecoar pela escola inteira.

É outra acusação. Connor consegue ouvi-la na voz de Risa. Eis o que diz: *Você tem ideia do quanto tornou as coisas mais difíceis pra nós?*.

— Vamos só esperar que ele não chore — diz Connor. — E, se chorar, você pode me culpar por todo o caminho até o campo de colheita.

Não é a primeira vez que Connor se esconde em um banheiro de escola. É claro que, antes de hoje, a razão era simplesmente escapar de uma aula.

Hoje, no entanto, não se espera que ele participe de uma aula, e, se ele for pego, as consequências serão um pouco mais severas do que uma simples detenção no próximo sábado.

Eles se esgueiram para dentro depois que o sino do primeiro período toca e Connor lhes ensina as principais lições sobre como entrar furtivamente em um banheiro. Como perceber a diferença entre os passos das crianças e os dos adultos. Quando erguer os pés de forma que ninguém veja você e quando simplesmente anunciar que a baia está ocupada. Esta última funciona bem para Risa e Lev, já que a voz deste ainda é um pouco aguda aos treze, mas Connor não se atreve a fingir que é uma garota.

Ficam juntos, mas sozinhos, cada um em sua cabine. Felizmente, a porta do banheiro guincha feito um porco sempre que é aberta, então eles são avisados quando alguém entra. Há algumas meninas no começo do primeiro período, mas depois tudo se aquieta e eles são deixados em silêncio, exceto pelo gotejar ecoante de uma torneira que vaza.

— Não vamos poder ficar aqui até a hora do almoço — anuncia Risa da baia à esquerda de Connor. — Mesmo que o bebê continue dormindo.

— Você ficaria surpresa com o tempo que dá pra alguém ficar escondido no banheiro.

— Quer dizer que você fez isso muitas vezes? — pergunta Lev, na cabine à direita.

Connor sabe que isso se encaixa perfeitamente na imagem que Lev faz dele — a de um delinquente. Ótimo, ele que pense isso. Provavelmente tem razão.

A porta do banheiro guincha. Eles silenciam. Passos rápidos e abafados — é uma aluna usando tênis. Lev e Connor erguem os pés e Risa mantém os dela abaixados, como eles planejaram. O bebê resmunga e Risa pigarreia, disfarçando o barulho perfeitamente. A garota entra e sai em menos de um minuto.

Depois que a porta do banheiro guincha de novo ao ser fechada, o bebê tosse. Connor percebe que é um som breve e limpo. Não de bebê doente. Ótimo.

— A propósito — diz Risa —, *é* uma menina.

Connor pensa em se oferecer para segurá-la mais uma vez, mas percebe na mesma hora que isso faria mais mal do que bem. Ele não sabe segurar um bebê e impedir que chore. Connor decide que precisa contar a eles por que ficou temporariamente insano e pegou o bebê. Ele lhes deve isso.

— Foi por causa do que aquele menino disse — conta ele, baixinho.

— O quê?

— Lá naquela casa, o menino gordo na porta. Ele disse que tinha entrega da cegonha *de novo*.

— E daí? — pergunta Risa. — Um monte de gente recebe essas entregas mais de uma vez.

Então, do outro lado, Connor escuta:

— Isso aconteceu com a minha família. Eu tenho dois irmãos e uma irmã que a cegonha trouxe antes de eu nascer. Nunca foi problema.

Connor imagina se Lev acredita que foi uma cegonha de verdade que os trouxe ou se é só uma forma de falar. Decide que prefere não saber.

— Que família maravilhosa. Eles adotam bebês entregues e mandam um filho da própria carne e sangue para a fragmentação. Ah, desculpe: para o *dízimo*.

Claramente ofendido, Lev retruca:

— O dízimo está na Bíblia; você deve dar dez por cento de tudo. E a entrega da cegonha está na Bíblia também.

— Não, não está!

— Moisés — diz Lev. — Moisés foi colocado em um cesto no rio Nilo e foi encontrado pela filha do faraó. Ele foi o primeiro bebê entregue, e olha o que aconteceu com ele!

— Sim — responde Connor —, mas o que aconteceu com o segundo bebê que ela encontrou no Nilo?

— Dá pra vocês falarem mais baixo? — pede Risa. — As pessoas podem ouvir vocês do corredor e, ainda por cima, podem acordar a Didi.

Connor leva um momento para reorganizar os pensamentos. Quando volta a falar, é um sussurro, mas em um cômodo forrado de ladrilhos não há sussurros:

— Teve entrega na porta da minha casa quanto eu tinha sete anos.

— Grande coisa — diz Risa.

— Não, foi grande coisa *mesmo*. Por um monte de motivos. Olha, minha família já tinha dois filhos naturais. Meus pais não planejavam ter mais nenhum. De todo jeito, esse bebê apareceu na nossa porta, meus pais começaram a surtar... e aí tiveram uma ideia.

— Será que eu quero ouvir isso? — pergunta Risa.

— Provavelmente não. — Mas Connor não pretende parar. Ele sabe que, se não desabafar agora, nunca mais o fará. — Era de manhã e meus pais perceberam que ninguém tinha visto o bebê deixado na porta, certo? Então, na manhã seguinte, antes de o resto de nós acordar, meu pai colocou o bebê no degrau de uma porta do outro lado da rua.

— Isso é ilegal — anuncia Lev. — Quando você recebe a entrega, o bebê é seu.

— Sim, mas meus pais pensaram: quem é que vai saber? Eles nos fizeram jurar segredo e nós esperamos ouvir as notícias dos vizinhos sobre o recém-chegado inesperado... mas elas nunca vieram. Eles nunca falaram nada sobre terem recebido a entrega e nós não podíamos perguntar nada, porque seria o mesmo que admitir que fomos nós que largamos o bebê na porta deles.

Enquanto Connor fala, a cabine, já pequena, parece tornar-se ainda menor ao redor dele. Sabe que os outros estão um de cada lado, mas não consegue evitar sentir-se desesperadamente só.

— As coisas continuaram como se nada tivesse acontecido. Tudo ficou quieto por um tempo, daí, duas semanas depois, eu abri a porta e ali, naquela porcaria de tapete de "bem-vindo", tinha outro bebê em um cesto... e eu lembro... eu lembro que quase ri. Dá pra acreditar? Eu achei engraçado, daí virei pra minha mãe e disse: "Mãe, tem entrega da cegonha de novo", exatamente como aquele menininho disse hoje de manhã. A minha mãe, toda frustrada, trouxe o bebê pra dentro... e daí ela percebeu...

— Ah, não! — diz Risa, entendendo antes que Connor diga:

— Era o mesmo bebê! — Ele tenta lembrar-se do rosto da criança, mas não consegue. Tudo o que vê na mente é o rosto da menininha que Risa agora segura. — No final das contas, o bebê tinha sido passado de casa em casa pela vizinhança por duas semanas, sendo deixado a cada manhã à porta de outra pessoa... só que agora ele não estava muito bem.

A porta do banheiro guincha e Connor silencia. Um ruído de passos. Duas garotas. Elas conversam um pouco sobre garotos e encontros e festas sem os pais por perto. Nem usam o banheiro. Outro ruído de passos, o guincho da porta e eles estão sozinhos novamente.

— Então, o que aconteceu com o bebê? — pergunta Risa.

— Na hora em que ele chegou à nossa porta outra vez, estava doente. Estava tossindo que nem doido e a pele e os olhos estavam amarelos.

— Icterícia — comenta Risa, baixinho. — Muitos bebês aparecem nas Casas Estatais com isso.

— Meus pais o levaram ao hospital, mas não houve nada que pudessem fazer. Eu estava lá quando o bebê morreu. Eu o *vi* morrer. — Connor fecha os olhos e range os dentes para evitar que as lágrimas saiam. Ele sabe que os outros não conseguem vê-lo, mas não quer que elas saiam mesmo assim. — Eu me lembro de pensar que, se um bebê não ia ser amado, por que Deus ia querer que ele viesse ao mundo?

Ele imagina se Lev terá algum comentário a fazer sobre isso — afinal, quando o assunto é Deus, ele alega ter todas as respostas. Mas tudo o que Lev diz é:

— Eu não sabia que você acreditava em Deus.

Connor leva um momento para controlar as emoções, depois continua:

— De todo jeito, já que ele era legalmente nosso, pagamos pelo funeral. Ele nem tinha nome, e meus pais não aguentariam dar um a ele. Ficou só "Bebê Lassiter", e, mesmo que ninguém o quisesse, a vizinhança inteira foi ao funeral. As pessoas choravam como se fosse o filho delas que tivesse morrido... E foi aí que eu percebi que as pessoas que estavam chorando eram as mesmas que haviam passado o bebê de porta em porta. Eram elas, assim como os meus próprios pais, que haviam ajudado a matá-lo.

Há silêncio agora. A torneira que vaza continua a pingar. No cômodo ao lado, o banheiro dos meninos, alguém dá a descarga e o som ecoa no vazio ao redor deles.

— As pessoas não deveriam abandonar bebês que são deixados à porta delas — é o que Lev finalmente diz.

— As pessoas não deveriam entregar bebês pela cegonha — responde Risa.

— Tem um monte de coisas que as pessoas não deveriam fazer — afirma Connor. Ele sabe que ambos estão certos, mas isso não faz diferença. Em um mundo perfeito, todas as mães desejariam seus bebês e estranhos abririam seus lares para aqueles que não são amados. Em um mundo perfeito, tudo seria preto ou branco, certo ou errado, e todos saberiam a diferença. Mas este não é um mundo perfeito. O problema são as pessoas que pensam que sim.

— De todo jeito, eu só queria que vocês soubessem.

Em instantes o sinal toca e há comoção no corredor. A porta do banheiro se abre rangendo. Garotas rindo, conversando sobre tudo e nada.

— *Da próxima vez, use um vestido.*

— *Posso pegar seu livro de história emprestado?*

— *Aquela prova estava impossível.*

Gritinhos intermináveis da porta e empurrões constantes na porta trancada da cabine de Connor. Nenhuma das garotas é alta o bastante para olhar por cima e nenhuma tem o desejo de olhar por baixo. O segundo sinal toca; a última garota corre para a aula. Eles conseguiram chegar ao segundo período. Se tiverem sorte, esta escola terá um intervalo no meio da manhã. Talvez consigam se esgueirar para fora nessa hora. Na baia de Risa, o bebê começa a fazer ruídos indicando que acordou. Não está chorando, mas meio que estalando a língua. À beira das lágrimas famintas.

— Que tal a gente trocar de baia? — pergunta Risa. — Se alguém voltar, pode parecer suspeito se virem os meus pés por baixo da mesma porta.

— Boa ideia. — Ouvindo atentamente para ter certeza de que não há som de passos no corredor, Connor abre a cabine, trocando de lugar com Risa. A porta de Lev está aberta também, mas ele não sai. Connor empurra essa porta, escancarando-a. Ele não está lá.

— Lev?

Ele olha para Risa, que apenas balança a cabeça. Os dois verificam cada baia, depois olham de novo naquela onde Lev estava, como se ele pudesse reaparecer — mas nada. Lev se foi. E o bebê, no final das contas, começa a chorar.

15 · Lev

Lev está convencido de que seu coração vai explodir no peito.

Vai explodir, e ele vai morrer bem aqui, em um corredor de escola. Esgueirar-se para fora do banheiro quando o sinal tocou foi tenso. Ele havia destrancado a porta da baia e mantido a mão na maçaneta por dez minutos, esperando que o zumbido eletrônico do sinal mascarasse o som da abertura. Depois, tivera que ir até a entrada do banheiro sem que os outros ouvissem seus tênis, novos em folha, chiando no piso. (Por que tênis tinham que ser tão confortáveis e ao mesmo tempo tão barulhentos?) Ele não podia abrir aquela porta guinchante e depois sair andando sozinho. Seria chamativo demais. Então, ele esperou até que uma garota entrasse no banheiro e fizesse isso por ele. Como o sinal havia acabado de tocar, ele só teve que esperar alguns segundos. Ela empurrou a porta, abrindo-a, e ele passou por ela, esperando que a garota não dissesse nada que pudesse denunciá-lo. Se ela comentasse a presença de um menino no banheiro das meninas, Connor e Risa saberiam.

— Da próxima vez, use um vestido — a garota lhe disse quando ele saiu apressado, e a amiga dela riu. Será que isso bastou para alertar Connor e Risa quanto à fuga? Ele não se virou para olhar para trás e descobrir, só continuou andando.

Agora, Lev está perdido nos corredores do imenso colégio, o coração ameaçando detonar a qualquer segundo. Uma multidão louca de adolescentes ruma às pressas para as salas de aula, cercando-o, trombando com ele, desorientando-o. A maioria dos alunos aqui é maior que Lev. Imponente. Intimidador. Foi assim que ele sempre imaginou o Ensino Médio — um lugar perigoso, cheio de mistério e gente violenta. Lev nunca se preocupou com isso porque sempre soube que nunca precisaria ir. Na verdade, só precisou se preocupar em chegar até a metade da oitava série.

— Com licença, você pode me dizer onde fica a diretoria? — pergunta ele a um dos estudantes que passam mais devagar.

O garoto olha para ele como se Lev fosse de Marte.

— Como é possível você não saber disso? — E simplesmente sai andando, balançando a cabeça. Outra pessoa, mais gentil, aponta para ele a direção certa.

Lev sabe que as coisas precisam ser colocadas de volta nos eixos. Este é o melhor lugar para fazer isso: a escola. Se houver algum plano secreto para matar Connor e Risa, não poderá acontecer aqui, com tanta gente em volta; e, se ele fizer do jeito certo, não acontecerá nunca. Se ele fizer do jeito certo, os três seguirão a salvo até a fragmentação, como deveria ser. Como foi *determinado* que seria. A ideia ainda o assusta, mas estes dias sem saber o que acontecerá na próxima hora... Isso sim é aterrorizante. Ser arrancado de seu propósito foi a coisa mais enervante que já aconteceu a Lev, mas agora ele entende por que Deus deixou que isso acontecesse. É uma lição. É para mostrar a ele o que acontece com crianças que se esquivam do destino: elas se tornam perdidas de todas as formas possíveis.

Ele entra na diretoria da escola e fica parado diante do balcão, esperando ser notado, mas a secretária está ocupada demais remexendo em papéis.

— Com licença...

Finalmente, ela ergue o olhar.

— Posso ajudar, querido?

Ele pigarreia.

— Meu nome é Levi Calder, e eu fui sequestrado por dois fragmentários fugitivos.

A mulher, que na verdade não estava prestando atenção antes, de repente foca o olhar inteiramente nele.

— O que foi que você disse?

— Eu fui sequestrado. Nós estávamos escondidos no banheiro, mas eu fugi. Eles ainda estão lá. Eles também pegaram um bebê.

A mulher se levanta e chama alguém, a voz trêmula, como se estivesse olhando para um fantasma. Ela chama o diretor, e o diretor chama um funcionário da segurança.

Um minuto depois, Lev está sentado na enfermaria, com a enfermeira cuidando dele como se estivesse com febre.

— Não se preocupe — diz ela. — O que quer que tenha acontecido com você, agora já acabou.

A partir da enfermaria, Lev não tem como saber se capturaram Connor e Risa. Espera que, caso tenham conseguido, os dois não sejam trazidos para cá. A ideia de ter que encará-los o deixa envergonhado. Fazer a coisa certa não deveria deixar ninguém envergonhado.

— A polícia foi chamada. Eles vão tomar conta de tudo — conta a enfermeira. — Logo você vai pra casa.

— Eu não vou pra casa — explica ele. A enfermeira o olha estranhamente, e ele decide não prosseguir. — Deixa pra lá. Posso ligar pros meus pais?

A mulher o encara, incrédula.

— Quer dizer que ninguém fez isso por você ainda? — Ela olha para o telefone da escola, a um canto, e depois, em vez de ir até lá, remexe no bolso até achar o celular. — Ligue pra eles e diga que está bem. Fale pelo tempo que precisar. — Ela o encara por um momento e então decide dar-lhe privacidade, saindo da sala. — Se precisar de mim, estou aqui fora.

Lev começa a teclar os números, mas se detém. Não é com os pais que ele quer falar. Ele apaga os números e tecla outros, hesita por um momento, depois aperta a tecla *enviar*.

A chamada é atendida ao segundo toque.

— Alô?

— Pastor Dan?

Há apenas uma fração de segundo de mudez, depois reconhecimento.

— Meu Deus, Lev? Lev, é você? Onde você está?

— Eu não sei. Alguma escola. Escute, o senhor tem que pedir aos meus pais pra mandarem a polícia parar! Eu não quero que eles morram.

— Lev, calma. Você está bem?

— Eles me sequestraram, mas não me machucaram, então, não quero que ninguém os machuque. Diga ao meu pai pra mandar a polícia parar!

— Eu não sei do que você está falando. Nós não contamos nada à polícia.

Lev não estava esperando ouvir isso.

— Vocês não... quê?

— Seus pais iam fazer isso. Eles iam aprontar o maior alarde sobre o caso, mas eu os convenci a não fazer isso. Eu os convenci de que o fato de você ter sido raptado foi, de alguma forma, a vontade de Deus.

Lev começa a balançar a cabeça como se, com isso, pudesse afugentar a ideia.

— Mas... mas por que o senhor fez isso?

Agora o Pastor Dan começa a parecer desesperado.

— Lev, me escute. Me escute com cuidado. *Ninguém mais sabe que você sumiu.* Até onde todo mundo sabe, você seguiu como dízimo, e as pessoas não fazem perguntas sobre crianças que viram dízimos. Você entende o que estou dizendo?

— Mas... mas eu quero ser um dízimo. Eu *preciso* ser. O senhor tem que ligar pros meus pais e contar a eles. Tem que me levar pro campo de colheita.

Agora o Pastor Dan se enfurece.

— *Não me force a fazer isso! Por favor, não me force a fazer isso!*

É como se ele estivesse travando uma batalha, mas não é Lev que ele está combatendo. Isso está tão distante da imagem que o menino tem do Pastor Dan que ele não consegue acreditar que seja a mesma pessoa que conheceu por todos esses anos. É como se um impostor tivesse roubado a voz do pastor, mas nenhuma de suas convicções.

— Você não vê, Lev? Você pode se salvar. Pode ser quem você quiser ser agora.

E assim, de uma vez, a verdade atinge Lev. O Pastor Dan não o estava mandando fugir do sequestrador naquele dia — estava mandando Lev fugir *dele*. De seus pais. De seu dízimo. Depois de todos aqueles sermões e aulas, depois de toda aquela conversa, ano após ano, sobre o dever sagrado de Lev, tudo foi uma farsa. Lev nasceu para ser um dízimo — e o homem que o convenceu de que este era um destino glorioso e honrado não acredita em tal coisa.

— Lev? Lev, você está aí?

Ele está, mas não quer estar. Não quer responder a esse homem que o guiou até um penhasco apenas para se virar e partir no último minuto. Agora as emoções de Lev giram como uma roda da fortuna. Em um momento ele está furioso, no outro, aliviado. Em um instante, está cheio de um terror tão extremo que consegue farejá-lo como ácido nas narinas; no seguinte, há uma pontada de alegria, como a que ele costumava sentir quando jogava beisebol e ouvia o estalo do seu bastão contra uma bola. Ele é essa bola agora, voando para longe. Sua vida foi como um campo de beisebol, não foi? Feita de linhas, estrutura e regras, imutável. Mas agora ele foi lançado para além da arquibancada em território desconhecido.

— Lev? — chama o Pastor Dan. — Você está me assustando. Fale comigo.

O menino respira lenta e profundamente. Então, diz:

— Adeus, senhor. — E desliga o telefone sem nem mais uma palavra.

Lev vê os carros da polícia chegando do lado de fora. Connor e Risa logo serão capturados, se é que ainda não foram. A enfermeira não está mais parada à porta — está ralhando com o diretor pela forma como ele lidou com a situação.

— Por que o senhor não ligou para os pais do pobre menininho? Por que não trancou a escola?

Lev sabe o que tem de fazer. É uma coisa errada. É uma coisa ruim. Mas, de repente, ele não se importa. Ele se esgueira para fora da enfermaria, passando bem atrás das costas da enfermeira e do diretor, e vai para o corredor. Leva apenas um segundo para encontrar o que está procurando. Ele estica a mão para a caixinha na parede.

Estou perdido de todas as formas possíveis.

Então, sentindo a frieza do aço contra as pontas dos dedos, ele puxa o alarme de incêndio.

16 · Professora

O alarme de incêndio soa durante o período em que a professora está preparando a aula, e ela silenciosamente xinga os poderes superiores por seu péssimo *timing*. Talvez, pensa ela, se pudesse ficar na sala de aula vazia até o alarme falso — porque é sempre um alarme falso — parar de tocar. Mas aí, que tipo de exemplo ela estaria dando se os alunos de passagem olhassem lá dentro e a vissem ainda sentada?

Quando ela sai da sala, os corredores já estão ficando lotados de alunos. Professores fazem o melhor que podem para mantê-los organizados, mas este é um colégio do Ensino Médio; as filas organizadas dos treinamentos contra incêndio do Ensino Fundamental já se foram há muito tempo, substituídas por aqueles zigue-zagues atrevidos e cheios de hormônios de adolescentes cujos corpos são grandes demais para seu próprio bem.

Então ela vê algo estranho. Algo perturbador.

Há dois policiais perto da diretoria — na verdade, eles parecem intimidados pela multidão de crianças que flui ao redor deles, saindo pelas portas frontais da escola. Mas por que policiais? Por que não bombeiros? E como eles podem ter chegado aqui tão rápido? Não podem — devem ter sido chamados antes de o alarme soar. Mas por quê?

Da última vez que houve policiais na escola, alguém anunciou uma ameaça de batedores. O local todo foi evacuado e ninguém soube por quê até depois do fato. No final das contas, não havia batedor nenhum — a escola nunca correu perigo de ser explodida. Era só algum aluno pregando uma peça. Ainda assim, ameaças de batedores são sempre levadas a sério, pois nunca se sabe quando podem ser reais.

— Por favor, sem empurrar! — diz a professora a um estudante que tromba com seu cotovelo. — Tenho certeza de que todos vamos conseguir sair. — Que bom que ela não trouxe o café.

— Desculpe, Srta. Steinberg.

Quando passa por um dos laboratórios de ciência, ela percebe a porta entreaberta. Só para ter certeza, espia lá dentro para ver se não há nenhum aluno atrasado ou tentando evitar o êxodo da massa. As mesas com tampo de pedra estão vazias e as cadeiras, todas nos lugares. Ninguém esteve no laboratório hoje. Ela estica a mão para fechar a porta, mais por hábito do que por qualquer outra coisa, quando escuta um som completamente deslocado no local:

O choro de um bebê.

Primeiro, pensa que deve estar vindo da creche das mães estudantes, mas a creche fica longe, no fim do corredor. Esse choro definitivamente está vindo do laboratório. Ela o ouve novamente, mas desta vez soa estranhamente abafado e mais zangado. Ela conhece o som. Alguém está tentando cobrir a boca do bebê para impedir que chore. Essas mães adolescentes sempre fazem isso quando estão com os bebês no lugar errado. Nunca parecem entender que isso só faz a criança chorar mais alto.

— Acabou a festa — diz a professora. — Venha. Você e o seu bebê precisam sair com todo o resto.

Mas ninguém aparece. Ouve-se o choro abafado outra vez, seguido de um intenso sussurrar que ela não consegue distinguir. Irritada, ela entra no laboratório e marcha pelo corredor central, olhando para esquerda e direita até encontrá-los agachados atrás de uma das mesas. Não são só uma garota e um bebê; há um garoto ali também. Eles têm um ar de desespero. O garoto parece prestes a sair correndo, mas a garota o agarra firmemente com a mão livre. Isso o mantém no lugar. O bebê geme.

A professora pode não saber o nome de todos na escola, mas tem razoável certeza de que conhece cada rosto — e certamente conhece cada mãe estudante. Esta não é uma delas, e o garoto também é completamente desconhecido.

A garota a observa com olhos suplicantes. Apavorada demais para falar, ela apenas balança a cabeça, fazendo que não. É o garoto quem fala:

— Se a senhora nos entregar, vamos morrer.

Ao ouvir isso, a garota segura o bebê mais junto de si. O choro diminui, mas não desaparece inteiramente. Está claro que é por eles que a polícia está procurando, por razões que ela pode apenas tentar imaginar.

— Por favor... — diz o garoto.

Por favor o quê?, pensa a professora. *Por favor, desobedeça a lei? Por favor, coloque a si mesma e a escola em risco?* Mas não, não é nada disso. O que ele realmente está dizendo é: *Por favor, seja humana.* Com uma vida tão cheia de regras e controle, é tão fácil esquecer que é isso que eles são. Ela sabe — ela *entende* — com que frequência a compaixão é suplantada pela conveniência.

Então, uma voz atrás dela chama:

— Hannah?

Ela se vira e vê outro professor olhando a partir da porta. Ele está um pouco desgrenhado após ter enfrentado a correnteza furiosa de crianças que ainda se afunilam para sair da escola. Obviamente ele ouve o choro do bebê — como poderia não ouvir?

— Está tudo bem? — pergunta ele.

— Sim — responde Hannah, com mais calma na voz do que sente na verdade. — Eu vou cuidar disso.

O outro professor assente e vai embora, provavelmente feliz por não ter que dividir o fardo de qualquer situação que seja essa envolvendo um bebê chorão. Hannah, no entanto, agora sabe que situação é essa — ou, pelo menos, suspeita. Adolescentes só têm esse tipo de desespero nos olhos quando estão prestes a ser fragmentados.

Ela estende a mão para os jovens apavorados.

— Venham comigo.

Os dois hesitam, então ela diz:

— Se eles estiverem procurando por vocês, vão encontrá-los assim que o prédio estiver vazio. Vocês não podem achar que conseguem se esconder aqui. Se querem escapar, têm que sair com todo o resto. Venham, eu vou ajudar.

Finalmente, eles se levantam de detrás da mesa e ela solta um suspiro de alívio. Consegue perceber que os dois ainda não confiam nela — mas, até aí, por que deveriam? Fragmentários habitam à sombra constante da traição. Bem, não precisam confiar nela agora, só precisam ir com ela. Neste caso, a necessidade é a mãe da obediência, e assim está ótimo.

— Não me digam seus nomes — ela pede a eles. — Não me contem nada. Assim, se eles me interrogarem depois, não será mentira quando eu disser que não sei.

Ainda há multidões de crianças seguindo pelo corredor, indo na direção da saída mais próxima. Ela sai do laboratório, certificando-se de que os dois adolescentes e seu bebê estejam logo atrás dela. Ela vai ajudá-los. Quem quer que sejam, ela fará o melhor que puder para deixá-los a salvo. Que tipo de exemplo estaria dando se não o fizesse?

17 · Risa

Polícia nos corredores! Polícia nas saídas! Risa sabe que isso é obra de Lev. Ele não apenas fugiu, ele os denunciou. Essa professora diz que vai ajudá-los, mas e se for o contrário? E se ela só os estiver levando até a polícia?

Não pense nisso agora! Fique de olho no bebê.

Policiais reconhecem pânico quando o veem. Mas, se os olhos dela estiverem voltados para o bebê, o pânico pode ser interpretado como aflição pelas lágrimas da criança.

— Se um dia eu vir o Lev de novo — diz Connor —, acabo com ele.

— Psiu — pede a professora, guiando-os com a multidão até a saída.

Risa não pode culpar Connor pela raiva que sente. Ela se culpa por não ter percebido a falsidade de Lev. Como ela pode ter sido tão ingênua a ponto de pensar que ele estava mesmo ao lado deles?

— Deveríamos ter deixado aquele babaquinha ser fragmentado — resmunga Connor.

— Cala a boca — responde Risa. — Vamos só sair dessa.

Quando se aproximam da porta, outro policial surge à vista, parado logo do lado de fora.

— Me entregue o bebê — ordena a professora, e Risa obedece. Ela ainda não percebe por que a mulher pediu a criança, mas não importa. É maravilhoso ter *alguém* mostrando o caminho, alguém que parece saber o que está fazendo. Talvez esta mulher não seja uma inimiga, afinal. Talvez ela realmente vá tirá-los dessa.

— Me deixem ir na frente — diz a professora. — Vocês dois se separam e saem andando com o resto dos alunos.

Sem o bebê para olhar, Risa sabe que não consegue esconder o pânico nos olhos, mas de repente percebe que talvez isso não importe — e agora ela entende por que a mulher levou o bebê. Sim, Lev os denunciou. Mas, se tiverem sorte, a polícia local pode ter apenas uma descrição deles para se guiar: um garoto de cabelo bagunçado e uma garota de cabelo escuro com um bebê. Tire o bebê e a imagem bate com metade dos alunos desta escola.

A professora — Hannah — passa pelo policial alguns metros à frente deles, e o homem a observa apenas momentaneamente. Mas depois ele olha na direção de Risa e seu olhar se trava nela. Risa sabe que acabou de se entregar. Será que deveria se virar e correr de volta para a escola? Cadê o Connor agora? Está atrás dela ou na frente? Ela não tem nem ideia. Está completamente sozinha.

E a salvação chega sob uma forma improvável.

— Oi, Didi!

É Alexis, a garota tagarela do ônibus escolar! Ela surge ao lado de Risa, com Chase mordendo-lhe o ombro.

— As pessoas puxam esses alarmes o tempo todo — diz ela. — Bom, pelo menos eu saí da aula de matemática.

Subitamente, os olhos do policial se desviam para Alexis.

— Pare aí mesmo, senhorita.

Alexis parece perplexa.

— Quem, eu?

— Saia da fila. Gostaríamos de lhe fazer algumas perguntas.

Risa continua andando, segurando a respiração por medo de que um suspiro de alívio possa atrair novamente a atenção do policial. Risa já não se encaixa no perfil que eles estão procurando... mas Alexis, sim! Risa não olha para trás; apenas continua a descer os degraus até a rua.

Em alguns instantes, Connor a alcança.

— Eu vi o que aconteceu lá atrás. Sua amiga pode ter acabado de salvar a sua vida.

— Vou ter que agradecer mais tarde.

Mais à frente, Hannah enfia a mão livre no bolso, tira a chave do carro e depois vira à esquerda rumo ao estacionamento do colégio. *Tudo vai ficar bem*, pensa Risa. *Ela vai nos tirar daqui.* Risa pode até começar a acreditar em milagres e anjos... E então ela escuta uma voz familiar atrás de si:

— Esperem! Parem!

Ela se vira e vê Lev — ele os encontrou. Apesar de estar longe, o menino está rapidamente abrindo caminho até eles em meio à multidão.

— Risa! Connor! Esperem!

Não bastou simplesmente denunciá-los, agora ele está levando a polícia diretamente até eles — e não é o único. Alexis ainda está parada com o policial na entrada lateral da escola. De onde está, ela pode facilmente ver Risa, e aponta para Risa, indicando-a ao policial. Este saca o rádio na mesma hora para informar os outros oficiais.

— Connor, estamos encrencados.

— Eu sei... também já vi.

— Esperem! — grita Lev, ainda distante, mas se aproximando.

Risa procura por Hannah, mas esta desapareceu em meio à multidão de adolescentes no estacionamento.

Connor olha para Risa, o medo suplantando a fúria em seus olhos.

— Corra.

Desta vez, a garota não hesita. Ela corre com ele, escapando em direção à rua assim que um caminhão de bombeiros surge na cena, a sirene aos berros. O caminhão para bem no caminho deles. Não há para onde fugir. O alarme de incêndio foi puxado misericordiosamente no momento perfeito, e fez com que chegassem até aqui, mas a comoção está acabando. Os alunos estão se acumulando em vez de correr, e policiais de todos os cantos estão olhando na direção deles.

Tudo de que precisam é uma nova comoção. Algo ainda pior do que o alarme de incêndio.

A resposta aparece antes mesmo que Risa possa formular a ideia completa na mente. Ela fala sem nem saber o que está a ponto de dizer:

— Comece a bater palmas!

— O quê?

— Comece a bater palmas. Confie em mim!

Connor assente uma única vez, deixando claro que entendeu, e começa a unir as mãos, devagar no começo, depois mais e mais rápido. Ela faz o mesmo, os dois aplaudindo como se estivessem em um concerto de sua banda favorita.

E, ao lado deles, um estudante larga a mochila no chão e os olha em absoluto horror.

— Batedores! — grita ele.

Em um instante, o mundo se apaga.

BatedoresBatedoresBatedores...

A palavra ecoa entre os jovens ao redor. Rapidamente, ela alcança massa crítica e a multidão toda está completamente em pânico.

— Batedores! — gritam todos, e a massa de gente começa a debandar. Adolescentes correm, mas ninguém tem certeza de para onde ir. Tudo o que sabem é que precisam se afastar da escola o mais rápido possível.

Risa e Connor continuam a bater palmas, as mãos já vermelhas da força de seu dueto de aplausos. Com a multidão apavorada correndo às cegas, os policiais não conseguem alcançá-los. Lev desapareceu, pisoteado pelas pessoas em pânico, e tudo piora ainda mais com a sirene dos bombeiros, que grita como se estivesse anunciando o fim do mundo.

Eles param de bater palmas e se juntam à debandada, tornando-se parte da massa em fuga.

É quando alguém aparece ao lado deles. É Hannah. Seu plano de tirá-los da escola de carro já era, então ela rapidamente entrega o bebê a Risa.

— Tem um antiquário na Fleming Street — conta ela. — Peçam pra falar com a Sonia. Ela vai ajudar.

— Não somos batedores — é tudo o que Risa consegue pensar em dizer.

— Sei disso. Boa sorte.

Não há tempo para agradecer. Em um momento, a multidão louca os separa, levando Hannah em outra direção. Risa tropeça e percebe que eles estão no meio da rua. O tráfego parou, já que centenas de crianças correm em um louco frenesi para escapar dos terroristas, onde quer que estejam. O bebê nos braços de Risa berra, mas seus gritos nada são se comparados aos da multidão. Em um instante eles atravessam a rua e somem com a multidão.

18 · Lev

Esta é a verdadeira imagem da solidão: Lev Calder sob os pés impiedosos de uma multidão em fuga.

— Risa! Connor! Socorro!

Ele nunca deveria ter gritado os nomes deles, mas é tarde demais para mudar isso. Fugiram dele quando ele gritou. Não esperaram — correram. Eles o odeiam. Sabem o que ele fez. Agora, centenas de pés passam por cima de Lev como se ele não estivesse lá. Suas mãos são pisoteadas, uma bota desce contra seu peito e um adolescente o usa como trampolim para ganhar maior velocidade.

Batedores. Todos estão gritando sobre batedores, só porque ele puxou aquela porcaria de alarme.

Ele precisa alcançar Risa e Connor. Precisa explicar, dizer a eles que sente muito — que foi errado denunciá-los e que fez soar o alarme para ajudá-los a escapar. Ele tem que fazê-los entender. São seus únicos amigos agora. Eram. Mas não são mais. Ele estragou tudo.

Finalmente, a debandada diminui o suficiente para que Lev tente levantar. Um joelho do jeans está rasgado. Ele sente gosto de sangue — deve ter mordido a língua. Tenta avaliar a situação. A maior parte da multidão já saiu da escola e está na rua, desaparecendo por vias secundárias. Só os retardatários permanecem.

— Não fique parado aí — diz um garoto que passa correndo. — Tem batedores no telhado!

— Não — retruca outra pessoa. — Ouvi dizer que estão na lanchonete.

Ao redor de Lev, os policiais desnorteados andam de um lado a outro com falsa determinação nos passos, como se soubessem exatamente aonde ir, apenas para se virarem e marcharem com a mesma determinação em outra direção.

Connor e Risa o abandonaram.

Ele percebe que, se não for embora agora com os últimos alunos, atrairá a atenção da polícia.

Ele corre, sentindo-se mais desamparado que um bebê entregue pela cegonha. Não sabe a quem culpar: o Pastor Dan, por libertá-lo? A si mesmo, por trair as únicas pessoas dispostas a ajudá-lo? Ou deveria culpar Deus por permitir que sua vida chegasse a este momento amargo? *Você pode ser quem quiser agora*, o Pastor Dan havia dito. Mas, neste momento, Lev sente que não é ninguém.

Esta é a verdadeira imagem da solidão: Levi Jedediah Calder subitamente percebe que não existe mais.

19 · Connor

O antiquário fica em uma parte mais velha da cidade. Árvores se arqueiam por sobre a rua, os galhos podados em padrões angulosos e artificiais pelas quinas dos caminhões que passam. A rua está cheia de folhas amarelas e marrons, mas as mais teimosas ainda se agarram aos galhos em número suficiente para formar uma cobertura sombreada.

O bebê está inconsolável, e Connor quer reclamar dele para Risa, mas sabe que não pode. Se não fosse por ele, a criança nem seria parte desta equação.

Não há muitas pessoas na rua, mas há o bastante. A maior parte são alunos do Ensino Médio vagando à toa, provavelmente espalhando boatos sobre batedores tentando detonar a si mesmos.

— *Ouvi dizer que são anarquistas.*

— *Ouvi dizer que é alguma religião esquisita.*

— *Ouvi que eles fazem isso só por fazer.*

A ameaça de batedores é tão eficaz porque ninguém sabe o que eles realmente querem.

— O que você fez foi muito inteligente — diz Connor a Risa enquanto os dois se aproximam do antiquário. — Fingir que éramos batedores, quero dizer. Eu nunca teria pensado nisso.

— Você pensou bem rápido quando apagou aquele Juvi no outro dia com a própria arma de tranquilizantes dele.

Connor sorri.

— Eu ajo pelo instinto, você age pelo cérebro. Acho que a gente forma uma equipe bem decente.

— É. E funcionamos um pouquinho melhor sem o Lev.

À menção de Lev, Connor sente uma pontada de raiva. Ele esfrega o braço dolorido onde o menino o mordeu — mas o que Lev fez hoje foi muito mais doloroso.

— Esquece isso. Ele é história. Nós conseguimos escapar, então o chilique que ele deu não importa. Agora ele vai ser fragmentado, exatamente como quer, e nós não vamos ter mais que lidar com ele.

Ainda assim, pensar nisso traz a Connor um toque de pesar. Ele havia arriscado a vida por Lev. Havia tentado salvá-lo, mas falhara. Talvez, se Connor fosse melhor com palavras, pudesse ter dito algo que realmente tivesse convencido o menino. Mas a quem está enganando? Lev foi um dízimo desde o momento em que nasceu. Você não pode desfazer treze anos de lavagem cerebral em dois dias.

O antiquário é velho. Tinta branca descasca da porta. Connor a empurra, abrindo-a, e sinos pendurados no alto dela tilintam. Um alerta de intrusos de baixa tecnologia. Há um cliente: um homem de cara azeda com um casaco de tweed. Ele ergue o olhar para os dois, desinteressado e talvez aborrecido com o bebê, pois recua ainda mais para dentro dos recessos da loja atravancada, para escapar.

O estabelecimento talvez possua coisas de cada ponto da história norte-americana. Uma prateleira de iPods e outras bugigangazinhas do tempo do avô de Connor e uma velha mesa de jantar com a borda cromada. Um filme antigo passa em uma antiga TV de plasma. O filme mostra uma visão louca de um futuro que nunca existiu, com carros voadores e um cientista de cabelos brancos.

— Posso ajudar?

Uma mulher tão curvada quanto um ponto de interrogação sai de trás da caixa registradora. Ela caminha com uma bengala, mas, apesar disso, parece ter passos bem firmes.

Risa balança o bebê para tentar acalmá-lo.

— Estamos procurando a Sonia.

— Vocês a encontraram. O que querem?

— Nós... hã... precisamos de ajuda — responde Risa.

— Sim — confirma Connor. — Uma pessoa nos disse pra vir aqui.

A velha olha para eles desconfiada.

— Isso tem alguma coisa a ver com aquele fiasco lá no colégio? Vocês são batedores?

— Nós parecemos batedores pra senhora? — retruca Connor.

A mulher estreita os olhos para ele.

— Ninguém *parece* um batedor.

Connor estreita os próprios olhos para enfrentar os dela, depois anda até a parede. Ele levanta a mão e soca a parede com toda a força, atingindo-a de tal forma que machuca os nós dos dedos. Um quadrinho com uma pintura de pote de frutas cai. Connor o apanha antes que chegue ao chão e o coloca sobre o balcão.

— Viu? — diz ele. — Meu sangue não é explosivo. Se eu fosse um batedor, esta loja inteira teria ido pelos ares.

A velha o encara, e é difícil para Connor sustentar o olhar dela — há um tipo de fogo naqueles olhos cansados. Mas o garoto não desvia o olhar.

— Estão vendo esta corcunda? — pergunta ela. — Eu a ganhei ao arriscar o pescoço por gente como vocês.

Ainda assim, Connor não desvia o olhar.

— Então, acho que viemos ao lugar errado. — Olhando de relance para Risa, ele completa: — Vamos cair fora daqui.

Ele se vira para sair, e a velha estica a bengala, batendo brusca e dolorosamente nas canelas dele.

— Não tão rápido. Acontece que a Hannah me ligou pra que eu soubesse que vocês viriam.

Risa, ainda balançando o bebê, solta um suspiro de frustração:

— A senhora podia ter dito isso quando a gente entrou.

— E que graça isso teria?

A esta altura, o cliente de cara azeda já se aproximou novamente, pegando item após item, a expressão exibindo um desagrado instantâneo por tudo o que há na loja.

— Eu tenho alguns artigos adoráveis para crianças na sala dos fundos — diz a velha, alto o bastante para que o cliente ouça. — Por que vocês não vão até lá esperar por mim? — Então, ela sussurra: — E, pelo amor de Deus, alimentem esse bebê!

A sala dos fundos fica depois de uma porta coberta pelo que parece ser uma antiga cortina de chuveiro. Se a primeira sala era atravancada de tralhas, este lugar é um verdadeiro desastre. Coisas como molduras quebradas de quadros e gaiolas enferrujadas estão empilhadas por toda parte — todos os itens que não eram bons o bastante para ficar à mostra lá na frente. O lixo do lixo.

— E você acha que essa velha vai nos ajudar? — diz Connor. — Pra mim parece que ela não pode ajudar nem a si mesma!

— A Hannah disse que sim. Eu acredito nela.

— Como é que você pode ter sido criada numa Casa Estatal e ainda confiar nas pessoas?

Risa lança a ele um olhar irritado e responde:

— Segure isto.

Ela coloca o bebê nos braços de Connor. É a primeira vez que o entrega a ele. É muito mais leve do que ele esperava. Algo tão barulhento e exigente deveria ser mais pesado. Os gritos da criança já enfraqueceram — ela quase se exauriu de tanto chorar.

Nada mais os mantém presos a este bebê agora. Poderiam deixá-lo em outra porta novamente pela manhã... e ainda assim a ideia deixa Connor desconfortável. Eles não devem nada ao bebê. É deles por estupidez, não biologia. Ele não o quer, mas não consegue suportar a ideia de ele ser recebido por alguém que o queira ainda menos do que ele. A frustração começa a fermentar, tornando-se raiva. É o mesmo tipo de raiva que sempre o meteu em encrenca. Ela nublava seu julgamento, fazendo-o explodir, metendo-se em brigas, xingando professores ou andando de skate feito um doido em cruzamentos cheios de carros.

— Por que é que você não toma jeito? — seu pai uma vez perguntara, irritado, e Connor havia retrucado:

— Pra isso, só se me fragmentarem.

Na época, ele pensara estar só sendo engraçado.

Risa abre uma geladeira, que está apinhada de coisas como o resto da sala. Ela tira uma garrafa de leite, depois encontra uma tigela, na qual derrama o leite.

— É um bebê, não um gato — diz Connor. — Ela não vai lamber o leite da tigela.

— Eu sei o que estou fazendo.

Connor observa enquanto ela vasculha gavetas até encontrar uma colher limpa. Então ela lhe toma o bebê. Sentando-se, embala a criança com um pouco mais de habilidade que Connor, então leva a colher ao leite e despeja uma colherada na boca do bebê. Este começa a engasgar com o leite, tossindo e cuspindo, mas então Risa insere o dedo indicador dentro da boca do bebê. Ele suga o dedo dela e fecha os olhos, satisfeito. Depois de um momento, ela dobra o dedo o bastante para deixar espaço para levar outra colherada de leite, daí deixa a criança chupar o dedo outra vez.

— Uau, isso é impressionante! — diz Connor.

— Às vezes eu tinha que tomar conta de bebês na Casa Estatal. Você aprende um truque ou outro. Só espero que ela não seja intolerante à lactose.

Com o bebê apaziguado, é como se as tensões do dia tivessem finalmente cedido. As pálpebras de Connor começam a pesar, mas ele não se permitirá pegar no sono. Eles ainda não estão a salvo. Talvez nunca estejam, e ele não pode baixar a guarda. Ainda assim, sua mente começa a falhar. Ele imagina se os pais ainda estão procurando por ele ou se agora é apenas a polícia. Pensa em Ariana. O que teria acontecido se ela tivesse fugido com ele como havia prometido? Teriam sido pegos na primeira noite, isso é o que teria acontecido. Ariana não era descolada como Risa. Não era inventiva. Pensar em Ariana traz uma onda de tristeza e anseio, mas não é um sentimento tão poderoso quanto Connor pensou que seria. Quanto tempo até que ela o esqueça? Não muito. É o que acontece com fragmentários. Connor conheceu outros jovens na escola que sumiram ao longo dos últimos anos. Um dia, eles simplesmente não apareciam mais nas aulas. Os professores diziam que eles haviam "partido" ou "não estavam mais matriculados". Essas palavras, no entanto, eram apenas códigos. Todo mundo sabia o que significavam. Os alunos que conheciam os sumidos falavam sobre como isso era terrível e resmungavam por um ou dois dias, depois virava notícia velha. Fragmentários não sumiam com um estrondo — não sumiam nem mesmo com um lamento. Sumiam com o mesmo silêncio da chama de uma vela sendo suprimida entre dois dedos.

O cliente finalmente parte, e Sonia se junta a eles na sala dos fundos.

— Então, vocês são fragmentários e querem minha ajuda, é isso?

— Talvez só um pouco de comida — diz Connor —, um lugar pra descansar por umas horas. Daí a gente vai embora.

— Não queremos virar um problema — acrescenta Risa.

A velha ri disso.

— Ah, querem, sim! Vocês querem ser um problema pra todo mundo que encontrarem. — Ela aponta com a bengala para Risa. — É isso que vocês são agora. PROBLEMA. Em letras maiúsculas. — Então ela baixa a bengala e suaviza um pouco a voz. — Mas não é sua culpa. Vocês não pediram pra nascer e também não pediram pra ser fragmentados. — Ela olha de um para o outro e depois diz para Risa, da forma mais impertinente possível: — Se quer continuar viva, querida, faça ele te engravidar de novo. Eles não fragmentam gestantes, então, isso vai te dar nove meses inteiros de vida.

O queixo de Risa cai e ela fica sem voz. Connor sente o rosto enrubescer.

— Ela... ela não engravidou. O bebê não é dela. Nem meu.

Sonia pensa nisso e olha para o bebê mais atentamente.

— Não é de vocês, hum? Bom, isso explica por que você não a está amamentando. — Ela ri de repente, agressivamente. Isso faz Connor e o bebê darem um salto.

Risa não está surpresa, apenas irritada. Ela recupera a atenção do bebê com outra colherada de leite e o dedo indicador.

— A senhora vai nos ajudar ou não?

Sonia levanta a bengala e dá uma pancadinha com ela no braço de Connor, depois aponta para um baú enorme coberto com adesivos de viagens.

— Você acha que é forte o bastante pra pegar aquilo ali?

Connor se levanta, pensando no que o baú poderia conter de útil para eles. Ele o agarra e tenta puxá-la por sobre o tapete persa desbotado.

— Não é lá muito forte, né?

— Eu nunca disse que era.

Ele arrasta o baú pelo chão até deixá-la bem diante da velha. Em vez de abri-la, ela senta em cima do baú e começa a massagear os tornozelos.

— Então, o que tem aí dentro? — pergunta Connor.

— Correspondência — responde ela. — Mas não é o que está dentro que importa. É o que está em baixo.

Então, com a bengala, ela empurra o tapete do lugar onde o baú estava para revelar um alçapão com uma argola de bronze.

— Vá em frente — diz Sonia, apontando novamente com a bengala. Connor suspira e agarra a argola, abrindo o alçapão para revelar degraus de pedra que levam para a escuridão. Risa deixa a tigela de leite de lado e, segurando o bebê junto ao ombro na posição do arroto, aproxima-se da abertura, ajoelhando-se ao lado de Connor.

— Este prédio é antigo — informa Sonia. — Lá no começo do século XX, durante a primeira Lei Seca, eles escondiam birita aí embaixo.

— Birita? — pergunta Connor.

— Álcool! Eu juro, essa geração de vocês é tudo igual. Uns IGNORANTES com letra maiúscula!

Os degraus são íngremes e irregulares. De início, Connor pensa que Sonia vai mandá-los descer sozinhos, mas ela insiste em mostrar o caminho. Ela vai sem pressa e parece dar passos mais seguros nos degraus do que no chão nivelado. Connor tenta segurar-lhe o braço, oferecendo apoio, mas ela sacode a mão dele, afastando-o e lançando-lhe um olhar desagradável.

— Se eu quiser sua ajuda, eu peço. Pareço frágil pra você?

— Na verdade, sim.

— As aparências enganam — diz ela. — Afinal, quando vi você, achei que parecia razoavelmente inteligente.

— Muito engraçado.

No fim da escada, Sonia estende a mão e aciona um interruptor na parede. A luz se acende.

Risa ofega e Connor segue o olhar dela até vê-las. Três figuras. Uma garota e dois garotos.

— Sua familiazinha acaba de crescer — diz Sonia a eles.

Os jovens não se movem. Parecem ter mais ou menos a idade de Connor e Risa. Colegas fragmentários, com certeza. Parecem desconfiados e exaustos. Connor imagina se ele também está assim tão mal.

— Pelo amor de Deus, parem de se encarar — diz a velha. — Vocês parecem um bando de ratos.

Sonia arrasta os pés pelo porão empoeirado, apontando coisas para Risa e Connor.

— Tem comida enlatada nestas prateleiras e um abridor de latas em algum lugar por aqui. Comam o que quiserem, mas não deixem nenhuma sobra ou os ratos vão mesmo aparecer. O banheiro é ali atrás. Mantenham-no limpo. Eu vou sair daqui a pouco e comprar leite em pó e uma mamadeira. — Ela olha de relance para Connor. — Ah, e tem um kit de primeiros socorros em algum lugar aqui pra essa mordida no seu braço, ou o que quer que *seja* isso.

Connor reprime um sorriso. Nada escapa aos olhos de Sonia.

— Por quanto tempo mais? — pergunta o mais velho dos três "ratos do porão", um cara musculoso que espia Connor com extrema desconfiança, como se Connor pudesse cobiçar seu papel como macho alfa do bando ou coisa assim.

— Por que isso te importa? — retruca Sonia. — Você tem algum compromisso urgente?

O garoto não responde; só olha feio para a velha e cruza os braços, exibindo um tubarão tatuado no antebraço. *Ooh*, pensa Connor com um sorriso de desdém. *Que intimidador. Agora eu tô mesmo com medo.*

Sonia suspira.

— Mais quatro dias até eu me livrar de vocês pra sempre.

— O que acontece daqui a quatro dias? — pergunta Risa.

— Chega o sorveteiro.

E, com isso, Sonia sobe a escada mais rápido do que Connor pensaria que ela é capaz. A porta do alçapão se fecha com um estrondo.

— A querida e doce Madame Dragão não quer nos contar o que vem depois — diz o segundo garoto, um loiro magricela com um sorrisinho sutil e malicioso que parece ser permanente. Ele usa um aparelho em dentes que não parecem precisar dele. Embora os olhos denunciem noites em claro, seu cabelo é perfeito. Connor consegue perceber que esse garoto, apesar dos trapos que está usando, vem de família endinheirada.

— Nós vamos ser mandados pro campo de colheita e eles vão nos cortar em pedaços, é isso que vem depois — afirma a garota. Ela é asiática e parece quase tão durona quanto o garoto tatuado, com o cabelo tingido de um tom rosa-escuro e uma gargantilha de couro com espinhos no pescoço.

O Garoto-Tubarão lança a ela um olhar cortante.

— Dá pra você parar com essa merda de é-o-fim-do-mundo?

Connor percebe que o garoto tem quatro marcas paralelas de arranhões de cada lado do rosto, parecendo marcas de unhas. A garota está com um olho roxo.

— Não é o fim do mundo — resmunga ela. — É só o nosso fim.

— Você fica linda quando é niilista — diz o Sorridente.

— Cala a boca.

— Você só diz isso porque não sabe o que significa niilista.

Risa lança um olhar a Connor e ele entende o que ela está pensando. *Vamos ter que ficar quatro dias aqui com essa turma?* Ainda assim, ela é a primeira a estender a mão e se apresentar. Relutante, Connor faz o mesmo.

No final das contas, cada um desses jovens, exatamente como todos os fragmentários, tem uma história que merece dez pontos na escala da choradeira.

O Sorridente é Hayden. Como Connor previu, ele é de uma família absurdamente rica. Quando seus pais se divorciaram, houve uma batalha brutal pela custódia dele. Dois anos e seis audiências depois, o assunto ainda não estava resolvido. No fim, a única coisa que a mãe e o pai concordaram em fazer foi que cada um preferiria ver Hayden ser fragmentado a permitir que o outro ficasse com sua custódia.

— Se desse pra captar a força do ódio dos meus pais — conta Hayden a eles —, a gente poderia abastecer uma pequena cidade com energia elétrica por muitos anos.

A garota é Mai. Seus pais ficaram tentando ter um filho, até que finalmente conseguiram — mas não antes de terem quatro filhas. Mai foi a quarta.

— Não é nenhuma novidade — explica ela. — Lá na China, na época em que cada família só tinha permissão pra ter um bebê, as pessoas já matavam as filhas meninas a torto e a direito.

O grandalhão é Roland. Ele sonhava se tornar recruta do exército, mas aparentemente tinha testosterona demais, ou esteroides, ou uma combinação de ambos, o que o deixava um pouco assustador demais até para os militares. Assim como Connor, ele se meteu em brigas na escola — embora Connor suspeite que as brigas de Roland foram muito, muito piores. Mas não foi isso que o condenou. Roland espancou o padrasto porque este bateu em sua mãe. A mãe ficou do lado do marido e o padrasto se safou com apenas um B.O. Roland, por outro lado, foi mandado para a fragmentação.

— Isso é muito injusto — diz Risa.

— E o que aconteceu com você é mais justo? — responde Connor.

Roland fixa o olhar em Connor. É como rocha.

— Se continuar falando com ela nesse tom de voz, talvez ela decida arranjar outro namorado.

Connor sorri, caloroso e zombeteiro, e olha para a tatuagem no pulso do garoto.

— Gostei do golfinho.

Roland não acha graça.

— É um tubarão-tigre, idiota.

Connor faz uma anotação mental: nunca dar as costas para Roland.

Tubarões, Connor leu uma vez, têm uma forma mortal de claustrofobia. Não é tanto um medo de espaços fechados, mas uma inabilidade de existir neles. Ninguém sabe por quê. Alguns dizem que é o metal dos aquários que os tira dos eixos. Mas, o que quer que seja, grandes tubarões não duram muito em cativeiro.

Depois de um dia no porão de Sonia, Connor sabe como eles se sentem. Risa tem o bebê para mantê-la ocupada. Isso exige uma enorme quantidade de atenção, e, embora ela reclame da responsabilidade, Connor percebe que está grata simplesmente por ter algo com que passar as horas. Há um quarto nos fundos do porão, e Roland insiste em deixá-lo para Risa e o bebê. Ele age como se estivesse fazendo isso para ser gentil, mas é óbvio que o faz porque não consegue suportar o choro da criança.

Mai lê. Há uma coleção inteira de livros empoeirados em um canto, e ela sempre tem um nas mãos. Roland, após entregar o quarto dos fundos para Risa, desloca uma estante e instala sua própria residência particular atrás dela. Ele ocupa o espaço como se tivesse experiência em habitar uma cela. Quando não está sentado em seu canto, está reorganizando a comida do porão na forma de rações.

— Eu cuido da comida — anuncia ele. — Agora que há cinco de nós, vou redividir as rações e decidir quem recebe o quê e quando.

— Eu posso decidir sozinho o que quero e quando quero — diz Connor.

— Não vai funcionar assim — responde Roland. — Eu tinha as coisas sob controle antes de vocês chegarem aqui. Vou continuar tendo. — Então ele entrega a Connor uma lata de carne. — Se quiser coisa melhor — diz Roland —, então siga as regras.

Connor tenta avaliar se é sábio arranjar uma briga por causa disso — mas ele raramente é sábio quando está irritado. É Hayden quem neutraliza a situação antes que piore. Ele agarra a lata da mão de Connor e abre a tampa.

— Bobeou, perdeu — diz ele, começando a comer a carne temperada casualmente com os dedos. — Nunca tinha comido essa coisa até vir pra cá. Agora, eu adoro. — Então ele sorri. — Deus me perdoe, estou virando um pobretão.

Roland olha feio para Connor, que lhe devolve o olhar. Então, ele diz o que sempre diz em momentos como este:

— Que meias bonitas.

Embora Roland não olhe para baixo na mesma hora, o comentário o desestabiliza apenas o bastante para fazê-lo recuar. Ele não olha para as meias para ver se estão combinando até achar que Connor não o está espiando. E, quando faz isso, Connor ri. Pequenas vitórias são melhores que nenhuma.

Hayden é meio que um enigma. Connor não tem certeza se ele está mesmo se divertindo com tudo o que acontece ao redor ou se é só fingimento — uma forma de se defender contra uma situação dolorosa demais para que ele se permita senti-la. Normalmente, Connor não gosta de meninos ricos e afetados, mas há algo em Hayden que torna simplesmente impossível não gostar dele.

Connor se senta perto de Hayden, que olha ao redor para se assegurar de que Roland voltou ao seu canto atrás da estante.

— Gostei da manobra das "meias bonitas" — diz o garoto. — Tudo bem se eu usar de vez em quando?

— Fique à vontade.

Hayden tira um pedaço de carne enlatada e o oferece a Connor. Embora esta seja a última coisa que ele queira agora, aceita a oferta, pois sabe que não tem a ver com comida — assim como sabe que Hayden não pegou a lata porque queria.

O pedaço de carne industrializada passa de Hayden para Connor, e algo entre eles relaxa. Um entendimento é alcançado. *Estou do seu lado*, aquele pedaço de carne diz. *Vou te apoiar.*

— Você queria ter o bebê? — pergunta Hayden.

Connor pensa em como poderia responder. Descobre que a verdade é a melhor forma de começar uma amizade, mesmo uma provisória.

— Não é meu.

Hayden assente.

— É legal você estar com ela mesmo que a criança não seja sua.

— Também não é dela.

Hayden sorri. Ele não pergunta como o bebê foi parar nas mãos deles, pois aparentemente a versão que está em sua imaginação é muito mais divertida do que qualquer coisa que Connor possa oferecer.

— Não conta pro Roland — diz ele. — A única razão pela qual ele está sendo tão legal com vocês dois é porque ele acredita na santidade da família nuclear.

Connor não consegue saber se Hayden está falando sério ou sendo sarcástico. Suspeita que nunca descobrirá.

Hayden mastiga e engole o último pedaço de carne, olha para a lata vazia e suspira.

— Minha vida de Morlock — diz ele.

— Era pra eu saber o que é isso?

— Homens-sapo fotossensíveis que vivem no subterrâneo, frequentemente retratados com fantasias feias de borracha verde. Infelizmente, é isso que nos tornamos. A não ser pela parte das fantasias de borracha verde.

Connor olha para as prateleiras de comida. Quando escuta atentamente, consegue ouvir a batida miúda de uma música vinda do antigo MP3 player que Roland deve ter roubado lá de cima no dia em que chegou.

— Há quanto tempo você conhece o Roland?

— Três dias a mais que você — responde Hayden. — Um conselho para os incautos, o que eu suspeito que você seja: o Roland é legal, basta ele pensar que está no comando. Enquanto você o deixar pensar assim, todos nós seremos uma família grande e feliz.

— E se eu não quiser que ele pense assim?

Hayden joga a lata de carne no lixo a poucos passos de distância.

— O lance sobre os Morlocks é que eles são conhecidos por serem canibais.

Connor não consegue dormir nessa primeira noite. Entre o desconforto do porão e a desconfiança em Roland, tudo o que ele consegue fazer é cochilar um pouco de cada vez. Ele não vai dormir no outro quarto com Risa porque o espaço é pequeno, e ele e Risa teriam que dormir encostados um no outro. Ele diz a si mesmo que a verdadeira razão é seu medo de rolar sem querer por cima do bebê durante a noite. Mai e Hayden também estão acordados. Parece que Mai está tentando dormir, mas os olhos estão abertos e a mente está em outro lugar.

Hayden acendeu uma vela que encontrou no meio do entulho, fazendo o porão cheirar a canela por cima do mofo. Ele passa a mão de um lado para o outro sobre a vela. Não faz isso com lentidão suficiente para se queimar, mas com lentidão suficiente para sentir o calor. Percebe que Connor o observa.

— É engraçado como uma chama só pode queimar sua mão se você a mover devagar demais — diz Hayden. — Você pode ficar um bom tempo só provocando se quiser e a chama nunca vai te queimar se você for rápido o bastante.

— Você é piromaníaco? — pergunta Connor.

— Você está confundindo tédio com obsessão.

Connor consegue notar, no entanto, que é mais do que isso.

— Andei pensando nas pessoas que são fragmentadas — comenta Hayden.

— Pra que fazer isso? — pergunta Connor.

— Porque — responde Mai do outro lado da sala — ele é doido.

— Não sou eu quem está usando uma coleira de cachorro.

Mai mostra a Hayden o dedo do meio, que ele ignora.

— Andei pensando sobre os campos de colheita serem como buracos negros. Ninguém sabe o que acontece lá dentro.

— Todo mundo sabe o que acontece — contesta Connor.

— Não — responde Hayden. — Todo mundo conhece o resultado, mas ninguém sabe como funciona a fragmentação. Eu quero saber como acontece. É na mesma hora? Ou te fazem esperar? Eles te tratam com gentileza? Ou com frieza?

— Bom — desdenha Mai —, talvez, se tiver sorte, você consiga descobrir em primeira mão.

— Sabe de uma coisa? — comenta Connor. — Você pensa demais.

— Bem, alguém tem que compensar a falta coletiva de capacidade intelectual neste porão.

Agora Connor finalmente começa a entender. Embora Hayden tenha largado a vela, toda essa conversa sobre fragmentação é exatamente como passar a mão pela chama. Ele gosta de ficar no limite de lugares perigosos. Pensamentos perigosos. Connor pensa em seu próprio limite favorito, atrás da placa da autoestrada. De certa forma, ambos tão parecidos.

— Tá bom — responde Connor. — Pense nas coisas até sua cabeça explodir. Mas a única coisa na qual eu quero pensar é em sobreviver até os dezoito anos.

— Acho sua superficialidade animadora e decepcionante ao mesmo tempo. Você acha que isso significa que eu preciso de terapia?

— Não, acho que o fato de os seus pais decidirem te fragmentar só pra irritar um ao outro significa que você precisa de terapia.

— Tem razão. Você tem um baita discernimento pra um Morlock. — Então, Hayden fica quieto por um momento. O sorrisinho no rosto murcha. — Se eu for mesmo pra fragmentação, acho que isso fará meus pais reatarem.

Connor não tem coragem de destruir a fantasia dele, mas Mai, sim:

— Nãããão. Se você for pra fragmentação, eles vão simplesmente culpar um ao outro por isso e se odiar ainda mais.

— Talvez — responde Hayden. — Ou talvez eles finalmente vejam a luz e tudo aconteça como no caso do Humphrey Dunfee.

— Quem? — pergunta Mai.

Ambos se viram para ela. Hayden abre um largo sorriso.

— Quer dizer que você nunca ouviu falar do Humphrey Dunfee?

A garota olha ao redor, desconfiada.

— Eu deveria?

O sorriso não abandona o rosto de Hayden.

— Mai, estou realmente impressionado que você não saiba disso. É bem o *seu* tipo de história. — Ele estica a mão para a vela e a empurra até que fique no meio dos três. — Não é uma fogueira — diz ele —, mas vai ter que servir. — Ele encara a chama por um momento. Depois, de forma lenta e sinistra, olha para Mai.

— Anos atrás, houve um garoto. O nome dele não era realmente Humphrey; provavelmente era Hal ou Harry ou algo do tipo, mas Humphrey meio que se encaixa, considerando tudo. De todo jeito, um dia os pais dele assinaram a ordem mandando fragmentá-lo.

— Só isso? — pergunta Mai.

— Não... porque houve um *problema* — diz Connor, pegando o fio da meada onde Hayden o deixou. — Olha, os Dunfees não eram o tipo de gente que você chamaria de estável. Eles já eram meio malucos pra começo de conversa, mas, depois que o filho deles foi fragmentado, perderam completamente a cabeça.

Agora a máscara de garota durona de Mai se foi completamente. Ela está mesmo como uma garotinha de olhos arregalados ouvindo uma história de acampamento.

— O que eles fizeram?

— Decidiram que não queriam que Humphrey fosse fragmentado, no final das contas — conta Hayden.

— *Peraí* — diz Mai. — Você disse que eles já tinham fragmentado o menino.

Os olhos de Hayden parecem maníacos à luz da vela.

— E fragmentaram.

A garota estremece.

— É o seguinte — conta Hayden. — Como eu disse, tudo a respeito dos campos de colheita é segredo, até mesmo os registros sobre quem recebe o quê depois que a fragmentação é feita.

— Tá, e daí?

— Daí que os Dunfees encontraram os registros. O pai, eu acho, trabalhava pro governo, então conseguiu xeretar no departamento de partes.

— No quê?

O garoto suspira.

— O Banco de Dados Nacional da Fragmentação.

— Ah.

— E ele conseguiu uma lista de cada uma das pessoas que receberam um pedaço de Humphrey. Daí os Dunfees saíram viajando pelo mundo para encontrar as pessoas... e poder matá-las, recuperar as partes e, pedaço por pedaço, reconstruir Humphrey...

— Sem chance.

— É por isso que o chamam de Humphrey, ou Humpty — acrescenta Connor. — Como na história do Humpty-Dumpty: "E nem todos os cavalos e homens do rei... puderam juntar as partes de Humpty".

As palavras pairam pesadas no ar até que Hayden, inclinado por cima da vela, de repente abre as mãos na direção de Mai e grita:

— Buu!

Todos se encolhem sem querer — Mai, principalmente.

Connor tem que rir.

— Você viu isso? Ela praticamente desmontou de medo!

— É melhor não fazer isso, Mai — diz Hayden. — Se você desmontar de medo, eles vão dar as peças soltas pra alguém antes que você consiga juntar tudo de novo.

— Vocês dois podem ir catar coquinho!

Mai tenta socar Hayden, mas ele rapidamente lhe escapa. É quando Roland aparece de detrás da estante de livros.

— O que tá acontecendo aqui?

— Nada — responde Hayden. — Só estamos contando histórias de fantasmas.

Roland olha para os três, claramente irritado e desconfiado de qualquer situação que não o inclua.

— Certo, bom, vão pra cama. Está tarde.

Roland se arrasta de volta ao seu canto, mas Connor tem certeza de que agora ele está monitorando a conversa, provavelmente imaginando, paranoico, que estejam tramando contra ele.

— Essa coisa do Humphrey Dunfee — diz Mai. — É só uma história, né?

Connor guarda sua opinião para si, mas Hayden responde:

— Eu conheci um menino que gostava de contar pra todo mundo que tinha o fígado do Humphrey. Então, um dia, ele desapareceu e nunca mais foi visto. Disseram que ele foi fragmentado, mas... talvez os Dunfees o tenham encontrado.

Então, Hayden sopra a vela, deixando-os na escuridão.

No terceiro dia de Connor e Risa ali, Sonia chama cada um deles ao andar de cima — um de cada vez, na ordem em que chegaram.

— Primeiro, o tourinho ladrão — diz ela, apontando para Roland lá embaixo. Aparentemente, ela sabe do MP3 player roubado.

— O que você acha que a Madame Dragão quer? — pergunta Hayden depois que o alçapão é fechado.

— Beber seu sangue — responde Mai. — Bater um pouco em você com a bengala. Coisas assim.

— Eu gostaria que você parasse de chamá-la de Madame Dragão — diz Risa. — Ela está salvando a sua pele. O mínimo que você pode fazer é demonstrar respeito. — Ela se vira para Connor. — Você quer segurar a Didi? Meus braços estão ficando cansados.

Connor pega o bebê, embalando-o um pouco mais habilidosamente que antes. Mai olha para ele com vago interesse. Ele se pergunta se Hayden contou a ela que ele e Risa não são os verdadeiros pais da criança.

Roland volta da reunião com Sonia meia hora depois e não conta nada a respeito. Nem Mai, na vez dela. Hayden é quem fica fora por mais tempo, e, quando retorna, também está calado — o que é estranho para ele. É perturbador.

Connor vai em seguida. É noite lá fora quando ele sobe para a loja. Ele não tem ideia das horas. Sonia senta-se com ele na pequena sala dos fundos, colocando-o em uma cadeira desconfortável que balança toda vez que ele se move.

— Você vai sair daqui amanhã — diz ela.

— Vou pra onde?

A velha ignora a pergunta e mexe na gaveta de uma escrivaninha de esteira.

— Eu espero que você seja pelo menos semialfabetizado.

— Por quê? O que a senhora quer que eu leia?

— Você não tem que ler nada. — Então ela tira da gaveta várias folhas de papel em branco. — Quero que você escreva.

— O quê, o meu testamento? É isso?

— Um testamento implica ter coisas a deixar para alguém, e você não tem. O que eu quero é que escreva uma carta. — Ela entrega a ele o papel, uma caneta e um envelope. — Escreva uma carta para alguém que você ame. Tão longa quanto quiser, ou tão curta quanto quiser; eu não ligo. Mas coloque nela tudo o que você gostaria de poder dizer, mas nunca teve chance. Entendeu?

— E se eu não amar ninguém?

Ela aperta os lábios e balança a cabeça lentamente.

— Vocês, fragmentários, são todos iguais. Sempre acham que, só porque ninguém ama vocês, então vocês não podem amar ninguém. Tudo bem, então; se não há ninguém que você ame, escolha alguém que precise ouvir o que você tem a dizer. Diga tudo o que está no seu coração. Não se reprima. E, quando tiver terminado, coloque no envelope e feche. Eu não vou ler, não se preocupe.

— Pra quê? Você vai enviar a carta?

— Só escreva e pare de fazer perguntas. — Então ela pega um pequeno sino de cerâmica e o coloca sobre a escrivaninha, perto da caneta e do papel. — Leve o tempo que precisar e, quando tiver terminado, toque o sino.

Depois, ela o deixa só.

É um pedido estranho, e Connor sente-se na verdade um pouco assustado com isso. Há lugares dentro de si aos quais ele realmente não quer ir. Ele pensa que poderia escrever para Ariana. Seria mais fácil. Ele já gostou dela. Ela esteve próxima dele como nenhuma outra garota. Nenhuma outra, exceto Risa — mas, até aí, ela não conta mesmo. O que ele tem com Risa não é um relacionamento; são só duas pessoas penduradas no mesmo penhasco, esperando não cair. Depois de escrever três linhas da carta, Connor amassa o papel. Escrever para Ariana não parece ter sentido. Não importa o quanto ele tenha resistido, sabe a quem precisa endereçar esta carta.

Ele aperta a caneta em uma nova folha de papel e escreve: *Queridos Mãe e Pai...*

Ele leva cinco minutos até conseguir escrever outra frase, mas, quando consegue, as palavras começam a fluir — e em direções estranhas, aliás. Primeiro, são palavras zangadas, como ele sabia que seriam. Como vocês puderam fazer isso? Por quê? Que tipo de gente faz isso com o próprio filho? Mas na terceira página a carta suaviza. Torna-se sobre todas as coisas boas que aconteceram na vida que eles tiveram juntos. Primeiro, ele faz isso para magoá-los, para lembrá-los exatamente do que jogaram fora quando assinaram a ordem de fragmentação. Mas depois torna-se um gesto de lembrança — ou, mais precisamente, de *fazê-los* lembrar, para que, quando ele se for... *se* ele se for, haja um registro de todas as coisas que ele sentiu que valia a pena manter vivas. Quando começou, ele sabia como a carta terminaria. *Eu odeio vocês pelo que fizeram. E nunca vou perdoá-los.* Mas, quando ele finalmente chega à décima página, vê-se escrevendo: *Eu amo vocês. Seu ex-filho, Connor.*

Antes mesmo de assinar o nome, ele sente as lágrimas brotando por dentro. Não parecem vir de seus olhos, mas lá do fundo das vísceras. É uma onda tão poderosa que machuca o estômago e os pulmões. Os olhos se inundam, e a dor interna é tão imensa que ele tem certeza de que morrerá dela, aqui mesmo, agora mesmo. Mas Connor não morre, e no devido tempo a tempestade interior passa, deixando-o fraco em cada junta e músculo do corpo. Ele sente que precisa da bengala de Sonia só para voltar a andar.

As lágrimas ensoparam as páginas, cavando pequenas crateras no papel, mas não borrando a tinta. Ele dobra as páginas e as insere no envelope, depois o fecha e coloca o endereço. Dá a si mesmo mais alguns minutos para garantir que a tempestade não voltará. Então, toca o sino.

Sonia entra momentos depois. Ela deve ter ficado esperando esse tempo todo logo do outro lado daquela cortina. Connor sabe que a mulher deve tê-lo ouvido chorando alto, mas ela nada diz. Só olha para a carta dele, pega-a na mão para sentir o peso e ergue as sobrancelhas, impressionada.

— Tinha muito a dizer, hein?

Connor apenas dá de ombros. Ela recoloca o envelope virado para baixo na mesa.

— Agora eu quero que você coloque uma data nas costas do envelope. Anote a data do seu aniversário de dezoito anos.

Connor não questiona mais. Faz como ela diz. Quando ele termina, ela toma o envelope.

— Eu vou guardar esta carta pra você — conta a mulher. — Se você sobreviver até os dezoito, precisa prometer que vai voltar aqui pra buscá-la. Pode me fazer essa promessa?

Connor assente.

— Eu prometo.

Ela balança a carta na frente dele para enfatizar o que diz.

— Eu vou guardar isto até um ano depois do seu aniversário de dezoito anos. Se você não voltar, vou presumir que não sobreviveu. Que foi fragmentado. Nesse caso, eu mesma vou mandar a carta.

Então ela devolve a carta a ele, fica de pé e vai até o velho baú que antes estivera sobre o alçapão. Ela abre o fecho e, embora deva ser pesada, levanta a tampa para revelar envelopes — centenas deles, enchendo o baú quase até o topo.

— Deixe-a aqui — diz ela. — Vai ficar segura. Se eu morrer antes de você voltar, a Hannah prometeu tomar conta do baú.

Connor pensa em todos os jovens que Sonia deve ter ajudado para haver tantas cartas no baú. Ele sente outra onda de emoção tomando conta de suas entranhas. Não chega a levá-lo às lágrimas, mas faz com que ele se sinta todo mole por dentro. Mole o bastante para dizer:

— O que a senhora faz aqui é maravilhoso.

Sonia acena a mão, afugentando a ideia.

— Você acha que por causa disso eu sou santa? Vou te dizer, menino, eu tive uma vida consideravelmente longa e fiz algumas coisas bem horríveis também.

— Bom, eu não ligo. Não importa quantas vezes a senhora me bata com essa bengala, eu acho que a senhora é decente.

— Talvez. Talvez não. Você aprende uma coisa depois de ter vivido tanto quanto eu vivi: as pessoas não são completamente boas nem completamente ruins. A gente passa a vida toda entrando e saindo das sombras e da luz. Neste momento, eu estou feliz por estar na luz.

Enquanto ele segue para o andar de baixo, ela se certifica de bater nele com a bengala, forte o bastante para doer um pouco, mas só consegue fazê-lo rir.

Ele não conta para Risa o que a espera. De alguma forma, contar seria como roubar algo dela. Que isso fique entre ela, Sonia, a caneta e o papel, como foi para ele.

Ela deixa o bebê com Connor enquanto sobe para encarar a velha. A criança dorme, e agora, neste lugar, neste exato momento, há algo de muito reconfortante em segurá-la nos braços, e ele se sente grato por tê-la salvado. Ele pensa que, se sua própria alma tivesse uma forma, seria esta. A de um bebê dormindo em seus braços.

20 · Risa

Da próxima vez que Sonia abre o alçapão, Risa sabe que as coisas vão mudar outra vez. Chegou a hora de eles deixarem a segurança do porão.

Risa é a primeira a se levantar quando Sonia os manda subir. Roland teria ido na frente, mas Connor esticou o braço no caminho, como se fosse uma catraca, para deixar Risa ganhar os degraus primeiro.

Com o bebê adormecido enganchado no braço direito e a mão esquerda no corrimão de aço enferrujado, Risa sobe a escada de pedra desgastada. Ela presume que está rumando para a luz do dia, mas já anoiteceu. As luzes estão apagadas na loja — só alguns abajures estão acesos, cuidadosamente posicionados para ajudar os jovens a evitar o campo minado de antiguidades aleatoriamente espalhadas ao redor.

Sonia os guia até uma porta dos fundos que se abre para um beco. Há um caminhão esperando por eles lá. É um caminhão pequeno, de entregas. Na lateral está o desenho de um cone de sorvete.

Sonia não mentiu. Realmente *é* o sorveteiro.

O motorista está parado ao lado da porta traseira do caminhão, que está aberta. É um sujeito desalinhado com mais cara de quem distribui drogas ilegais do que de alguém que os ajudará. Roland, Hayden e Mai vão para o caminhão, mas Sonia detém Risa e Connor.

— Vocês dois, ainda não.

Então, Risa nota uma figura parada nas sombras. Os cabelos da nuca da garota começam a se arrepiar defensivamente, mas quando a silhueta se aproxima ela percebe quem é. É Hannah, a professora que os salvou no colégio.

— Querida, o bebê não pode ir aonde vocês vão — informa Hannah.

Por reflexo, Risa segura a criança mais junto de si. Ela nem sabe por quê. Tudo o que quis desde que ficou presa a esta coisa era se livrar dela.

— Está tudo bem — diz Hannah. — Eu já conversei sobre isso com meu marido. Nós vamos dizer que a cegonha a deixou pra nós. Vai ficar tudo bem.

Risa olha nos olhos de Hannah. Ela não consegue enxergar muito bem nessa luz fraca, mas sabe que a mulher está dizendo a verdade.

Connor, no entanto, coloca-se entre elas.

— Você *quer* esse bebê?

— Ela está disposta a ficar com ela — responde Risa. — É o bastante.

— Mas ela quer?

— *Você* queria isso?

Isso parece fazer Connor parar e pensar. Risa sabe que ele não queria a criança, mas estava disposto a ficar com ela quando a alternativa era uma vida infeliz com uma família infeliz. Assim como Hannah agora está disposta a salvá-la de um futuro incerto. Finalmente, Connor diz:

— Não é *isso*. É uma *menina*.

Então ele entra no caminhão.

— Vamos dar a ela um bom lar — garante Hannah. Ela se aproxima mais um passo e Risa transfere o bebê para ela.

No momento em que o bebê é tirado de seus braços, Risa experimenta uma tremenda sensação de alívio, mas também um vazio indefinível. O sentimento não é intenso o bastante para levá-la às lágrimas, mas é forte o suficiente para deixá-la com uma espécie de dor fantasma, o tipo de coisa que um amputado sente após perder um membro. Isto é, antes de um novo ser transplantado.

— Agora, se cuide — diz Sonia, dando um abraço desajeitado em Risa. — É uma longa jornada, mas eu sei que vocês vão conseguir.

— Jornada pra onde?

Sonia não responde.

— Ei — diz o motorista. — Eu não tenho a noite toda.

Risa se despede de Sonia, cumprimenta Hannah com um aceno de cabeça e se vira para juntar-se a Connor, que está esperando por ela no fundo do caminhão. Quando Risa parte, o bebê começa a chorar, mas ela não olha para trás.

Ela fica surpresa ao encontrar cerca de uma dúzia de outros adolescentes no caminhão, todos desconfiados e assustados. Roland ainda é o maior, e consolida sua posição ao fazer um menino ceder-lhe o assento, mesmo que haja vários outros lugares onde ele poderia sentar.

O caminhão de entregas é uma caixa de metal dura e fria. Antes, tinha um sistema de refrigeração para manter o sorvete fresco, mas isso é passado, junto com o sorvete. Ainda assim, aqui dentro é frio e cheira a laticínios estragados. O motorista fecha e tranca as portas traseiras, isolando lá fora o choro do bebê, que Risa ainda consegue ouvir. Apesar de a porta estar fechada, ela acha que ainda o ouve, embora provavelmente seja só sua imaginação.

O caminhão de sorvete quica pelas ruas irregulares. Do jeito que balança, as costas deles batem constantemente contra a parede atrás.

Risa fecha os olhos. Está furiosa por sentir falta do bebê. A criança lhe fora empurrada no pior momento possível da vida — por que deveria sentir qualquer pesar por ter se livrado dela? Ela pensa na época antes da Guerra de Heartland, quando os bebês indesejados ainda podiam ser apenas gestações indesejadas, rapidamente descartadas. Será que as mulheres que faziam essa outra escolha sentiam o que ela sentia agora? Aliviadas e livres de uma responsabilidade desagradável e injusta... e, ainda assim, vagamente pesarosas?

Na época em que vivia na Casa Estatal, quando ficava encarregada de cuidar das crianças pequenas, ela frequentemente ponderava sobre tais coisas. A ala infantil era imensa e lotada de berços idênticos, cada um contendo um bebê que ninguém quisera, tutelados de um Estado que mal podia alimentá-los, muito menos criá-los.

— Você não pode mudar as leis sem antes mudar a natureza humana — uma das enfermeiras dizia frequentemente enquanto espiava a multidão de bebês chorando. Seu nome era Greta. Sempre que ela dizia algo assim, havia outra enfermeira à escuta, alguém que aceitava muito melhor o sistema e contra-argumentava com:

— Você não pode mudar a natureza humana sem antes mudar a lei.

A enfermeira Greta não discutia; apenas resmungava e se afastava.

O que era pior, Risa frequentemente se perguntava: ter dezenas de milhares de bebês que ninguém queria ou silenciosamente fazê-los desaparecer antes mesmo que nascessem? Em dias diferentes, ela se dava respostas diferentes.

A enfermeira Greta era velha o bastante para lembrar-se da época antes da guerra, mas raramente falava disso. Dedicava toda a atenção ao seu trabalho, que era formidável, já que havia apenas uma enfermeira para cada cinquenta bebês.

— Em um lugar como este, você tem que fazer uma triagem — ela disse a Risa, referindo-se à maneira como, em emergências, uma enfermeira tinha que escolher quais pacientes receberiam atenção médica. — Ame os que puder — dizia a ela. — Reze pelo resto.

Risa levava o conselho a sério e selecionava um punhado de favoritos aos quais dava atenção extra. Havia aqueles a quem ela mesma havia dado nomes, em vez de deixar que o computador os escolhesse aleatoriamente. A garota gostava de pensar que havia recebido o nome de um ser humano em vez de um computador. Afinal, seu nome não era de forma alguma comum.

— É uma parte de *sonrisa* — uma menina hispânica lhe contou uma vez. — Em espanhol, é "sorriso".

Risa não sabia se possuía algum sangue hispânico, mas gostava de pensar que sim. Isso a conectava a seu nome.

— No que está pensando? — pergunta Connor, arrancando-a dos pensamentos e trazendo-a de volta à realidade inquietante ao redor.

— Não é da sua conta.

Ele não olha para ela — parece estar focado em uma grande mancha de ferrugem na parede, pensando.

— Você tá de boa com o lance do bebê? — pergunta ele.

— Lógico. — O tom dela é intencionalmente indignado, como se a própria pergunta a ofendesse.

— A Hannah vai dar um bom lar pra ela — afirma Connor. — Melhor do que nós, isso é certeza, e melhor do que aquela vaca de olhinho miúdo pra quem a cegonha a deixou. — Ele hesita por um momento, depois diz: — Pegar aquele bebê foi uma mancada épica, eu sei... Mas no final deu tudo certo pra gente, né? E definitivamente melhor pro bebê.

— Não faz uma asneira dessas de novo — é tudo o que Risa diz.

Roland, sentado perto da frente, vira-se para o motorista e pergunta:

— Aonde estamos indo?

— Você está perguntando pro cara errado — responde o homem. — Eles me dão um endereço. Eu vou lá, finjo que não vi nada e sou pago.

— É assim que funciona — diz outro menino que já estava no caminhão quando ele chegou à loja de Sonia. — Nós somos levados pra lá e pra cá. Um esconderijo por uns dias, depois outro, daí outro. A cada vez é um pouco mais perto do lugar pra onde estamos indo.

— Você vai nos dizer onde é isso? — pergunta Roland.

O menino olha em volta, esperando que alguém mais possa responder por ele, mas ninguém vem em seu socorro. Então, ele diz:

— Bom, foi só o que eu ouvi por aí, mas dizem que a gente acaba indo pra um lugar chamado... "o cemitério".

Não há resposta dos jovens. Só o chacoalhar do caminhão.

O cemitério. A ideia faz Risa sentir ainda mais frio. Mesmo que ela tenha encolhido os joelhos junto do peito e enrolado os braços com força ao redor do corpo, como uma camisa de força, aqui ainda está gelado. Connor deve estar ouvindo o tremor de seus dentes, pois coloca o braço ao redor dela.

— Também estou com frio — diz ele. — Calor humano, certo?

E, embora sinta o impulso de empurrá-lo, ela se vê aninhando-se nele até poder sentir os batimentos cardíacos dele nos ouvidos.

Parte três

Trânsito

2003: HOSPITAL MATERNIDADE UCRANIANO #6

... A BBC falou com as mães da cidade de Kharkiv que dizem ter dado à luz bebês saudáveis apenas para vê-los serem levados por funcionários da maternidade. Em 2003 as autoridades concordaram em exumar cerca de 30 corpos de um cemitério usado pelo hospital maternidade número 6. Uma ativista teve permissão para estar na sala de autópsia e gravar evidências em vídeo. Ela entregou a gravação à BBC e ao Conselho da Europa.

Em seu relatório, o Conselho descreve uma cultura geral de tráfico de crianças raptadas ao nascer e uma muralha de silêncio dos funcionários do hospital encobre o destino delas. As imagens mostram que órgãos, incluindo cérebros, foram removidos — e alguns corpos, desmembrados. Um importante patologista britânico afirma ter ficado muito preocupado ao ver os corpos em pedaços, já que essa não é uma prática post-mortem *padrão. Pode ser o resultado da coleta de células-tronco a partir da medula óssea.*

O hospital número 6 nega as alegações.

Reportagem de Matthew Hill, correspondente de saúde da BBC
Da BBC News: em BBC.com
http://news.bbc.co.uk/go/pr/fr/-/2/hi/europe/6171083.stm
Publicada em: 2006/12/12 09:34:50 GMT © BBC MMVI

21 · Lev

— Ninguém vai te contar o que tá no seu coração — diz ele a Lev. — Cê tem que descobrir sozinho.

Lev e seu novo companheiro de viagem caminham ao longo dos trilhos ferroviários, cercados de vegetação densa.

— Se teu coração te diz pra fugir da fragmentação, ninguém pode te dizer que é errado fazer isso, não, mesmo que essa *seja* a lei. O bom Deus não teria colocado isso no teu coração se não fosse certo. Tá ouvindo, Nic? Porque isso aqui é sabedoria. Sabedoria que cê pode levar pra cova e depois desenterrar quando precisar de consolo. Consolo quer dizer "conforto".

— Eu sei o que consolo significa — responde Lev, aborrecido à menção de "o bom Deus", que não tem feito muito por ele ultimamente, exceto confundir as coisas.

O menino tem quinze anos e seu nome é Cyrus Finch — embora ele não se apresente assim.

— Ninguém me chama de Cyrus — ele disse a Lev pouco depois que se conheceram. — Me chama de CyFi.

E, já que CyFi adora apelidos, ele chama Lev de Nic — apelido de "nanico". Já que tem o mesmo número de letras de "Lev", ele diz que é apropriado. Lev não que cortar o barato dele avisando que seu nome completo é Levi.

CyFi gosta do som da própria voz.

— Eu invento minhas próprias estradas na vida — conta ele a Lev. — É por isso que a gente tá viajando pelos trilhos em vez de usar alguma porcaria de estrada de terra velha.

CyFi é *umber*.

— Costumavam chamar a gente de negros, dá pra imaginar? Daí veio esse cara, um artista; ele mesmo era mestiço, um pouco disso, um pouco daquilo. Mas ele ficou famoso por pintar pessoas de ascendência africana lá nos estados do sul. O pigmento que ele mais usava era "umber". As pessoas gostaram muito mais desse nome, daí pegou. Aposto que você não sabia de onde vinha a palavra, sabia, Nic? Logo depois, começaram a chamar as ditas pessoas brancas de "siena" por causa de outra cor de tinta. Palavras melhores. Não tinha nenhum julgamento de valor nelas. É claro que não é como se o racismo tivesse desaparecido totalmente, mas, como meus dois pais costumavam dizer, o verniz da civilização ganhou mais uma camada. Gostou dessa, Nic? "O verniz da civilização"? — Ele lentamente passa a mão pelo ar enquanto fala, como se estivesse sentindo o fino acabamento de uma mesa. — Meus pais estão sempre dizendo esse tipo de coisa.

CyFi é um fugitivo, embora alegue não ser.

— Eu *num* tô fugindo, tô *indo* — ele disse a Lev quando se conheceram, embora não conte para onde está indo. Quando Lev perguntou, CyFi balançou a cabeça e disse: — Informação, só quando for necessária.

Bem, ele pode guardar seu segredo, pois para Lev não importa aonde ele está indo. O simples fato de ele ter um destino basta. É mais do que o próprio Lev tem. Um destino implica um futuro. Se esse menino de pele umber pode emprestar isso a Lev, vale a pena viajar com ele.

Eles se conheceram em um shopping center. A fome havia levado Lev até lá. Ele se escondera em lugares escuros e solitários por quase dois dias depois de ter perdido Connor e Risa. Sem nenhuma experiência de vida nas ruas, ele passara fome — mas, no fim, a fome transforma qualquer um em um mestre da sobrevivência.

O shopping era uma meca para um recém-chegado às ruas. O truque, Lev descobriu, era encontrar pessoas que compravam mais comida do que eram capazes de comer, depois esperar até elas acabarem. Na metade das vezes, elas simplesmente deixavam o que sobrava na mesa. Era atrás dessas que Lev ia — porque ele podia estar com fome suficiente para comer restos alheios, mas ainda era orgulhoso demais para revirar o lixo. Enquanto estava terminando de comer a pizza de alguma líder de torcida, ouviu uma voz junto ao ouvido:

— Cê num vai querer ficar comendo o lixo dos outros, mané!

Lev congelou, certo de que era um segurança do shopping pronto para arrancá-lo de lá, mas era apenas esse menino alto e umber com um sorriso engraçado, exibindo sua atitude como se fosse um perfume caro.

— Me deixa te mostrar como se faz.

Então ele foi atrás de uma garota bonita que estava trabalhando na filial da Wicked Wok Chinese, flertou com ela por alguns minutos e depois saiu sem nada. Nem comida, nem bebida: nada.

— Acho que vou ficar com os restos mesmo — disse Lev.

— Paciência, mano. Olha, tá quase na hora de fechar. Esses lugares todos, por lei, têm que se livrar de toda a comida que fizeram hoje. Eles não podem guardar e usar de novo amanhã. Então, pra onde você acha que essa comida vai? Vou te dizer pra onde vai. As pessoas do último turno levam pra casa. Mas as pessoas que trabalham nesses lugares não vão comer toda essa coisa porque não aguentam mais nem olhar pra ela. Tá vendo aquela garota com quem eu falei? Ela gosta de mim. Eu disse pra ela que trabalhava na Shirt Bonanza, no andar de baixo, e quem sabe eu pudesse arranjar umas pontas de estoque pra ela.

— Você *trabalha* lá?

— Não! Cê nem tá me escutando? Então, pouco antes de fechar eu vou dar um pulo no Wicked Wok de novo. Vou sorrir pra ela e vou falar tipo: "Ei, que é que você vai fazer com toda essa comida que sobrou?". E ela vai ficar toda tipo: "O que é que você tem em mente?". E cinco minutos depois eu vou sair carregado de frango ao molho de laranja, com o bastante pra alimentar um exército.

E aconteceu exatamente como ele disse que seria. Lev ficou admirado.

— Anda comigo — disse CyFi, jogando o punho fechado para o ar —, e, eu juro por Deus, você jamais sentirá fome novamente. — Depois, acrescentou: — Isso é de *...E o Vento Levou*.

— Eu sei — respondeu Lev. Embora, na verdade, não soubesse.

Concordou em ir com ele porque sabia que um supria uma necessidade do outro. CyFi era como um pastor sem rebanho: não podia viver sem uma plateia. E Lev precisava de alguém que pudesse encher sua cabeça de ideias, para substituir a vida inteira de ideias que havia sido roubada dele.

Um dia depois, os sapatos de Lev estão gastos e os músculos, doloridos. A lembrança de Risa e Connor ainda é uma ferida aberta, que não quer sarar. É provável que eles tenham sido pegos. É provável que tenham sido fragmentados. Tudo por causa dele. Será que isso faz de Lev um cúmplice de assassinato?

Como poderia, se os fragmentários não estão mortos de verdade?

Ele não sabe mais de quem é essa voz em sua cabeça. De seu pai? Do Pastor Dan? Ela só o enfurece. Lev prefere ouvir a voz de CyFi fora da cabeça do que quaisquer vozes que estejam dentro.

O terreno ao redor deles não mudou muito desde que saíram da cidade. Arbustos até a altura dos olhos e umas árvores espalhadas. Uma parte da vegetação é de um verde duradouro, outra parte é amarela e já está ficando marrom. Ervas daninhas crescem entre os trilhos de trem, mas não vão muito alto.

— Qualquer planta burra o bastante pra crescer alto demais num tem a menor chance, não. Vai ser decapitada pelo próximo trem que passar. Ser decapitado significa "ter a cabeça cortada".

— Eu sei o que significa "decapitado", e você pode parar de falar desse jeito, com esse monte de *cê* e *num* e tal.

CyFi para bem ali no meio dos trilhos e encara Lev como se estivesse tentando derretê-lo com o olhar.

— Cê tem problema com meu jeito de falar? Tem problema com um patoá de umber das antigas?

— Eu tenho quando é falso.

— Do que cê tá falando, mané?

— É óbvio. Eu aposto que as pessoas nem diziam coisas como "mané", exceto em programas de TV bobos pré-guerra e coisas assim. Você está falando errado de propósito.

— Errado? O que é que tem de errado? É clássico, exatamente como aqueles programas de TV, e eu num tô gostando de você desrespeitando o meu patoá. Patoá quer dizer...

— Eu sei o que quer dizer — retruca Lev, embora não tenha certeza. — Num sô burro, não!

CyFi ergue um dedo acusador, como um advogado.

— ARRÁ! Você disse "num sô, não". Quem é que tá falando errado agora?

— Isso não conta! Eu disse isso porque é só o que ouço de você! Depois de um tempo, não consigo falar diferente de você!

Ao ouvir isso, CyFi sorri.

— Pois é — diz ele. — Num é verdade? A fala do umber das antigas é contagiosa. É *dominante*. E falar assim não faz de ninguém um burro. Quero que cê saiba que eu tenho a maior pontuação em redação e leitura na minha escola, Nic. Mas tenho que respeitar os meus ancestrais e tudo que eles passaram pra eu poder tá aqui hoje. Lógico que eu posso falar que nem você, mas *escolhi* num falar. É que nem arte, sabe? O Picasso teve que provar pro mundo que sabia pintar direito antes de começar a colocar os dois olhos de um lado só da cara e os narizes espichados que nem uns joelhos e tal. Olha só, quando cê pinta errado porque isso é o melhor que cê pode fazer, cê é só um pateta. Mas quando cê faz assim porque quer? Daí cê é um artista. — Ele sorri para Lev. — Isso aqui é um pouquinho de sabedoria do CyFi, Nic. Cê pode levar *isso* pra cova e desenterrar quando precisar!

CyFi se vira e cospe um pedaço de chiclete que acerta um trilho de trem e gruda ali. Depois, enfia outro pedaço na boca.

— Em todo caso, meus dois pais não têm problema com isso, e eles são sienas que nem você.

— Dois pais? — CyFi havia falado dessa forma antes, mas Lev pensou que fosse só alguma gíria de "umber das antigas".

— É — responde CyFi, dando de ombros. — Eu tenho dois. Num tem nada de mais.

Lev faz o melhor que pode para processar isso. É claro que já ouviu falar de casais de homens com filhos — ou "famílias yin", como são chamados atualmente —, mas, na estrutura superprotegida de sua vida, esse tipo de coisa sempre pertenceu a um universo alternativo.

CyFi, entretanto, nem mesmo percebe a surpresa de Lev. Ele ainda está ocupado se gabando.

— Pois é, eu tenho um QI de 155. Sabia disso, Nic? Claro que não, como é que cê ia saber? — Então ele hesita. — Mas caiu uns pontos por causa do acidente. Eu tava andando de bicicleta e fui atropelado por um babaca numa Mercedes. — Ele aponta para uma cicatriz na lateral da cabeça. — Que zona. Fiquei esmagado, sabe? Quase achatado na rua. Meu lobo temporal direito virou geleia. — Ele estremece ao pensar nisso; depois, dá de ombros. — Mas dano cerebral não é mais o problema que costumava ser. Eles só substituem o tecido cerebral e cê fica novo em folha. Meus pais até pagaram o cirurgião pra eu receber um lobo temporal inteiro de um fragmentário só, sem ofensas, em vez de receber vários pedacinhos de cérebro, como as pessoas *deveriam* receber.

Lev sabe como é isso. Sua irmã Cara tem epilepsia, então eles substituíram uma parte do cérebro dela por uma centena de pedacinhos de cérebros. O procedimento resolveu o problema, e ela não pareceu piorar por causa dele. Nunca ocorrera a Lev de onde aqueles pedacinhos de cérebros poderiam ter vindo.

— Olha, pedacinhos de cérebro funcionam numa boa, mas num são nenhuma maravilha — explica CyFi. — É como colocar massa corrida pra tapar um buraco de parede. Num importa o quanto cê capriche, a parede nunca vai ficar tão boa. Então, meus pais deram um jeito de eu receber um lobo temporal inteiro de um único doador. Mas esse menino num era tão inteligente quanto eu. Num era nenhum burro, mas num tinha QI de 155. O último exame cerebral deu que eu estava com 130. Isso tá nos cinco por centro mais inteligentes da população e ainda é considerado QI de gênio. Só que não com G maiúscula. Qual é o teu QI? — pergunta ele a Lev. — Cê é lampadinha fraca ou de vários watts?

Lev suspira.

— Não sei. Meus pais não acreditam em exames de inteligência. É meio que uma coisa religiosa. Todos são iguais aos olhos de Deus e coisa e tal.

— Ah... você vem de uma *daquelas* famílias. — CyFi dá uma boa olhada nele. — Então, se eles são super-ricos e poderosos, por que te mandaram pra fragmentação?

Embora Lev não queira falar sobre isso, percebe que CyFi é o único amigo que ele tem. Pode muito bem contar-lhe a verdade.

— Sou um dízimo.

CyFi o encara de olhos arregalados, como se Lev tivesse acabado de dizer que é Deus em pessoa.

— Putz! Então cê é tipo santo e tudo?

— Não sou mais.

CyFi assente e aperta os lábios, sem nada dizer por um tempo. Eles caminham ao longo da ferrovia. Os dormentes mudam de madeira para pedra, e os pedregulhos em torno dos trilhos agora parecem mais bem-cuidados.

— A gente acaba de cruzar o limite do estado — informa CyFi.

Lev perguntaria em qual estado entraram, mas não quer parecer burro.

Em qualquer ponto onde múltiplos trilhos se mesclam ou se dividem, há uma pequena cabana de dois andares, largada ali como um farol fora de lugar. Uma cabine de controle de mudança de via. Há muitas delas ao longo deste trecho da linha, e é nelas que Lev e CyFi encontram abrigo a cada noite.

— Você não tem medo de que algum funcionário da ferrovia encontre a gente aqui? — pergunta Lev quando eles se aproximam de uma das estruturas de aparência lamentável.

— Que nada... ninguém mais usa essas cabines — conta CyFi. — Todo o sistema é automático. Já é assim há anos, mas custa caro demais demolir as cabines todas. Acho que eles decidiram que a natureza vai acabar derrubando todas de graça.

A cabine está trancada com cadeado, mas um cadeado só é tão forte quanto a porta na qual está — e esta porta foi escavada por cupins. Um único chute arranca o cadeado da madeira, e a porta voa para dentro, levantando uma chuva de poeira e aranhas mortas.

No andar de cima há um cômodo de oito por oito, com janelas nos quatro lados. Está gelado. CyFi possui um casaco de inverno que parece ter sido caro para mantê-lo aquecido à noite. Lev só tem uma jaqueta acolchoada de fibra sintética que ele roubou de uma cadeira no shopping outro dia.

CyFi tinha erguido o nariz ao ver Lev pegar aquela jaqueta, pouco antes de os dois saírem do shopping.

— Roubar é coisa de vagabundo — dissera ele. — Se cê tiver classe, não vai roubar o que precisa, vai fazer as pessoas darem pra você por livre e espontânea vontade, exatamente como eu fiz lá no lugar de comida chinesa. Tem que ser esperto e sutil. Cê aprende.

A jaqueta que Lev roubou é branca, e ele odeia isso. Vestiu branco a vida inteira — uma ausência imaculada de cor que o definia —, mas agora não há conforto em vesti-la.

Eles comem bem esta noite — graças a Lev, que finalmente tivera seu momento de gênio sobrevivencialista. Envolvia pequenos animais sendo atropelados por trens que passavam.

— Eu num vô comer bicho atropelado! — CyFi havia insistido quando Lev sugerira isso. — Essas coisas podem tá apodrecendo aí há semanas, até onde a gente sabe.

— Não — dissera-lhe Lev. — A gente vai fazer o seguinte: andamos alguns quilômetros pelos trilhos, marcando cada bicho morto com um graveto. Daí, quando o próximo trem passar, a gente faz o caminho de volta. Qualquer coisa que a gente encontre que não esteja marcada é recente. — Ele admitia que era uma ideia razoavelmente nojenta à primeira vista, mas na verdade não era diferente de caçar — se sua arma fosse um motor a diesel.

Eles fazem uma pequena fogueira ao lado da cabine e jantam coelho e tatu assados — cujo gosto não é tão ruim quanto Lev pensou que seria. No fim, carne é carne, e churrasco funciona para tatu exatamente como funciona para bife bovino.

— Pá-pum-churras!!! — É como CyFi decide chamar esse método de caça enquanto comem. — Isso é o que eu chamo de solução criativa de problemas. Talvez no final das contas você seja um gênio, Nic.

É bom receber a aprovação de Cy.

— Ei, hoje é quinta? — pergunta Lev, percebendo só agora. — Acho que é Dia de Ação de Graças!

— Bom, Nic, a gente tá vivo. É o bastante pra agradecer.

Esta noite, no pequeno cômodo da cabine, CyFi faz a grande pergunta.

— Por que teus pais te mandaram pro dízimo, Nic?

Uma das coisas boas a respeito de estar com CyFi é que ele fala muito de si mesmo. Isso evita que Lev tenha de pensar na própria vida. Exceto, é claro, quando Cy pergunta. A resposta de Lev é o silêncio. Ele finge estar dormindo — e, se há uma coisa que CyFi não consegue aguentar, é o silêncio. Então ele mesmo o preenche.

— Cê foi um bebê da cegonha? É isso? Eles nem te queriam, pra começar, e mal podiam esperar pra se livrar de você?

Lev mantém os olhos fechados e não se mexe.

— Bom, *eu* fui da cegonha — diz Cy. — Meus dois pais me acharam na porta no primeiro dia do verão. Mas tudo bem, porque eles estavam prontos pra ter uma família mesmo. Na verdade, ficaram tão felizes que finalmente oficializaram o relacionamento e fizeram o *casammento*.

Lev abre os olhos, curioso o bastante para admitir que ainda está acordado.

— Mas... depois da Guerra de Heartland, o casamento de homens não se tornou ilegal?

— Não foi um casamento. Foi um *casammento*.

— Qual é a diferença?

CyFi olha para ele como se fosse um idiota.

— Os dois emes. De todo modo, caso cê teja imaginando, eu num sô como meus pais. Minha bússola aponta pra garotas, se é que cê me entende.

— É, é, a minha também. — O que ele não conta é que a coisa mais próxima que já teve de um encontro ou mesmo de beijar uma menina foi quando dançou com elas na sua festa do dízimo.

Pensar na festa causa-lhe um tranco súbito e agudo de ansiedade que o faz querer gritar. Ele aperta os olhos com força e obriga esse sentimento explosivo a ir embora. Tudo da antiga vida de Lev é assim agora — uma bomba relógio fazendo tique-taque em sua cabeça. *Esqueça essa vida*, diz ele a si mesmo. *Você não é mais aquele menino.*

— Como é que são os teus pais?

— Odeio eles — responde Lev, surpreso com as próprias palavras. Surpreso por serem sinceras.

— Não foi isso que eu perguntei.

Desta vez CyFi não aceita o silêncio como resposta, então Lev conta da melhor forma que pode:

— Meus pais — começa ele — fazem tudo o que devem fazer. Eles pagam impostos. Vão à igreja. Votam do jeito que os amigos deles esperam que votem e pensam o que devem pensar, e nos mandam para escolas que nos educam para pensar exatamente como eles pensam.

— Isso num parece tão ruim pra mim.

— Não era — diz Lev, o desconforto crescendo. — Mas meus pais amaram Deus mais do que a mim, e eu odeio eles por isso. Então, acho que isso significa que eu vou pro inferno.

— Hmm. É o seguinte. Quando cê chegar lá, guarda um lugar pra mim, falou?

— Por quê? O que te faz achar que você vai pro inferno?

— Não acho, mas só por precaução. A gente tem que planejar com antecedência, né?

Dois dias depois, eles se veem na cidade de Scottsburg, Indiana. Bem, pelo menos Lev finalmente sabe que estado é este. Ele se pergunta se seria este o destino de CyFi, mas Cy não disse nada confirmando ou negando. Eles deixaram os trilhos para trás, e CyFi diz a Lev que eles precisam ir para o sul usando as estradas de terra até conseguirem encontrar trilhos que sigam nessa direção.

Cy não anda agindo direito.

Começou na noite anterior. Algo na voz dele. Algo em seu olhar também. De início, Lev pensou que fosse só imaginação, mas agora, à pálida luz do dia de outono, está claro que CyFi está alterado. Ele anda atrás de Lev em vez de seguir na frente. O passo está todo errado — está mais arrastando os pés do que marchando de cabeça erguida. Isso deixa Lev ansioso de uma maneira que ele não fica desde antes de conhecer o amigo.

— Você não vai me contar aonde nós estamos indo? — pergunta Lev, imaginando que talvez estejam perto, e talvez seja por isso que Cy está agindo desse jeito tão estranho.

CyFi hesita, considerando se é sensato dizer alguma coisa. Finalmente, responde:

— Nós vamos pra Joplin. Isso fica no sudoeste do Missouri, então, ainda tem um longo caminho pela frente.

No fundo da mente, Lev registra que CyFi abandonou completamente seu modo de falar de umber das antigas. Agora ele soa como qualquer outro menino que Lev poderia ter conhecido na cidade onde morou. Mas também há algo sombrio e gutural na voz dele agora. Vagamente ameaçador, como a voz de um lobisomem antes da transformação.

— O que tem em Joplin? — pergunta Lev.

— Nada com que você deva se preocupar.

Mas Lev *está* começando a se preocupar — pois, quando CyFi chegar aonde está indo, Lev ficará sozinho outra vez. Esta jornada era mais fácil quando ele não sabia qual era o destino.

Enquanto andam, Lev percebe que a mente de Cy está em outro lugar. Talvez em Joplin. O que poderia haver nesse lugar? Talvez uma namorada tenha se mudado para lá? Talvez ele tenha descoberto sua mãe biológica. Lev já inventou uma dúzia de motivos para CyFi estar nesta viagem, e provavelmente há mais uma dúzia que ele nem imagina.

Há uma rua principal em Scottsburg tentando ser pitoresca, mas parecendo apenas desgastada. É o fim da manhã enquanto eles se deslocam pela cidade. Restaurantes estão se preparando para a hora do almoço.

— Então, você vai usar seus talentos pra nos conseguir almoço de graça ou é a minha vez de tentar? — pergunta Lev. Ele se volta para Cy, mas ele não está lá. Uma rápida olhada nas lojas atrás de si e Lev vê uma porta se fechando. É uma loja de artigos para o Natal, com a vitrine toda enfeitada com decorações verdes e vermelhas, renas de plástico e neve de algodão. Lev não consegue imaginar que Cy entrou ali, mas, quando espia pela janela, lá está ele, olhando ao redor como se fosse um cliente. Do jeito esquisito que Cy vem agindo, Lev não tem escolha senão entrar também.

Está quente na loja, e há um aroma artificial de pinho. O tipo de aroma que se coloca naqueles cartões perfumadores de ambientes. Por toda parte há árvores de Natal de alumínio completamente paramentadas, exibindo todo tipo de decoração natalina, cada árvore com um tema diferente. Em outra época e lugar, Lev teria adorado passar por uma loja como esta.

Uma vendedora os observa desconfiada por detrás do balcão. Lev pega no ombro de Cy.

— Vem, vamos sair daqui.

Mas Cy se livra dele e vai até uma árvore decorada em dourado brilhante. Ele parece hipnotizado por todas as luzes e ouropel. Há um leve tique logo abaixo do seu olho direito.

— Cy — sussurra Lev. — Vem... a gente tem que ir pra Joplin. Lembra? Joplin.

Mas Cy não se move. A vendedora se aproxima. Ela usa um suéter com estampa de Natal e um sorriso de Natal.

— Posso ajudar em alguma coisa?

— Não — responde Lev. — A gente já está saindo.

— Um quebra-nozes — diz Cy. — Eu estou procurando um quebra-nozes para minha mãe.

— Ah, estão na prateleira dos fundos. — A mulher se vira para olhar para o outro lado da loja. No momento em que ela faz isso, Cy pega uma bugiganga dourada pendurada na árvore brilhante e a enfia no bolso do casaco.

Lev só fica parado ali, pasmado.

Cy nem mesmo se digna a olhar para Lev enquanto segue a mulher até a prateleira dos fundos, onde eles falam sobre quebra-nozes.

Há um pânico fermentando profundamente em Lev agora, galgando devagar um caminho até a superfície. Cy e a mulher conversam por mais alguns momentos, depois ele lhe agradece e volta para a frente da loja.

— Preciso pegar mais dinheiro lá em casa — diz ele em sua voz de Cy-que-não-é-Cy. — Acho que minha mãe vai gostar do azul.

Você não tem mãe, Lev quer dizer a ele, mas não diz, pois tudo o que importa agora é sair da loja.

— Tudo bem, então — diz a vendedora. — Tenha um bom dia!

Cy sai, e Lev se certifica de ir logo atrás dele, só para o caso de Cy ter de repente uma urgência fantasma em voltar para a loja e pegar mais alguma coisa.

Então, no momento em que a porta se fecha atrás dele, CyFi desata a correr. Ele não só corre, se ejeta, como se estivesse tentando fugir e deixar a própria sombra para trás. Ele dispara pelo quarteirão, depois, pela rua. Então ele volta. Carros buzinam, um caminhão quase o corta ao meio. Ele se lança em direções aleatórias como um balão perdendo o ar, depois desaparece em um beco lá no fim da rua.

Isso não tem a ver com uma bolinha dourada de Natal. Não pode ter. É um colapso. É um ataque, cuja natureza Lev não consegue nem começar a adivinhar. *Eu deveria simplesmente deixá-lo ir embora*, pensa Lev. *Deixá-lo ir, depois correr na direção contrária e não olhar pra trás.* Lev conseguiria sobreviver sozinho agora. Já tem bastante experiência nas ruas. Saberia se virar sem CyFi.

Mas havia aquela expressão em Cy antes de ele correr. Desespero. Exatamente como a expressão no rosto de Connor no momento em que ele tirou Lev do confortável sedan de seu pai. Lev havia abandonado Connor. Não abandonaria CyFi.

Com um passo e um ritmo muito mais firmes do que os de CyFi, Lev atravessa a rua e segue rumo ao beco.

— CyFi — chama, alto o bastante para ser ouvido, mas não a ponto de chamar a atenção dos outros. — Cy! — Ele olha para as lixeiras e portas. — Cyrus, cadê você?

Ele chega ao fim do beco e olha para a esquerda e para a direita. Nem sinal dele. Então, quando está a ponto de perder a esperança, ouve:

— Nic?

Vira a cabeça e presta atenção.

— Nic. Aqui.

Desta vez ele consegue notar de onde vem a voz: um playground à sua direita. Plástico verde e tubos de aço pintados de azul. Não há crianças brincando — o único sinal de vida é a ponta do sapato de CyFi saindo de detrás do escorregador. Lev entra na área atravessando uma cerca-viva, pisa na areia que cerca o playground e contorna os brinquedos até avistar CyFi.

Ele quase quer recuar diante do que vê.

Cy está enrolado, os joelhos junto ao peito, como um bebê. O lado esquerdo do rosto está repuxando, e a mão esquerda treme feito gelatina. Ele faz uma careta de dor.

— O que foi? O que há de errado? Me conta. Talvez eu possa ajudar.

— Nada — sibila CyFi. — Eu vou ficar bem.

Mas, para Lev, ele parece estar morrendo.

Na mão esquerda trêmula, CyFi segura o enfeite que furtou.

— Eu não roubei isso — diz ele.

— Cy...

— EU DISSE QUE NÃO ROUBEI ISSO! — Ele bate a palma da mão direita contra o lado da cabeça. — NÃO FUI EU!

— Tá bom... como você disser. — Lev olha ao redor para ter certeza de que não estão sendo observados.

Cy se aquieta um pouco.

— Cyrus Finch não rouba. Nunca roubou e nunca vai roubar. Não é o meu estilo. — É o que ele diz, ao mesmo tempo que olha para a evidência ali mesmo, em sua mão. Mas em um segundo a prova é eliminada. CyFi ergue o punho direito e a esmaga sobre a palma da mão esquerda, estilhaçando a bola de Natal. O vidro dourado tilinta ao cair no chão. O sangue começa a vazar da palma esquerda e dos nós dos dedos da direita.

— Cy, a sua mão...

— Não se preocupe com isso — diz ele. — Quero que você faça uma coisa por mim, Nic. Faça antes que eu mude de ideia.

Lev assente.

— Tá vendo o meu casaco ali? Eu quero que você pegue o que está nos bolsos.

O casaco pesado de CyFi está a alguns metros dali, jogado por cima do assento de um balanço. Lev vai até o balanço e pega o casaco. Ele enfia a mão dentro de um bolso interno e encontra, dentre todas as coisas possíveis, um isqueiro dourado, que retira.

— É isso, Cy? Você quer um cigarro? — Se um cigarro puder tirar CyFi dessa, Lev será o primeiro a acendê-lo para ele. Afinal, há coisas muito mais ilegais do que um cigarro.

— Olhe nos outros bolsos.

Lev procura um maço de cigarros, mas não há nenhum. Em vez disso, o que acha nos bolsos é um pequeno tesouro escondido. Brincos com pedras preciosas, relógios, um colar dourado, um bracelete de diamantes — coisas que brilham e reluzem mesmo à luz fraca do dia.

— Cy, o que você fez...?

— Eu já te disse, não fui eu! Agora, pegue todas essas coisas e se livre delas. Se livre delas e não me deixe ver onde você colocou. — Então ele cobre os olhos como se fosse uma brincadeira de esconde-esconde. — Vá... antes que ele me force a mudar de ideia!

Lev tira tudo o que há nos bolsos e, aninhando as coisas nos braços, corre até o outro canto do playground. Ele cava na areia fria e joga tudo no buraco, chutando a areia para cobri-lo. Quando termina, ele alisa o solo com o lado do sapato e espalha folhas por cima. Retorna para CyFi, que está sentado ali exatamente como Lev o deixou, com as mãos no rosto.

— Está feito — afirma Lev. — Pode olhar agora.

Quando Cy descobre os olhos, há sangue dos cortes nas mãos em todo o rosto. Cy olha para elas, depois olha para Lev, desamparado, como... bem, como um garoto que acabou de se machucar no playground. Lev meio que espera que ele chore.

— Espere aqui — pede Lev. — Eu vou arranjar umas ataduras. — Ele sabe que precisará roubá-las. Imagina o que o Pastor Dan diria sobre todas as coisas que ele andou roubando ultimamente.

— Obrigado, Nic — responde Cy. — Você fez bem, e eu *num* vou esquecer, não. — A cadência de umber das antigas voltou à voz dele. O repuxar no rosto parou.

— Sem problemas — diz ele, com um sorriso reconfortante, e sai para procurar uma farmácia.

O que CyFi não sabe é que Lev guardou um único bracelete de diamantes, que agora está escondido no bolso interno da sua jaqueta não--tão-branca.

Lev arranja um lugar para eles dormirem esta noite. É o melhor que já tiveram: um quarto de hotel. Encontrá-lo não foi assim tão difícil — ele procurou um hotel velho sem muitos carros na frente. Depois, foi só questão de encontrar uma janela destrancada de banheiro em um quarto desocupado.

Enquanto eles mantivessem as cortinas fechadas e as luzes apagadas, ninguém saberia que estavam lá.

— Meu gênio continua a te influenciar — diz CyFi. Cy voltou ao que era antes, como se o incidente esta manhã nunca tivesse acontecido. Só que *aconteceu*, e ambos sabem disso.

Lá fora, eles escutam uma porta de carro se abrir. Lev e Cy se preparam para sair correndo se uma chave virar na fechadura deste quarto, mas é outra porta que se abre, a alguns quartos de distância. Cy se sacode para aliviar a tensão, mas Lev não relaxa. Ainda não.

— Eu quero saber o que aconteceu hoje — diz Lev. Não é uma pergunta. É um pedido.

Cy não parece preocupado.

— História velha — responde ele. — Deixe o passado no passado e viva o momento. Isso é sabedoria que cê pode levar pra cova e desenterrar quando precisar!

— E se eu desenterrar agora mesmo? — Lev faz uma pausa para deixar a frase assentar. Depois, enfia a mão no bolso e tira o bracelete de diamante. Segura-o na frente do rosto, garantindo que a luz da rua, penetrando por uma fenda nas cortinas, atinja os diamantes e os faça brilhar.

— Onde cê arranjou isso? — A voz de CyFi perdeu o tom brincalhão que tinha um segundo atrás.

— Eu guardei — responde Lev calmamente. — Pensei que poderia ser útil.

— Eu falei pra você se livrar disso.

— Não era seu pra querer se livrar. Afinal, você mesmo disse: *você* não o roubou. — Lev torce a pulseira de forma que o bracelete reflita a centelha de luz bem nos olhos de CyFi. Com as luzes do quarto apagadas, Lev não consegue enxergar muito, mas pode jurar que vê a bochecha de CyFi começando a repuxar.

Cy levanta, assomando sobre Lev. Este se ergue também, uma cabeça inteira mais baixo do que o amigo.

— Tira isso da minha frente — diz CyFi — ou eu juro que vou te socar até virar torresmo.

Lev acha que ele fará isso mesmo. CyFi crispa os punhos; com as bandagens, ele parece um pugilista, as mãos enfaixadas antes de colocar as luvas. Ainda assim, Lev não recua. Ele apenas balança o bracelete. A peça lança luzes que piscam e voam pelo quarto como uma esfera espelhada de discoteca.

— Eu tiro da sua frente se você me contar por que essa pulseira e todas aquelas outras coisas foram parar nos seus bolsos.

— Tira primeiro, depois eu te conto.

— É justo. — Lev deixa o bracelete deslizar para dentro do bolso e espera, mas CyFi não fala. Então, Lev lhe dá um ultimato: — Qual é o nome dele? — pergunta. — Ou dela?

Os ombros de CyFi afundam na derrota. Ele desaba em uma cadeira. Lev não consegue ver-lhe nada do rosto agora, na escuridão. Então, ouve atentamente a sua voz. Enquanto ela ainda soar como a voz de Cy, ele saberá que o amigo está bem. Lev senta-se na beirada da cama, a alguns passos de Cy, e escuta.

— É ele — diz Cy. — Não sei o nome dele. O cara deve ter guardado o nome em outra parte do cérebro. Eu só recebi o lobo temporal direito. Isso é só um oitavo do córtex cerebral, então, eu sou sete oitavos de mim e um oitavo dele.

— Eu imaginei que fosse isso. — Lev havia percebido o que estava havendo com o amigo antes de roubar as ataduras na farmácia. O próprio Cy lhe dera a pista. *Faça antes que ele me force a mudar de ideia*, dissera ele. — Então... ele roubava coisas em lojas?

— Ele tinha... problemas. Acho que foi por causa desses problemas que os pais dele mandaram fragmentá-lo, em primeiro lugar. E agora um desses problemas é meu.

— Uau. Isso é chato.

CyFi ri amargamente disso.

— É, Nic, é bem chato.

— É como o que aconteceu com o meu irmão Ray — comenta Lev. — Ele foi a um negócio de leilão do governo e saiu com dez acres de terra com um lago, e não custou quase nada. Daí ele descobriu que a terra vinha com um depósito cheio de produtos químicos tóxicos que vazavam no solo. Agora ele era o dono, então, agora o problema era dele. Limpar todo aquele veneno custou quase dez vezes mais do que a compra da terra.

— Trouxa — diz Cy.

— É. Mas, pelo menos, os produtos químicos não estavam no cérebro dele.

Cy baixa o olhar por um momento.

— Ele num é um menino mau. Só tá magoado. Magoado pra caramba.

— Da forma como fala, é como se o garoto ainda estivesse aqui, dentro do quarto, com eles. — Ele tem esse impulso de pegar as coisas... tipo um vício, saca? Principalmente coisas brilhantes. Num é como se ele quisesse essas coisas de verdade, é só que ele meio que precisa pegar. Acho que ele é cleptomaníaco. Isso que dizer... ah, diabo, cê sabe o que quer dizer.

— Então, ele fala com você?

— Não, não de verdade. Eu num fiquei com a parte dele que usa palavras. Percebo principalmente os sentimentos. Às vezes, imagens, mas normalmente só sentimentos. Impulsos. Quando sinto um impulso e num sei de onde vem, sei que é dele. Como da vez que eu vi um setter irlandês na rua e quis ir até lá e brincar com ele. Eu num sô muito chegado a cachorro, sabe, mas de repente, do nada, eu simplesmente tinha que ir brincar com o bicho.

Agora que Cy está falando disso, não consegue parar. Está transbordando como a água por cima de uma barragem.

— Brincar com o cachorro foi uma coisa, mas roubar é outra. Os roubos me deixam doido. Quero dizer, aqui tô eu, um cidadão cumpridor da lei, nunca peguei nada que num fosse meu a vida inteira, e agora tô com esse problema. Tem gente por aí, como aquela mulher na loja de coisas de Natal, que vê um menino umber que nem eu e automaticamente assume que vou aprontar coisa errada. E agora, graças a esse cara na minha cabeça, eles têm razão. E cê quer saber o que é engraçado? Esse menino era siena-claro, que nem você. Cabelo loiro, olhos azuis.

Ouvir isso surpreende Lev. Não a descrição, mas o fato de que Cy consegue realmente descrevê-lo.

— Você sabe como ele era?

CyFi assente.

— Consigo ver ele às vezes. É difícil, mas às vezes eu consigo. Fecho os olhos e me imagino olhando num espelho. Normalmente só me vejo refletido, mas de vez em quando consigo ver o cara. É só por um instante. Tipo, que nem tentar pegar um relâmpago depois que cê já viu o clarão. Mas outras pessoas... elas num veem *ele* quando ele rouba. O que elas veem sou eu. As *minhas* mãos catando as coisas.

— As pessoas que importam sabem que não é você. Seus pais...

— Eles nem sabem sobre isso! — diz Cy. — Eles acham que me fizeram um favor botando esse pedaço de cérebro em mim. Se eu contasse sobre isso, eles se sentiriam culpados até o fim dos tempos. Então, num posso contar.

Lev não sabe o que dizer. Gostaria de nunca ter abordado o assunto. Gostaria de não ter insistido em saber. Mais que tudo, gostaria que Cy não tivesse que lidar com isso. Ele é um cara legal. Merece coisa melhor.

— E esse menino... ele nem mesmo entende que é parte de mim — conta Cy. — É como aqueles fantasmas que num sabem que morreram. Ele fica tentando ser ele e num consegue entender por que o resto dele num tá aqui.

De repente, Lev percebe uma coisa.

— Ele vivia em Joplin, é isso!

Cy não responde por um longo tempo. É assim que Lev entende que é verdade. Finalmente, Cy diz:

— Tem coisas dele que ainda tão trancadas no meu cérebro e eu num consigo alcançar. Só o que eu sei é que ele tem que ir até Joplin, então, eu tenho que ir lá também. Quando a gente chegar lá, talvez ele me deixe em paz.

CyFi move os ombros — não encolhendo-os, mas rolando-os desconfortavelmente, como quando se tem uma coceira nas costas ou um arrepio súbito.

— Num quero mais falar dele, não. Esse um oitavo parece muito maior quando eu passo um tempo falando da massa cinzenta dele.

Lev quer colocar um braço ao redor do ombro de Cy como um irmão mais velho para confortá-lo, mas não consegue se convencer a isso. Então, o que faz é tirar o cobertor da cama e enrolá-lo ao redor do amigo enquanto senta em uma cadeira.

— Que é que é isso?

— Só estou garantindo que você fique aquecido. — E então acrescenta: — Não se preocupe com nada. Eu tenho tudo sob controle.

CyFi ri.

— Você? Cê não consegue nem tomar conta de si mesmo e agora acha que vai tomar conta de mim? Se não fosse por mim cê tava mastigando o lixo dos outros lá no shopping até agora.

— Isso mesmo... mas você me ajudou. Agora é a minha vez de fazer o mesmo por você. E eu vou te levar até Joplin.

22 · Risa

Risa Megan Ward observa tudo ao redor atenta e cuidadosamente. Ela já viu o bastante na Casa Estatal para saber que a sobrevivência depende de quão vigilante você é.

Por três semanas, ela, Connor e um punhado misto de fragmentários foram levados de um esconderijo a outro. É enlouquecedor, pois não parece haver um fim à vista para essa trilha implacável e subterrânea de refugiados.

Há dezenas de adolescentes sendo deslocados, mas nunca há mais do que cinco ou seis por vez em cada esconderijo, e Risa raramente vê o mesmo jovem duas vezes. A única razão pela qual ela e Connor conseguiram permanecer juntos é porque são vistos como um casal. É prático e serve aos interesses de ambos. Como é aquele provérbio? O demônio familiar é melhor do que aquele que você não conhece?

Finalmente, eles são jogados em um depósito enorme e vazio em uma zona retumbante de tráfego aéreo. Um imóvel barato para esconder adolescentes indesejados. É um edifício espartano com um telhado de aço corrugado, e este sacode tanto quando um avião passa no alto que ela meio que espera que desabe.

Há quase trinta adolescentes aqui quando eles chegam, muitos dos quais Risa e Connor encontraram pelo caminho ao longo das últimas semanas. Isto é um tanque de armazenamento, ela percebe, um lugar onde todos os jovens são colocados em preparação para alguma jornada final. Há correntes nas portas para manter qualquer pessoa indesejada lá fora (e para manter qualquer uma que se rebele aqui dentro). Há aquecedores de ambiente inúteis, já que todo o calor se perde por causa do teto alto do depósito. Há apenas um banheiro com a fechadura quebrada e, diferente de muitos outros esconderijos, este não tem chuveiro, então a higiene pessoal é suspensa no momento em que eles chegam. Misture tudo isso a um bando de jovens assustados e zangados e você tem um barril de pólvora a ponto de explodir. Talvez seja por isso que todas as pessoas que controlam a situação carreguem armas.

Há quatro homens e três mulheres encarregados, todos eles versões militarizadas de gente que, como Sonia, administra os esconderijos. Todos os chamam de “os Veteranos” — não só porque eles têm propensão a usar roupas militares cáqui, mas também porque sempre parecem exaustos. Ainda assim, eles têm em si uma determinação intensa que Risa admira.

Quase todo dia há um punhado de novos adolescentes chegando. Risa observa cada grupo de recém-chegados com interesse e percebe que Connor faz isso também. Ela sabe por quê.

— Você também está procurando o Lev, né? — finalmente ela diz.

Ele dá de ombros.

— Talvez eu esteja só procurando pelo desertor de Akron, como todo o resto.

Isso faz Risa soltar uma risadinha. Mesmo nos esconderijos, eles ouviram os rumores bombásticos de um desertor de Akron que escapou de um Juvi ao virar a própria pistola de tranquilizantes contra ele. *Talvez ele esteja a caminho daqui!*, os jovens sussurram pelo depósito, como se estivessem falando de uma celebridade. Risa não tem ideia de como o boato começou, já que nunca esteve nos noticiários. Ela está um pouco irritada por não ter sido incluída no rumor. Deveria ser uma coisa tipo Bonnie & Clyde. A fábrica de boatos é definitivamente sexista.

— Então, você algum dia vai contar pra eles que *você* é o desertor de Akron? — pergunta para Connor em voz baixa.

— Não quero esse tipo de atenção. Além disso, não acreditariam em mim, mesmo. Estão todos dizendo que o desertor de Akron é um recruta grandalhão tipo super-herói. Não quero desapontá-los.

Lev não aparece com nenhuma das levas de novos fugitivos. A única coisa que chega com eles é o aumento da tensão. No fim da primeira semana, são quarenta e três adolescentes, e ainda há só um banheiro, nenhum chuveiro e nenhuma resposta para quanto tempo isto vai durar. A inquietação paira no ar, pesada feito odor corporal.

Os Veteranos fazem o melhor que podem para manter todos eles alimentados e ocupados, ainda que só para minimizar o atrito. Há algumas caixas de jogos, baralhos faltando cartas e livros cheios de orelhas que nenhuma biblioteca quis. Não há nada eletrônico, nem bolas — nada que possa criar ou encorajar barulho.

— Se as pessoas lá fora ouvirem vocês, estão acabados — os Veteranos os lembram sempre que podem. Risa imagina se essa gente tem vida pessoal, separada desta vida de salvar fragmentários, ou se isto é a obra de sua vida.

— Por que vocês estão fazendo isso por nós? — perguntou ela na segunda semana.

A Veterana respondeu de maneira quase mecânica — como quem dá uma declaração ensaiada a uma repórter.

— Salvar vocês e outros como vocês é um ato de consciência — disse a mulher. — O trabalho é sua própria recompensa.

Todos os Veteranos falam desse jeito. O discurso do Quadro Maior, é como Risa o chama. Enxergar o todo, mas nada das partes. Isso não está apenas na fala deles, mas também no olhar. Quando olham para Risa, ela percebe que eles não a enxergam realmente. Parecem ver a multidão de fragmentários mais como um conceito do que como uma coleção de jovens ansiosos, então, não percebem todos os sutis tremores sociais que sacodem as coisas tão fortemente quanto os aviões sacodem o telhado.

No final da segunda semana, Risa tem uma boa noção de onde o problema está fermentando. Tudo gira em torno de um garoto que ela esperava nunca mais ver, mas ele reapareceu pouco depois que ela e Connor chegaram.

Roland.

De todos os adolescentes aqui, ele é de longe o mais potencialmente perigoso. O mais perturbador é que o próprio Connor não vem sendo exatamente a imagem da estabilidade emocional nesta última semana.

Ele estivera bem nos esconderijos anteriores. Havia controlado o pavio curto — não fizera nada impulsivo ou irracional demais. Aqui, porém, no meio de tantos jovens, ele está diferente. Está irritável e hostil. A menor coisinha o tira do sério. Ele já se meteu em meia dúzia de brigas. Ela sabe que deve ser por isso que os pais escolheram mandar fragmentá-lo — um temperamento agressivo pode levar alguns pais a medidas desesperadas.

O bom senso manda Risa se afastar dele. A aliança entre os dois foi forjada pela necessidade, mas não há mais razão para ela se aliar a ele. Ainda assim, dia após dia, ela continua se vendo atraída até ele... e preocupada com ele.

Ela se aproxima dele pouco depois do café da manhã um dia, determinada a abrir-lhe os olhos a um perigo claro e presente. Ele está sentado sozinho, rabiscando um retrato no chão de concreto com um prego enferrujado. Risa gostaria de poder dizer que é um belo desenho, mas Connor não é bem um artista. Isso a desaponta, pois ela quer desesperadamente encontrar nele algo que o redima. Se ele fosse um artista, os dois poderiam se relacionar em um nível criativo. Ela poderia falar-lhe de sua paixão por música e ele entenderia. Mas, com as coisas como são, ela não acha que ele saiba, ou se importe, que ela toque piano.

— Quem você está desenhando? — pergunta ela.

— Só uma garota que eu conheci onde morava — diz ele.

Risa sufoca silenciosamente o ciúme em um rápido vácuo emocional.

— Alguém de quem você gostava?

— Mais ou menos.

Risa dá uma boa olhada no esboço.

— Os olhos dela estão grandes demais pro rosto.

— Acho que é porque os olhos dela são a coisa de que me lembro melhor.

— E a testa dela está muito baixa. Do jeito que você desenhou, ela não teria espaço pro cérebro.

— É, bom, ela não era lá muito brilhante.

Risa ri disso, o que faz Connor sorrir. Quando ele sorri, é difícil imaginar que seja o mesmo cara que se meteu em todas aquelas brigas. Ela calcula se ele estaria ou não aberto a ouvir o que ela tem a lhe dizer.

Connor desvia o olhar.

— Você queria alguma coisa? Ou só veio bancar a crítica de arte?

— Eu... estava imaginando por que você está sentado sozinho.

— Ah, então você também é minha psiquiatra.

— Supostamente, nós dois somos um casal. Se vamos sustentar essa imagem, você não pode ser completamente antissocial.

Connor olha para os grupos de jovens a distância, ocupados em várias atividades matutinas. Risa segue o olhar dele. Há um grupo de adolescentes que odeiam o mundo e passam o dia todo vertendo veneno. Há o garoto que respira pela boca e não faz nada além de ler a mesma revista em quadrinhos de novo e de novo. Mai formou um par com um garoto carrancudo de cabelo espetado chamado Vincent, que é todo roupa de couro e piercings. Deve ser a alma gêmea dela, pois eles ficam aos amassos o dia inteiro, atraindo uma penca de outros adolescentes que ficam por perto só olhando.

— Não quero socializar — diz Connor. — Não gosto das pessoas daqui.

— Por quê? — pergunta Risa. — São parecidas demais com você?

— São uns perdedores.

— É, foi o que eu quis dizer.

Ele lança a ela um olhar zangado, mas sem firmeza. Depois, olha para o desenho que fez, mas Risa percebe que ele não está pensando na garota — a cabeça de Connor está em outro lugar.

— Se eu ficar na minha, não me meto em brigas. — Ele deixa o prego no chão, desistindo de raspar. — Eu não sei o que é que me irrita. Talvez sejam todas as vozes. Talvez sejam todos os corpos se movendo em volta de mim. Sinto como se tivesse formigas rastejando dentro do meu cérebro e tenho vontade de gritar. Só consigo aguentar por um tempo, depois eu explodo. Já aconteceu lá em casa. Todo mundo estava falando ao mesmo tempo à mesa, no jantar. Uma vez, recebemos uns parentes pra jantar e a conversa me deixou tão doido que joguei um prato na cristaleira. Voou vidro pra todo lado. Arruinei o jantar. Meus pais perguntaram o que deu em mim e eu não soube responder.

O fato de Connor estar disposto a compartilhar isso com ela a faz sentir--se bem. Faz com que se sinta próxima dele. Talvez, agora que ele se abriu, fique aberto por tempo bastante para ouvir o que ela tem a dizer.

— Tem uma coisa sobre a qual eu quero falar.

— Ah, é?

Risa senta-se ao lado dele, mantendo a voz baixa.

— Eu quero que você observe os outros. Veja aonde vão. Com quem falam.

— Todos eles?

— Sim, mas um de cada vez. Depois de um tempo você vai começar a perceber umas coisas.

— Como o quê?

— Os que comem primeiro são os que passam mais tempo com o Roland, mas ele mesmo nunca vai pro começo da fila. O jeito que os amigos mais próximos dele se infiltram nas outras panelinhas e fazem com que as pessoas briguem e se separem. O jeito como o Roland é especialmente legal com aqueles de quem o resto sente pena, mas só até ninguém mais sentir pena deles. Daí ele os usa.

— Parece até que você está fazendo um projeto escolar sobre ele...

— Estou falando sério. Eu já vi isso antes. Ele tem sede de poder, é impiedoso e muito, muito esperto.

Connor ri disso.

— O Roland? Ele não saberia dizer quanto são dois mais dois!

— Não, mas ele saberia fazer as pessoas calcularem isso pra ele e depois as esmagaria. — Isso claramente faz Connor parar e pensar. Ótimo, pensa Risa. *Ele precisa pensar. Precisa criar estratégias.*

— Por que você está me dizendo isso?

— Porque você é a maior ameaça pra ele.

— Eu?

— Você é um lutador. Todo mundo sabe disso. E todos sabem também que você não engole desaforo de ninguém. Não ouviu o pessoal resmungando sobre como alguém deveria fazer alguma coisa quanto ao Roland?

— Ouvi.

— Eles só dizem isso quando você está perto o bastante pra ouvir. Estão esperando que *você* faça alguma coisa quanto a ele... e o Roland sabe disso.

Ele tenta dispensá-la com um aceno, mas ela se coloca firmemente na frente dele.

— Me escute bem, porque eu sei do que estou falando. Lá na Casa Estatal sempre tinha pessoas perigosas que conquistavam poder intimidando os outros. Pessoas que conseguiam fazer isso porque sabiam exatamente quem deveriam derrubar, e quando. E a pessoa que esse tipo de gente derrubava com mais força era aquela com o maior potencial pra ficar contra *ela*.

Risa pode ver Connor fechando a mão em punho. Ela sabe que não está conseguindo se comunicar com ele. O garoto está interpretando mal a mensagem.

— Se ele quer briga, vai conseguir.

— Não! Você não pode morder a isca! É isso que ele quer! Ele vai fazer tudo que puder pra obrigar você a entrar em uma briga. Mas você não pode cair nessa.

Connor trava a mandíbula.

— Você acha que eu não consigo vencer esse cara em uma luta?

Risa agarra o pulso dele e o segura com força.

— Um cara como o Roland não quer lutar com você. Quer te matar.

23 · Connor

Por mais que Connor odeie admitir, Risa estava certa quanto a uma porção de coisas. A clareza de raciocínio da garota os salvara mais de uma vez, e, agora que ele sabe para onde olhar, a abordagem dela sobre a estrutura secreta de poder de Roland acerta bem no alvo. Roland é um mestre em estruturar a vida ao redor em seu próprio benefício. Não é a intimidação ostensiva que possibilita isso. É a manipulação sutil da situação. A intimidação quase age como fachada para o que realmente está havendo. Enquanto as pessoas o virem como um cara durão e burro, não notarão suas manobras mais inteligentes... como subir no conceito de um dos Veteranos ao garantir que ele o visse dando sua comida para um dos adolescentes mais novos. Como um mestre enxadrista, cada movimento de Roland tem propósito, mesmo que o propósito não fique imediatamente claro.

Risa não estava apenas certa sobre Roland, estava certa também sobre Lev — ou, pelo menos, sobre o que Connor sente em relação ao menino. Connor não foi capaz de tirá-lo da mente. Por um longo tempo ele se convencera de que era meramente por desejo de vingança, como se mal pudesse esperar para ficar quite com ele. Mas, a cada vez que um novo grupo de adolescentes aparece e Lev não está entre eles, uma sensação de desespero cava caminho pelas entranhas de Connor. Ele fica furioso por sentir-se assim e suspeita que isso seja parte da fúria que impulsiona cada briga na qual ele se mete.

O fato é que Lev não apenas os denunciara, ele denunciara também a si mesmo. O que significa que Lev provavelmente já era. Fragmentado até virar nada — os ossos, a carne, a mente, tudo desmontado e reciclado. É isso que Connor acha tão difícil de aceitar. Ele havia arriscado a vida para salvar Lev, assim como havia feito pelo bebê deixado àquela porta. Bem, o bebê fora salvo, mas Lev não, e, embora ele saiba que não pode ser responsabilizado pela fragmentação do menino, sente como se *fosse* sua culpa. Então, ali fica ele, com uma expectativa secreta, a cada vez que surge um grupo de recém-chegados, esperando com todas as forças poder encontrar aquele hipócrita, arrogante e pé no saco do Lev ainda vivo.

24 · Risa

Os Veteranos trazem a ceia de Natal com uma hora de atraso. É a mesma porcaria de sempre, mas os Veteranos estão usando chapéus de Papai Noel. A impaciência domina a noite. Todos estão com tanta fome que se amontoam ao redor da comida de forma barulhenta, como se fosse uma entrega de comida em época de escassez, e, para piorar, há apenas dois Veteranos aqui esta noite para servir a refeição em vez dos quatro que vêm normalmente.

— Fila única! Fila única! — gritam os Veteranos. — Há o bastante para todo mundo. Ho, ho, ho. — Mas esta noite não é questão de receber o bastante, é questão de receber *agora*.

Risa está tão faminta quanto os outros, mas ela também sabe que a hora das refeições é o melhor momento para ter um pouco de privacidade no banheiro, sem ninguém empurrando a porta destrancada ou simplesmente batendo várias vezes para tirar você de lá mais rápido. Esta noite, com todos exigindo seu prato de Natal, não há ninguém interessado no banheiro. Então, colocando a fome à espera, ela se afasta da multidão e cruza o depósito em direção ao banheiro.

Uma vez lá dentro, ela pendura o cartaz improvisado de OCUPADO na maçaneta da porta e a fecha. Leva um momento para se examinar no espelho, mas não gosta da garota esfarrapada de cabelo emaranhado que se tornou; então, não olha para si mesma por muito tempo. Ela lava o rosto e, como não há toalhas, seca-o com a manga da blusa. Então, antes mesmo de se virar para o vaso, ouve a porta ranger, abrindo-se atrás dela.

Ela se vira e tem que suprimir um gritinho de susto. É Roland quem entrou no banheiro. E agora ele fecha a porta suavemente atrás de si. Risa imediatamente percebe o erro que cometeu. Ela nunca deveria ter vindo aqui sozinha.

— Cai fora! — diz ela. Gostaria de conseguir soar mais vigorosa no momento, mas ele a pegou de surpresa.

— Não precisa ser tão rude. — Roland se move na direção dela em um passo lento, predatório. — Somos todos amigos aqui, certo? E, já que todo mundo está jantando, temos um tempo bom pra conhecer um ao outro.

— Fique longe de mim! — Agora ela está avaliando as opções, mas, neste espaço apertado, com apenas uma porta e nada que ela possa usar como arma, suas opções são limitadas.

Agora ele está perigosamente próximo.

— Às vezes eu gosto de comer a sobremesa antes do jantar. E você?

No momento em que ele fica ao alcance, ela age rapidamente para atingi-lo, dar-lhe uma joelhada, infligir qualquer tipo de dor que possa distraí-lo por tempo o bastante para ela voar pela porta. Os reflexos dele são simplesmente rápidos demais. Ele lhe agarra as mãos, empurra Risa contra a parede fria de azulejos verdes e pressiona o quadril contra ela de forma que o joelho da garota não consiga atingir o alvo. E ele sorri, como se tudo fosse muito fácil. A mão dele está na bochecha dela agora. O tubarão tatuado no antebraço está a centímetros dela e parece pronto para atacar.

— Então, que é que você acha de a gente se divertir um pouco e garantir que você não vá pra fragmentação por nove meses?

Risa nunca foi de gritar. Sempre considerou o grito uma demonstração de fraqueza. Um sinal de derrota. Agora, ela tem que admitir a derrota, pois, embora tenha toneladas de experiência em afugentar os babacas, Roland tem muito mais experiência em ser um.

Então, ela grita. Solta um berro de gelar o sangue a plenos pulmões. Mas seu *timing* é o pior possível, pois na mesma hora um avião passa no alto, sacudindo as paredes e engolindo completamente o som do grito dela.

— Você tem que aprender a curtir a vida — diz Roland. — Vamos chamar isso de lição número um.

É quando a porta se abre de um tranco e, acima do imenso ombro de Roland, Risa vê Connor parado na soleira, olhos em chamas. Ela nunca ficou tão feliz em ver alguém.

— Connor! Faz ele parar!

Roland o vê também, percebendo o reflexo no espelho do banheiro, mas não solta Risa.

— Bom... — diz Roland. — Isso é *bem* chato.

Connor não faz nenhum gesto para impedi-lo. Ele apenas fica ali, parado na soleira. Os olhos ainda estão raivosos, mas as mãos... não estão nem mesmo fechadas em punhos. Só pendem frouxas dos lados do corpo. O que há de errado com ele?

Roland pisca para Risa, depois fala com Connor por cima do ombro:

— É melhor sair, se sabe o que é bom pra você.

Connor dá um passo para dentro, mas não segue na direção deles. Em vez disso, vai até a pia.

— Tudo bem se eu me lavar pra jantar?

Risa espera que ele faça um movimento cortante e súbito, pegando Roland desprevenido, mas não. Ele apenas lava as mãos.

— Sua namorada tá de olho em mim desde o porão da Sonia — diz Roland. — Você sabe disso, né?

Connor seca as mãos nas calças.

— Vocês dois podem fazer o que quiserem. A Risa e eu terminamos hoje de manhã. Devo apagar a luz quando sair?

A traição é tão inesperada, tão completa, que Risa não sabe a quem odiar mais, Roland ou Connor! Mas então Roland afrouxa o aperto nela.

— Bom, agora o clima já era, né? — Ele a solta. — Bah, também, eu estava só brincando. Eu não ia fazer nada. — Ele recua e oferece aquele sorriso outra vez. — Melhor a gente esperar até você estar pronta. — Então ele marcha para fora no mesmo passo impertinente com o qual entrou, trombando com o ombro de Connor no caminho como um desaforo final.

Toda a frustração e a confusão de Risa avançam contra Connor, e ela o empurra contra a parede, sacudindo-o.

— O que foi isso? Você ia deixar ele fazer aquilo? Você ia ficar parado lá e deixar acontecer?

Connor a afasta de si.

— Você não me avisou pra não morder a isca?

— Quê?

— Ele não só te seguiu até o banheiro. Antes, ele passou por mim e me empurrou. *Ele garantiu que eu soubesse que ele estava te seguindo até aqui.* Isso tudo não era com você, era comigo. Exatamente como você disse. Ele *queria* que eu o pegasse. Queria me deixar louco da vida, doido pra brigar. Então, eu não mordi a isca.

Risa balança a cabeça — não de incredulidade, mas vacilando diante da verdade.

— Mas... mas e se... e se ele...

— Mas ele não fez, né? Nem vai fazer. Porque, se ele acha que você e eu terminamos, você é mais útil pra ele se estiver do lado dele. Ele pode ainda estar atrás de você, mas, de agora em diante, aposto que vai tentar te ganhar com gentilezas.

Todas as emoções que ricocheteavam loucas dentro de Risa finalmente vão descansar em um lugar desconhecido, e lágrimas brotam de seus olhos. Connor se aproxima para confortá-la, mas ela o empurra com a mesma força que teria usado contra Roland.

— Cai fora! — grita ela. — Sai daqui!

Connor ergue as mãos, frustrado.

— Tá bom. Acho que eu deveria simplesmente ter ido jantar e não ter vindo aqui.

Ele vai embora e ela fecha a porta atrás dele, a despeito da fila de jovens que agora esperam para usar o banheiro. Ela se senta no chão, as costas contra a porta para que ninguém entre enquanto ela tenta recuperar o controle das emoções.

Connor fez a coisa certa. Pela primeira vez ele viu a situação mais claramente do que ela — e provavelmente garantiu que Roland não voltará a ameaçá-la fisicamente, pelo menos por um tempo. Mas ainda há uma parte dela que não consegue perdoá-lo por simplesmente ficar parado lá. Afinal, heróis deveriam se comportar de maneiras muito específicas. Deveriam lutar, mesmo que isso significasse arriscar a própria vida.

Este é o momento em que Risa percebe que, mesmo com todos aqueles defeitos, vê Connor como um herói.

25 · Connor

Controlar-se dentro daquele banheiro talvez tenha sido a coisa mais difícil que Connor já teve que fazer. Mesmo agora, enquanto se afasta apressado de Risa, ele quer quebrar a cara de Roland — mas o momento não requer raiva cega, e Connor sabe disso. Risa tem razão — uma luta brutal e às claras é exatamente o que Roland quer —, e Connor já ouviu algum dos outros jovens dizer que Roland fabricou para si uma faca com algum metal que achou jogado no depósito. Se Connor avançar contra ele em um surto de socos e murros, Roland achará um jeito de detê-lo com um único golpe mortal — e poderá sair impune da situação, alegando legítima defesa.

Se Connor consegue ou não vencê-lo em uma luta não é a questão. Mesmo contra a faca, suspeita que seria capaz ou de virar a lâmina contra Roland ou derrotá-lo de alguma outra maneira antes que ele tenha a chance de usá-la. A questão é: Connor está disposto a entrar em uma batalha que pode acabar com um deles morto? Ele pode ser muitas coisas, mas não é assassino. Então, controla-se e banca o tranquilo.

Este é um território novo para o garoto. O lutador que existe nele se revolta, mas outro lado seu, um que vem se tornando mais firme e forte, aprecia esse exercício de poder silencioso — e isso *é* poder, pois Roland agora se comporta exatamente do jeito que ele e Risa querem. Connor vê Roland oferecer a sobremesa a Risa naquela noite como um pedido de desculpas. Ela não aceita, é claro, mas isso não muda o fato de que ele ofereceu. É como se Roland pensasse que seu ataque a ela pode ser apagado se fingir remorso — não porque ele realmente lamente o que fez, mas porque tratar bem a garota serve às necessidades de Roland agora. Ele não tem ideia de que Risa e Connor o puseram em uma coleira invisível. Porém, Connor sabe que é apenas uma questão de tempo até ele roer a guia e escapar.

Parte Quatro

Destinos

A seguinte mensagem é uma resposta do site eBay à tentativa de um vendedor de leiloar sua alma na internet em 2011.

Obrigado por escrever para o eBay e expor suas preocupações. Fico feliz em esclarecer suas dúvidas.

Se a alma não existir, o eBay não poderá permitir seu leilão porque não haverá nada a leiloar. No entanto, se a alma existir, então, conforme a política do eBay a respeito de partes e restos humanos, não poderemos permitir o leilão de almas humanas. A alma seria considerada um resto humano; e, embora isso não seja afirmado especificamente na página de políticas, ainda não é permitido listar almas humanas no eBay. O seu leilão foi apropriadamente removido e não será restabelecido. Por favor, não volte a listar esse item em nosso site no futuro.

O senhor pode rever nossa política no link: http://pages.ebay. com/help/policies/remains.html.

É um prazer ajudá-lo. Obrigado por escolher o eBay.

26 · Penhorista

O homem herdara a loja de penhores do irmão, que morrera de ataque cardíaco. Ele não teria ficado com este lugar, mas o herdara quando estava desempregado. Imaginara ficar com ele e administrá-lo até poder encontrar um emprego melhor. Isso foi vinte anos atrás. Agora ele sabe que é uma sentença perpétua.

Uma noite, um menino entra na loja antes de fechar. Não é seu tipo habitual de cliente. A maior parte das pessoas entra em uma loja de penhores quando está em uma maré de azar, pronta a trocar tudo o que possui, de TVs a relíquias familiares, por um dinheirinho rápido. Algumas fazem isso por drogas. Outras têm razões mais legítimas. De um jeito ou de outro, o sucesso do penhorista se baseia no infortúnio de outrem. Isso não o incomoda mais. Ele já se acostumou.

Este menino, no entanto, é diferente. Claro, há jovens que vêm esperando comprar por preços baixos artigos que nunca foram reivindicados, mas há algo nesse menino que *é* notavelmente diferente. Ele parece mais arrumado do que os adolescentes que normalmente aparecem na loja. E a maneira como se move, até mesmo a maneira como se porta, é refinada e graciosa, decidida e delicada, como se ele tivesse vivido a vida de um príncipe e agora estivesse fingindo ser um plebeu. Ele veste um casaco acolchoado branco, mas está um pouco sujo. Talvez, no final das contas, ele seja o plebeu.

A TV no balcão transmite uma partida de futebol americano, mas o penhorista não está mais vendo o jogo. Seus olhos estão na tela, mas a mente registra os passos do garoto enquanto ele serpenteia pela loja, olhando para as coisas como se quisesse comprar algo.

Depois de alguns minutos, o menino se aproxima do balcão.

— O que posso fazer por você? — diz o penhorista, genuinamente curioso.

— Isto é uma loja de penhores, não é?

— Não é o que diz na porta?

— Então, significa que o senhor troca coisas por dinheiro, certo?

O penhorista suspira. O menino é simplesmente comum, afinal, só um pouco mais ingênuo do que os outros que aparecem aqui tentando penhorar uma coleção de cartões de beisebol ou coisa assim. Normalmente eles querem dinheiro para comprar cigarros ou álcool ou alguma outra coisa da qual não querem que os pais saibam. Esse menino, contudo, não parece fazer o tipo.

— Nós *emprestamos* dinheiro e ficamos com objetos de valor como garantia — responde ele ao menino. — E não fazemos negócios com menores de idade. Se quer comprar alguma coisa, ótimo, mas não pode penhorar nada aqui, então, leve seus cartões de beisebol pra outro lugar.

— Quem disse que eu tenho cartões de beisebol?

Então o menino enfia a mão no bolso e tira de lá um bracelete, todo ouro e diamantes.

Os olhos do penhorista quase saltam do crânio quando o garoto balança o objeto entre os dedos. Então o homem ri.

— O que você fez, menino? Roubou isso da mamãe?

A expressão do garoto continua tão dura quanto diamante.

— Quanto o senhor vai me pagar por ele?

— Que tal um pé na bunda e rua?

Mas o menino não demonstra sinal de medo ou decepção. Ele apenas coloca o bracelete no balcão gasto de madeira com aquela mesma graça principesca.

— Por que você não guarda logo essa coisa e vai embora?

— Eu sou um fragmentário.

— Quê?

— O senhor me ouviu.

Isso deixa o penhorista perturbado por uma série de razões. A primeira de todas é que fragmentários fugitivos que aparecem nesta loja nunca admitem o que são. A segunda é que eles sempre parecem desesperados e furiosos, e as coisas que trazem para vender são, na melhor das hipóteses, ordinárias. Eles nunca são assim tão calmos e nunca têm essa aparência... angelical.

— Você é um fragmentário?

O menino assente.

— A pulseira foi roubada, mas não perto daqui.

Fragmentários também nunca admitem que seus itens foram roubados. Aqueles outros jovens sempre aparecem com as histórias mais elaboradas sobre quem são e por que estão vendendo uma coisa. O penhorista normalmente escuta as histórias por seu valor como entretenimento. Se for uma história boa, ele apenas manda o jovem passear. Se for uma história ruinzinha, ele chama a polícia para levá-los. Esse menino, no entanto, não tem uma história; oferece apenas a verdade. O penhorista não sabe bem como lidar com a verdade.

— Então — diz o garoto. — O senhor está interessado?

O homem dá de ombros.

— Quem é você é assunto seu, e, como eu disse, não faço negócio com menores.

— Talvez o senhor possa abrir uma exceção.

O penhorista considera o menino, considera o bracelete e depois olha para a porta para ter certeza de que ninguém mais vai entrar.

— Estou ouvindo.

— Eis o que eu quero. Quinhentos dólares em dinheiro. Agora. Depois, vou embora como se nunca tivéssemos nos falado e o senhor pode ficar com a pulseira.

O homem exibe sua melhor cara de indiferença.

— Está brincando? Essa porcaria aí? Folheada a ouro, zircônias em vez de diamantes, acabamento ruim... Eu te dou duzentas pratas, nem um centavo a mais.

O menino não rompe o contato visual.

— O senhor está mentindo.

É claro que ele está mentindo, mas se ressente da acusação.

— E que tal se eu te entregar para os Juvis agora mesmo?

O garoto estende a mão e pega o bracelete do balcão.

— O senhor pode fazer isso — diz ele. — Mas aí não vai ficar com isto... a polícia é que vai.

O penhorista coça a cabeça. Talvez esse menino não seja tão ingênuo quanto parece.

— Se fosse uma porcaria — começa o menino —, o senhor não teria oferecido duzentos. Aposto que não teria oferecido nada. — Ele olha para o objeto que pende de seus dedos. — Eu realmente não sei quanto vale algo assim, mas aposto que chega a milhares de dólares. Tudo o que peço são quinhentos, o que significa que, qualquer que seja o valor, o senhor estará fazendo um ótimo negócio.

A cara de indiferença do homem se foi. Ele não consegue parar de olhar para a pulseira — precisa se esforçar para não babar nela. Ele sabe o quanto a peça realmente vale, ou pelo menos pode imaginar. Sabe onde pode vendê-la depois por pelo menos cinco vezes o que o garoto está pedindo. Seria uma bela quantia. O suficiente para ele levar a esposa naquela longa viagem de férias que ela sempre quis.

— Duzentos e cinquenta. É minha oferta final.

— Quinhentos. O senhor tem três segundos, depois vou embora. Um... dois...

— Fechado. — O penhorista suspira como se tivesse sido derrotado. — Você é duro na queda, menino. — É assim que se joga este jogo. Tem que fazer o garoto pensar que venceu, quando o tempo todo é ele quem está sendo roubado! O homem estende a mão para o bracelete, mas o menino o segura fora do alcance.

— Primeiro o dinheiro.

— O cofre está no quarto dos fundos... Eu volto em um segundo.

— Eu vou com o senhor.

O penhorista não discute. É compreensível que o jovem não confie nele. Se confiasse nas pessoas, já teria sido fragmentado a esta altura. No quarto dos fundos, o penhorista se posiciona na frente do menino, de forma que este não possa ver a combinação que abre o cofre. Ele abre a porta e, no segundo em que o faz, sente algo duro e pesado entrando em contato com a cabeça. Seus pensamentos se dispersam na mesma hora. Ele perde a consciência antes de chegar ao chão.

O homem recupera os sentidos um tempo depois, com uma dor de cabeça e uma memória vaga de que algo deu errado. Leva alguns segundos para se recompor e perceber exatamente o que aconteceu. Aquele monstrinho o enganou! Fez com que abrisse o cofre e, no momento em que o fez, nocauteou-o e levou todo o dinheiro.

Exatamente como ele pensou, o cofre está escancarado — mas não está inteiramente vazio. Dentro está o bracelete, ouro e diamantes parecendo ainda mais brilhantes contra o aço cinza e feio do interior do cofre. Quanto dinheiro havia ali? Mil e quinhentos, no máximo. A pulseira vale pelo menos três vezes esse valor. Ainda é um bom negócio — e o menino sabia disso.

O homem esfrega o inchaço dolorido na cabeça, furioso com o garoto pelo que fez e ainda assim admirando-o pela natureza estranhamente honrada do crime. Se ele mesmo tivesse sido assim esperto, assim honrado, e tivesse esse tipo de atrevimento quando era menino, talvez hoje fosse mais do que um simples penhorista.

27 · Connor

Na manhã depois do incidente no banheiro, eles são arrancados da cama pelos Veteranos antes de o sol raiar.

— Todo mundo de pé! Agora! Andem, andem, andem!

Eles são barulhentos, estão no limite, e a primeira coisa que Connor percebe é que as travas de segurança das armas estão desativadas. Ainda tonto de sono, ele se levanta e procura por Risa. Ele a vê já sendo levada por dois Veteranos em direção a uma porta dupla enorme que sempre esteve trancada com cadeado. Agora o cadeado está aberto.

— Deixem suas coisas! Vão! Andem, andem!

À direita dele, um garoto ranzinza empurra um Veterano por arrancar seu cobertor. O Veterano o acerta no ombro com o cabo do rifle — não com força o bastante para feri-lo, mas o suficiente para deixar claro para o garoto, e para todo o resto, quem é que manda aqui. O jovem cai de joelhos, segurando o ombro e xingando, e o Veterano vai cuidar de seus assuntos, conduzindo os outros. Mesmo sentindo dor, o garoto parece pronto para uma briga. Quando Connor passa por ele, agarra-o pelo braço e o ajuda a se levantar.

— Pega leve — diz Connor. — Não piore as coisas.

O garoto se livra das mãos de Connor.

— Me solta! Não preciso da porcaria da sua ajuda. — Ele se afasta, impetuoso. Connor balança a cabeça. Será que ele mesmo já foi agressivo assim?

Lá adiante, as portas duplas enormes deslizam para os lados, abrindo-se e revelando outra sala do depósito que os fragmentários nunca haviam visto. Está cheia de caixas — velhas caixas projetadas e construídas, tanto na forma quanto na durabilidade, para o transporte aéreo de mercadorias. Connor imediatamente percebe a que se destinam, e por que ele e os outros foram mantidos aqui, tão perto de um aeroporto. Aonde quer que estejam indo, vão como bagagem de avião.

— Meninas à esquerda, meninos à direita. Andem! Andem!

Há resmungos, mas nenhum desafio. Connor se pergunta quantos desses jovens entendem o que está havendo.

— Quatro em cada caixa! Meninos com meninos, meninas com meninas. Andem! Andem!

Agora, todo mundo começa a ir de um lado a outro, tentando se juntar a seus companheiros de viagem preferidos, mas os Veteranos não têm tempo nem paciência para isso. Criam grupos aleatórios de quatro pessoas e os empurram em direção às caixas.

É quando Connor percebe que está perigosamente próximo de Roland — e que isso não é acidental. Roland se aproximou dele de propósito. Connor pode apenas imaginar. Escuridão total e espaço limitado. Se ele entrar em uma caixa com Roland, estará morto antes de decolarem.

Connor tenta se afastar, mas um Veterano o agarra, assim como a Roland e dois conhecidos colaboradores deste.

— Vocês quatro. Praquela caixa ali!

Ele tenta não demonstrar o pânico; ele não quer que Roland perceba. Deveria ter preparado uma arma para si também, como a que Roland certamente traz escondida agora. Deveria ter se preparado para a inevitabilidade de um confronto de vida ou morte, mas não o fez, e agora suas opções são limitadas.

Não há tempo para pensar, então ele deixa o impulso assumir o controle e se entrega a seus instintos de luta. Vira-se para um dos capangas de Roland e o soca com tanta força no rosto que tira sangue. Talvez até tenha lhe quebrado o nariz. A força do soco faz o garoto girar, mas, antes que ele possa vir com um contra-ataque, um Veterano agarra Connor e o joga com força contra a parede de concreto. O Veterano não sabe, mas isso é *exatamente* o que ele queria.

— Você escolheu o dia errado pra fazer isso, moleque! — diz o Veterano, mantendo-o contra a parede com o rifle.

— O que você vai fazer? Me matar? Pensei que vocês quisessem nos salvar.

Isso detém o homem por um momento.

— Ei! — grita outro Veterano. — Esquece esse aí! Temos que embarcá-los. — Então ele agarra outro garoto para completar o quarteto com Roland e seus comparsas, mandando-os para dentro de uma caixa. Eles nem se importam com o nariz ferido do garoto.

O Veterano que segura Connor contra a parede zomba:

— Assim que você entrar numa caixa, vira problema de outra pessoa.

— Que meias bonitas — responde o jovem.

Eles o colocam em uma caixa de quatro por oito que já tem três garotos esperando para completar o quarteto. A caixa é fechada antes mesmo que ele consiga ver quem está ali com ele, mas qualquer um serve, desde que não seja Roland.

— Nós todos vamos morrer aqui — afirma uma voz anasalada, seguida por uma fungada úmida que não parece ter limpado muita coisa nas narinas. Connor reconhece esse menino pelo muco. Não tem certeza quanto ao nome — todo mundo o chama simplesmente de "o Boca Aberta", já que está sempre de nariz tampado. Alguém já o chamou de Emby. É ele quem está sempre lendo obsessivamente uma revista em quadrinhos, mas não poderá fazer isso aqui dentro.

— Não fale assim — diz Connor. — Se os Veteranos quisessem nos matar, já teriam feito isso há muito tempo.

O Boca Aberta tem um mau hálito que enche todo o interior da caixa.

— Talvez eles tenham sido descobertos. Talvez os Juvis estejam chegando e a única maneira de eles se salvarem seja destruir as provas!

Connor não tem muita paciência com chorões. Fazem com que se lembre do irmão caçula. Aquele que seus pais escolheram manter vivo.

— Cala a boca, Emby, ou eu juro que vou tirar minha meia e enfiar na sua boca fedida, e aí você finalmente vai ter que achar um jeito de respirar pelo nariz!

— Avise se precisar de mais uma meia — diz uma voz do outro lado. — Oi, Connor. É o Hayden.

— Opa, Hayden. — Connor estende a mão e encontra o sapato de Hayden, apertando-o. É a coisa mais próxima de um cumprimento nesta escuridão claustrofóbica. — Então, quem é o sortudo número quatro? — Não há resposta. — Parece que estamos viajando com um mímico.

Outra longa pausa. Então, Connor ouve uma voz profunda, com sotaque:

— Diego.

— O Diego não é de falar muito — diz Hayden.

— Percebi.

Eles aguardam em silêncio, pontuado pelo arfar do Boca Aberta.

— Preciso ir ao banheiro — resmunga Emby.

— Você deveria ter pensado nisso antes de sair — responde Hayden, usando sua melhor voz de mãe. — Quantas vezes precisamos te dizer? Sempre use o peniquinho antes de entrar em uma caixa de transporte.

Há algum tipo de atividade mecânica lá fora. Depois, eles sentem a caixa ser movida.

— Não gosto disso — choraminga Emby.

— Estamos sendo levados — diz Hayden.

— Por uma empilhadeira, provavelmente — afirma Connor. A esta altura, os Veteranos decerto já foram embora. O que é que um deles havia dito? *Assim que você entrar numa caixa, vira problema de outra pessoa.* Quem quer que tenha sido contratado para transportá-los não tem ideia do que há nas caixas. Logo eles estarão a bordo de algum avião, rumo a um destino desconhecido. Essa ideia o faz pensar no resto da família e naquela viagem às Bahamas — aquela que planejaram fazer depois que Connor fosse fragmentado. Ele imagina se eles foram mesmo — será que ainda tirariam férias, mesmo depois de Connor desertar? Claro que sim. Planejavam fazer isso depois que ele fosse para a fragmentação, então, por que essa fuga os impediria? Ei, não seria engraçado se os jovens aqui também estivessem sendo despachados para as Bahamas?

— Nós vamos sufocar! Eu sei! — anuncia o Boca Aberta.

— Dá pra calar a boca? — pede Connor. — Tenho certeza de que tem bastante ar pra nós aqui.

— Como é que você *sabe*? Eu mal consigo respirar... e eu tenho asma. Posso ter um ataque de asma aqui e morrer!

— Ótimo — responde Connor. — Uma pessoa a menos pra respirar.

Isso faz Emby calar-se, mas Connor se sente mal por ter falado assim.

— Ninguém vai morrer — diz ele. — Relaxa.

Então, Hayden declara:

— Pelo menos, morrer é melhor do que ser fragmentado. Ou não é? Vamos fazer uma enquete: você preferiria morrer ou ser fragmentado?

— Não pergunte esse tipo de coisa! — rosna Connor. — Eu não quero pensar em nada disso. — Em algum lugar no exterior deste pequeno universo encaixotado, ele ouve uma comporta de metal se fechando e pode sentir a vibração nos pés enquanto eles começam a taxiar. É empurrado contra a parede quando eles aceleram. Hayden tromba com Connor e este se desloca para o lado, dando ao colega espaço para ficar confortável novamente.

— O que tá acontecendo? O que tá acontecendo? — grita Emby.

— Nada. Só estamos decolando.

— Quê? A gente tá num avião?

Connor revira os olhos, mas o gesto se perde na escuridão.

A caixa é como um caixão. A caixa é como um útero. Medidas normais de tempo não parecem se aplicar a ela, e a turbulência imprevisível do voo preenche o espaço escuro com uma tensão constante.

Depois que levantam voo, os quatro meninos não falam durante um longo tempo. Meia hora, uma hora talvez — é difícil saber. A mente de todos está travada no padrão tenaz dos próprios pensamentos inquietos. O avião atinge algumas correntes de ar. Tudo ao redor deles chacoalha. Connor imagina se há pessoas em caixas acima deles, abaixo deles e de cada lado. Se estiverem, ele não consegue ouvir suas vozes. De onde está, a sensação é de que os quatro aqui dentro são as únicas pessoas no universo. Emby se alivia silenciosamente. Connor sabe disso porque consegue sentir o cheiro — todos conseguem, mas ninguém diz nada. Poderia facilmente ter acontecido com qualquer um deles — e, dependendo de quão longa seja a viagem, ainda pode acontecer.

Finalmente, depois do que parece uma eternidade, o mais quieto de todos fala:

— Fragmentado — diz Diego. — Eu preferiria ser fragmentado.

Mesmo que faça um longo tempo desde que Hayden propôs a pergunta, Connor sabe imediatamente a que ele se refere. *Você preferiria morrer ou ser fragmentado?* É como se a questão tivesse pairado na estreita escuridão por todo esse tempo, aguardando respostas.

— Eu, não — retruca Emby. — Porque, se você morrer, pelo menos vai pro céu.

Céu?, pensa Connor. É mais provável que eles fossem para o outro lugar. Pois se seus próprios pais não gostavam deles o bastante para mantê-los, quem os aceitaria no Paraíso?

— O que te faz pensar que os fragmentários não vão? — pergunta Diego a Emby.

— Porque os fragmentários não estão mortos de verdade. Ainda estão vivos... mais ou menos. Quero dizer, eles têm que usar cada parte de nós em algum lugar, né? Essa é a lei.

Então Hayden faz a pergunta. Não *uma* pergunta, mas *a* pergunta. Fazê-la é o grande tabu entre aqueles marcados para a fragmentação. É algo em que todos pensam, mas ninguém jamais se atreve a perguntar em voz alta.

— Então, daí — diz Hayden —, se cada parte de você está viva, mas dentro de outra pessoa... você está vivo ou morto?

Isso, pensa Connor, é Hayden outra vez passando a mão para a frente e para trás pela chama. Perto o bastante para senti-la, mas não perto o bastante para queimar. Mas agora não é só a mão dele, é a de todos eles, e isso irrita Connor.

— Falar desperdiça oxigênio — diz Connor. — Vamos só concordar que a fragmentação é uma droga e deixar como está.

Isso faz com que todos se calem, mas apenas por um minuto. É Emby quem fala a seguir:

— Eu não acho que a fragmentação seja ruim — diz ele. — Só não quero que aconteça comigo.

Connor quer ignorá-lo, mas não consegue. Se há uma coisa que ele não suporta, é um fragmentário que defende a fragmentação.

— Então, tudo bem se acontecer conosco, mas não se for com você?

— Eu não disse isso.

— Disse, sim.

— Uuh — faz Hayden. — Isso está ficando bom.

— Dizem que é indolor — afirma Emby, como se isso fosse algum consolo.

— Ah, é? — retruca Connor. — Bom, por que você não vai perguntar aos pedaços do Humphrey Dunfee se foi indolor mesmo?

O nome assenta como geada ao redor deles. Os saltos e trancos da turbulência tornam-se mais fortes.

— Então... você também ouviu essa história? — pergunta Diego.

— Só porque existem histórias como essa, não quer dizer que a fragmentação seja totalmente ruim — explica Emby. — Ele ajuda as pessoas.

— Você parece um dízimo falando — retruca Diego.

Connor sente-se pessoalmente ofendido com isso.

— Não, não parece. Eu conheço um dízimo. As ideias dele podiam ser meio tortas, mas ele não era burro. — Pensar em Lev gera uma onda de desespero. Connor não luta contra ela, apenas deixa que passe por ele, lavando-o e depois escoando. Ele não *conhece* um dízimo; *conheceu* um. Um que, a esta altura, certamente encontrou seu destino.

— Você tá me chamando de burro? — diz Emby.

— Acho que fiz isso.

Hayden ri.

— Ei, o Boca Aberta tem razão: a fragmentação realmente ajuda as pessoas. Se não fosse por ele, haveria gente careca de novo... e isso não seria horrível?

Diego dá uma risadinha, mas Connor não vê graça nenhuma.

— Emby, por que você não faz um favor a todos nós e usa a boca pra respirar em vez de falar até a gente aterrissar, ou cair, ou coisa assim?

— Você pode me achar burro, mas eu tenho uma boa razão pra sentir o que sinto — afirma Emby. — Quando eu era pequeno, fui diagnosticado com fibrose pulmonar. Meus dois pulmões estavam parando de funcionar. Eu ia morrer. Então eles tiraram meus pulmões inúteis e me deram um único pulmão de um fragmentário. A única razão para eu estar vivo é que aquela pessoa foi fragmentada.

— Então — diz Connor —, a sua vida é mais importante que a dela?

— Ela já tinha sido fragmentada... não é como se eu tivesse causado isso. Se eu não tivesse recebido o pulmão, outra pessoa teria ficado com ele.

Com a raiva, a voz de Connor começa a aumentar de volume, ainda que Emby esteja a no máximo um metro dele.

— Se não houvesse fragmentação, haveria menos cirurgiões e mais médicos. Se não houvesse fragmentação, eles voltariam a tentar curar as doenças em vez de só substituir órgãos ruins pelos de outras pessoas.

E de repente a voz do Boca Aberta ruge com uma ferocidade que pega Connor de surpresa:

— Espere até ser você quem está morrendo pra ver como se sente!

— Eu prefiro morrer a receber um pedaço de fragmentário! — grita ele em resposta.

O Boca Aberta tenta gritar mais alguma coisa, mas em vez disso tem um acesso de tosse que dura um minuto inteiro. Fica tão mal que assusta até mesmo Connor. É como se ele estivesse prestes a tossir até o pulmão transplantado saltar da boca.

— Você tá bem? — pergunta Diego.

— Tô — responde Emby, tentando controlar-se. — Como eu dizia, o pulmão tem asma. Foi o melhor que pudemos pagar.

Na hora em que a crise de tosse termina, parece que não há muito mais a dizer. Exceto isto:

— Se seus pais tiveram esse trabalho todo — pergunta Hayden —, por que quiseram mandar você pra fragmentação?

Hayden e suas perguntas. Essa faz Emby calar-se por alguns instantes. Claramente, é um assunto difícil para ele — talvez até mais do que para a maioria dos fragmentários.

— Meus pais não assinaram a ordem — é o que finalmente responde. — Meu pai morreu quando eu era pequeno e minha mãe morreu dois meses atrás. Foi quando minha tia me adotou. O caso é que a minha mãe deixou um dinheiro pra mim, mas minha tia tem três filhos pros quais precisa pagar a faculdade, então...

Ele não precisa terminar. Os outros podem ligar os pontos.

— Cara, que droga — diz Diego.

— É — concorda Connor. Sua raiva de Emby agora transferiu-se para a tia do menino.

— Sempre é por causa de dinheiro — afirma Hayden. — Quando meus pais se separaram, brigaram por causa de dinheiro, até não restar mais nada. Depois, eles brigaram por minha causa. Então eu caí fora antes que também não restasse mais nada de mim.

O silêncio cai novamente. Não há nada a ouvir exceto o zumbido do motor e o chocalhar das caixas. O ar está úmido e respirar é difícil. Connor imagina se talvez os Veteranos tenham calculado mal quanto ar havia. *Nós todos vamos morrer aqui*. Foi o que Emby disse. Connor bate a cabeça com força na parede, esperando com isso espantar os maus pensamentos agarrados à mente. Este não é um bom lugar para ficar a sós com tais pensamentos. Talvez seja por isso que Hayden se sinta compelido a falar.

— Ninguém respondeu à minha pergunta — diz ele. — Parece que ninguém tem estômago pra isso.

— Qual delas? — pergunta Connor. — Saem mais perguntas de você do que peidos num jantar de Ação de Graças.

— Eu estava perguntando se a fragmentação te mata ou se te deixa vivo de alguma forma. Vai... não é como se a gente nunca tivesse pensado nisso.

Emby nada diz. Claramente, está enfraquecido pela tosse e pela conversa. Connor também não está interessado em se voluntariar.

— Depende — responde Diego. — Depende de onde fica a sua alma depois que você é fragmentado.

Normalmente, Connor poderia se esquivar de uma conversa como essa. Sua vida tem a ver com o que é tangível: coisas que você possa ver, ouvir e tocar. Deus, almas e tudo mais sempre pareceram um segredo guardado em uma caixa preta dentro da qual ele não podia ver, então era mais fácil deixá-la de lado. Só que, agora, ele também está dentro da caixa preta.

— O que você acha, Connor? — pergunta Hayden. — O que acontece com a sua alma quando você é fragmentado?

— Quem disse que eu tenho alma?

— Pelo bem do debate, digamos que você tenha.

— Quem disse que eu quero um debate?

— *Ijolé!* Dá uma resposta pra ele, cara, senão ele não vai te deixar em paz.

Connor se contorce, mas não pode se contorcer até sair da caixa.

— Como é que eu vou saber o que acontece com a alma? Talvez ela fique toda partida como o resto do corpo em um monte de pedacinhos.

— Mas a alma não é assim — diz Diego. — É indivisível.

— Se é indivisível — rebate Hayden —, talvez o espírito de um fragmentário se estique, que nem um desses balões gigantes, entre todas as partes de nós que vão para outras pessoas. Muito poético.

Hayden pode enxergar poesia nisso, mas para Connor a ideia é aterrorizante. Ele tenta imaginar a si mesmo esticado tão amplamente que possa alcançar o mundo todo. Imagina seu espírito como uma teia dependurada entre os mil receptores de suas mãos, olhos, fragmentos do cérebro — nada disso sob seu controle, tudo absorvido pelos corpos e vontades de outrem. Poderia a consciência existir dessa forma? Ele pensa no caminhoneiro que fez o truque com cartas para ele com a mão de um fragmentário. Será que o menino que uma vez possuiu aquela mão ainda sente a satisfação de realizar o truque? Estaria o espírito dele inexplicavelmente íntegro, muito embora sua carne tenha sido cortada e distribuída como um baralho, ou teria sido rasgado além de qualquer esperança de consciência — além do Paraíso, do Inferno ou qualquer coisa eterna? Se almas existem ou não, Connor não sabe. Mas a consciência existe, *sim* — disso ele tem certeza. Se cada parte de um fragmentário ainda estiver viva, então, essa consciência tem que ir para algum lugar, não tem? Silenciosamente, ele xinga Hayden por fazê-lo pensar nisso... mas Hayden ainda não terminou.

— Eis aqui uma coisa que vai dar um nó no seu cérebro — diz ele. — Eu conheci uma garota no lugar onde morava. Havia algo nela que fazia com que você quisesse ouvir as coisas que ela tinha a dizer. Não sei se ela era muito autoconfiante ou só maluca. Ela acreditava que, se alguém fosse fragmentado, era porque nunca tinha possuído uma alma, pra começar. Ela dizia que Deus deve saber quem vai ser fragmentado, e ele não dá almas para essas pessoas.

Diego grunhe, reprovando a ideia.

— Não gosto desse papo.

— A menina já tinha resolvido tudo na cabeça — continua Hayden. — Ela acreditava que os fragmentários são como os nascituros.

— *Peraí* — diz Emby, finalmente rompendo seu silêncio. — Os nascituros têm almas. Eles têm almas a partir do momento em que são feitos... é o que a lei diz.

Connor não quer entrar de novo nessa conversa com Emby, mas não consegue evitar.

— Só porque a lei diz, não faz com que seja verdade.

— É, bom, só porque a lei diz, também não faz com que seja falso. Só é a lei porque um monte de gente pensou nisso e decidiu que fazia sentido.

— Hum — diz Diego. — O Boca Aberta tem lá sua razão.

Talvez tenha, mas, do ponto de vista de Connor, uma razão deveria fazer mais sentido que isso.

— Como é que alguém pode aprovar leis sobre coisas que ninguém conhece?

— Fazem isso o tempo todo — diz Hayden. — É isso que a lei é: palpites instruídos sobre o que é certo e errado.

— E o que a lei diz está bom pra mim — afirma Emby.

— Mas, se não fosse pela lei, você ainda acreditaria nisso? — pergunta Hayden. — Divida com a gente sua opinião pessoal, Emby. Prove que há mais do que ranho nesse seu crânio.

— Você está desperdiçando seu tempo — retruca Connor. — Não há.

— Dê uma chance ao nosso amigo congestionado — pede Hayden.

Eles aguardam. O som do motor muda. Connor sente que estão iniciando uma lenta descida e imagina se os outros conseguem perceber isso também. Então, Emby diz:

— Bebês nascituros... eles chupam o dedo às vezes, certo? E chutam. Talvez antes disso eles sejam só um amontoado de células ou coisa assim, mas depois que chutam e chupam o dedo... é aí que eles têm alma.

— Muito bem! — diz Hayden. — Uma opinião! Eu sabia que você conseguiria ter uma.

A cabeça de Connor começa a girar. Isso foi o avião se inclinando ou a falta de oxigênio?

— Connor, o que é justo é justo. O Emby encontrou uma opinião em algum lugar na massa cinzenta duvidosa dele. Agora você tem que dar a sua.

Connor suspira, sem forças para continuar brigando. Pensa no bebê que Risa e ele compartilharam por um período tão breve.

— Se existe algo como uma alma, e eu não estou dizendo que exista, então ela vem quando o bebê nasce pro mundo. Antes disso, é só parte da mãe.

— Não, não é! — diz Emby.

— Ei... ele queria minha opinião, eu dei.

— Mas tá errado!

— Viu só, Hayden? Viu o que você começou?

— Sim! — responde Hayden, animado. — Parece que estamos prestes a ter nossa própria Guerrinha de Heartland. Pena que está escuro demais para assistirmos à luta.

— Se querem minha opinião, vocês dois estão errados — interrompe Diego. — Do meu ponto de vista, não tem nada a ver com tudo isso. Tem a ver com amor.

— Oh-oh — diz Hayden. — O Diego está ficando romântico. Vou me mudar pro outro lado da caixa.

— Não, tô falando sério. Uma pessoa não tem alma até que ela seja amada. Se uma mãe ama o bebê dela, se ela *quer* o bebê, ele tem uma alma desde o momento em que ela sabe que ele está lá. No momento em que você é amado, é aí que você ganha uma alma. *Punto!*

— Ah, é? — diz Connor. — Bom, e quanto a todos aqueles bebês entregues pela cegonha? Ou todos aqueles nas Casas Estatais?

— É melhor eles esperarem que alguém os ame um dia.

Connor bufa com desdém. Mas, apesar do que sente, não pode desdenhar disso completamente, assim como não pode desdenhar das outras coisas que ouviu hoje. Ele pensa nos pais. Será que um dia o amaram? Certamente o amaram quando ele era pequeno. E, só porque pararam, não significa que sua alma tenha sido roubada... embora, às vezes, deva admitir que é como se tivesse sido. Ou, pelo menos, parte da alma morreu quando seus pais assinaram a ordem.

— Diego, isso é muito fofo — diz Hayden na sua melhor voz sarcástica. — Talvez você devesse escrever cartões de parabéns.

— Talvez eu deva escrever na sua cara.

Hayden apenas ri.

— Você sempre tira sarro da opinião dos outros — afirma Connor —, então, como é que nunca diz qual é a sua?

— É — concorda Emby.

— Você está sempre manipulando as pessoas pra se divertir. Agora é a sua vez. Divirta *a gente*.

— É — concorda Emby.

— Então, conte — diz Connor —, em *O Mundo Segundo Hayden*, quando é que começamos a viver?

Um longo silêncio de Hayden. Depois, ele diz em voz baixa:

— Eu não sei.

Emby o provoca:

— Isso não é resposta.

Mas Connor estica a mão e agarra o braço de Emby, para calá-lo — porque Emby está errado. Ainda que Connor não consiga ver o rosto de Hayden, pôde ouvir a verdade em sua voz. Não havia nem sinal de uma evasiva naquelas palavras. Isso era honestidade crua, despida da atitude normalmente petulante de Hayden. Talvez fosse a primeira coisa verdadeiramente sincera que Connor já o ouvira dizer.

— É uma resposta, sim — afirma Connor. — Talvez seja a melhor de todas. Se mais gente admitisse que realmente não sabe, então talvez nunca tivesse havido uma Guerra de Heartland.

Há um solavanco mecânico abaixo deles. Emby ofega.

— Trem de pouso — diz Connor.

— Ah, certo.

Em alguns minutos eles estarão lá, onde quer que "lá" seja. Connor tenta adivinhar por quanto tempo ficaram no ar. Noventa minutos? Duas horas? Não há como dizer em que direção estiveram voando. Poderiam pousar em qualquer lugar. Ou talvez Emby esteja certo. Talvez o avião esteja sendo pilotado por controle remoto e eles vão apenas enfiar a aeronave inteira no oceano para se livrar das provas. Mas e se for pior que isso? E se... e se...

— E se for um campo de colheita, afinal? — diz Emby. Connor não o manda calar a boca desta vez, pois está pensando a mesma coisa.

É Diego quem responde:

— Se for, então quero que meus dedos vão para um escultor. Pra que ele possa usá-los pra criar algo que dure pra sempre.

Todos pensam a respeito disso. Hayden é o próximo a falar:

— Se eu for fragmentado — diz ele —, quero que meus olhos vão para um fotógrafo... um que fotografe supermodelos. É isso que eu quero que estes olhos vejam.

— Meus lábios vão para um astro do rock — diz Connor.

— Estas pernas definitivamente vão para as Olimpíadas.

— Meus ouvidos, para um maestro.

— Meu estômago, para um crítico de gastronomia.

— Meus bíceps, para um halterofilista.

— Eu não desejo minhas fossas nasais a ninguém.

Quando o avião aterrissa, todos estão rindo.

28 · Risa

Ela não sabe o que aconteceu na caixa de Connor. Presume que meninos falem sobre coisas de meninos, quaisquer que sejam essas coisas. Ela não tem como saber que o que ocorreu na caixa dele foi uma réplica do que aconteceu na dela, e em quase todos os contêineres no avião. Medos, pressentimentos, perguntas raramente feitas e histórias raramente contadas. Os detalhes diferem, é claro, assim como os atores, mas a essência é a mesma. Ninguém voltará a discutir essas coisas, nem mesmo reconhecer que as discutiu um dia, mas, por causa disso, laços invisíveis foram forjados. Risa pôde conhecer uma garota acima do peso e propensa às lágrimas, uma garota tensa após uma semana de abstinência de nicotina e outra que foi tutelada do Estado, exatamente como ela — e, também como ela, uma vítima involuntária de cortes no orçamento. Seu nome é Tina. As outras também se apresentaram, mas Tina é o único nome que ela guarda.

— Somos exatamente iguais — Tina havia dito em algum momento durante o voo. — Poderíamos ser gêmeas. — Ainda que Tina seja umber, Risa tem que admitir que é verdade. É reconfortante saber que há outras na mesma situação, mas perturbador pensar que sua própria vida é só uma dentre milhares de cópias piratas. É claro que todos os fragmentários de Casas Estatais têm rostos diferentes, mas, de resto, suas histórias são a mesma. Eles têm até o mesmo sobrenome, e ela silenciosamente xinga quem quer que tenha determinado que todos eles deveriam chamar-se Ward, que significa justamente "tutelado" — como se *ser* um já não fosse estigma suficiente.

O avião toca o solo e elas esperam.

— Por que está demorando tanto? — pergunta a garota da nicotina, impaciente. — Eu não aguento isso!

— Talvez eles estejam nos levando para um caminhão ou outro avião — sugere a rechonchuda.

— É melhor que não estejam — comenta Risa. — Não tem ar suficiente aqui pra mais uma viagem.

Há barulho — alguém do lado de fora da caixa.

— Psiu! — diz Risa. — Escutem.

Passos. Pancadas. Ela ouve vozes, embora não consiga entender o que dizem. Então, alguém destrava um lado da caixa e abre uma brecha nela. Ar quente e seco entra em um jorro. O facho de luz do porão do avião parece claro como um raio de sol depois das horas de escuridão.

— Todo mundo bem aí dentro? — Não é um Veterano, Risa percebe na mesma hora. A voz é mais jovem.

— Estamos bem — responde ela. — Podemos sair daqui?

— Ainda não. Temos que abrir as outras caixas primeiro e dar um pouco de ar fresco a todo mundo.

Até onde Risa pode ver, é apenas um menino da idade dela, talvez até mais jovem. Usa uma camiseta bege sem mangas e calça cáqui. Está suado e tem as bochechas bronzeadas. Não, não apenas bronzeadas: queimadas.

— Onde estamos? — pergunta Tina.

— No Cemitério — responde o garoto, indo para a próxima caixa.

Em alguns minutos a caixa é completamente aberta e elas estão livres. Risa olha para as companheiras de viagem por um momento. As três são notavelmente diferentes do que apareciam na memória de Risa do momento em que entraram. Ter conhecido as pessoas na absoluta escuridão muda sua impressão delas. A garota grande não está tão acima do peso como Risa pensou. Tina não é tão alta. E a garota da nicotina não é nem de perto tão feia.

Uma rampa leva para fora do porão, e Risa precisa esperar a vez em uma longa fila de jovens que saem das caixas. Os rumores já estão circulando. Ela tenta ouvir e separar o fato da ficção.

— Um monte de gente morreu nas caixas.

— Sem chance.

— Ouvi dizer que metade das pessoas morreu.

— Sem chance!

— Olhe ao redor, sua besta! Por acaso parece que metade de nós morreu?

— Bom, foi só o que eu ouvi.

— Foi só o pessoal de uma caixa que morreu.

— É! Alguém disse que eles surtaram e comeram uns aos outros. Sabe, tipo a expedição Donner.

— Não, eles só sufocaram.

— Como é que você sabe?

— Porque eu vi, cara. Bem ali, na caixa ao lado da minha. Tinha cinco caras lá dentro em vez de quatro, e todos sufocaram.

Risa se volta para o garoto que disse isso.

— Isso é verdade mesmo ou você só está inventando?

Ela percebe, pela expressão perturbada, que ele está sendo honesto.

— Eu não zoaria com uma coisa assim.

Risa procura por Connor, mas sua visão é limitada às poucas pessoas ao redor na fila. Rapidamente, ela faz as contas. Havia cerca de sessenta adolescentes. Cinco sufocaram. Há uma chance em doze de um deles ter sido Connor. Não, pois o menino que os viu mortos na caixa disse que havia caras lá dentro. Havia apenas trinta caras ao todo. Há uma chance em seis de um deles ter sido Connor. Ele fora um dos últimos a entrar? Ele fora jogado em uma caixa já lotada? Ela não soube. Estava tão aturdida quando eles foram acordados naquela manhã que já era difícil prestar atenção a si mesma, imagine a outra pessoa. *Por favor, Deus, que não tenha sido o Connor. Que não tenha sido ele.* Suas últimas palavras para o garoto haviam sido raivosas. Ainda que ele a tivesse salvado de Roland, ela ficara furiosa com ele. *Cai fora daqui!,* havia gritado. Não conseguiria suportar a ideia de ele ter morrido após essas últimas palavras. Não conseguiria suportar a ideia de ele ter morrido e pronto.

Ao sair do avião, ela bate a cabeça na porta baixa do compartimento de bagagem.

— Cuidado aí — diz um dos garotos encarregados.

— É, obrigada — responde Risa. Ele lhe lança um sorriso afetado. Esse menino também veste roupas militares, mas é magricela demais para ser um recruta do exército. — Qual é a das roupas?

— Excedentes do exército — diz ele. — Roupas roubadas para almas roubadas.

Do lado de fora, a luz do dia é cegante, e o calor atinge Risa como o de uma fornalha. A rampa abaixo dela se inclina até o chão, e ela tem que olhar para os pés, apertando os olhos para enxergar e evitar tropeçar. Na hora em que chega ao solo, as pupilas já se ajustaram o bastante para ela observar as redondezas. À volta deles, *por toda parte,* há aviões, mas nem sinal de aeroporto — só os aviões, fila após fila, até onde a vista alcança. Muitos são de companhias aéreas que nem existem mais. Ela se vira para olhar para o jato no qual chegaram. Ele tem o logo da FedEx, mas é um exemplar lamentável. Parece pronto para o ferro-velho. *Ou*, pensa Risa, *o cemitério...*

— Isso é loucura — resmunga um garoto ao lado de Risa. — Não é como se esse avião fosse invisível. Eles vão saber exatamente aonde ele foi. Nós vamos ser rastreados até aqui!

— Você não entendeu? — responde ela. — O avião acabou de ser desativado. É assim que eles fazem. Esperam aparecer um avião desativado e nos transportam como bagagem. O avião viria pra cá de todo jeito, então ninguém vai sentir falta dele.

As aeronaves jazem em um território nu de terra marrom. Montanhas distantes e vermelhas brotam do chão. Eles estão em algum lugar no sudoeste.

Há uma série de banheiros químicos que já têm filas ansiosas de espera. Os jovens que os pastoreiam contam cabeças e tentam manter a ordem no grupo desorientado. Um deles tem um megafone.

— Por favor, continuem debaixo da asa se não forem usar a latrina — anuncia ele. — Vocês chegaram até aqui, não queremos que morram de insolação.

Agora que todos saíram do avião, o olhar de Risa procura desesperadamente em meio à multidão até encontrar Connor. Graças a Deus! Ela quer ir até ele, mas lembra que eles oficialmente terminaram o romance falso. Com duas dúzias de pessoas entre eles, os dois fazem contato visual brevemente e trocam um aceno secreto de cabeça. Esse gesto diz tudo. Diz que o que aconteceu entre eles ontem é passado; hoje, tudo recomeça do zero.

Então ela vê Roland ali também. Seus olhares se cruzam e ele lhe lança um sorriso. Esse sorriso diz coisas também. Ela desvia o olhar, desejando que ele tivesse estado na caixa dos que morreram sufocados. Pensa em sentir-se culpada por um anseio tão maldoso. Depois, percebe que não se sente nem um pouco culpada.

Um carro de golfe vem rodando por entre as filas de aviões, erguendo uma lufada de pó vermelho atrás de si. O motorista é um adolescente. O passageiro é claramente um militar. Não alguém usando trajes excedentes do exército — é militar pra valer. Em vez de verde ou cáqui, está de azul-marinho. Pelo jeito, está acostumado ao calor — mesmo nesse uniforme quente, não parece suar. O carro para diante do amontoado de refugiados juvenis. O motorista sai primeiro e se junta aos quatro jovens que os estiveram guiando. O garoto ergue o megafone.

— Sua atenção, por favor! O Almirante vai se dirigir a vocês. Se sabem o que é bom pra vocês, vão ouvir.

O homem sai do carro de golfe. O garoto lhe oferece o megafone, mas ele o dispensa. Sua voz não precisa de amplificação.

— Quero ser o primeiro a lhes dar as boas-vindas ao cemitério.

O Almirante tem sessenta e tantos anos e um rosto repleto de cicatrizes. Só agora Risa percebe que o uniforme é do tempo da guerra. Ela não consegue lembrar se essas eram as cores das forças pró-vida ou pró-escolha, mas, até aí, não importa. Ambos os lados perderam.

— Este será o lar de vocês até que façam dezoito anos ou nós encontremos um patrocinador permanente disposto a falsificar sua identidade. Não se enganem quanto a isso: o que fazemos aqui é completamente ilegal, mas isso não significa que não obedeçamos a uma lei. A *minha* lei.

Ele para, fazendo contato visual com tantos jovens quanto possível. Talvez o objetivo seja memorizar todo e cada rosto antes de terminar o discurso. Seus olhos são aguçados, o foco, intenso. Risa acredita que ele consiga conhecer cada um deles apenas sustentando o olhar. É intimidador e reconfortante ao mesmo tempo. No mundo do Almirante, ninguém passará despercebido.

— Todos vocês foram marcados para a fragmentação, mas conseguiram escapar e, com a ajuda de meus muitos parceiros, puderam chegar até aqui. Não me importa quem vocês são. Não me importa quem serão quando deixarem este lugar. Tudo o que me importa é quem vocês são enquanto estiverem aqui; e, enquanto estiverem aqui, farão o que se espera de vocês.

Uma mão se ergue na multidão. É Connor. Risa gostaria que não fosse. O Almirante leva um momento para estudar o rosto do rapaz antes de responder:

— Sim?

— Então... quem é o senhor, exatamente?

— Meu nome é assunto meu. Basta dizer que sou um ex-almirante da Marinha dos Estados Unidos. — Então, ele sorri. — Mas agora você pode dizer que sou um peixe fora d'água. A atual atmosfera política levou à minha renúncia. A lei disse que meu trabalho era fazer vista grossa, mas eu não fiz.

E não farei. — Ele se volta para a multidão e diz, estrondosamente: — Ninguém será fragmentado sob o meu comando.

Aplausos de todos ali reunidos, incluindo os jovens de cáqui que já eram parte do pequeno exército do Almirante. Ele dá um amplo sorriso. Exibe uma série de dentes perfeitamente retos, perfeitamente brancos. É uma estranha discrepância, pois, enquanto os dentes são reluzentes, o resto dele parece gasto até o caroço.

— Aqui, somos uma comunidade. Vocês devem aprender as regras e segui-las, ou enfrentarão as consequências, como em qualquer sociedade. Isto não é uma democracia; é uma ditadura. Eu sou seu ditador. Isso é uma questão de necessidade. É a maneira mais eficaz de manter vocês escondidos, saudáveis e inteiros. — Então, ele dá aquele sorriso novamente. — Gosto de acreditar que sou um ditador benevolente, mas vocês poderão julgar por si mesmos.

A esta altura, seu olhar já passou por toda a multidão. Todos eles sentem como se tivessem sido registrados como mercadorias em um caixa de supermercado. Examinados e processados.

— Esta noite, vocês todos dormirão nos alojamentos para recém-chegados. Amanhã, suas habilidades serão analisadas e vocês serão designados para equipes permanentes. Parabéns. Vocês chegaram!

Ele dá a todos um momento para deixar que esse pensamento assente nas mentes. Depois, volta ao carro de golfe e desaparece com aquela mesma nuvem de pó vermelho ondulando atrás de si.

— Será que ainda dá tempo de voltar pra caixa? — diz algum espertinho. Várias pessoas riem.

— Muito bem, escutem — grita o garoto do megafone. — Vamos levar vocês pro avião de suprimentos, onde vão receber roupas, rações e tudo mais de que precisarem.

Rapidamente eles descobrem que o garoto do megafone recebeu o apelido de "Amp", de amplificador. Quanto ao motorista do Almirante, ganhou nome de mordomo: "Jeeves".

— É uma longa caminhada — diz Amp. — Se alguém não conseguir fazê-la, avise. Quem quiser água agora, levante a mão.

Quase todas as mãos se erguem.

— Tudo bem, façam fila aqui.

Risa entra na fila com o resto deles. Há burburinho e sussurros na fila, mas não estão nem perto de soar desesperados como nas últimas semanas. Agora, é simplesmente o ruído de crianças na fila do almoço na escola.

Enquanto são guiados para receber comida e roupas, o avião que os trouxe até aqui é rebocado até o local do descanso final no enorme ferro-velho. Só agora Risa inspira fundo e exala o ar, liberando com ele a tensão de um mês inteiro. Só agora ela se permite o maravilhoso luxo da esperança.

29 · Lev

A mais de mil quilômetros dali, Lev também está prestes a chegar. O destino, no entanto, não é o dele: é de Cyrus Finch. Joplin, Missouri.

— O lar dos Joplin High Eagles, campeões estaduais absolutos no basquete feminino — diz CyFi.

— Você sabe muito sobre esse lugar.

— Eu não sei nada — resmunga CyFi. — *Ele* é que sabe. Ou *sabia*. Ou sei lá.

A jornada não se tornou mais fácil. É claro que agora eles têm dinheiro, graças ao "negócio" de Lev com o penhorista, mas o dinheiro só serve para comprar comida. Não podem usá-lo para comprar passagens de trem, nem mesmo de ônibus, pois não há nada mais suspeito do que menores de idade, sozinhos, pagando a própria viagem.

Para todos os efeitos, as coisas entre Lev e CyFi estão na mesma, com uma enorme e silenciosa exceção. CyFi pode ainda estar fazendo o papel de líder, mas agora Lev é quem está no comando. Sente um prazer culposo em saber que CyFi entraria em colapso se ele não estivesse ali para mantê-lo firme.

Com Joplin a apenas trinta quilômetros de distância, os tiques de Cy pioram tanto que tornam difícil para ele até mesmo falar. É mais do que apenas um repuxar no rosto agora — é um estremecimento que sacode o corpo como uma convulsão, deixando-o trêmulo. Lev lhe oferece a jaqueta, mas Cy a rejeita com um tapa.

— Eu num tô com frio, não! Num tem a ver frio! Tem a ver com tá errado. Tem a ver com ter óleo e água que num se misturam nesse meu cérebro.

Exatamente o que Cy precisa fazer quando chegar a Joplin é um mistério para Lev — e agora ele percebe que Cy também não sabe. O que quer que esse garoto — ou esse *pedaço* de garoto — na cabeça dele o esteja compelindo a fazer, está completamente além da compreensão de Cy. Lev pode apenas esperar que seja algo bom, não algo destrutivo... embora não possa deixar de suspeitar que, qualquer que seja a intenção desse menino, é ruim. Muito ruim.

— Por que você ainda tá comigo, Nic? — pergunta CyFi depois de um de seus acessos de tremedeira. — Qualquer cara sensato teria dado no pé dias atrás.

— Quem disse que eu sou sensato?

— Ah, cê é sensato, Nic. É tão sensato que dá medo. É tão sensato que é *in*sensato.

Lev pensa um pouco. Ele quer dar a Cyrus uma resposta real, não só algo que acabe com as perguntas.

— Eu fico — diz ele lentamente — porque alguém precisa testemunhar o que vai acontecer em Joplin. Alguém tem que entender por que você fez isso. O que quer que seja "isso".

— É — responde CyFi. — Eu preciso de uma testemunha. É isso.

— Você é como um salmão nadando correnteza acima — sugere Lev. — Fazer isso é parte de você. E é parte de mim te ajudar a chegar lá.

— Salmão. — Cy parece pensativo. — Uma vez eu vi um pôster que tinha um salmão. Ele tava pulando pra cima de uma cachoeira, sabe? Mas tinha um urso no topo, e o peixe tava pulando bem pra dentro da boca do urso. A legenda embaixo, que era pra ser engraçada, dizia: "A jornada de mil quilômetros às vezes termina muito, muito mal".

— Não existe urso em Joplin — diz Lev. Ele não tenta animar Cy com mais nenhuma analogia, pois Cy é tão esperto que daria um jeito de fazer qualquer coisa soar mal. São cento e trinta pontos de QI inteiramente focados em elaborar desgraças. Lev não esperaria competir contra isso.

Os dias passam, quilômetro após quilômetro, cidade após cidade, até a tarde em que eles passam por uma placa que diz: VOCÊ ESTÁ ENTRANDO EM JOPLIN. POPULAÇÃO: 45.504.

30 · Cy-Ty

Não existe paz na cabeça de CyFi. Nic não sabe como é ruim. Nic não sabe como os sentimentos caem sobre ele feito ondas lançadas pela tempestade chocando-se contra uma muralha arruinada. A muralha desabará em breve, e, quando isso acontecer, CyFi perderá o controle. Perderá tudo. Sua mente verterá pelos ouvidos e escorrerá pelas sarjetas nas ruas de Joplin. Ele sabe disso.

Então ele vê a placa. Você está entrando em Joplin. Seu coração lhe pertence, mas batuca no peito, ameaçando explodir — e isso não seria ótimo? Eles o mandariam para um hospital, onde lhe dariam o órgão de outra pessoa, e aí ele teria que lidar com *mais essa*.

O garoto no canto de sua mente não fala com ele usando palavras. Ele *sente*. Ele *se manifesta*. Não entende que é apenas parte de outro menino. É como em um sonho, quando você sabe de algumas coisas, e de outras deveria saber, mas não sabe. Esse garoto — ele sabe onde está, mas não sabe que não está inteiramente ali. Não sabe que agora faz parte de outra pessoa. Continua procurando na cabeça de Cyrus coisas que simplesmente não estão lá. Memórias. Conexões. Ele procura por palavras, mas o cérebro de Cyrus codifica as palavras de outra forma. Então, o garoto oferece raiva. Terror. Mágoa. Ondas que se chocam na muralha, e, abaixo de tudo isso, há uma corrente puxando Cy para diante. Algo precisa ser feito aqui. Só o garoto sabe o que é.

— Ajudaria se a gente tivesse um mapa? — pergunta Nic. A questão deixa Cy louco da vida.

— Um mapa num vai me ajudar — responde ele. — Eu preciso ver coisas. Preciso *estar* em lugares. Um mapa é só um mapa. Num é que nem *estar lá.*

Ficam parados em uma esquina nos limites de Joplin. É como tentar adivinhar onde há água. Nada é familiar.

— Ele não conhece este lugar — diz Cy. — *Vamo* tentar outra rua.

Quarteirão após quarteirão, cruzamento após cruzamento, é a mesma coisa. Nada. Joplin é uma cidade pequena, mas não tanto que uma pessoa possa conhecê-la completamente. Então, finalmente eles chegam a uma via principal. Há lojas e restaurantes de um lado a outro da avenida. É exatamente como qualquer outra cidade deste tamanho, mas...

— *Peraí!*

— O que foi?

— Ele conhece esta rua — diz Cy. — Lá! Aquela sorveteria. Tô sentindo gosto de sorvete de abóbora. Eu odeio sorvete de abóbora.

— Aposto que *ele não odiava.*

Cyrus assente.

— Era o favorito dele. Que trouxa. — Aponta um dedo para a sorveteria e lentamente move o braço para a esquerda. — Ele vem andando daquela direção... — Depois, vira o braço para a direita. — E, quando vai embora, vai por ali.

— Então, devemos ir para o lugar de onde ele vem ou para onde ele vai?

Cy escolhe seguir para esquerda, mas vê que está em Joplin High, o lar dos Eagles. Percebe a imagem de uma espada e instantaneamente entende.

— Esgrima. O menino tava na equipe de esgrima daqui.

— Espadas são brilhantes — nota Nic. Cy olharia feio para ele se não tivesse acertado em cheio o alvo. Espadas são, de fato, brilhantes. Ele imagina se o garoto já roubou espadas e percebe que, sim, provavelmente roubou. Roubar as espadas de equipes adversárias é uma tradição da esgrima, consagrada pelo tempo.

— Por aqui — diz Nic, tomando a frente. — Ele deve ter saído da escola pra sorveteria e depois pra casa. É pra lá que estamos indo: pra casa. Certo?

A resposta surge para Cy como um impulso que parte do fundo do cérebro e acerta bem nas entranhas. Salmão? Está mais para um peixe-espada se retorcendo no anzol, e a linha o está puxando impiedosamente em direção a...

— Casa — diz Cy. — Certo.

O sol está se pondo agora. Crianças estão pelas ruas; metade dos carros acendeu os faróis. Até onde todo mundo sabe, eles são apenas dois meninos da vizinhança, indo para onde quer que os meninos da vizinhança vão. Ninguém parece notá-los. Mas há um carro de polícia a um quarteirão dali. Estava estacionado, mas agora começa a se mover.

Eles passam pela sorveteria e, enquanto isso, Cyrus consegue sentir a mudança dentro de si. Está em seu caminhar e na forma como se porta. Está nos pontos de tensão no rosto: eles estão mudando. As sobrancelhas se abaixam, as mandíbulas se abrem levemente. *Eu não sou eu mesmo. Aquele outro cara está tomando o controle.* Será que Cy deveria deixar isso acontecer ou deveria combatê-lo? Mas ele sabe que já passou do ponto de combate. A única maneira de acabar com isso é deixar acontecer.

— Cy — diz o menino ao lado dele.

Cy olha para ele, e, embora parte dele saiba que é apenas Lev, outra parte entra em pânico. Instantaneamente, ele sabe por quê. Fecha os olhos por um momento e tenta convencer o garoto em sua cabeça de que Nic é um amigo, não uma ameaça. O garoto parece entender, e o pânico se reduz um pouco.

Cy chega a uma esquina e vira à esquerda como se já tivesse feito isso cem vezes. O resto do corpo estremece enquanto ele tenta acompanhar o lobo temporal obstinado. Agora, surge um sentimento. Nervoso, irritado. Ele sabe que precisa encontrar uma forma de traduzi-lo em palavras.

— Eu vou me atrasar. Eles vão ficar doidos da vida. Sempre ficam doidos da vida.

— Atrasar pra quê?

— Pro jantar. Eles têm que comer na hora certa, senão eu me ferro. Podem comer sem mim, mas não comem. Não comem. Só esperam. E a comida fica fria. E a culpa é minha, minha, sempre minha culpa. Então eu tenho que sentar lá e eles me perguntam como é que foi o meu dia. Ótimo. O que eu aprendi? Nada. O que fiz de errado desta vez? Tudo. — Não é a voz de Cy. São suas cordas vocais, mas não é sua voz que sai delas. O mesmo timbre, mas inflexões diferentes. Um sotaque diferente. Fala da forma como falaria se tivesse nascido em Joplin, o lar dos Eagles.

Quando viram outra esquina, Cy avista aquele carro de polícia outra vez. Está atrás deles, seguindo-os devagar. Não há dúvida: ele os está seguindo. E não é só isso. Há outro carro de polícia logo à frente, mas este está apenas parado na frente de uma casa. A casa dele. *Minha casa.* Cy é o salmão, afinal, e aquele carro de polícia é o urso. Mesmo assim, ele não pode parar. Tem que chegar àquela casa ou morrer tentando.

Enquanto se aproxima da calçada, dois homens saem de um Toyota conhecido estacionado do outro lado da rua. São os pais. Olham para ele com alívio no rosto, mas também dor. Então, eles sabiam aonde ele viria. Devem ter sabido o tempo todo.

— Cyrus — chama um deles. Cy quer correr para eles. Quer que simplesmente o levem para casa, mas se detém. Ele não pode ir para casa. Não ainda. Ambos marcham na direção dele, colocando-se no caminho, mas são espertos o bastante para não bloqueá-lo.

— Eu tenho que fazer isso — diz ele em uma voz que sabe que não é mais sua.

É quando os policiais saltam dos carros e o agarram. São fortes demais para Cy conseguir se desvencilhar; então, ele olha para os pais.

— Eu tenho que fazer isso — repete. — Não sejam o urso!

Os dois olham um para o outro, sem entender o que ele diz — mas talvez entendam, pois saem do caminho e dizem aos policiais:

— Soltem ele.

— Este é o Lev — diz Cyrus, impressionado porque Nic está disposto a arriscar a própria segurança ficando a seu lado agora. — Ninguém mexe com ele também. — Os pais levam um breve momento para reconhecer a presença do menino, mas rapidamente voltam a atenção para Cyrus.

Os policiais revistam Cy para ter certeza de que ele não está armado e, satisfeitos, deixam-no ir na direção da casa. Mas há uma arma. É algo afiado e pesado. Neste exato momento, está em um canto de sua mente, mas dentro de alguns instantes não estará. E agora Cy está assustado, mas não pode parar.

Há um policial junto à porta da frente falando em voz baixa com um homem e uma mulher parados na soleira. Eles olham nervosamente para Cy.

A parte de Cy que não é Cy conhece esse casal de meia-idade muito bem, e ele é atingido por um raio de emoções tão violentas que sente como se estivesse sendo incinerado.

Enquanto ele caminha rumo à porta, o passeio pavimentado parece ondular sob seus pés como se fosse o chão de uma casa maluca de parque de diversões. Então, finalmente ele está de pé diante deles. O casal parece assustado — horrorizado. Parte dele fica feliz por isso, parte dele triste, e outra parte gostaria de poder estar em qualquer outro lugar do mundo, mas ele não sabe mais qual parte é o quê.

Cy abre a boca para falar, tentando traduzir os sentimentos em palavras:

— Dê aqui! — exige ele. — Dê pra mim, mãe. Dê pra mim, pai.

A mulher cobre a boca e vira o rosto. As lágrimas vertem dos olhos como se ela fosse uma esponja apertada em um punho.

— Tyler? — diz o homem. — Tyler, é você?

É a primeira vez que Cyrus tem um nome pelo qual chamar essa parte de si. *Tyler. Sim. Eu sou Cyrus, mas também sou Tyler. Cy-Ty.*

— Depressa! — manda Cy-Ty. — Dê pra mim... Eu preciso. Agora!

— O quê? Tyler — diz a mulher entre lágrimas —, o que você quer de nós?

Cy-Ty tenta responder, mas não consegue achar a palavra. Não consegue nem perceber direito a imagem. É uma coisa. Uma arma. A imagem ainda não vem, mas a ação, sim. Ele faz uma mímica. Inclina-se para a frente, coloca um braço diante do outro. Está segurando uma coisa longa, baixando-a. Desce os dois braços juntos. E agora ele sabe que não é uma arma que procura; é uma ferramenta. Pois entende a ação que está imitando. Está cavando.

— Pá! — diz ele com um suspiro de alívio. — Eu preciso de uma pá.

O homem e a mulher se entreolham. O policial ao lado assente, e o homem diz:

— Está lá no galpão.

Cy-Ty cruza a casa em uma linha reta rumo à porta dos fundos, com todos indo atrás dele: o casal, os policiais, os dois pais e Nic. Vai direto para o galpão, agarra a pá — ele sabia exatamente onde estava — e se dirige a um canto do quintal, onde alguns gravetos se espicham do chão.

Os gravetos estavam amarrados na forma de cruzes tortas.

Cy-Ty conhece esse canto do quintal. Sente o lugar nas entranhas. Foi aqui que ele enterrou seus animais de estimação. Não sabe os nomes deles, nem mesmo que tipo de animais eram, mas suspeita que um deles tenha sido um setter irlandês. Recebe imagens do que aconteceu com cada um deles. Um deu de cara com um bando de cães ferozes. Outro, com um ônibus. O terceiro, com a idade. Ele pega a pá e enfia na terra, mas não perto dos túmulos. Ele nunca os perturbaria. Nunca. Em vez disso, aperta a pá no solo macio uns dois metros atrás dos túmulos.

Ele grunhe a cada golpe, jogando a terra loucamente para o lado. Então, após cavar pouco mais de um metro, a pá atinge algo com um baque surdo. Ele cai de quatro e começa a arrancar o solo com as mãos.

Com a terra afastada, ele estica as mãos para o buraco, agarra uma alça e puxa, puxa, puxa até sair. Está segurando uma maleta encharcada e coberta de lama. Ele a coloca no chão, destrava os fechos e a abre.

No momento em que vê o que há lá dentro, todo o cérebro de Cy-Ty trava. Ele está paralisado, em uma pane total do sistema. Não consegue se mover nem pensar. Porque é tudo tão brilhante, tão reluzente sob os raios vermelhos e oblíquos do sol. Há tantas coisas bonitas para olhar que ele não consegue se mexer. Mas precisa. Precisa terminar isso.

Ele enterra ambas as mãos na maleta cheia de joias, sentindo as correntes de ouro fino deslizarem pelos dedos, ouvindo o tinir de metal contra metal. Há diamantes e rubis, zircônias e plástico. Coisas sem preço e coisas sem valor, todas juntas e misturadas. Ele não lembra onde ou quando roubou nada disso, sabe apenas o que fez. Ele roubou, colecionou e escondeu. Colocou tudo em um túmulo próprio, para desenterrar quando precisasse. Mas, se puder devolver essas coisas, então, talvez...

Com mãos emaranhadas em correntes de ouro mais opressoras que as algemas no cinto dos policiais, ele cambaleia na direção da mulher e do homem. Anéis e broches caem do feixe confuso na grama do quintal. Escorregam por entre os dedos, mas ele ainda segura o que puder até estar diante da mulher e do homem, que agora se abraçam como se encolhidos no caminho de um tornado. Então, ele cai de joelhos, derruba o emaranhado de peças brilhantes aos pés deles e, balançando para a frente e para trás, faz um apelo desesperado:

— Por favor — diz ele. — Me desculpem. Me desculpem. Eu não quis fazer isso.

— Por favor — diz ele. — Peguem. Eu não preciso. Eu não quero.

— Por favor — suplica. — Façam qualquer coisa. *Mas não me fragmentem!*

De uma só vez, Cy percebe que Tyler não sabe. A parte daquele menino que compreende o tempo e o espaço não está lá, nem nunca estará. Tyler não consegue entender que ele já se foi, e nada do que Cy possa fazer jamais o levará a entender. Então, ele continua a chorar:

— Por favor, não me fragmentem. Eu faço qualquer coisa. Por favor, não me fragmentem. *Por favoooooor...*

Então, atrás de si, ele ouve uma voz.

31 · Lev

— Digam o que ele precisa ouvir! — manda Lev. Ele está ali tão cheio de fúria que sente que a própria terra está prestes a se partir de raiva. Ele disse a Cy que testemunharia isso. Mas não consegue testemunhar sem agir.

Os pais de Tyler ainda estão encolhidos juntos, confortando um ao outro em vez de confortar Cy. Isso deixa Lev ainda mais furioso.

— DIGAM A ELE QUE VOCÊS NÃO VÃO FRAGMENTÁ-LO! — berra ele.

A mulher e o homem apenas olham para ele como bichinhos estúpidos. Então, ele agarra a pá do chão e a gira para trás do ombro como um taco de baseball.

— DIGAM QUE NÃO VÃO FRAGMENTÁ-LO OU EU JURO QUE ESMAGO AS CABEÇAS IMPRESTÁVEIS DE VOCÊS!

Ele nunca falou assim com ninguém. Nunca ameaçou ninguém. E sabe que não é só uma ameaça — ele fará isso. Hoje, ele dará a tacada de sua vida se precisar.

Os policiais levam as mãos ao coldre e puxam as armas, mas Lev não se importa.

— Largue essa pá! — grita um deles. A arma está mirando o peito de Lev, mas o menino não obedece. *Ele que atire. Se fizer isso, eu ainda consigo dar uma bela tacada nos pais do Tyler antes de cair. Eu posso morrer, mas pelo menos levo um deles comigo.* Em toda a sua vida, ele nunca se sentiu assim. Nunca se sentiu tão perto de explodir.

— DIGAM A ELE! DIGAM AGORA!

Tudo congela: os policiais e suas armas, Lev e sua pá. Então, finalmente a mulher e o homem acabam com o impasse. Olham para o rapaz no chão, balançando para a frente e para trás, soluçando sobre as peças aleatórias de joias enredadas que espalhou aos pés deles.

— Não vamos fragmentar você, Tyler.

— PROMETAM A ELE!

— Não vamos fragmentar você, Tyler. Nós prometemos. Prometemos.

Os ombros de Cy relaxam, e, embora ele ainda chore, não são mais soluços de desespero. São soluços de alívio.

— Obrigado — diz Cy. — Obrigado...

Lev larga a pá, os policiais baixam as armas e o casal lacrimoso foge em direção à segurança do lar. Os pais de Cyrus estão lá para preencher o vazio. Eles ajudam o filho a se levantar e o abraçam com força.

— Está tudo bem, Cyrus. Tudo vai ficar bem.

Em meio aos soluços, Cy responde:

— Eu sei. Tá tudo certo agora. Tá tudo certo.

É quando Lev sai de cena. Ele sabe que é a única variável que resta a resolver nesta equação, e logo os policiais perceberão isso. Então, ele recua para as sombras enquanto os oficiais da lei ainda estão distraídos pelo casal em fuga, e o rapaz chorando, e os dois pais, e as coisas brilhantes no chão. Depois, assim que se vê nas sombras, ele se vira e corre. Em alguns instantes todos perceberão que ele se foi, mas alguns instantes são tudo de que precisa. Pois ele é rápido. Sempre foi rápido. Cruza as moitas, entra no quintal seguinte e sai em outra rua em dez segundos.

A expressão no rosto de Cy quando ele largou as joias aos pés daquelas pessoas horríveis, horríveis, e a forma como elas agiram, como se *elas* fossem as vítimas ali — essas cenas ficarão com Lev pelo resto da vida. Ele sabe que foi alterado por este momento, transformado de maneira profunda e assustadora. Aonde quer que sua jornada o leve agora, não importa, em seu coração ele já chegou lá. Ele se tornou como a maleta no chão — cheio de joias, mas vazio de luz, de forma que nada brilha, nada cintila.

A última luz do dia partiu do céu agora; a única cor que resta é o azul-escuro passando ao negro. Os postes de luz ainda não se acenderam, então Lev foge por entre infinitos tons de breu. É melhor para correr. É melhor para esconder-se. É melhor para perder-se, agora que a escuridão é sua amiga.

Parte cinco

Cemitério

[O Sudoeste do Arizona] é um cemitério ideal para aviões. Possui um clima seco, limpo e completamente livre de poluição que ajuda a minimizar a corrosão. Tem um solo alcalino tão firme que os aviões podem ser rebocados e estacionados na superfície sem afundar...

Um cemitério de aviões não é simplesmente uma cerca ao redor de carcaças de aeronaves e pilhas de metal descartado. É um lugar onde partes excedentes que valem muitos milhões de dólares são recuperadas para manter os aviões ativos no ar...

— Joe Zentner, Airplane Graveyards, desertusa.com

32 · O Almirante

O sol escaldante cozinha o solo duro do Arizona durante o dia, e à noite a temperatura desaba. Mais de quatro mil aviões de cada era da história da aviação brilham ao calor desse sol. Vistas do alto, as filas de aeronaves parecem uma plantação, uma safra de tecnologia abandonada.

#1) Você chegou aqui por necessidade. Você fica aqui por escolha.

De lá de cima você não consegue ver que alguns desses jatos aterrados estão ocupados. Trinta e três, para ser exato. Satélites espiões podem detectar a atividade, mas detectá-la e noticiá-la são duas coisas diferentes. Os analistas de dados da CIA têm coisas muito mais importantes para procurar do que um bando de fragmentários refugiados. É com isso que o Almirante está contando — mas, só por precaução, as regras no Cemitério são rigorosas. Toda atividade é realizada dentro da fuselagem ou sob as asas, a não ser que seja absolutamente necessário sair a céu aberto. O calor ajuda a impor o decreto.

#2) Sobreviver deu a você o direito de ser respeitado(a).

O Almirante não é exatamente proprietário do Cemitério, mas sua gestão é inquestionável e ele não responde a ninguém senão a si mesmo. Uma combinação de juízo nos negócios, favores devidos e um exército disposto a fazer qualquer coisa para se livrar dele tornaram possível um negócio tão conveniente.

#3) O meu jeito é o único jeito.

O Cemitério é um negócio próspero. O Almirante compra aviões desativados e vende as partes, ou mesmo revende aviões inteiros. A maior parte dos negócios é feita online; o Almirante é capaz de adquirir cerca de uma aeronave aposentada por mês. É claro que cada uma delas chega trazendo uma carga secreta de fragmentários. É este o verdadeiro negócio do Cemitério, e o negócio tem ido bem.

#4) A sua vida é meu presente para você. Trate-a de acordo.

Compradores ocasionalmente aparecem para inspecionar ou coletar a mercadoria, mas isso sempre é avisado. Do momento em que passam pelos portões, são oito quilômetros até o pátio em si. Isso dá aos adolescentes tempo mais do que suficiente para desaparecer como fantasmas em meio ao maquinário. Esse tipo de visita de negócios acontece apenas cerca de uma vez por semana. Há pessoas que perguntam o que o Almirante faz pelo resto do tempo. Ele diz que está construindo uma reserva para a preservação da vida selvagem.

#5) Você é melhor do que aqueles que quiseram fragmentá-lo(a). Faça jus a isso.

Há só três adultos sob o comando do Almirante; dois funcionários de escritório que trabalham em um trailer longe das fragmentações e um piloto de helicóptero. O piloto é conhecido como Talho e tem duas tarefas. A primeira é transportar compradores pela área com estilo. A segunda é levar o Almirante em viagens em torno do Cemitério uma vez por semana. Talho é o único empregado que sabe a respeito da coleção de fragmentários isolados nas bordas extremas do terreno. Ele sabe, mas é muito bem pago para ficar calado; além disso, o Almirante confia em Talho implicitamente. É preciso confiar em seu piloto particular.

#6) Todos no Cemitério contribuem. Sem exceções.

O verdadeiro trabalho no pátio é feito pelos fragmentários. Há equipes inteiras especialmente designadas para desmontar os aviões, separar as partes e deixá-las prontas para a venda. É exatamente como em qualquer ferro-velho, só que em maior escala. Nem todos os aviões são desmontados. Alguns permanecem intocados, se o Almirante considerar que pode revendê-los inteiros. Alguns são reutilizados como alojamentos para os jovens que estão, tanto literal como figuradamente, sob as asas dele.

#7) Rebelião juvenil é para estudantes de subúrbio. Supere.

Os jovens são reunidos em equipes mais adequadas para seu trabalho, idade e necessidades pessoais. Uma vida inteira de experiências moldando recrutas do exército em forças coerentes de combate preparou o Almirante para criar uma sociedade funcional a partir de adolescentes zangados e problemáticos.

#8) Hormônios não governarão o meu deserto.

Garotas nunca ficam alojadas com garotos.

#9) Aos dezoito anos você deixa de ser problema meu.

O Almirante tem uma lista de dez regras supremas, fixada a todo e cada avião onde os jovens vivem e trabalham. Eles as chamam de “Os Dez Mandamentos". Para ele, não importa como as chamem, desde que cada um deles conheça a lista de cor.

#10) Torne-se alguma coisa. Isto é uma ordem.

É um desafio manter quase quatrocentos adolescentes saudáveis, ocultos e inteiros. Mas o Almirante nunca se esquivou de um desafio. E sua motivação para fazer isso, como seu nome, é algo que ele prefere guardar para si.

33 · Risa

Para Risa, os primeiros dias no Cemitério são difíceis e parecem durar para sempre. Sua residência começa com um exercício de humildade.

Pede-se que cada recém-chegado encare um tribunal: três jovens de dezessete anos sentados atrás de uma mesa dentro da carcaça esvaziada de um avião largo. Dois meninos e uma menina. Estes três, assim como Amp e Jeeves, que Risa conheceu assim que saiu do avião, formam o grupo de elite de cinco pessoas que todos chamam de "os Dourados". São os jovens nos quais o Almirante mais confia — e, portanto, estão no comando.

Quando chega a vez de Risa falar com eles, já avaliaram quarenta pessoas.

— Fale de você — diz o garoto da direita. Garoto a Estibordo é como ela o chama, já que, afinal de contas, eles estão em uma nave. — O que você sabe e o que é capaz de fazer?

O último tribunal que Risa encarou foi na Casa Estatal, quando ela foi sentenciada à fragmentação. Ela consegue notar que esses três estão entediados e não ligam para o que ela dirá, desde que possam passar logo para o próximo. Ela percebe que os odeia, exatamente como odiou o diretor no dia em que ele tentou explicar por que os direitos dela como ser humano haviam sido revogados.

A garota, sentada no meio, deve ter lido seus pensamentos, pois sorri e diz:

— Não se preocupe, isto não é um teste. Nós só queremos ajudar você a descobrir onde vai se ajustar melhor aqui. — É uma coisa esquisita a dizer, já que o desajuste é um problema de todo fragmentário.

Risa respira fundo.

— Eu era estudante de música na Casa Estatal — diz ela, e imediatamente se arrepende de ter contado que veio de uma Casa Estatal. Mesmo entre os fragmentários, há preconceito e hierarquia social. Estibordo se inclina para trás, o que não é surpresa, cruzando os braços em um gesto de clara reprovação. Mas o garoto a bombordo diz:

— Eu também sou um tutelado. Casa Estatal 18, Flórida.

— Ohio 23.

— Que instrumento você toca? — pergunta a garota.

— Piano clássico.

— Lamento — responde Estibordo. — Já temos músicos suficientes, e nenhum dos aviões veio com piano.

— "Sobreviver me deu o direito de ser respeitada" — retruca Risa. — Essa não é uma das regras do Almirante? Acho que ele não gostaria da sua atitude.

Estibordo se contorce.

— Dá pra gente prosseguir com isso?

A garota oferece um sorriso de desculpas.

— Embora eu odeie admitir, no aqui e agora, há outras coisas de que precisamos mais do que uma musicista. O que mais você sabe fazer?

— É só me dar um trabalho que eu faço — responde Risa, tentando acabar logo com a conversa. — Isso é o que vocês vão fazer de todo jeito, não é?

— Bom, sempre precisam de ajuda na cozinha — conta Estibordo. — Principalmente depois das refeições.

A garota lança a Risa um olhar longo e suplicante, talvez esperando que ela proponha algo melhor para si mesma. Mas tudo o que Risa diz é:

— Ótimo. Lavadora de pratos. Terminamos?

Ela se vira para sair, fazendo o melhor que pode para reprimir o desgosto. O próximo menino entra enquanto ela está saindo. Ele está com uma aparência terrível. O nariz está inchado e vermelho. A camiseta está empapada de sangue seco, e ambas as narinas acabam de começar a sangrar de novo.

— O que aconteceu com você?

Ele olha para ela, vê quem é e responde:

— Seu namorado. Foi isso que aconteceu comigo. E ele vai pagar.

Risa poderia fazer uma dúzia de perguntas sobre isso, mas o garoto está sangrando por cima de toda a camiseta e a prioridade número um é estancar o sangue. Ele inclina a cabeça para trás.

— Não — diz Risa. — Incline a cabeça para a frente, senão você vai engasgar com o próprio sangue.

O garoto obedece. O tribunal dos três sai de detrás da mesa para ver o que pode fazer, mas Risa tem a situação sob controle.

— Aperte assim — diz ela. — Tem que ser paciente com esse tipo de coisa.

Ela mostra ao menino exatamente como apertar o nariz para deter o fluxo de sangue. Depois, assim que o sangramento para, Bombordo vem para o lado dela e diz:

— Bom trabalho.

Risa é imediatamente promovida de lavadora de pratos a médica. Engraçado, mas isso é indiretamente por causa de Connor, já que, para começo de conversa, foi ele quem quebrou aquele nariz.

Quanto ao garoto do nariz sangrando, ele é quem recebe a tarefa de lavar pratos.

***

Nos primeiros dias, tentar realmente atuar como médica sem um treinamento de verdade é aterrorizante. Há outros jovens no avião médico que sabem muito mais, mas ela rapidamente percebe que todos foram jogados neste trabalho exatamente como ela quando chegaram.

— Você vai se sair bem. Tem jeito pra coisa — diz o médico-chefe, do alto de seus dezessete anos.

Ele tem razão. Assim que ela se acostuma com a ideia, ministrar primeiros socorros, cuidar de doenças comuns e até mesmo suturar ferimentos simples tornam-se tarefas tão familiares para ela como tocar piano. O dia começa a passar mais rápido e, antes que ela perceba, já está aqui há um mês. Cada dia que passa reforça sua sensação de segurança. O Almirante é um sujeito esquisito, mas fez algo que ninguém mais foi capaz de fazer por Risa desde que saiu da Casa Estatal. Devolveu a ela o direito de existir.

34 · Connor

Como Risa, Connor descobre seu nicho por acidente. Ele nunca se considerou mecanicamente capaz, mas há poucas coisas que ele ache mais insuportáveis do que um monte de idiotas parados olhando para uma coisa que não funciona e pensando em como consertá-la. Durante a primeira semana, enquanto Risa está aprendendo a ser uma médica falsa excepcionalmente boa, Connor decide conhecer o mecanismo de funcionamento do ar-condicionado, depois encontrar peças para reposição de uma das pilhas de lixo e fazê-lo voltar a funcionar.

Logo ele percebe que ocorre o mesmo com cada coisa quebrada pela qual ele passa. Claro que começou com tentativa e erro, mas o número de erros diminui a cada dia que passa. Há muitos outros jovens que alegam ser mecânicos e são muito bons em explicar por que as coisas não funcionam. Connor, por outro lado, é quem sabe consertá-las.

Rapidamente ele passa da equipe de lixeiros à de reparos, e, já que há uma infinidade de coisas para consertar, isso mantém sua mente longe de outras coisas... tais como quão poucas vezes ele consegue ver Risa no mundo rigidamente estruturado do Almirante... e quão rapidamente Roland está progredindo na hierarquia social do lugar.

Roland deu um jeito de conseguir uma das melhores atribuições do Cemitério. Manipulando as pessoas certas e aplicando doses generosas de bajulação, foi aceito como assistente do piloto. A principal tarefa é manter o helicóptero limpo e abastecido, mas o trabalho cheira a estágio.

— Ele está me ensinando a pilotar — Connor ouve Roland dizer a um bando de garotos um dia. Ele estremece ao pensar em Roland controlando um helicóptero, mas muitos jovens aqui estão impressionados com Roland. Sua idade lhe dá autoridade, e suas manipulações lhe rendem ou o medo ou o respeito de um número surpreendente de pessoas. Roland extrai sua energia negativa de quem está a seu redor, e há muita gente aqui de quem extrair o que ele quer.

Manipulação social não é uma das habilidades de Connor. Mesmo em sua própria equipe, ele é um tanto misterioso. Os outros sabem que não devem pisar em seu calo, pois ele tem baixa tolerância a irritações e idiotice. Mas não há outra pessoa que desejem ter a seu lado senão Connor.

— As pessoas gostam de você pela sua integridade moral — diz Hayden a ele. — Mesmo quando você é um tonto.

Connor tem que rir disso. Ele? Integridade? Houve muita gente em sua vida que teria dito o contrário disso. Mas, por outro lado, ele está mudando. Tem se metido em menos brigas. Talvez seja porque aqui há mais espaço para respirar do que no depósito. Ou talvez ele tenha exercitado o cérebro o suficiente para ter sucesso em manter seus impulsos na linha. Muito disso tem a ver com Risa, pois, a cada vez que ele se força a pensar antes de agir, é a voz dela que ouve na cabeça, mandando-o se acalmar. Quer contar isso a ela, mas a garota está sempre ocupada no avião médico — e você não pode simplesmente chegar a alguém e dizer: "Eu sou uma pessoa melhor porque você está na minha cabeça".

Ela também está na cabeça de Roland, e isso preocupa Connor. A princípio, Risa fora apenas um instrumento para incentivar Connor a brigar, mas agora Roland a vê como um prêmio. Agora, em vez de usar a força bruta contra ela, tenta encantá-la em cada oportunidade.

— Você não está se interessando por ele, está? — pergunta Connor um dia, em uma das raras ocasiões em que consegue encontrá-la sozinha.

— Eu vou fingir que você não perguntou isso — responde ela, com nojo. Mas Connor tem motivo para se preocupar.

— Naquela primeira noite aqui, ele te ofereceu o cobertor dele e você aceitou — relembra ele.

— Só porque eu sabia que isso o deixaria com frio.

— E, quando ele te oferece comida, você aceita.

— Porque significa que ele vai passar fome.

É friamente lógico. Connor acha impressionante como ela consegue colocar as emoções de lado e ser tão calculista quanto Roland, derrotando-o em seu próprio jogo. Mais uma razão para Connor admirá-la.

— Chamada de trabalho!

Isso acontece cerca de uma vez por semana no pavilhão de reuniões — a única estrutura em todo o Cemitério que não é parte de um avião, e o único lugar amplo o bastante para reunir todos os 423 jovens. Chamada de trabalho. Uma chance de sair pelo mundo real. Uma chance de ter uma vida. Mais ou menos.

O Almirante nunca participa, mas há câmeras de vídeo vigiando o pavilhão, assim como há câmeras por todo o terreno, então, todos sabem que ele está assistindo. Se todas as câmeras estão sempre sendo monitoradas ou não, ninguém sabe, mas o potencial para alguém ser visto é sempre presente. Connor não simpatizou com o Almirante quando o conheceu. A visão de todas aquelas câmeras de vídeo pouco depois o fez gostar ainda menos do homem. Parece que a cada dia há algo para reforçar seu sentimento geral de aversão por ele.

Amp preside a reunião de chamada de trabalho com o megafone e a prancheta.

— Um homem no Oregon precisa de uma equipe de cinco pessoas para derrubar alguns acres de floresta — anuncia ele. — Vocês vão receber hospedagem e comida e ser ensinados a usar as ferramentas de trabalho. O serviço deve durar alguns meses, e no fim vocês vão receber novas identidades. Identidades de dezoito anos.

Amp não informa o salário, pois não há nenhum. O Almirante, contudo, é pago. Recebe o valor de uma venda.

— Voluntários?

Sempre há voluntários. Não é surpresa que mais de uma dúzia de mãos se levante. A maioria tem dezesseis anos. Os de dezessete estão próximos demais dos dezoito para acharem que isso vale a pena, e os mais jovens se sentem intimidados demais pela perspectiva.

— Apresentem-se ao Almirante depois desta reunião. Ele decidirá quem vai.

Chamadas de trabalho enfurecem Connor. Ele nunca levanta a mão, mesmo que seja algo que ele na verdade queira fazer.

— O Almirante está nos usando — diz ele às pessoas ao redor. — Vocês não percebem?

A maioria apenas dá de ombros, mas Hayden está lá, e ele nunca perde a oportunidade de acrescentar sua sabedoria peculiar a uma situação.

— Eu prefiro ser usado inteiro do que aos pedaços — diz ele.

Amp olha para a prancheta e ergue o megafone outra vez.

— Serviços de limpeza doméstica — diz ele. — São necessárias três pessoas, de preferência do sexo feminino. Não vai haver identidades falsas, mas o local é seguro e remoto, o que significa que vocês vão ficar a salvo dos Juvis até fazerem dezoito anos.

Connor não quer nem olhar.

— Por favor, diga que ninguém levantou a mão.

— Umas seis garotas, todas de dezessete anos, aparentemente — informa Hayden. — Acho que ninguém aqui quer ser empregada doméstica por mais de um ano.

— Este lugar não é um refúgio, é um mercado de escravos. Por que ninguém vê isso?

— Quem disse que não veem? O caso é que a fragmentação faz a escravidão parecer uma coisa boa. É sempre: de dois males, o menor.

— Não entendo por que tem que haver algum mal.

Quando a reunião termina, Connor sente uma mão no ombro. Pensa que deve ser um amigo, mas não. É Roland. A surpresa é tamanha que Connor leva um momento para reagir. Ele se livra da mão de Roland com um safanão.

— O que você quer?

— Só conversar.

— Você não tem um helicóptero pra lavar?

Roland sorri ao ouvir isso.

— Lavar menos, voar mais. O Talho me promoveu a copiloto não oficial.

— O Talho deve ter tendência ao suicídio. — Connor não sabe de quem tem mais nojo: de Roland ou do piloto, por ser manipulado por ele.

Roland para a multidão que se dispersa ao redor.

— O Almirante está fazendo a festa por aqui, hein? — diz ele. — A maior parte dos perdedores aqui não liga. Mas isso te incomoda, né?

— E daí?

— Daí que você não é o único que acha que o Almirante precisa de... um novo treinamento.

Connor não gosta do rumo da conversa.

— O que eu acho do Almirante é assunto meu.

— Claro. A propósito, você já viu os dentes dele?

— O que é que tem?

— É bem óbvio que não são dele. Ouvi dizer que ele guarda no escritório uma foto do menino de quem vieram esses dentes. Um fragmentário como nós, que, graças a ele, nunca chegou aos dezoito. Isso te faz pensar quanto mais dele veio de nós. Te faz pensar, no final das contas, se resta alguma coisa do Almirante original.

Isso é informação demais para processar aqui e agora — e, considerando a fonte, Connor não quer processá-la em momento nenhum. Mas sabe que o fará.

— Roland, vou deixar isso tão claro quanto possível pra você. Não confio em você. Não gosto de você. Não quero ter nada a ver com você.

— Também te acho insuportável — responde Roland, apontando então para o avião do Almirante. — Mas neste momento nós temos o mesmo inimigo.

Roland marcha para longe dali antes que mais alguém possa notar que conversaram, deixando Connor com um peso no estômago. A própria ideia de que ele e Roland poderiam de alguma forma estar do mesmo lado o faz sentir como se tivesse engolido algo rançoso.

Por uma semana, a semente que Roland plantou na mente de Connor cresce. O solo é fértil, pois Connor já não confiava no Almirante. Agora, a cada vez que vê o homem, ele nota alguma coisa. Os dentes *são* perfeitos. Não são os dentes de um veterano de guerra. A forma como ele olha para as pessoas — bem dentro dos olhos — é como se estivesse avaliando cada par de olhos, procurando um que lhe sirva. E as pessoas que desaparecem após as chamadas ao trabalho — já que elas nunca voltam, quem saberia aonde realmente vão? Quem sabe se não são todas enviadas para a fragmentação? O Almirante diz que seu objetivo é salvar os fragmentários, mas e se ele tiver intenções completamente diferentes? Esses pensamentos mantêm Connor acordado à noite, mas ele não os compartilha com ninguém, pois, quando fizer isso, estará aliado a Roland. E essa é uma aliança que ele espera nunca formar.

Durante a quarta semana no Cemitério, enquanto Connor ainda está mentalmente montando um processo contra o Almirante, um avião chega. É o primeiro desde o velho jato da FedEx que os trouxe até aqui, e, como aquele avião, este está lotado de carga viva. Enquanto os cinco Dourados escoltam os recém-chegados para fora do jato, Connor trabalha em um gerador defeituoso. Ele os observa com vago interesse enquanto passam, imaginando se algum deles teria mais habilidades mecânicas que ele e o jogaria para uma posição menos invejável.

Então, lá no fim da fila de jovens, está um rosto que ele pensa reconhecer. Alguém de sua antiga vizinhança? Não. Outra pessoa. De repente ele entende quem é. É o menino que ele tinha certeza que fora fragmentado semanas atrás. O menino que ele sequestrou para seu próprio bem. É Lev!

Connor larga a chave inglesa e corre na direção dele, mas se contém antes de chegar lá, enterrando a enchente de sentimentos contraditórios sob um passo controlado. Esse é o garoto que o traiu. Esse é o garoto que ele um dia jurou jamais perdoar. Ainda assim, pensar nele fragmentado havia sido insuportável. Mas Lev não foi fragmentado — ele está bem ali, marchando para fora do avião de suprimentos. Connor está radiante. Connor está furioso.

Lev não o avista — e isso é bom, pois dá a Connor tempo para absorver o que vê. Este não é mais o dízimo impecável que ele arrancou do carro dos pais mais de dois meses atrás. Esse menino tem cabelo longo e despenteado e um ar endurecido. Esse menino não está usando os trajes brancos do dízimo, mas jeans gastos e rasgados e uma camiseta vermelha suja. Connor quer deixá-lo passar, só para ter tempo de processar essa nova imagem, mas Lev o vê e lhe dá um sorriso na mesma hora. Isso também é diferente — pois, durante o breve período em que conheceram um ao outro, Lev nunca ficou feliz pela presença de Connor.

Lev dá um passo na direção dele.

— Fique na fila! — ordena Amp. — O avião de suprimentos é por aqui.

Mas Connor dispensa Amp com um aceno.

— Tá tudo bem... eu conheço este aqui.

Relutante, o rapaz do megafone aquiesce.

— Depois o leve para o avião de suprimentos. — Então, ele volta a pastorear os outros.

— Então, como vão as coisas? — pergunta Lev. Assim, simplesmente. Como vão as coisas. Quem ouvisse pensaria que aquilo tinha sido uma amizade de férias de verão.

Connor sabe o que tem de fazer. É a única coisa capaz de endireitar as coisas entre ele e Lev. Mais uma vez, é ação instintiva sem tempo para pensar. Instintiva, mas não irracional. Exaltada, mas não impetuosa. Connor aprendeu a diferença.

Ele toma impulso e acerta um soco no olho de Lev. Não forte o bastante para derrubá-lo, mas forte o bastante para fazer a cabeça girar e deixar um sério hematoma. Antes que Lev possa reagir, Connor diz:

— *Isso* é pelo que você fez com a gente.

Então, antes que Lev possa responder, ele faz mais uma coisa súbita e inesperada. Puxa Lev para si e o abraça com força — do jeito que abraçou o próprio irmão caçula no ano anterior quando ele ganhou o primeiro lugar no pentatlo do bairro.

— Estou muito, *muito* feliz que você esteja vivo, Lev.

— É. Eu também.

Connor solta o menino antes que a situação fique embaraçosa e, quando o faz, vê que o olho atingido já começou a inchar. E uma ideia lhe ocorre.

— Vem... vou te levar pro avião médico. Conheço alguém que vai cuidar desse olho.

Não é senão mais tarde, naquela noite, que Connor adquire uma noção do quanto Lev mudou. Adormecido, Connor acorda sentindo que alguém o sacode. Ele abre os olhos para dar de cara com uma lanterna acesa diante dele, tão perto que a luz machuca.

— Ei! O que é isso?

— Shhh — responde uma voz atrás da lanterna. — É o Lev.

Ele deveria estar no avião dos recém-chegados — é onde as pessoas ficam até serem separadas em equipes. Há ordens estritas para que ninguém saia à noite. Aparentemente, Lev não é mais o menino que segue as regras.

— O que você tá fazendo aqui? — diz Connor. — Sabe a encrenca em que pode se meter? — Ele ainda não consegue ver o rosto do menino atrás da luz.

— Você me bateu hoje de tarde — responde Lev.

— Eu te bati porque te devia isso.

— Eu sei. Eu mereci, então, tudo bem — afirma ele. — Mas *nunca mais* me bata de novo, ou vai se arrepender.

Embora Connor não tenha a intenção de voltar a esmurrar Lev, ele não reage bem a ultimatos.

— Eu vou te bater — retruca — se você merecer.

Há silêncio atrás da lanterna. Então, Lev diz:

— É justo. Mas é melhor você ter certeza de que eu mereço.

A luz se apaga. Lev sai, mas Connor não consegue dormir. Todo fragmentário tem uma história que você não quer conhecer. Ele supõe que Lev agora tenha uma.

O Almirante convoca Connor dois dias depois. Aparentemente, ele tem algo que precisa de conserto. Sua residência é um velho 747 que foi usado como Força Aérea Um, o avião do presidente, anos antes que qualquer um dos jovens aqui tivesse nascido. Os motores foram removidos e o selo presidencial coberto por tinta, mas ainda é possível ver uma sombra do emblema por baixo dela.

Connor sobe as escadas com um saco de ferramentas, esperando que, qualquer quer que seja o problema, ele possa entrar e sair rapidamente. Como todos os outros, ele sente uma curiosidade mórbida sobre esse homem e imagina como seria um velho jato presidencial por dentro. Mas estar sob o escrutínio do Almirante o deixa morto de medo.

Ele passa pela porta para encontrar um par de adolescentes arrumando tudo. São mais jovens, e Connor não os conhece; pensou que os Dourados estariam aqui, mas eles não estão à vista. Quanto ao avião, não é nem de perto tão luxuoso quanto Connor esperava. Os assentos de couro estão rasgados, o carpete está quase todo furado. Parece mais o interior de um trailer velho do que o Força Aérea Um.

— Onde está o Almirante?

O homem sai dos recessos profundos do jato. Embora os olhos de Connor ainda estejam se ajustando à luz, ele pode ver que o Almirante está segurando uma arma.

— Connor! Estou feliz que você tenha podido vir.

O garoto se encolhe à vista da arma — e ao perceber que o Almirante o conhece pelo nome.

— Para que o senhor precisa disso? — pergunta ele, apontando para a arma.

— Só estava limpando — responde o Almirante. Connor se pergunta por que haveria um pente de balas em uma arma que o homem estava só limpando, mas decide que é melhor não perguntar. Então, ele manda os dois jovens embora e fecha a escotilha atrás deles. Este é exatamente o tipo de situação que Connor mais temia, e ele sente um jorro de adrenalina começar a formigar nos dedos das mãos e dos pés. Entra em estado de alerta.

— O senhor precisa que eu conserte algo?

— Sim, preciso. Minha cafeteira.

— Por que o senhor não pega uma de outro avião?

— Porque — responde o Almirante calmamente — eu prefiro que esta seja reparada.

Ele guia Connor pelo jato, que parece ainda maior por dentro do que por fora, cheio de cabines, salas de conferência e escritórios.

— Sabe, o seu nome é mencionado com frequência — conta o Almirante.

Isso é novidade para ele, e não do tipo bom.

— Por quê?

— Primeiro, pelas coisas que você conserta. Depois, pelas brigas.

Connor sente uma reprimenda a caminho. Sim, ele brigou menos aqui do que em outros lugares, mas o Almirante é um homem de tolerância zero.

— Lamento pelas brigas.

— Não lamente. Não há dúvida de que você tem pavio curto, mas geralmente estoura na direção certa.

— Não sei o que o senhor quer dizer.

— Pelo que posso ver, cada briga em que você se envolveu revolveu um problema ou outro. Mesmo aquelas que você perdeu. Então, mesmo nesses casos, você está consertando coisas. — Ele oferece a Connor aquele sorriso de dentes brancos. O garoto estremece. Tenta disfarçar, mas tem certeza de que o Almirante percebe.

Eles chegam a uma pequena sala de jantar com cozinha.

— Aqui estamos — diz o Almirante. A velha cafeteira está sobre um balcão. É um aparelho simples. Connor está prestes a sacar uma chave de fenda para abrir a parte de trás da cafeteira quando percebe que ela não está ligada à tomada. Quando ele a liga, a luz se acende e ela começa a borbulhar e pingar café no pequeno pote de vidro.

— Ora essa, veja só — diz o Almirante, com outro daqueles sorrisos terríveis.

— Não estou aqui por causa da cafeteira, estou?

— Sente-se — pede o Almirante.

— Eu preferiria não sentar.

— Sente-se mesmo assim.

É quando Connor vê o quadro. Há diversas fotos pregadas à parede, mas a que captura a atenção do garoto é a de um menino sorridente da sua idade. O sorriso parece familiar. Na verdade, é exatamente igual ao sorriso do Almirante. É como Roland disse!

Agora Connor quer sair correndo, mas a voz de Risa lhe surge na mente outra vez, mandando-o avaliar suas opções. É claro que ele pode correr. Provavelmente conseguirá chegar à saída antes que o Almirante possa detê-lo — mas abrir a escotilha não será fácil. Ele pode bater no homem com uma de suas ferramentas. Isso pode lhe dar tempo suficiente para fugir. Mas para onde iria? Além do Cemitério há apenas deserto, deserto e mais deserto. No fim, ele percebe que a melhor alternativa é fazer como o Almirante diz. Ele senta.

— Você não gosta de mim, não é? — pergunta o homem.

Connor não cruza o olhar com o dele.

— O senhor salvou minha vida me trazendo aqui...

— Você não vai se esquivar de responder à pergunta. Não gosta de mim, não é?

O garoto estremece novamente e desta vez nem tenta disfarçar.

— Não, senhor. Não gosto.

— Quero conhecer as suas razões.

Ao ouvir isso, Connor deixa escapar uma risada amarga.

— Você acha que sou um negociante de escravos — diz o Almirante. — E que estou usando esses fragmentários em proveito próprio?

— Se o senhor sabe o que vou dizer, por que me pergunta?

— Quero que você olhe para mim.

Mas Connor não quer olhar nos olhos do homem — ou, mais precisamente, não quer que ele olhe nos seus.

— Eu disse: olhe para mim!

Relutante, Connor ergue os olhos e os fixa nos do Almirante.

— Estou olhando.

— Acredito que você seja um garoto esperto. Agora eu quero que pense. *Pense!* Sou um almirante condecorado da Marinha dos Estados Unidos. Você acha que preciso vender crianças para ganhar dinheiro?

— Eu não sei.

— *Pense!* Acha que eu ligo para dinheiro e luxos? Não vivo em uma mansão. Não tiro férias em uma ilha tropical. Passo todo o meu tempo no maldito deserto, vivendo em um avião podre 365 dias por ano. Por que você acha que faço isso?

— Eu não sei!

— Acho que sabe.

Connor se levanta agora. Apesar do tom de voz do Almirante, ele se sente cada vez menos intimidado por ele. Quer isso seja sensato ou imprudente, o garoto decide dar a ele o que está pedindo:

— Você faz isso por causa do poder. Faz isso porque assim pode manter centenas de pessoas desamparadas na palma da mão. E faz isso porque pode separar e escolher quem é que vai ser fragmentado... e quais partes você vai receber.

O Almirante é pego de surpresa por essa. De repente, está na defensiva.

— O que você disse?

— É óbvio! Todas as cicatrizes. E esses dentes! Não são seus dentes naturais, são? Então, o que é que você quer de mim? Meus olhos? Ou meus ouvidos? Ou talvez sejam as minhas mãos, que sabem consertar coisas tão bem. É por isso que estou aqui? É isso?

A voz do Almirante é um rosnado predatório.

— Você foi longe demais.

— Não, *você* foi longe demais. — A fúria nos olhos do Almirante deveria aterrorizar Connor, mas o pavio curto chegou ao fim e agora é impossível apagá-lo. — Nós chegamos até você desesperados! O que você faz conosco *é*... é... obsceno!

— Então eu sou um monstro!

— É!

— E meus dentes são a prova.

— É!

— Então, pode ficar com eles!

É quando o Almirante faz algo além da imaginação. Ele enfia a mão na boca, agarra o interior da própria mandíbula e arranca os dentes da boca. Seus olhos fulminam Connor enquanto ele joga o objeto duro e cor-de-rosa na mesa, onde se parte em dois pedaços horrorosos.

Connor grita de choque. Está tudo lá. Duas filas de dentes brancos. Dois conjuntos de gengivas rosadas. Mas não há sangue. Por que não há sangue?

Também não há sangue na boca do Almirante. O rosto dele parece ter desabado sobre si mesmo — a boca é apenas um buraco murcho, franzido. Connor não sabe o que é pior — o rosto do homem ou os dentes sem sangue.

— O nome disso é dentadura — diz o Almirante. — Era uma coisa comum na época antes da fragmentação. Mas quem é que quer dentes falsos quando, pela metade do preço, você pode ter dentes verdadeiros que vêm direto de um fragmentário saudável? Tive que mandar fazer estes na Tailândia... aqui, ninguém mais faz.

— Eu... eu não entendo... — Connor olha para os dentes falsos e vira a cabeça quase involuntariamente para a foto do menino sorridente.

O Almirante segue seu olhar.

— Esse — diz o homem — era o meu filho. Os dentes dele se pareciam muito com os meus nessa idade, então projetaram minha dentadura usando os registros odontológicos dele.

É um alívio ouvir uma explicação diferente daquela que Roland deu.

— Sinto muito.

O Almirante não aceita nem rejeita as desculpas de Connor.

— O dinheiro que eu recebo conseguindo postos de trabalho para fragmentários é usado para alimentar os que restam aqui e para pagar pelos esconderijos e depósitos que os tiram das ruas. Paga pelo avião que os traz até aqui e suborna qualquer um que precise de incentivo para fazer vista grossa. Depois disso, o dinheiro que sobra vai para os bolsos de cada um dos fragmentários no dia em que fazem dezoito anos e são soltos neste mundo impiedoso. Então, você percebe, eu ainda posso ser, pela sua definição da palavra, um comerciante de escravos... mas não sou exatamente o monstro que imagina que eu seja.

Connor olha para as duas partes da dentadura ainda ali, brilhando, na mesa. Pensa em pegá-las e devolvê-las ao Almirante como oferenda de paz, mas decide que a perspectiva é simplesmente nojenta demais. Vai deixar que o homem as recolha sozinho.

— Você acredita nas coisas que eu lhe contei hoje? — pergunta o Almirante.

Connor pensa um pouco, mas percebe que sua bússola moral está desnorteada. Verdade e boatos, fatos e mentiras giram tão loucamente em sua cabeça que ele ainda não consegue distinguir uma coisa da outra.

— Acho que sim — responde.

— *Saiba* que sim — volve o Almirante. — Porque hoje você verá coisas mais terríveis do que os dentes falsos de um velho. Eu preciso saber que não estou errado ao depositar minha confiança em você.

A meio quilômetro dali, no corredor catorze, lote trinta e dois, está um jato da FedEx que não se moveu desde que foi rebocado até aqui mais de um mês atrás.

O Almirante fez Connor levá-lo até esse avião no carro de golfe — mas não antes de tirar novamente a pistola do armário como "precaução".

Sob a asa a estibordo do jato da FedEx há cinco montes de terra marcados por lápides rústicas. Estes são os cinco rapazes que sufocaram no trajeto. Sua presença aqui faz do lugar realmente um cemitério.

A escotilha do compartimento de carga está aberta. Depois que eles param, o Almirante diz:

— Entre lá e encontre a caixa número 2.933. Depois volte para fora e nós conversaremos.

— O senhor não vem?

— Eu já fui. — O homem lhe entrega uma lanterna. — Você vai precisar disto.

Connor fica de pé no capô do carro, entra pela escotilha e liga a lanterna. No momento em que faz isso, tem um calafrio de lembrança. O compartimento de carga está exatamente como um mês atrás. Caixas abertas e nuances de urina. O resultado da chegada deles. Ele segue mais para dentro do jato, passando pela caixa que ele, Hayden, Emby e Diego ocuparam. Finalmente, encontra a número 2.933. Foi uma das primeiras caixas a serem colocadas lá. Apenas uma fresta da porta está aberta. Connor a escancara e ilumina o interior.

Quando avista o que há lá dentro, ele grita e, em um ato de reflexo, se lança para trás, batendo a cabeça na caixa atrás de si. O Almirante poderia tê-lo avisado, mas não o fez. *Tá bom. Tá bom. Eu sei o que vi. Não há nada que eu possa fazer quanto a isso. E nada lá dentro pode me machucar.* Ainda assim, ele leva algum tempo para se preparar antes de olhar novamente.

Há cinco pessoas mortas na caixa.

Todas têm dezessete anos. Amp está lá, e Jeeves. Ao lado deles, Kevin, Melinda e Raul, os três que distribuíram as tarefas no primeiro dia de

Connor aqui. Todos os cinco Dourados. Não há sinais de sangue, nenhuma ferida. Poderiam estar todos dormindo, exceto pelo fato de que os olhos de Amp estão abertos, olhando para o nada. A mente de Connor se revira. O Almirante fez isso? Será ele louco, afinal? Mas por que faria isso? Não, tem que ter sido outra pessoa.

Quando Connor sai à luz do dia, o Almirante está prestando uma homenagem aos cinco jovens já enterrados sob a asa. Ele endireita as lápides e alisa os montes de terra.

— Eles desapareceram na noite passada. Eu os encontrei fechados na caixa esta manhã — conta o homem. — Eles sufocaram, exatamente como os primeiros cinco. É a mesma caixa.

— Quem faria isso?

— De fato, quem? — diz o Almirante. Satisfeito com o que fez nos túmulos, ele se volta para Connor. Quem quer que tenha sido, eliminou os cinco jovens mais poderosos... o que significa que, quem quer que tenha sido, quer sistematicamente desmantelar a estrutura de poder aqui, para poder chegar ao topo dela mais rápido.

Connor sabe apenas de um fragmentário que talvez fosse capaz disso — mas, ainda assim, ele acha difícil acreditar que até mesmo Roland faria algo tão terrível.

— Quem fez isso planejava que eu os encontrasse — continua o Almirante. — Deixaram meu carro de golfe aqui esta manhã para garantir que isso acontecesse. Não se engane, Connor, isso é uma declaração de guerra. Um golpe de precisão cirúrgica. Estes cinco eram meus olhos e ouvidos entre os jovens aqui. Agora, não tenho ninguém.

Por um momento, o homem olha dentro do buraco negro do compartimento de carga.

— Esta noite, você e eu voltaremos aqui para enterrá-los.

Connor engole em seco diante da ideia. Ele se pergunta se jogou pedra na cruz para ser escolhido como novo tenente do Almirante.

— Vamos enterrá-los bem longe — afirma o Almirante — e não contaremos a ninguém que estão mortos. Se a notícia se espalhar, os criminosos terão sua primeira vitória. Se alguém começar a falar, e alguém fará isso, rastrearemos os rumores até os culpados.

— E depois? — pergunta Connor.

— Depois, será feita a justiça. Até lá, este deve ser nosso segredo.

Enquanto Connor dirige, levando o Almirante de volta a seu avião, o homem deixa claro o que espera dele:

— Preciso de um novo par de olhos e ouvidos. Alguém que me mantenha a par do estado das coisas entre os fragmentários. E alguém que identifique o lobo em meio ao rebanho. Estou pedindo a você que faça isso para mim.

— Então o senhor quer que eu seja um espião?

— De que lado você está? Do meu, ou do de quem quer que tenha feito isso?

Connor agora sabe por que o Almirante o trouxe aqui e o forçou a ver isso com os próprios olhos. Uma coisa é ouvir dizer, outra coisa totalmente diferente é descobrir os corpos. Isso torna brutalmente claro para Connor onde deve aplicar sua lealdade.

— Por que eu? — ele precisa perguntar.

O Almirante lhe dá seu sorriso branco de dentadura.

— Por que você, meu amigo, é dos males o menor.

***

Na manhã seguinte, o Almirante faz o anúncio de que os Dourados foram enviados para organizar novos esconderijos. Connor espia Roland, procurando uma reação — talvez um sorriso ou um olhar para um dos colegas. Mas não há nada. Roland não dá nenhum sinal de que saiba o que realmente aconteceu com eles. Na verdade, ao longo dos anúncios da manhã, ele parece desinteressado e distraído, como se mal pudesse esperar pelo resto do dia. Há uma boa razão para isso. O estágio de Roland com Talho, o piloto do helicóptero, tem dado resultados. Nas últimas semanas, Roland aprendeu a controlar o helicóptero como um profissional, e quando Talho não está por perto ele oferece passeios para os jovens que considera merecedores. Ele diz que Talho não se importa, mas é mais provável que ele nem saiba.

Connor presumira que Roland ofereceria passeios a seu próprio círculo estreito de colegas, mas não é o caso. Roland recompensa o trabalho bem-feito — mesmo o de jovens que ele nem conhece. Ele recompensa a lealdade à equipe de cada um. Deixa que outros adolescentes votem quanto a quem deveria ter a chance de sobrevoar o terreno de helicóptero. Em resumo, Roland age como se ele estivesse no comando, não o Almirante.

Quando o Almirante está presente, ele simula obediência, mas quando outros se reúnem ao seu redor — e sempre há outros reunidos ao redor de Roland —, ele aproveita cada oportunidade de criticar o homem.

— O Almirante não manja nada — diz ele. — Ele não sabe como é ser um de nós. Não conseguiria entender quem somos e do que precisamos.

Em grupos de jovens que já conquistou, ele sussurra suas teorias sobre os dentes do Almirante, e as cicatrizes, e os planos diabólicos que tem para cada um deles. Ele espalha medo e desconfiança, que usa para unir tantas pessoas quantas puder.

Connor é obrigado a morder o lábio para se manter calado quando ouve Roland tagarelar — pois, se falar em defesa do Almirante, aí Roland saberá de que lado ele está.

Há um jato de recreação no Cemitério, perto do pavilhão de reuniões. Dentro dele há TVs e aparelhos eletrônicos, e sob as asas há mesas de bilhar, uma máquina de pinball e móveis razoavelmente confortáveis. Connor propôs instalar um sistema de aspersão de água, de forma que a área abaixo das asas fique pelo menos um pouco mais fresca durante o calor do dia. Ainda mais importante, Connor acha que o projeto lhe permitirá ser como uma mosca na parede, ouvindo conversas, catalogando grupinhos e realizando espionagem em geral. O problema é que Connor nunca passa despercebido como a mosca na parede. Em vez disso, seu trabalho se torna o centro das atenções. As pessoas se oferecem para ajudá-lo o tempo todo. Todos insistem em vê-lo como um líder quando tudo o que ele quer é ser ignorado. Ele está feliz por nunca ter contado a ninguém que é o chamado “Desertor de Akron”. De acordo com os rumores atuais, o Desertor de Akron derrotou uma legião inteira de Juvis, enganou a guarda nacional e libertou gente de meia dúzia de campos de colheita. Ele já tem atenção suficiente dos outros jovens sem precisar ter que lidar com esse tipo de reputação.

Enquanto Connor tenta instalar a linha do sistema de aspersão, Roland fica de olho nele da mesa de bilhar. Ele finalmente larga o taco e se aproxima.

— Você é mesmo um carinha bem trabalhador, hein? — diz Roland, alto o bastante para todos ao redor ouvirem. Connor está no alto de uma escada de armar, prendendo a tubulação do lado de baixo da asa. Isso lhe permite a satisfação de participar dessa conversa sem ter que olhar para Roland lá embaixo.

— Só estou tentando tornar a vida mais fácil — responde Connor. — Precisamos de um esguicho aqui embaixo... não quero que ninguém *sufoque* neste calor.

Roland mantém o rosto inexpressivo.

— Parece que você é o novo menino dourado do Almirante, agora que os outros foram embora. — Ele olha ao redor para ter certeza de que todos estão prestando atenção. — Eu vi você entrar no jato dele.

— Ele precisava que eu consertasse umas coisas — diz Connor. — Só isso.

Então, antes que Roland possa prosseguir com o interrogatório, Hayden fala lá da mesa de bilhar:

— Connor não é o único que está subindo na vida aqui — diz ele. — Tem gente entrando e saindo o tempo todo. Gente com comida. Gente limpando... e eu ouvi dizer que ele desenvolveu interesse por um certo boca aberta que todos nós conhecemos e amamos.

Todos os olhos se voltam para Emby, que se tornou praticamente um acessório da mesa de bilhar desde que chegou.

— Que foi?

— Você esteve com o Almirante, não? — diz Hayden. — Não negue!

— E daí?

— E daí, o que ele quer? Tenho certeza de que todos gostaríamos de saber.

Emby se contorce, desconfortável como centro das atenções de todos.

— Ele só queria saber da minha família e tal.

Isso é novidade para Connor. Talvez o Almirante esteja procurando mais alguém para ajudá-lo a identificar o assassino. É verdade que Emby é bem menos visível que Connor, mas uma mosca na parede não deveria ser uma mosca na parede de verdade.

— Eu sei o que é — afirma Roland. — Ele quer o seu cabelo.

— Não quer!

— *É*... o cabelo dele está caindo, certo? Você tem um belo tufo aí em cima. O velho quer te escalpelar e mandar o resto de você pra fragmentação.

— Cala a boca!

A maior parte das pessoas ri. Claro, é uma piada, mas Connor se pergunta quantas delas acham que Roland pode ter razão. O próprio Emby deve suspeitar disso, pois parece meio enjoado. Isso deixa Connor furioso.

— É isso aí, pegue no pé do Emby — diz Connor. — Mostre pra todo mundo como você é baixo. — Ele desce da escada, olhando Roland olho no olho. — Ei... você notou que o Amp deixou o megafone dele pra trás? Por que você não toma o lugar dele? Já fala alto pra caramba, seria perfeito.

A resposta de Roland vem sem o menor sorriso:

— Não me ofereceram o posto.

Nessa noite, Connor e o Almirante têm uma reunião secreta no alojamento dele, bebendo café feito por uma máquina que os rumores dizem estar quebrada. Eles falam de Roland e da suspeita de Connor sobre ele, mas o Almirante não se satisfaz.

— Não quero suspeitas, quero provas. Não quero seus sentimentos, quero evidências. — O homem acrescenta um pouco de uísque de um frasco ao próprio café.

Quando Connor termina seu relatório, ele se levanta para sair, mas o Almirante não permite. Ele serve ao garoto uma segunda xícara de café, que certamente o manterá acordado a noite toda — mas, até aí, ele duvida que conseguiria dormir bem esta noite, de todo jeito.

— Poucas pessoas sabem o que estou prestes a lhe contar — afirma o Almirante.

— Então, por que me contar?

— Porque é útil aos meus propósitos que você saiba.

É uma resposta honesta, mas que mantém os motivos do homem escondidos. Connor imagina que ele deve ter sido muito bom em uma guerra.

— Quando eu era mais jovem — começa o Almirante —, lutei na Guerra de Heartland. As cicatrizes que você presumiu de forma tão impertinente serem de transplantes vieram de uma granada.

— De que lado o senhor estava?

O Almirante lança a Connor aquele olhar analítico que sabe lançar tão bem.

— Quanto você sabe a respeito da Guerra de Heartland?

O garoto encolhe os ombros.

— Era o último capítulo no livro de história da escola, mas não caiu na prova, então a gente nunca chegou a ler.

O Almirante faz um gesto de desgosto.

— Os livros da escola tentam dourar a pílula. Ninguém quer lembrar como realmente foi. Você me perguntou de que lado eu estava. A verdade é que havia três lados na guerra, não dois. Havia o Exército da Vida, a Brigada da Escolha e os restos das forças armadas americanas, cujo trabalho era impedir que os outros dois lados matassem um ao outro. Era desse lado que eu estava. Infelizmente, não fomos muito bem-sucedidos. Você sabe, um conflito sempre começa com uma questão: uma diferença de opinião, uma disputa. Mas, no momento em que vira uma guerra, a questão não importa mais, pois agora tem a ver com uma única coisa, e apenas com ela: o tamanho do ódio que um lado tem pelo outro.

O Almirante derrama mais uísque na própria caneca antes de continuar.

— Houve dias sombrios que levaram à guerra. Tudo o que achamos que define o certo e o errado estava sendo virado de cabeça para baixo. De um lado, as pessoas estavam assassinando médicos abortistas para proteger o direito à vida, enquanto do outro as pessoas estavam engravidando apenas para vender o tecido fetal. E todos estavam escolhendo seus líderes não pela capacidade de liderança, mas pela opinião que tinham sobre essa única questão. A loucura era descomunal! Então o exército entrou em colapso, ambos os lados tomaram armas para a guerra e duas opiniões se tornaram dois exércitos determinados a destruir um ao outro. E então veio a Lei da Vida.

A menção da lei é como água gelada descendo pela espinha de Connor. Ela nunca o incomodara antes, mas as coisas mudam depois que você se torna um fragmentário.

— Eu estava bem ali, na sala onde eles vieram com essa ideia de que uma gravidez poderia ser encerrada retroativamente depois que a criança chegasse à idade da razão — afirma o Almirante. — A princípio, era uma piada; ninguém pretendia que fosse levada a sério. Mas naquele mesmo ano o Prêmio Nobel foi para um cientista que aperfeiçoou o neurotransplante, a técnica que permite que cada parte de um doador seja usada em um transplante.

O Almirante toma um grande gole do café. Connor nem provou a segunda xícara. A ideia de engolir qualquer coisa neste momento está fora de questão. Ele precisa se esforçar para manter o conteúdo da primeira xícara no estômago.

— Com a guerra piorando — continua o Almirante —, nós intermediamos a paz ao trazer ambos os lados para a mesa de negociações. Então, propusemos a ideia da fragmentação, que poderia eliminar indivíduos indesejados sem realmente encerrar suas vidas. Pensamos que isso chocaria ambos os lados, obrigando-os a enxergar a razão... que eles poderiam olhar um para o outro por sobre a mesa e alguém hesitaria. Mas ninguém hesitou. A escolha de eliminar sem encerrar a vida satisfez as necessidades de ambos os lados. A Lei da Vida foi assinada, o Acordo da Fragmentação entrou em vigor e a guerra acabou. Todos estavam tão felizes em acabar com a guerra que ninguém se importou com as consequências.

Os pensamentos do Almirante vão longe por um momento. Depois, ele acena com a mão, descartando-os.

— Tenho certeza de que você conhece o resto.

Connor pode não conhecer todos os detalhes, mas conhece a essência.

— As pessoas quiseram partes.

— *Exigiram* é mais exato. Um cólon canceroso poderia ser substituído por um novo e saudável. Uma vítima de acidente que teria morrido de ferimentos internos poderia receber órgãos totalmente novos. Uma mão enrugada e artrítica poderia ser substituída por uma cinquenta anos mais jovem. E todas essas partes novas precisavam vir de algum lugar. — O homem para por um instante para pensar nisso. — É claro que, se mais pessoas tivessem doado seus órgãos, a fragmentação nunca teria acontecido... mas as pessoas gostam de guardar o que é delas, mesmo depois de morrer. Não levou muito tempo para que a ética fosse esmagada pela ganância. A fragmentação tornou-se um grande negócio, e as pessoas deixaram que acontecesse.

O Almirante olha para a foto de seu filho. Mesmo sem que o homem conte, Connor percebe por quê — mas concede a ele a dignidade da confissão.

— Meu filho, Harlan, era um ótimo rapaz. Inteligente. Mas era problemático... você conhece o tipo.

— Eu *sou* o tipo — responde Connor, oferecendo um leve sorriso.

O Almirante aquiesce.

— Foi apenas dez anos atrás. Ele se envolveu com o grupo errado de amigos, foi pego roubando. Diabo, eu era igual na idade dele, foi por isso mesmo que meus pais me mandaram para o colégio militar, para me colocar nos eixos. Só que, para Harlan, havia uma opção diferente. Uma opção mais... *eficiente.*

— O senhor o mandou pra fragmentação.

— Como um dos pais do Acordo da Fragmentação, esperava-se que eu desse o exemplo. — Ele aperta os olhos com o polegar e o indicador, suprimindo as lágrimas antes que possam fluir. — Nós assinamos a ordem e depois mudamos de ideia. Mas já era tarde demais. Haviam levado Harlan direto da escola para o campo de colheita e iniciado o processo às pressas. Já estava feito.

Nunca ocorrera a Connor imaginar o preço que a fragmentação cobrava daqueles que assinavam a ordem. Ele nunca pensou que poderia sentir simpatia pelos sentimentos de um pai que fizesse isso — ou por um dos homens que tornaram a fragmentação possível.

— Sinto muito — diz Connor, sinceramente.

O Almirante se mostra firme — e sóbrio — quase instantaneamente.

— Não deveria sentir. É apenas por causa da fragmentação dele que vocês todos estão aqui. Depois disso, minha esposa me deixou e criou uma fundação em memória de Harlan. Eu deixei o exército, passei muitos anos mais bêbado do que estou agora e, depois, três anos atrás, tive A Grande Ideia. Este lugar, estes jovens são o resultado dela. Até o momento eu salvei mais de mil crianças da fragmentação.

Agora Connor entende por que o Almirante esteve lhe contando essas coisas. Foi mais do que uma simples confissão. Foi uma maneira de garantir a lealdade de Connor — e funcionou. O Almirante é um homem sombrio e obcecado, mas sua obsessão salvou vidas. Hayden uma vez disse que Connor tinha integridade. A mesma integridade o prende firmemente ao lado do Almirante, e assim Connor ergue a caneca de café.

— A Harlan! — diz ele.

— A Harlan! — ecoa o Almirante, e juntos eles bebem em honra a ele. — Pedaço por pedaço, eu estou endireitando as coisas, Connor — diz ele. — Pedaço por pedaço, e em muitos sentidos.

35 · Lev

Onde Lev esteve entre o momento em que deixou CyFi e sua chegada ao Cemitério é menos importante do que onde seus pensamentos residiam. Residiam em lugares mais frios e escuros do que os muitos pontos onde ele se escondeu.

Ele havia sobrevivido ao mês por meio de uma série de acordos desagradáveis e crimes de conveniência — o que quer que fosse necessário para mantê-lo vivo. Lev rapidamente tornou-se experiente nas ruas, um especialista em sobrevivência. Dizem que é necessária uma imersão completa em uma cultura para aprender sua linguagem e costumes. Ele não levou muito tempo para aprender a linguagem dos perdidos.

Assim que entrou na rede dos esconderijos, rapidamente deixou claro que não era alguém a menosprezar. Não contou às pessoas que era um dízimo. Em vez disso, disse que seus pais assinaram a ordem para fragmentá-lo depois que ele foi preso por assalto a mão armada. Era engraçado para ele, pois nunca havia tocado em uma arma. Ficou impressionado que os outros jovens não conseguissem ler a mentira estampada em seu rosto — ele sempre fora um péssimo mentiroso. Mas, agora, quando olhava no espelho, o que via nos próprios olhos o assustava.

Na hora em que chegou ao Cemitério, a maior parte das pessoas sabia que era melhor ficar longe dele. O que é exatamente o que ele queria.

***

Na mesma noite em que o Almirante e Connor fazem uma reunião secreta, Lev sai para a escuridão escorregadia da noite sem luar, mantendo a lanterna desligada. Em sua primeira noite aqui ele foi bem-sucedido em escapulir para encontrar Connor e colocar alguns pingos nos is com ele. Desde então, o hematoma do soco de Connor desbotou, e eles não falaram mais sobre isso. Lev não falou muito com Connor sobre nada, pois tem outras coisas em mente.

A cada noite, desde então, ele tentou fugir, mas todas as vezes foi pego e mandado de volta ao alojamento. Agora que os cinco cães de guarda do Almirante partiram, contudo, os jovens montando guarda estão ficando desleixados. Enquanto Lev se esgueira por entre os aviões, percebe que alguns deles até pegaram no sono durante a vigília. Foi estupidez do Almirante mandar aqueles outros jovens embora sem ter ninguém para substituí-los.

Quando está longe o bastante, ele liga a lanterna e tenta encontrar seu destino. É o destino informado por uma garota que ele conheceu algumas semanas antes. Ela era muito parecida com ele. Ele suspeita que, esta noite, encontrará outros também muito parecidos com ele.

Corredor trinta, lote doze. É tão longe do Almirante quanto se pode ir ainda estando dentro do Cemitério. A vaga é ocupada por um antigo DC-10, caindo aos pedaços em seu local de descanso final. Quando Lev abre a escotilha e sobe, encontra dois adolescentes lá dentro, ambos dos quais levantam de um salto ao vê-lo e assumem posturas defensivas.

— Meu nome é Lev — diz ele. — Me disseram para vir aqui.

Ele não conhece esses jovens, mas isso não é surpresa — ele não está no Cemitério há tempo suficiente para saber quantas pessoas há aqui. Uma é a garota asiática com cabelo cor-de-rosa. O outro tem a cabeça raspada e é coberto de tatuagens.

— E quem te disse pra vir aqui? — pergunta o careca.

— Uma menina que eu conheci no Colorado. O nome dela é Julie-Ann.

É quando uma terceira silhueta sai das sombras. Não é um garoto, mas um adulto — de vinte e poucos anos, talvez. Está sorrindo. O cara tem cabelo vermelho oleoso, um cavanhaque desgrenhado combinando e um rosto ossudo, de bochechas magras. É Talho, o piloto do helicóptero.

— Então a Julie-Ann mandou você! — diz ele. — Legal! Como ela está?

Lev precisa de um momento para pensar na resposta.

— Ela fez o trabalho dela — responde.

Talho aquiesce.

— Bem, é o que é.

Os outros dois se apresentam. O careca é Blaine, a garota é Mai.

— E aquele recruta que voa no helicóptero com você? — pergunta Lev a Talho. — Ele é parte disso também?

Mai ri com desdém.

— O Roland? Nem a pau!

— O Roland não é exatamente... o *tipo certo* pro nosso grupinho — explica Talho. — Então, você veio pra nos dar as boas novas sobre a Julie-Ann ou está aqui por outra razão?

— Estou aqui porque quero estar aqui.

— Isso é o que você diz — responde Talho —, mas nós ainda não sabemos se você é sincero.

— Fale de você — diz Mai.

Lev se prepara para contar a versão do assalto a mão armada, mas, antes de abrir a boca, muda de ideia. O momento exige honestidade. Isto tem que começar com a verdade. Então, ele lhes conta tudo, desde o momento em que foi sequestrado por Connor até o tempo que passou com CyFi e as semanas depois disso. Quando termina, Talho parece muito, muito satisfeito.

— Então, você é um dízimo! Isso é ótimo. Você nem sabe como é bom!

— E agora? — pergunta Lev. — Estou dentro ou não?

Os outros ficam quietos. Sérios. Ele sente que algum tipo de ritual está prestes a se iniciar.

— Me conte, Lev — diz Talho. — O quanto você odeia as pessoas que iam te fragmentar?

— Muito.

— Sinto muito, mas isso não é bom o bastante.

Lev fecha os olhos, vasculha a mente e pensa nos pais. Pensa no que planejavam fazer com ele e em como o convenceram até a querer isso.

— O quanto você os odeia? — pergunta Talho outra vez.

— Total e completamente — responde Lev.

— E o quanto você odeia as pessoas que pegariam partes suas para transformá-las em partes delas mesmas?

— Total e completamente.

— E o quanto você quer fazer com que elas, e todas as pessoas no mundo, paguem por isso?

— Total e completamente. — Alguém precisa pagar pela injustiça de tudo isso. *Todos* têm que pagar. Ele fará com que paguem.

— Ótimo — diz Talho.

Lev está admirado com a profundidade da própria fúria — mas cada vez tem menos medo dela. Ele diz a si mesmo que isso é uma coisa boa.

— Talvez ele seja sincero — comenta Blaine.

Se Lev assumir esse compromisso, sabe que não poderá voltar atrás.

— Há uma coisa que eu preciso saber — diz ele. — Porque a Julie-Ann... ela não foi muito clara quanto a isso. Eu quero saber no que vocês acreditam.

— No que acreditamos? — responde Mai. Ela olha para Blaine, que ri. Talho, no entanto, ergue a mão para silenciá-lo.

— Não... não, essa é uma boa pergunta. Uma pergunta verdadeira. Merece uma resposta verdadeira. Se você está perguntando se temos uma causa, não temos, então, tire isso da cabeça. — Talho gesticula amplamente, as mãos e braços enchendo o espaço ao redor. — Causas são notícia velha. Acreditamos no acaso. Terremotos! Tornados! Acreditamos nas forças da natureza, e nós *somos* forças da natureza. Somos devastação. Somos caos. Nós afetamos o mundo.

— E afetamos pra caramba o Almirante, né? — diz Blaine, maliciosamente. Talho lhe lança um olhar afiado e Mai chega a parecer assustada. É quase o bastante para fazer Lev suspeitar de alguma coisa.

— Como vocês afetaram o Almirante?

— Já foi — responde Mai, sua linguagem corporal tão ansiosa quanto zangada. — Nós afetamos, e agora já foi. Não falamos sobre as coisas que já foram. Certo?

Talho concorda com um aceno de cabeça e ela parece relaxar um pouco.

— A questão é — continua Talho — que não importa quem ou o que afetamos, desde que afetemos. Do nosso ponto de vista, o mundo não se move se as coisas não se agitarem... Estou certo?

— Acho que sim.

— Bom, então, *nós* somos os que movem e agitam. — Talho sorri e aponta um dedo para Lev. — A pergunta é: você também é capaz disso? Tem o que é necessário para ser um de nós?

Lev olha longamente para esses três. Eles são o tipo de pessoa que os pais do garoto detestariam. Poderia juntar-se a eles só por desaforo, mas isso não basta — não desta vez. Precisa haver mais. Sim; enquanto está aqui parado, Lev percebe que *há* mais. É invisível, mas está aqui, como a carga elétrica mortal espreitando em fios elétricos caídos. Raiva, mas não apenas raiva: um desejo de agir guiado por ela.

— Tudo bem, eu estou dentro. — Em sua casa, Lev sempre se sentira parte de algo maior que ele mesmo. Até agora, ele não havia percebido o quanto sentira falta dessa sensação.

— Bem-vindo à família — diz Talho, dando-lhe um tapa nas costas tão dolorido que ele vê estrelas.

36 · Risa

Risa é a primeira a notar que há algo errado com Connor. É a primeira a se importar com o fato de haver algo errado com Lev.

Em um momento de egoísmo, ela se vê exasperada com isso, porque tudo está indo tão bem para ela agora. Ela finalmente tem um lugar onde ficar. Gostaria que este pudesse continuar sendo seu santuário depois do aniversário de dezoito anos, pois no mundo exterior ela nunca foi capaz de fazer as coisas que faz agora. Lá, ela exerceria medicina sem licença — tudo bem fazer isso quando você entra em modo de sobrevivência, mas não no mundo civilizado. Talvez, depois de completar dezoito, ela pudesse ir para a escola e depois para a faculdade de medicina — mas isso exige dinheiro, contatos, e ela teria que encarar ainda mais competição do que nas aulas de música. Ela se pergunta se talvez pudesse se alistar e ser médica do exército. Não é preciso ser um recruta forte para atuar na equipe médica. Qualquer que seja sua escolha no fim, o que importa é que *haverá* uma escolha. Pela primeira vez em um longo tempo, Risa consegue ver um futuro para si. Com todos esses bons pensamentos sobre a vida, a última coisa que ela quer é algo capaz de acabar com eles.

É isso que ocupa a mente de Risa quando ela vai a um dos aviões de estudo. O Almirante mandou preparar três dos jatos mais acessíveis e mais bem equipados como espaços de estudo, com bibliotecas, computadores e os recursos para aprender qualquer coisa que alguém queira aprender.

— Isto não é uma escola — dissera-lhes o Almirante logo depois que chegaram. — Não há professores, não há provas. — É precisamente essa falta de expectativa que mantém os aviões de estudo cheios na maior parte do tempo.

As tarefas de Risa começam logo após a alvorada, e se tornou um hábito para ela começar o dia em um dos aviões de estudo, já que a esta hora da manhã ela normalmente é a única aqui. Ela gosta assim, pois as coisas que quer aprender deixam outras pessoas desconfortáveis. Não é o assunto que as incomoda, é o fato de que Risa é quem o está estudando. Anatomia e textos médicos, principalmente. As pessoas presumem que, só porque trabalha no avião médico, ela sabe tudo o que há para saber. É incômodo para elas vê-la tendo que realmente aprender.

Quando ela chega hoje, contudo, encontra Connor já no lugar. Ela para à porta, surpresa. Ele está tão absorto no que quer que esteja lendo que nem a escuta entrar. Ela fica um momento a olhar para ele. Nunca o viu tão cansado — nem mesmo quando eles estavam em fuga. Ainda assim, fica animada ao vê-lo. Ambos têm estado tão ocupados que não houve muito tempo para ficarem juntos.

— Oi, Connor.

Espantado, ele ergue o olhar rapidamente e fecha o livro de uma vez. Quando percebe quem é, relaxa.

— Oi, Risa.

Na hora em que ela senta a seu lado, ele está sorrindo e já não parece tão cansado. Risa fica feliz por ter esse tipo de efeito nele.

— Você acordou cedo.

— Não, eu nem dormi — responde ele. — Não consegui, então vim pra cá. — Ele olha para uma das pequenas janelas. — Já é de manhã?

— Acabou de amanhecer. O que está lendo?

Ele tenta afastar a leitura das vistas, mas é tarde demais para isso. Há dois livros na mesa. O volume de baixo é sobre engenharia. Não surpreende, considerando o interesse que ele desenvolveu pela maneira como as coisas funcionam. É o livro de cima — aquele no qual o nariz dele estava metido quando ela chegou — que desperta surpresa, quase fazendo-a rir.

— *Criminologia para Leigos?*

— É, bom, todo mundo precisa de um hobby.

Risa tenta olhar longamente para ele, mas Connor afasta o olhar.

— Tem algo errado, não tem? — pergunta ela. — Eu não preciso ler *Connor para Leigos* pra saber que você está com algum problema aí.

Ele olha para toda parte, menos para os olhos dela.

— Não é problema. Pelo menos não pra mim. Ou talvez seja, de certa forma. Eu não sei.

— Quer conversar sobre isso?

— Isso — responde Connor — é a *última* coisa que eu quero fazer. — Ele respira fundo e se remexe na cadeira. — Não esquenta, tudo vai ficar bem.

— Você não parece muito seguro disso.

Ele olha para Risa, depois para a escotilha, certificando-se de que ainda estão sozinhos. Então, inclina-se para perto dela e diz:

— Agora que os Dourados estão... não estão mais por aqui, o Almirante vai procurar substitutos. Eu quero que você me prometa que, se ele te pedir ajuda, você vai recusar.

— O Almirante nem sabe que eu existo. Por que ele me pediria alguma coisa?

— Porque ele pediu pra mim — conta Connor em um sussurro intenso. — E eu acho que pediu pro Emby também.

— O Emby?

— Só estou dizendo que não quero que você vire um alvo!

— Alvo do quê? De quem?

— Shhh! Fala baixo!

Risa volta a olhar para o livro que ele estava lendo, tentando montar o quebra-cabeça, mas simplesmente não há peças suficientes. Ela se aproxima dele, forçando-o a encará-la.

— Eu quero te ajudar — diz ela. — Estou preocupada com você. Por favor, me deixe ajudar.

Connor lança o olhar para um lado e o outro, tentando encontrar um meio de escapar do dela, mas não consegue. De repente, ele cruza a curta distância entre eles e a beija. A garota não esperava isso e, quando ele separa os lábios dos dois, ela percebe, pela expressão do garoto, que nem ele esperava.

— Por que isso?

O garoto leva um momento para fazer o cérebro voltar a funcionar.

— Isso — diz ele — foi para o caso de alguma coisa acontecer e eu não conseguir te ver de novo.

— Ótimo — responde ela, puxando-o para mais um beijo, mais longo do que o primeiro. Quando ela termina, diz: — Isso é para o caso de eu *conseguir* te ver de novo.

Ele vai embora, tropeçando desajeitadamente e quase caindo pelos degraus de aço até o chão. Apesar de tudo o que acaba de acontecer entre eles, Risa tem que sorrir. É incrível como algo tão simples quanto um beijo pode subjugar a pior das preocupações.

***

Os problemas de Lev parecem ser de uma natureza diferente, e Risa percebe que está com medo dele. Ele entra na enfermaria esta manhã com uma queimadura de sol grave. Já que ele corre rápido, foi escolhido para trabalhar como mensageiro. Isso envolve principalmente correr de lá para cá entre aviões carregando bilhetes. É uma das regras do Almirante que todos os mensageiros usem protetor solar, mas Lev parece não se deixar sujeitar às regras de ninguém.

Eles jogam conversa fora por um momento, mas é embaraçoso, então ela parte rápido para o assunto:

— Bom, agora que o seu cabelo está mais comprido, pelo menos sua testa e pescoço parecem ter sido poupados. Tire a camiseta.

— Eu fico de camiseta a maior parte do tempo — afirma ele.

— Vamos dar uma olhada mesmo assim.

Relutante, ele faz como ela diz. Está queimado nessa parte do corpo também, mas não tanto quanto nos braços e bochechas. O que chama a atenção de Risa, contudo, é um vergão nas costas do garoto, em forma de mão. Ela passa os dedos pela marca.

— Quem fez isso com você? — pergunta.

— Ninguém — responde ele, tomando a camiseta de volta e vestindo-a depressa. — Só um cara.

— Alguém na sua equipe está te causando problemas?

— Eu já te disse, não é nada. Você é o quê, minha mãe?

— Não — responde Risa. — Se eu fosse sua mãe, estaria te empurrando pro campo de colheita mais próximo.

Ela pretendia que fosse uma piada, mas Lev não vê a menor graça.

— Só me dê alguma coisa pra passar nas queimaduras.

Há uma apatia assombrosa na voz do menino. Ela vai até o armário e encontra um tubo de creme de aloe vera, mas não o entrega a ele sem antes dizer:

— Sinto falta do antigo Lev.

Isso o faz olhar para ela:

— Sem ofensas, mas você nem me conhecia.

— Talvez não, mas pelo menos naquela época eu queria.

— E agora não quer mais?

— Não sei — responde Risa. — O menino que está na minha frente agora é meio esquisitão demais pro meu gosto. — Ela percebe que isso o atinge. Não sabe por que deveria, pois ele parece orgulhoso de seu novo fator esquisitão.

— O antigo Lev — diz ele — te enganou, te fez confiar nele e depois te entregou pra polícia na primeira oportunidade.

— E o novo Lev não faria isso?

Ele pensa um pouco e depois responde:

— O novo Lev tem coisas melhores para fazer.

Ela coloca o tubo de creme contra queimaduras na mão dele.

— É, bom, se você vir o antigo por aí, aquele que sempre pensou em Deus, em seu propósito e tudo mais, diga a ele que nós o queremos de volta.

Há um silêncio apreensivo e ele baixa o olhar para o tubo que tem na mão. Por um momento, ela pensa que ele dirá algo que trará um resquício daquele outro menino de volta à sala. Mas tudo o que ele diz é:

— Com que frequência devo passar isso?

Há uma chamada de trabalho no dia seguinte.

Risa odeia essas coisas, pois sabe que não haverá nada para ela, mas todos devem comparecer à chamada. Hoje, a reunião não é presidida por um fragmentário, mas por Talho. Parece que ele assumiu a tarefa temporariamente, já que não há ninguém para ficar com as funções de Amp. Risa não gosta dele. Tem um jeito desagradável, de bajulador.

Hoje há poucas oportunidades de trabalho. Alguém quer um assistente de encanador em alguma cidade no fim do mundo chamada Beaver's Breath; há um trabalho em uma fazenda na Califórnia; e o terceiro trabalho é totalmente esquisito.

— Baía de Prudhoe, Alaska — diz Talho. — Vocês vão trabalhar em um oleoduto até fazerem dezoito anos. Pelo que eu ouvi, é um dos lugares mais frios e brutais da Terra. Mas, ei, é um jeito de sair, né? Preciso de três voluntários.

A primeira mão a se erguer pertence ao garoto mais velho com cara de quem tem Castigo como nome do meio — como se ele tivesse nascido para o trabalho bruto, da cabeça raspada aos pés. A segunda mão levantada pega Risa de surpresa. É Mai. O que é que Mai está fazendo, se voluntariando para trabalhar em um oleoduto? Por que ela abandonaria o garoto ao qual era tão apegada na época do depósito? Mas, quando para e pensa, Risa nunca chegou a ver esse menino no Cemitério. Enquanto tenta processar o fato, uma terceira mão se ergue. É um menino mais jovem. Um menino menor. Um menino com uma grave queimadura de sol. A mão de Lev está no alto, e ele é escolhido para o trabalho no oleoduto.

Risa fica ali parada, descrente; depois, procura por Connor na multidão. Ele também viu. Olha para Risa e encolhe os ombros. Bem, talvez para Connor isso seja só caso para encolher os ombros, mas, para ela, não.

Quando a reunião termina, ela vai direto até Lev, mas ele já sumiu na multidão. Então, no instante em que Risa volta à enfermaria, ela pede um mensageiro, e outro, e outro, mandando cada um deles com bilhetes redundantes lembrando às pessoas que tomem seus medicamentos. Finalmente, depois da quarta chamada, o mensageiro que eles mandam é Lev.

Ele deve perceber a expressão de Risa, pois fica apenas parado ali, na porta, sem entrar. Um dos outros médicos está ali, então ela olha feio para Lev e aponta para os fundos do avião.

— Por ali. Agora!

— Eu não recebo ordens — responde ele.

— Por ali! — repete ela, com mais firmeza. — AGORA!

Aparentemente, no final das contas, ele recebe ordens, sim, pois entra e marcha para os fundos do avião. Quando chegam à sala de armazenagem, ela fecha a porta da divisória atrás deles e rosna para ele:

— Que diabo você está pensando?

O rosto dele é de aço. É a porta de um cofre no qual ela não pode entrar.

— Eu nunca estive no Alaska — responde ele. — Posso muito bem ir agora.

— Você mal está aqui há uma semana! Por que está com tanta pressa de ir embora... e por um trabalho como esse?

— Eu não tenho que explicar nada pra você nem pra ninguém. Eu levantei a mão, fui escolhido e isso é tudo.

Risa cruza os braços, desafiando Lev.

— Você não vai a lugar nenhum se eu não te der um atestado de saúde. Eu posso dizer pro Almirante que você pegou... pegou... hepatite infecciosa.

— Você não faria isso!

— Espere só pra ver.

Ele se afasta dela de repente, chutando a parede, furioso, e depois volta.

— Ele não vai acreditar em você! E, mesmo que acredite, você não pode me manter doente pra sempre!

— Por que você está tão determinado a ir?

— Há coisas que eu preciso fazer — responde Lev. — Não espero que você entenda. Sinto muito se não sou quem você quer que eu seja, mas eu mudei. Não sou aquele mesmo menino burro e ingênuo que vocês sequestraram dois meses atrás. Nada do que você diga vai impedir que eu saia daqui e faça o que preciso fazer.

Risa nada diz, pois sabe que ele tem razão. Ela pode no máximo atrasá-lo, mas não pode detê-lo.

— Então — diz Lev, um pouco mais calmo agora. — Eu tenho hepatite infecciosa ou não?

Ela suspira.

— Não. Não tem.

Ele se vira para sair, abrindo a porta do compartimento. Está tão determinado a prosseguir que nem mesmo pensa em dizer adeus a Risa.

— Você está errado quanto a uma coisa — diz ela antes que ele passe pela porta. — Você é tão ingênuo quanto era antes. E talvez duas vezes mais burro.

Então ele sai. Naquela mesma tarde, uma van branca sem placa vem buscar Lev, Mai e o careca. Outra vez, Risa pensa que nunca mais verá Lev. Outra vez, ela está errada.

37 · Emby e o Almirante

Emby não tem ideia de todas as engrenagens que estão girando no Cemitério — nem mesmo que ele é uma delas. Seu mundo é contido dentro dos quadrados de sua revista e das bordas bem definidas da máquina de pinball. Ficar dentro desses limites vem sendo uma defesa bem-sucedida contra a injustiça e a crueldade da vida fora deles.

Ele não questiona a estranheza do trio que acaba de ir para o Alaska; não é da sua conta. Ele não sente a tensão em Connor; Connor pode tomar conta de si mesmo. Não passa o tempo pensando em Roland; apenas fica longe do caminho dele.

Mas ficar de cabeça baixa não o mantém na zona de segurança. Emby é, na verdade, o pino central no painel do pinball, e cada uma das bolas no jogo está prestes a ricochetear nele.

O Almirante o convocou.

Emby agora está parado nervosamente na entrada do que já foi o centro móvel de comando de um presidente dos Estados Unidos. Há dois outros homens aqui. Eles vestem camisas brancas e gravatas pretas. O sedan preto que aguarda no fim da escada deve ser deles. O Almirante está sentado atrás da mesa. Emby tenta decidir se deveria entrar ou se virar e sair correndo. Mas o Almirante o vê, e seu olhar congela os pés de Emby no lugar.

— O senhor queria falar comigo?

— Sim. Sente-se, Zachary.

Ele força os pés a caminharem rumo à cadeira diante da mesa do Almirante.

— Emby — diz o menino. — Todo mundo me chama só de Emby.

— Isso é escolha sua ou deles? — pergunta o Almirante.

— Bom... é mais deles. Mas eu me acostumei.

— Nunca deixe que outra pessoa lhe dê um nome — diz o Almirante. Ele folheia uma pasta com a foto de Emby presa à capa por um clipe. É um arquivo grande, e Emby não consegue imaginar como poderia haver tantas coisas interessantes em sua vida a ponto de encherem uma pasta tão grossa. — Você pode não perceber, mas é um menino muito especial — afirma o Almirante.

Emby só consegue manter o olhar nos laços dos sapatos, que estão, como sempre, prestes a se desfazer.

— É por isso que estou aqui, senhor? Porque sou especial?

— Sim, Zachary. E, por causa disso, você vai nos deixar hoje.

O menino ergue o olhar.

— Quê?

— Há alguém que quer conhecer você. Na verdade, é alguém que esteve procurando você por um longo, longo tempo.

— Sério?

— Estes homens levarão você até lá.

— Quem é? — Emby tem uma fantasia de longa data na qual um de seus pais ainda está vivo. Se não a mãe, então o pai. Ele sempre sonhou que seu pai na verdade era um espião — que sua morte, tantos anos atrás, era só a história oficial, e que ele estivera longe, nos confins selvagens do mundo, combatendo o mal, como um herói de histórias em quadrinhos, só que na vida real.

— Não é ninguém que você conheça — responde o Almirante, frustrando-lhe as esperanças. — Mas ela é uma boa mulher. Na verdade, é minha ex-esposa.

— Eu... eu não entendi.

— Vai ficar claro muito em breve. Não se preocupe.

O que, para Emby, é um convite para se preocupar infinitamente. Isso o faz começar a hiperventilar, o que faz seus brônquios começarem a se contrair. Ele começa a arquejar. O Almirante olha para ele com apreensão.

— Você está bem?

— Asma — responde Emby entre chiados. Ele tira uma bombinha do bolso e toma uma lufada.

— Sim — diz o Almirante. — Meu filho tinha asma. Ele reagiu muito bem ao Xolair. — Ele ergue o olhar para um dos homens atrás de Emby. — Por favor, certifique-se de conseguir um pouco de Xolair para esse pulmão.

— Sim, Almirante Dunfee.

A bola leva um momento para quicar ao redor das cavilhas e pinos na mente de Emby antes de acertar as aletas mentais.

— Dunfee? Seu sobrenome é *Dunfee*?

— Não temos sobrenomes no Cemitério — responde o Almirante. Depois, ele se levanta e pega na mão de Emby, apertando-a em um cumprimento. — Adeus, Zachary. Quando você vir minha ex-mulher, mande lembranças.

Emby consegue apenas ganir uma resposta sem palavras enquanto os homens o pegam pelos braços e o levam para fora em direção ao sedan.

Depois que o menino vai embora, o Almirante Dunfee se reclina na cadeira. Com todas as coisas ameaçando seu domínio, eis aqui algo com o que ele pode sentir-se contente. Ele se permite um breve momento de satisfação, olhando para a imagem sorridente do filho, Harlan — mais conhecido como Humphrey no folclore moderno, mas aqueles que o amavam sabem seu verdadeiro nome. Sim, o Almirante está se redimindo e endireitando as coisas, pedaço por pedaço por pedaço.

38 · Multidão

O desaparecimento de Emby passa despercebido por quase dois dias, até que alguém dá uma olhada na máquina de pinball e nota que algo está faltando.

— Cadê o boca aberta? — as pessoas começam a perguntar. Não é senão ao anoitecer que elas começam a perguntar seriamente, e de manhã já ficou claro que ele se foi.

Alguns alegam que o viram vagando rumo ao deserto. Outros, que um carro misterioso veio e o levou embora. Ralphy Sherman afirma que viu Emby ser levado por um feixe de luz da nave-mãe para ficar com a espécie dele. Cada sugestão é considerada. Cada teoria é analisada. Uma busca é organizada pela equipe de Emby. Não se descobre nada.

Durante todo o processo, o Almirante fica em silêncio.

Agora Emby, o menino na parte mais baixa da hierarquia social, de repente se tornou o melhor amigo de todos, e seu desaparecimento é combustível para o fogo de todos. Roland o usa para favorecer sua própria pauta do medo — afinal, foi ele quem previu, muito publicamente, que Emby desapareceria. Não acreditou nisso por nenhum instante, mas agora que sua previsão se tornou real ele tem a atenção de todos.

— Fiquem vendo — diz Roland a quem quiser ouvir. — O Almirante vai aparecer qualquer dia desses com um belo tufo de cabelo da cabeça do Emby debaixo do chapéu, e qualquer um de nós pode ser o próximo. Ele andou olhando nos olhos de vocês? Andou ouvindo o som da sua voz? Se ele quiser uma parte de vocês, vão acabar exatamente como o Emby!

Ele é tão convincente que quase acredita em si mesmo.

Connor tem uma visão completamente diferente da situação. Ele tem certeza de que Roland deu um sumiço em Emby para poder usar o desaparecimento para angariar apoio. Para Connor, é mais uma prova de que Roland matou os Dourados — que ele não parará por nada até conseguir o que deseja.

Connor comunica suas suspeitas ao Almirante. Este ouve, mas ainda não diz nada. O homem sabe que reivindicar a responsabilidade pela ausência de Emby se encaixaria bem com a paranoia que Roland está criando. Poderia contar a Connor que foi ele quem mandou o menino embora, mas isso geraria perguntas às quais ele não tem vontade de responder. Ele decide deixar Connor pensar que Roland fez isso — isso motivará o rapaz ainda mais a encontrar aquele elo crucial conectando Roland aos assassinatos. Pois agora o Almirante também passou a acreditar na culpa de Roland.

— Esqueça o garoto desaparecido — diz ele a Connor. — Concentre-se em provar que Roland matou os outros. Alguém deve tê-lo ajudado; alguém deve saber. Neste momento, Roland tem apoiadores demais. Não podemos derrubá-lo sem uma evidência sólida.

— Então eu vou arranjar a evidência — responde Connor. — Vou fazer isso pelo Emby.

Depois que o garoto deixa o jato do Almirante, este se senta sozinho, ponderando os prós e contras da situação. As coisas no Cemitério já se tornaram arriscadas antes, mas situações arriscadas sempre foram a especialidade do Almirante. Ele tem certeza de que pode levar esta a uma conclusão bem-sucedida e colocar tudo novamente sob seu controle. Enquanto está aqui, sentado no jato, ele sente uma dor no ombro que se espalha pelo braço. Sem dúvida, é outra manifestação de seus vários ferimentos de guerra. Ele pede que um médico lhe traga uma aspirina.

39 · Roland

Roland abre o envelope que Hayden acabou de lhe entregar e lê o bilhete:

EU SEI O QUE VOCÊ FEZ. VAMOS FAZER UM TRATO. ME ENCONTRE NO AVIÃO DA FEDEX.

O bilhete não está assinado, mas nem precisa. Roland sabe quem o enviou. Connor é o único com fibra suficiente para chantageá-lo. O único burro o bastante. O bilhete faz a mente de Roland girar. *Eu sei o que você fez.* Há um grande número de atividades das quais Connor poderia estar falando. Ele pode saber que Roland andou sabotando os geradores para poder culpar o Almirante por condições de vida revoltantes. Ou pode saber sobre a garrafa de xarope de ipeca que ele roubou da enfermaria enquanto fingia flertar com Risa. Ele planejava usar a coisa para batizar as bebidas, criar um festival do vômito e depois culpar o Almirante por causar em todos eles uma intoxicação alimentar. Sim, há uma porção de coisas que Connor pode ter descoberto. Roland coloca o bilhete no bolso, sem demonstrar emoção, e fulmina Hayden com o olhar.

— Então você é o menino de recados do Connor agora?

— Ei — responde Hayden —, eu sou a Suíça: tão neutro quanto alguém pode ser e também bom com chocolate.

— Dá o fora — manda Roland.

— Já fui. — E Hayden se afasta.

Roland está furioso porque talvez tenha de barganhar com Connor, mas há coisas piores. No final das contas, barganhas e subterfúgios são seu meio de vida. Então ele se dirige ao jato da FedEx, certificando-se de levar consigo uma faca — para o caso de nenhum acordo ser feito.

40 · Connor

— Estou aqui — diz Roland do lado de fora do jato da FedEx. — O que você quer?

Connor permanece oculto dentro do avião. Ele sabe que só terá uma chance aqui, então precisa fazer tudo certo.

— Entre e vamos conversar sobre isso.

— Não. Você sai.

Bela tentativa, pensa Connor, *mas isso vai ser nos meus termos.*

— Se você não entrar, eu vou contar pra todo mundo o que sei. Vou mostrar pra todo mundo o que encontrei.

Silêncio por um momento. Então, ele vê a silhueta de Roland subindo para o avião. Connor está com a vantagem agora. Seus olhos já se ajustaram à luz fraca do interior, e os de Roland não. Ele salta para a frente e planta firmemente o cano da arma do Almirante nas costas de Roland.

— Não se mexa.

Instintivamente, as mãos de Roland se erguem, como se ele já tivesse ficado nesta situação muitas vezes antes.

— É esse o seu acordo?

— Cala a boca. — Connor usa uma mão para revistá-lo, encontra a faca escondida e a joga para fora do compartimento de carga. Satisfeito, empurra a arma contra Roland com mais força.

— Anda.

— Pra onde eu tenho que ir?

— Você sabe pra onde ir. Caixa 2.933. Anda!

Roland começa a caminhar, espremendo-se pelo espaço estreito entre as filas de caixas. Connor está consciente de cada um dos movimentos dele. Mesmo com uma arma nas costas, Roland é arrogante e seguro de si.

— Você não quer me matar — diz ele. — Todo mundo aqui gosta de mim. Se você fizer alguma coisa contra mim, vão acabar com você.

Eles chegam à caixa 2.933.

— Entra aí — manda Connor.

É quando Roland age. Ele gira, avança contra Connor e tenta agarrar a arma. Connor esperava por isso. Ele segura a arma fora do alcance do outro e, usando a caixa atrás de si para tomar impulso, mete o pé firme no estômago de Roland, empurrando-o para trás. Roland cai de costas dentro da caixa 2.933. No mesmo segundo, Connor se lança para a frente, fecha a tampa da caixa com um baque e a tranca. Enquanto Roland se enfurece lá dentro, ele mira a caixa e dispara a arma uma, duas, três vezes.

Os disparos ecoam, mesclando-se aos gritos aterrorizados do interior da caixa, e então Roland berra:

— O que você tá fazendo? Tá *louco?*

Os tiros de Connor foram bem precisos: foram baixos, e dirigidos a um canto da caixa, onde abriram três buracos.

— Eu te dei uma coisa que as suas vítimas nunca tiveram — diz ele. — Respiradouros. — Então ele se senta. — Agora a gente conversa.

41 · Multidão

A meio quilômetro dali, um grupo de busca volta do deserto. Não encontraram Emby. Em vez disso, acharam cinco túmulos sem nome atrás de um afloramento distante de rochas. Em poucos minutos, a notícia se espalha pelas fileiras como chamas ao vento forte. Os Dourados foram encontrados, e aparentemente não eram tão dourados assim. Alguém sugere que o Almirante fez a coisa pessoalmente. A sugestão se torna um rumor, e o rumor rapidamente é aceito como fato. O Almirante matou sua própria gente! Ele é tudo que Roland diz que é — e, ei, *onde* está Roland? Ele sumiu também? Assim como Connor! O que o Almirante fez com eles?!

Uma multidão de fragmentários com uma centena de razões para ter raiva encontrou simultaneamente mais uma, e isso é o que basta para levar todos além do limite. A multidão marcha em direção ao jato do Almirante, recrutando mais e mais pessoas pelo caminho.

42 · Risa

Alguns minutos antes, Risa havia respondido ao chamado do Almirante e aparecido no jato trazendo aspirinas. Ela foi recebida pelo Almirante, que, como ela dissera a Connor, nem mesmo sabia o nome dela. Agora ele conversa com ela, contando-lhe que a experiência que ela está ganhando aqui é melhor do que qualquer um da sua idade pode ter no mundo exterior. Ela conta que pensa em se tornar uma médica do exército e ele parece contente. Ele se queixa de dor no ombro e pede a aspirina. Ela entrega a cápsula, mas, só por segurança, verifica a pressão sanguínea do Almirante e ele a elogia por ser tão minuciosa.

Há algum tipo de comoção do lado de fora que torna difícil para ela se concentrar em medir a pressão sanguínea do homem. Comoção não é coisa rara aqui. O que quer que seja, Risa suspeita que terminará com ataduras e sacos de gelo para alguém. O trabalho nunca termina.

43 · Multidão

Jovens furiosos começam a chegar ao jato do Almirante.

— Peguem ele! Peguem ele! Tragam pra fora!

Eles sobem os degraus de aço. A escotilha está aberta, mas apenas uma brecha. Risa olha para fora e vê a onda de desordem, como um tsunami humano vindo em sua direção.

— Tem uma menina lá dentro com ele!

O primeiro dos jovens chega ao topo da escada e levanta a escotilha para escancará-la, apenas para dar de cara com Risa e um soco brutal na mandíbula. Isso o faz despencar de lado rumo ao chão — mas há mais de onde veio esse.

— Não deixem ela fechar essa porta!

O segundo jovem recebe um esguicho de spray antisséptico bem nos olhos. A dor é excruciante. Ele cambaleia e cai para trás, por cima dos outros que estão subindo os degraus, e eles desabam como dominós. Risa agarra, fecha e tranca a escotilha por dentro.

Há adolescentes sobre as asas agora, procurando cada pedaço de metal solto e puxando-o para cima. É incrível como um avião pode ser despedaçado pela fúria de mãos nuas.

— Quebrem as janelas! Puxem eles pra fora!

Jovens no chão jogam pedras que acertam seus colegas tanto quanto atingem o avião. No interior, o som é como o de uma tempestade de granizo. O Almirante espia a cena pelas janelas. Seu coração acelera. O ombro e o braço doem.

— Como isso foi acontecer? Como deixei isso acontecer?

A artilharia de pedras martela a fuselagem, mas nada rompe o aço blindado, nada racha os vidros à prova de balas do antigo Força Aérea Um. Então, alguém rompe os cabos de eletricidade que conectam o jato ao gerador. As luzes se apagam, o ar-condicionado é desligado e o avião inteiro rapidamente começa a cozinhar sob o sol ardente.

44 · Connor

— Você matou o Amp, o Jeeves e o resto dos Dourados.

— Você tá louco!

Connor está do lado de fora da caixa 2.933, enxugando a testa no calor. A voz de Roland vem do interior, abafada, mas alta o bastante para ouvir.

— Você se livrou de cada um pra poder tomar o lugar deles — afirma Connor.

— Eu juro, quando sair daqui, eu vou...

— Vai o quê? Vai me matar como matou todos eles? Como matou o Emby?

Não há resposta de Roland.

— Eu disse que faria um acordo com você — continua Connor — e vou fazer. Se você confessar, vou me certificar de que o Almirante poupe a sua vida.

Em resposta, o garoto preso sugere que Connor realize um ato fisicamente impossível.

— Confesse, Roland. É o único jeito de eu te deixar sair daqui. — Ele tem certeza de que, se for colocado sob pressão suficiente, Roland confessará o que fez. O Almirante precisa de provas, e que prova é melhor do que uma confissão completa?

— Eu não tenho nada pra confessar!

— Ótimo — responde Connor. — Eu posso esperar. Tenho o dia todo.

45 · Multidão

A fortaleza do jato do Almirante é impenetrável. A temperatura interior está a trinta e sete graus e subindo. Risa está lidando com o calor, mas o Almirante não parece muito bem. Ela ainda não pode abrir a porta, pois a multidão tenta implacavelmente entrar.

Lá fora, quem quer que não esteja enxameando sobre o avião do Almirante está se dispersando. Se não podem chegar ao Almirante, então destruirão todo o resto. Os aviões de estudo, os aviões de dormitório, até mesmo o de recreação — tudo será partido em pedaços, e o que puder queimar será incendiado. Os jovens estão tomados por uma fúria insaciável, e abaixo dela há uma estranha alegria porque a raiva pode finalmente ser liberada. E abaixo da alegria há mais fúria.

Do outro lado do Cemitério, Talho vê a fumaça se erguendo ao longe, convidando-o. Talho sente-se atraído pela desordem. Ele deve testemunhá-la! Entra no helicóptero e voa rumo à multidão furiosa.

Ele pousa tão perto do caos quanto se atreve a chegar. Terão seus atos de alguma forma levado a isso? Ele espera que sim. Desliga o motor, deixando as hélices desacelerarem, para poder ouvir os maravilhosos sons da devastação... Então, os fragmentários raivosos se voltam para ele.

— É o Talho! Ele trabalha pro Almirante!

Subitamente, Talho é o centro das atenções. Ele não pode evitar a sensação de que essa é uma coisa boa.

46 · Connor

Devagar, Roland está cedendo. Ele confessa muitas coisas, atos triviais de vandalismo e roubo, para os quais Connor não dá a mínima. Mas isso vai funcionar. Tem que funcionar. Connor não tem outro plano capaz de levá-lo à justiça — este *tem* que funcionar.

— Eu fiz muitas coisas — diz Roland pelos três buracos de bala na caixa. — Mas nunca matei ninguém!

Connor apenas ouve. Ele mal fala com o outro. Acha que, quanto menos ele falar, mais Roland falará.

— Como é que você sabe que eles estão mortos?

— Porque eu os enterrei. Eu e o Almirante.

— Então *vocês* fizeram isso! — diz Roland. — Vocês fizeram e agora você está tentando me fazer levar a culpa!

Agora Connor começa a ver a falha no plano. Se ele deixar Roland sair sem uma confissão, então ele será um homem morto. Mas não pode mantê-lo aqui para sempre. Suas opções agora são muito mais restritas do que os espaços entre as caixas.

Então, uma voz chama do lado de fora:

— Tem alguém aí? Connor? Roland? Alguém?

É Hayden.

— Socorro! — grita Roland a plenos pulmões. — Socorro, ele tá louco! Entra aqui e me solta! — Mas os gritos não conseguem ultrapassar o compartimento de carga. Connor se levanta e vai até a entrada. Hayden o olha lá de baixo. Ele não tem a tranquilidade de sempre, e há um hematoma feio em sua testa, como se ele tivesse sido atingido por algo.

— Graças a Deus! Connor, você tem que voltar lá! Está uma loucura, você tem que impedir, eles vão te ouvir!

— Do que você está falando?

— O Almirante matou os Dourados, daí todo mundo pensou que ele tinha matado você...

— O Almirante não matou ninguém!

— Bom, tenta dizer isso pra *eles!*

— Eles *quem?*

— Todo mundo! Eles estão despedaçando o lugar!

Connor vê a fumaça distante e lança um rápido olhar ao interior do avião, decidindo que, por enquanto, Roland pode esperar. Ele salta para o chão e corre com Hayden.

— Me conta tudo, desde o começo.

Quando Connor chega à cena, sua mente insiste em tentar rejeitar o que os olhos lhe dizem. Ele fita, parte dele esperando que a visão desapareça. É como o resultado de algum desastre natural. Pedaços de metal, vidro e madeira quebrados estão por toda parte. Páginas rasgadas de livros voam por cima de aparelhos eletrônicos despedaçados. Fogueiras ardem e jovens lançam ainda mais destroços para alimentar as chamas.

— Meu Deus!

Há um grupo de adolescentes enlouquecidos perto do helicóptero, amontoados como um time de rúgbi no meio da partida, chutando algo no centro. Então Connor percebe que não é *algo*, é *alguém*. Ele corre para separar o grupo. Os jovens que o conhecem recuam imediatamente, e os outros acabam imitando o gesto. O homem no chão está ferido e sangrando. É Talho. Connor se ajoelha e apoia a cabeça dele nas mãos.

— Tá tudo bem. Você vai ficar bem. — Mas, ao mesmo tempo que diz isso, Connor sabe que não é verdade: o homem apanhou até virar purê.

Talho faz uma careta de dor, a boca sangrando. Então, Connor percebe que não é nenhuma careta. É um sorriso.

— Caos, cara — diz Talho fracamente. — Caos. É lindo. Lindo.

O garoto não sabe como responder a isso. O homem está delirando. Só pode ser isso.

— Tá tudo bem — resmunga Talho. — Este é um bom jeito de morrer. Melhor do que sufocando, certo?

Connor consegue apenas olhar para ele.

— O que... o que você disse? — Ninguém além dele e do Almirante sabiam sobre a morte por sufocamento dos Dourados. Connor, o Almirante e o culpado...

— *Você* matou os Dourados! Você e o Roland?

— Roland? — retruca Talho. Apesar da dor, ele chega a parecer ofendido. — O Roland não é um de nós. Ele nem sabe. — O homem percebe a expressão no rosto de Connor e começa a rir. Então, o riso se torna um engasgar que se dissolve em uma exalação longa e lenta. O sorriso nunca abandona completamente o rosto. Os olhos permanecem abertos, mas não há nada neles. Exatamente como sua vítima, Amp.

— Ah, merda, ele tá morto, né? — diz Hayden. — Mataram ele! Puta merda, mataram ele!

Connor deixa o piloto morto no chão e sai correndo rumo ao avião do Almirante. No caminho, passa pela enfermaria. Tudo foi revirado aqui também. *Risa! Cadê a Risa?* Ainda há várias pessoas em cima do avião do Almirante. Os pneus foram retalhados; as aletas das asas balançam ao vento em ângulos agudos, como penas partidas. A aeronave toda está inclinada para um lado.

— Parem! — grita Connor. — Parem agora! O que vocês estão fazendo? O que vocês fizeram?

Ele sobe para a asa, agarra o tornozelo de um menino e o puxa para o chão, mas não pode fazer isso com cada um deles. Então, agarra um poste de metal e o bate contra a asa várias vezes, o som ribombando como o sino de uma igreja, até todas as atenções se voltarem para ele.

— Olhem pra vocês! — grita. — Vocês destruíram tudo! Como puderam fazer isso? Vocês todos deveriam ser fragmentados, cada um de vocês! VOCÊS TODOS DEVERIAM SER FRAGMENTADOS!

Isso detém todos. Os jovens nas asas e aqueles ao redor das fogueiras. O choque de ouvir tais palavras de um deles os traz de volta à sanidade. O choque de ouvir as próprias palavras — e saber que foi sincero ao dizê-las — apavora Connor quase tanto quanto a cena diante de si.

A escada rolante que levava ao avião do Almirante está caída de lado.

— Ali! — diz Connor. — Me ajudem com isso!

Uma dúzia de jovens cuja fúria se esvaiu vem correndo, obedientes. Juntos, eles endireitam a escada e Connor sobe até a escotilha. Ele espia pela janela. Não consegue ver muito. O Almirante está ali no chão, mas não está se mexendo. Se o homem não puder chegar até a porta, eles nunca serão capazes de entrar. Espere... há mais alguém lá dentro com ele?

De repente, uma alavanca é virada do lado de dentro e a escotilha começa a se abrir. O calor atinge Connor instantaneamente — o calor de uma fornalha — e o rosto na porta está tão vermelho e esbaforido que o garoto leva um instante para perceber quem é.

— Risa?

Ela tosse e quase cai nos braços dele, mas consegue se manter de pé.

— Eu tô bem — afirma. — Tô bem. Mas o Almirante...

Juntos, eles entram e se ajoelham ao lado dele. O homem está respirando, mas com dificuldade.

— É o calor! — diz Connor. Ele manda que os jovens parados à porta abram todas as escotilhas.

— Não é só o calor — responde Risa. — Olha os lábios dele... estão cianóticos. E a pressão dele está reduzida a nada.

Connor olha para ela sem compreender.

— Ele está tendo um ataque cardíaco! Eu fiz RCP, mas não sou médica. O que eu posso fazer tem limite!

— M... m... minha culpa — sussurra o Almirante. — Minha culpa...

— Shh — responde Connor. — O senhor vai ficar bem. — Mas ele sabe, assim como sabia quando disse isso a Talho, que as chances de estar certo são poucas.

Eles carregam o Almirante pela escada e, enquanto fazem isso, os jovens esperando do lado de fora recuam, abrindo espaço para ele, como se já estivessem carregando um caixão. Eles o colocam na sombra da asa.

Então os adolescentes ao redor começam a murmurar.

— Ele matou os Dourados — diz alguém. — O velho merece sofrer mesmo.

Connor ferve, mas já se tornou muito melhor em manter a raiva sob controle.

— Foi o Talho que fez isso — responde ele, alto o bastante para todos ouvirem. Isso inicia um burburinho que percorre a multidão, até alguém dizer:

— Ah, é? Bom, e quanto ao Emby?

A mão do Almirante se ergue, trêmula.

— Meu... meu filho...

— O Emby é *filho* dele? — diz um menino, e mais este rumor começa a se espalhar pela multidão.

O que quer que o Almirante tenha tentado dizer agora se perde, incoerente, enquanto ele oscila entre consciência e inconsciência.

— Se a gente não levar ele pra um hospital, ele morre — diz Risa, aplicando pressão no peito do homem mais uma vez.

Connor olha ao redor, mas a coisa mais próxima de um carro no Cemitério é o carrinho de golfe.

— Tem o helicóptero — comenta Hayden —, mas, considerando o fato de que o piloto está morto, acho que estamos ferrados.

Risa olha para Connor. Ele não precisa ler *Risa para Leigos* para saber o que ela está pensando. O piloto está morto — mas Talho estava treinando outro.

— Eu sei o que fazer — diz Connor. — Vou cuidar disso.

Ele se levanta e olha à volta — os rostos manchados de fumaça, as fogueiras ardendo lentamente. Depois de hoje, nada mais será o mesmo.

— Hayden — chama ele —, você está no comando. Coloque todo mundo sob controle.

— Você tá me zoando, né?

Connor deixa Hayden em seu dilema de autoridade e convoca três dos maiores rapazes à vista.

— Você, você e você — diz ele. — Preciso que venham comigo ao avião da FedEx.

Os três garotos dão um passo à frente e Connor lhes mostra o caminho até a Caixa 2.399 e Roland. Essa, pensa Connor, não será uma conversa fácil.

47 · Residentes médicos

Em seis meses trabalhando na sala de emergência, a jovem médica já viu coisas estranhas o bastante para preencher seus próprios manuais de medicina da faculdade, mas esta é a primeira vez que alguém espatifa um helicóptero no estacionamento do hospital.

Ela corre para fora com uma equipe de enfermeiros, assistentes e outros médicos. É um pequeno helicóptero particular — provavelmente com quatro assentos. Ainda está inteiro, e as hélices ainda giram. Por meio metro não bateu em um carro estacionado. Alguém vai perder sua licença de pilotagem.

Dois jovens saem dele, carregando um homem mais velho em mau estado. Já há uma maca sendo trazida até eles.

— Nós temos um heliponto no telhado, sabe?

— Ele achou que não conseguiria pousar lá — responde a garota.

Quando a médica olha para o piloto, ainda sentado atrás dos controles, ela percebe que perder a licença não será problema para ele. Esse garoto que pilota não pode ter mais que dezessete anos. Ela corre para atender o idoso. O estetoscópio mal consegue detectar sons na cavidade torácica dele. Voltando-se para a equipe médica ao redor, ela diz:

— Estabilizem-no e o preparem para um transplante. — Então ela se vira para os jovens. — Vocês têm sorte por terem pousado em um hospital que tem um banco de corações, ou teríamos que levá-lo de ambulância para o outro lado da cidade.

É quando a mão do homem se ergue da maca. Ele agarra a manga do avental dela, puxando-a com mais força do que um homem nessas condições deveria ter.

— Nada de transplante — diz ele.

Não, não faça isso comigo, pensa a médica. Os assistentes hesitam.

— Senhor, é uma operação de rotina.

— Ele não quer transplante — defende o garoto.

— Vocês o trouxeram de sabe lá Deus onde, com um piloto menor de idade para salvar a vida dele e agora não nos deixam fazer isso? Nós temos todo um estoque de tecidos cheio de corações jovens e saudáveis...

— Nada de transplante! — repete o homem.

— Isso *é*... hum... contra a religião dele — explica a garota.

— É o seguinte — diz o menino. — Que tal vocês fazerem o que quer que os médicos faziam *antes* de terem um estoque cheio de corações jovens e saudáveis?

A médica suspira. Pelo menos ela ainda está perto o bastante da faculdade de medicina para lembrar o que era isso.

— Isso diminui drasticamente as chances de sobrevivência dele... vocês sabem disso, não é?

— Ele sabe.

Ela dá ao homem um instante a mais para mudar de ideia, depois desiste. Os assistentes e o resto da equipe o levam rapidamente em direção ao pronto-socorro, e os dois jovens os seguem.

Depois que eles se afastam, a médica leva um momento para recuperar o fôlego. Alguém lhe agarra o braço e ela se volta para ver que é o jovem piloto, que estivera sentado em silêncio o tempo todo. A expressão dele é suplicante, mas determinada. Ela acha que sabe do que se trata o apelo. Olha para o helicóptero e depois para o garoto.

— Deixe isso com a Administração Federal de Aviação — diz ela. — Se ele sobreviver, tenho certeza de que não vai acontecer nada com você. Podem até te chamar de herói.

— Preciso que você chame a Polícia Juvenil — responde ele, o aperto no braço ficando um pouco mais forte.

— Como é que é?

— Aqueles dois são fragmentários fugitivos. Assim que o velho entrar em cirurgia, eles vão tentar escapar. Não deixe. Chame os Juvis agora!

Ela se livra da mão dele.

— Tá bom. Certo. Vou ver o que posso fazer.

— E, quando eles vierem — conclui ele —, mande falarem comigo primeiro.

Ela dá as costas ao garoto e volta para dentro do hospital, sacando o celular no caminho. Se ele quer os Juvis, ótimo, ele os terá. Quanto mais cedo chegarem, mais cedo essa coisa toda pode entrar na categoria "não é problema meu".

48 · Risa

Os Juvis são todos iguais. Sempre parecem cansados, parecem zangados — parecem um bocado com os fragmentários que capturam. O guarda que agora vigia Risa e Connor não é exceção. Ele está parado bloqueando a porta do consultório médico no qual eles estão sento mantidos, com mais dois guardas do outro lado da porta só por garantia. Ele fica contente em manter-se em silêncio enquanto outro policial interroga Roland em uma sala adjacente. Risa não quer nem imaginar o assunto da conversa que estão tendo.

— O homem que nós trouxemos — diz Risa. — Como ele está?

— Não sei — responde o policial. — Sabe como são os hospitais. Só contam essas coisas pra família, e imagino que isso não inclua vocês.

Risa não se digna a responder. Ela odeia esse Juvi instintivamente, só por causa de quem ele é e do que representa.

— Que meias bonitas — comenta Connor.

O policial não olha para as meias lá embaixo. Nenhum sinal de fraqueza aqui.

— Que orelhas bonitas — retruca ele a Connor. — Tudo bem se eu usar as duas um dia desses?

Na opinião de Risa, há dois tipos de pessoas que se tornam policiais Juvis. Tipo um: valentões que querem passar a vida inteira revivendo os dias de glória e *bullying* no colégio. Tipo dois: as antigas vítimas do tipo um, que veem cada fragmentário como o garoto que os atormentou anos atrás. Os tipos dois estão sempre jogando pás de vingança em um poço que nunca ficará cheio. É incrível que agora os valentões e as vítimas possam trabalhar juntos para levar infelicidade a outros.

— O que acha do seu trabalho? — pergunta ela. — O de mandar crianças para um lugar que acaba com a vida delas.

Obviamente ele já ouviu tudo isso antes.

— O que acha de viver uma vida que ninguém mais acha digna de ser vivida?

É um golpe duro, destinado a fazê-la calar a boca. Funciona.

— Eu acho que a vida dela é digna de ser vivida — retruca Connor, e segura a mão de Risa. — Alguém acha isso da sua?

Isso atinge o homem — embora ele tente não demonstrar.

— Vocês dois tiveram mais de quinze anos pra provar que valiam alguma coisa e não conseguiram. Não culpem o mundo pelas suas próprias escolhas ruins.

Risa consegue sentir a raiva de Connor. Ela aperta a mão dele até ouvi-lo respirar fundo e soltar o ar, mantendo a raiva sob controle.

— Nunca ocorre a vocês, fragmentários, que podem ser melhores, até *mais felizes*, em estado dividido?

— É assim que você racionaliza a coisa? — retruca Risa. — Você se convence a acreditar que nós vamos ser mais felizes?

— Ei, se for esse o caso — emenda Connor —, talvez todo mundo deva ser fragmentado. Por que você não vai primeiro?

O policial o fulmina com o olhar. Depois, olha rapidamente para as próprias meias. Connor ri.

Risa fecha os olhos por um momento, tentando enxergar um raio de luz nesta situação, mas não consegue. Quando chegaram aqui, ela sabia que a possibilidade de serem pegos era real. Sabia que sair para o mundo exterior era um risco. O que a surpreendeu foi a rapidez com que os Juvis caíram sobre eles. Mesmo com a entrada pouco ortodoxa que fizeram, deveriam ter tido tempo bastante para escapar disfarçados na confusão. Quer o Almirante viva ou morra, isso agora não mudará nada para ela ou Connor. Eles serão fragmentados. Todas as esperanças de um futuro foram arrancadas de Risa outra vez — e ter tido tais esperanças, ainda que brevemente, torna isso tudo ainda mais doloroso do que se jamais as tivera.

49 · Roland

O Juvi que está interrogando Roland tem olhos desiguais e um cheiro azedo, como se seu desodorante não tivesse funcionado. Como seu parceiro na outra sala, esse homem não é fácil de impressionar, e Roland, diferentemente de Connor, não tem sagacidade para alfinetá-lo. Mas tudo bem, porque alfinetá-lo não é o que Roland tem em mente.

O plano começou a tomar forma pouco depois que Connor o tirou da caixa. Ele teria arrancado os membros de Connor na hora, mas Connor trouxera três garotos tão grandes e fortes quanto o próprio Roland para apoiá-lo. Garotos que deveriam ter estado ao lado de Roland. *Deveriam* ter estado. Foi a primeira indicação de que tudo havia mudado drasticamente.

Connor contou-lhe sobre o tumulto e sobre Talho. Pediu desculpas de um jeito nada convincente por tê-lo acusado de matar os Dourados — e Roland se recusou a aceitá-las. Se Roland tivesse estado no tumulto, ele teria sido organizado e bem-sucedido. Se ele estivesse lá, teria sido uma rebelião, não um simples tumulto. Ao trancafiar Roland, Connor havia lhe roubado a chance de liderar.

Quando eles chegaram à cena do tumulto, todo o foco estava em Connor; todas as perguntas eram dirigidas a ele. Estava dizendo a todos o que fazer, e eles o estavam obedecendo. Até mesmo os amigos mais próximos de Roland baixaram o olhar quando o viram. Instintivamente, ele soube que todo o apoio que recebera se fora. Sua ausência no desastre fizera dele um intruso, e ele nunca recuperaria o que perdera aqui — o que significava que era hora de maquinar um novo plano de ação.

Roland concordou em pilotar o helicóptero para salvar a vida do Almirante, não porque tivesse algum desejo de ver o homem sobreviver, mas porque o voo lhe proporcionaria uma nova janela de oportunidade...

— Estou curioso — diz o policial fedorento. — Por que você entregou os outros dois se isso significava entregar também a si mesmo?

— Há uma recompensa de cinco mil dólares por entregar um fragmentário fugitivo, certo?

Ele ri.

— Bom, então são quinze mil, se você incluir a si mesmo.

Roland olha o Juvi nos olhos — sem vergonha nem medo — e audaciosamente faz a oferta:

— E se eu te dissesse que sei onde há mais de quatrocentos fragmentários desertores? E se eu te ajudasse a desmantelar toda uma operação de contrabando? Quanto isso valeria?

O policial parece paralisado e analisa Roland atentamente.

— Tá legal — diz ele. — Você conseguiu minha atenção.

50 · Connor

Ele durou mais do que qualquer um esperava. Este é o consolo ao qual Connor deve se agarrar enquanto o policial e dois guardas armados escoltam a ele e Risa para dentro da sala onde Roland está sendo interrogado. Pela cara presunçosa de Roland, porém, Connor suspeita que isso foi mais uma negociação que um interrogatório.

— Por favor, sentem-se — diz o policial sentado ao outro canto de uma mesa, perto de Roland. Este não olha para eles. Nem mesmo dá sinal de notar a presença deles na sala. Apenas se reclina para trás na cadeira. Ele cruzaria os braços se as algemas permitissem.

O policial não perde tempo e vai direto ao assunto:

— O seu amigo aqui teve muito a dizer... e nos propôs um negócio muito interessante. A liberdade dele em troca de quatrocentos fragmentários. Ele se ofereceu para nos dizer exatamente onde eles estão.

Connor sabia que Roland entregaria Risa e ele, mas entregar *todos* eles? É um novo grau de decadência. Ele ainda não olha para os dois, mas a expressão presunçosa parece ter se tornado ainda mais firme.

— Quatrocentos, hein? — diz o segundo policial.

— Ele está mentindo — alega Risa, a voz notavelmente convincente. — Está tentando enganar vocês. Somos só nós três.

— Na verdade — retruca o policial atrás da mesa —, ele está dizendo a verdade, embora estejamos surpresos que o número seja de quatrocentos. Nós achávamos que haveria pelo menos seiscentos agora, mas acho que é porque eles chegam aos dezoito anos...

Roland o observa, inseguro.

— Quê?

— Sinto muito por te dizer isso, mas sabemos tudo sobre o Almirante e o Cemitério — responde o policial. — Sabemos disso há mais de um ano.

O segundo policial solta uma risadinha, satisfeito com o ar aturdido de Roland.

— Mas... mas...

— Mas por que nós não os capturamos? — diz o policial, antecipando a pergunta de Roland. — Olhe por esse lado. O Almirante... ele é como aquele gato vadio da vizinhança, do qual ninguém gosta, mas ninguém quer se livrar dele porque ele dá um jeito nos ratos. Veja, fragmentários fugitivos à solta nas ruas são um problema pra nós. Mas o Almirante os tira das ruas e os mantém naquele gueto dele no meio do deserto. Ele não sabe, mas está nos fazendo um favor. Dando um jeito nos ratos.

— É claro que — emenda o segundo policial —, se o velho morrer, talvez a gente tenha que ir lá e limpar o lugar no final das contas.

— Não! — diz Risa. — Outra pessoa pode assumir o comando!

O segundo policial dá de ombros, como se isso nada significasse para ele.

— É melhor que seja um bom caçador de ratos.

Enquanto Roland só consegue observar, incrédulo, enquanto seu plano desmorona, Connor sente alívio e talvez uma ponta de esperança.

— Então, vocês vão nos deixar voltar?

O policial atrás da mesa pega uma pasta de arquivo.

— Receio que não possa fazer isso. Uma coisa é fazer vista grossa, outra bem diferente é liberar um criminoso. — Então ele começa a ler: — Connor Lassiter. Programado para ser fragmentado no dia 21 de novembro... até desertar. Você causou um acidente que matou um motorista de ônibus, deixou dúzias de outras pessoas feridas e fechou uma estrada interestadual por horas. Depois, ainda por cima, tomou um refém *e* atirou em um policial juvenil com a própria arma de tranquilizantes dele.

Roland olha assombrado para o policial.

— *Ele* é o Desertor de Akron?

Connor olha de relance para Risa, depois para o policial.

— Tá bom. Eu admito. Mas ela não teve nada a ver com isso! Deixe-a ir!

O policial balança a cabeça, esquadrinhando o arquivo.

— Testemunhas dizem que ela foi cúmplice. Eu receio que só haja um lugar para onde ela possa ir. O mesmo que você: o campo de colheita mais próximo.

— Mas e quanto a mim? — pergunta Roland. — Eu não tive nada a ver com isso!

O policial fecha a pasta.

— Já ouviu falar em “culpado por associação”? — pergunta ele a Roland. — Você deveria tomar mais cuidado com as companhias que escolhe. — Então, ele gesticula para que os guardas levem os três dali.

Parte Seis

Fragmentados

Para sua tranquilidade e paz de espírito, há uma variedade de campos de colheita a escolher. Cada instituição é de propriedade privada, licenciada pelo Estado e financiada federalmente pelo dinheiro dos seus impostos. Independentemente do local que você escolha, pode estar seguro de que o seu fragmentário receberá os melhores cuidados possíveis de nossa equipe credenciada enquanto faz a transição para o estado dividido.

— Do *Manual de Fragmentação para os Pais*

51 · Campo de Colheita

Sobre a existência da alma, quer fragmentada ou nascitura, as pessoas podem debater por horas a fio, mas ninguém questiona se uma instituição de fragmentação possui alma. Não possui. Talvez por isso aqueles que construíram essas imensas usinas médicas se empenhem tanto em torná-las confortáveis para as crianças e amigáveis para os usuários, de diversas formas.

Primeiramente, elas não são mais chamadas de instituições de fragmentação, como quando foram concebidas. Agora, são chamadas de campos de colheita.

Em segundo lugar, cada uma delas está situada em um local espetacularmente belo, talvez para fazer com que os hóspedes se lembrem do quadro maior e da majestade reconfortante de um plano superior.

Terceiro, as instalações são dignas de um resort, cheias de tons pastel e tão pouco vermelho quanto possível, já que o vermelho é psicologicamente associado à raiva, à agressão e, não por coincidência, ao sangue.

O Campo de Colheita Happy Jack, na bela Happy Jack, Arizona, é o modelo perfeito do que um campo de colheita deveria ser. Aninhado em um rochedo coberto de pinheiros no norte do estado, a vista tranquilizante da floresta se abre para as deslumbrantes montanhas vermelhas de Sedona, no oeste. Sem dúvida foi essa a visão que tornou felizes os lenhadores, ou *lumberjacks*, do século XX que fundaram a cidade. Daí o nome.

O dormitório dos meninos é pintado de azul-claro, com toques de verde. O das meninas é lavanda, com toques cor-de-rosa. A equipe veste uniformes que consistem em shorts confortáveis e camisas havaianas, exceto pelos cirurgiões da unidade médica. Estes usam aventais amarelo-intensos.

Há uma cerca de arame farpado, mas está oculta atrás de uma cerca-viva muito alta de hibiscos — e, embora os fragmentários residentes possam ver os ônibus lotados que chegam ao portão frontal a cada dia, são poupados da visão dos caminhões que partem. Estes saem pela porta dos fundos.

A estadia média de um fragmentário é de três semanas, embora varie dependendo do tipo sanguíneo e da oferta e procura. Assim como na vida no mundo exterior, aqui ninguém sabe quando será sua hora.

Às vezes, apesar da atitude profissional e positiva dos funcionários, problemas ocorrem. A rebelião desta semana vem na forma de pichações na lateral da clínica médica dizendo VOCÊS NÃO ENGANAM NINGUÉM.

No dia 4 de fevereiro, três jovens chegam sob escolta policial. Dois são trazidos sem a menor cerimônia para o centro de boas-vindas, exatamente como qualquer outro fragmentário recém-chegado. O terceiro é separado e levado pelo caminho mais longo, que passa pelos dormitórios, pelas quadras esportivas e pelos vários lugares onde os fragmentários se reúnem.

Contidos por grilhões nos tornozelos, limitados por algemas, os passos de Connor são curtos e sua postura, curva. Há Juvis armados de cada lado, à frente e atrás dele.

Tudo em Happy Jack é sereno e gracioso — mas este momento é a exceção à regra. De vez em quando, um fragmentário especialmente problemático é separado e humilhado publicamente à vista de todos antes de ser incorporado à população em geral. Invariavelmente, esse fragmentário tentará se rebelar e, invariavelmente, será levado à clínica e fragmentado dentro de uns poucos dias após sua chegada.

Esse gesto serve como um aviso implícito a cada fragmentário aqui. Você seguirá o programa ou sua estadia aqui será muito, muito curta. A lição sempre é aprendida.

Desta vez, no entanto, o que a equipe de Happy Jack não sabe é que a reputação de Connor Lassiter o precede. O anúncio feito pelos próprios funcionários de que eles capturaram o Desertor de Akron não esvazia os ânimos dos fragmentários aqui. Ao contrário, a notícia transforma em lenda um garoto que até agora era apenas um rumor.

52 · Risa

"Antes de começarmos nossa sessão, creio que é importante lembrá-los de que, embora vocês tenham desenvolvido uma amizade com o assim chamado Desertor de Akron, é para o seu bem que devem se dissociar dele."

A primeira coisa que fizeram foi separar os três. Dividir para conquistar, não era essa a expressão? Para Risa, não é problema ser separada de Roland, mas saber o que eles fizeram com Connor faz com que ela deseje vê-lo ainda mais. Fisicamente, ele não foi ferido de modo algum. Não seria bom danificar a mercadoria. Psicologicamente, no entanto, é outra história. Eles o fizeram desfilar pela propriedade por quase vinte minutos. Depois, tiraram-lhe os grilhões e simplesmente o deixaram ali junto ao mastro da bandeira. Nenhum passeio até o "centro de boas-vindas", nenhuma orientação, nada. Foi deixado ali para descobrir tudo por conta própria. Risa sabia que a intenção não era desafiá-lo ou mesmo puni-lo. Era dar a ele a oportunidade de fazer a coisa errada. Assim, eles poderiam justificar qualquer castigo que dessem depois. Isso preocupara a garota, mas apenas por um momento — pois ela conhece Connor bem demais. Ele só fará a coisa errada quando esta for a coisa certa a fazer.

"Parece que você se saiu muito bem nos testes de aptidão, Risa... acima da média, na verdade. Parabéns!"

Depois de passar meio dia ali, a garota ainda está em choque com a aparência geral do Campo de Colheita Happy Jack. Na imaginação, ela sempre pintou os campos de colheita como fazendas de gado humano confinado: multidões de crianças desnutridas de olhos vazios em pequenas celas cinzentas — um pesadelo de desumanização. Mas, de alguma forma, este pesadelo pitoresco é pior. Assim como o cemitério de aviões era o Paraíso disfarçado de Inferno, o campo de colheita é o Inferno mascarado como Paraíso.

"Você parece ter um bom condicionamento físico. Andou fazendo muito exercício, não é? Correndo, talvez?"

Exercício físico parece ser um componente fundamental do dia de um fragmentário. Primeiro, ela presumiu que as várias atividades aqui destinavam-se a manter os fragmentários ocupados até chegar sua hora. Depois, ao passar por uma partida de basquete no caminho até o centro de boas-vindas, ela percebeu um totem alto no pátio. Nos olhos de cada uma das cinco faces do totem havia câmeras. Dez jogadores, dez câmeras. Significava que alguém, em algum lugar, estava estudando cada um dos fragmentários naquele jogo, tomando notas sobre a coordenação de mãos e olhos, sondando as forças de vários grupos musculares. Risa silenciosamente entendeu que a partida de basquete não era para manter os fragmentários entretidos, mas para ajudar a estipular um valor monetário para suas partes.

"Nas próximas semanas você será engajada em um programa de diversas atividades. Risa, querida, está ouvindo? Isso tudo está indo rápido demais pra você? Quer que eu diminua o ritmo?"

A conselheira de colheita que a entrevista parece presumir que, apesar do resultado dos exames de aptidão, todo fragmentário deve ser um imbecil. A mulher usa uma blusa de estampa floral com muitas folhas e flores cor-de-rosa. Risa gostaria de atacá-la com um cortador de grama.

— Você tem alguma pergunta ou dúvida, querida? Se tiver, esta é a melhor hora para perguntar.

— O que acontece com as partes ruins?

A pergunta parece abalar a concentração da mulher.

— Perdão?

— Você sabe... as partes ruins dos corpos. O que vocês fazem com os pés tortos e os ouvidos surdos? Vocês usam essas coisas em transplantes?

— Você não tem nada disso, tem?

— Não... mas eu tenho um apêndice. O que acontece com ele?

— Bom — diz a conselheira, com uma paciência quase infinita —, um ouvido surdo é melhor do que ouvido nenhum, e às vezes é só o que as pessoas conseguem pagar. Quanto ao seu apêndice, ninguém precisa mesmo de um apêndice.

— Então, vocês não estão violando a lei? A lei não especifica que vocês têm que manter um fragmentário cem por cento vivo?

O sorriso no rosto da conselheira começou a murchar.

— Bom, na verdade são 99,44 por cento, levando em conta coisas como o apêndice.

— Entendi.

— Nossa próxima tarefa é cuidar do seu questionário de pré-admissão. Devido à sua chegada pouco ortodoxa, você nunca teve a oportunidade de preencher um. — Ela folheia as páginas do questionário. — A maior parte das perguntas não importa mais a esta altura. Mas, se você tiver alguma habilidade específica sobre a qual queira nos contar... sabe, coisas que poderiam ser úteis para a comunidade durante sua estadia aqui...

Risa gostaria de simplesmente poder levantar e ir embora. Mesmo agora, no fim da vida, ela ainda tem que enfrentar aquela pergunta inevitável: *Para que você serve?*

— Tenho alguma experiência médica — diz ela, em tom inexpressivo. — Primeiros socorros, RCP.

A mulher sorri pesarosa.

— Bom, se há uma coisa que temos aos montes aqui, são médicos. — Se essa mulher disser "bom" mais uma vez, Risa pode acabar metendo um belo murro na cara dela. — Mais alguma coisa?

— Eu ajudei a cuidar do berçário lá na Casa Estatal.

Novamente aquele sorriso econômico.

— Lamento. Não há bebês aqui. Isso é tudo?

Risa suspira.

— Também estudei piano clássico.

As sobrancelhas da mulher se erguem uns dois centímetros.

— Sério? Você toca piano? Bom, bom, bom!

53 · Connor

Connor quer brigar. Quer maltratar os funcionários e desobedecer cada regra, pois sabe que, se fizer isso, tudo acabará mais rápido. Mas não cederá ao impulso por duas razões. Primeira: é exatamente o que eles querem que faça. Segunda: Risa. Ele sabe que ela ficaria devastada ao vê-lo ser levado para o Ferro-Velho. É assim que os adolescentes chamam o lugar, "o Ferro-Velho" — embora nunca usem esse nome na frente dos funcionários.

Connor é uma celebridade no dormitório. Acha absurdo e surreal que os meninos aqui o vejam como uma espécie de símbolo, quando tudo o que ele fez foi sobreviver.

— Não pode ser tudo verdade, né? — pergunta o garoto que dorme na cama ao lado da sua na primeira noite. — Quero dizer... você não derrotou *mesmo* um esquadrão inteiro de Juvis com as próprias armas tranquilizantes deles.

— Não! Isso não é verdade — responde Connor, mas negar só faz com que o garoto acredite ainda mais.

— Eles não fecharam *mesmo* estradas inteiras pra procurar você — diz outro menino.

— Foi só um lado da estrada... e eles não fecharam. Eu é que fechei. Mais ou menos.

— Então, é verdade!

Não adianta — por mais que ele minimize a história, não há como convencer os outros de que o Desertor de Akron não é algum tipo de super-herói maior que a vida.

E ainda há Roland, que, por mais que deteste Connor, está embarcando na onda de fama do garoto tanto quanto pode. Embora Roland esteja em outro alojamento, já há histórias malucas chegando aos ouvidos de Connor sobre como ele e Roland roubaram um helicóptero e libertaram uma centena de fragmentários que estavam presos em um hospital em Tucson. Connor pensa em contar a eles que tudo o que Roland fez foi denunciá-los, mas decide que a vida é literalmente curta demais para começar mais uma encrenca com Roland.

Há um garoto com quem Connor fala e que realmente o escuta, conseguindo distinguir a verdade das invenções. Seu nome é Dalton. Ele tem dezessete anos, mas é baixo e atarracado, com um cabelo que tem vontade própria. Connor conta a ele exatamente o que aconteceu no dia em que desertou. É um alívio encontrar alguém que acredite na verdade. Dalton, no entanto, tem sua própria perspectiva quanto ao evento.

— Mesmo que tenha sido isso que aconteceu — diz ele —, ainda é bem impressionante. Isso é o que o resto de nós *gostaria* de ter conseguido fazer.

Connor precisa admitir que Dalton está certo.

— Você é tipo o rei dos fragmentários aqui — diz o garoto —, mas caras como você são fragmentados bem rápido. Então, se cuida. — Dalton olha para ele longamente. — Tá com medo? — pergunta.

Connor gostaria de dar uma resposta diferente, mas não quer mentir.

— Sim.

Dalton parece quase aliviado por Connor sentir medo também.

— Na terapia de grupo eles nos dizem que o medo vai passar e que nós vamos passar para um estágio de aceitação. Eu estou aqui há quase seis meses e sinto tanto medo quanto no dia em que cheguei.

— Seis meses? Eu pensei que todo mundo já era em umas poucas semanas.

Dalton se inclina para a frente e sussurra, como se fosse informação perigosa:

— Não se você fizer parte da banda.

Uma banda? A ideia de haver música em um lugar onde vidas são silenciadas não tem sentido para Connor.

— Eles colocam a gente no telhado do Ferro-Velho e fazem a gente tocar enquanto levam as pessoas pra dentro — conta Dalton. — A gente toca de tudo: clássicos, pop, rock das antigas. Eu sou o melhor baixista que este lugar já viu. — Então, ele sorri. — Você deveria vir nos ver tocar amanhã. Acabamos de ganhar uma nova tecladista. Maior gata.

Vôlei de manhã. A primeira atividade oficial de Connor. Diversos funcionários em seu arco-íris de camisas floridas estão nas laterais da área com pranchetas, pois aparentemente a quadra de vôlei não é equipada com doze câmeras individuais. Atrás deles, no telhado do ferro-velho, há música. A banda de Dalton. É a trilha sonora para a manhã.

O time adversário fica completamente desanimado ao ver Connor, como se a sua mera presença aqui garantisse a derrota deles. Não importa que Connor seja péssimo em vôlei; para eles, o Desertor de Akron é um astro em qualquer esporte. Roland está no time adversário também. Ele não esmorece como os outros — apenas o fulmina com o olhar, segurando a bola, pronto para enfiá-la em Connor garganta abaixo.

A partida começa. A intensidade do jogo se equipara apenas à corrente de medo que passa por baixo de cada toque na bola. Ambos os times jogam como se os perdedores estivessem destinados a ser fragmentados na hora. Dalton havia dito a Connor que não é assim que funciona, mas perder também não há de ajudar. A partida faz Connor lembrar-se do potatok, o jogo maia — algo que ele aprendeu na aula de história. Era bem parecido com basquete, só que os perdedores eram sacrificados aos deuses maias. Na época, Connor achara legal.

Roland lança a bola com tudo, e ela atinge o rosto de um dos funcionários. Ele sorri antes de pedir desculpas e o homem olha feio para ele, fazendo uma anotação na prancheta. Connor imagina se isso custará alguns dias a Roland.

Então, de repente, o jogo para, pois a atenção de todos começa a se desviar para um grupo de adolescentes vestidos de branco, passando pelo outro lado do pátio.

— São dízimos — informa um garoto a Connor. — Você sabe o que é um dízimo, né?

Connor assente.

— Sei, sim.

— Olha só pra eles. Acham que são muito melhores do que o resto.

Connor já ouvira falar que os dízimos recebem tratamento diferente do resto da população comum aqui. "Dízimos" e "Péssimos", é assim que os funcionários se referem aos dois tipos de fragmentários. Os dízimos não participam das mesmas atividades que os péssimos. Não usam o mesmo uniforme azul e rosa que os péssimos usam. A seda branca de suas vestes brilha tanto ao sol do Arizona que você tem que apertar os olhos quando olha para eles, como se fossem versões adolescentes do próprio Deus — embora, para Connor, pareçam mais um pequeno esquadrão de alienígenas. Os péssimos odeiam os dízimos assim como os camponeses detestam a realeza. Em outra época, Connor poderia ter sentido a mesma coisa, mas agora, tendo conhecido um, sente mais pesar por eles do que qualquer outra coisa.

— Ouvi dizer que eles sabem o dia e a hora exatos da fragmentação deles — diz um menino.

— Ouvi dizer que eles mesmos *agendam* a fragmentação — afirma outro.

O árbitro toca o apito.

— Muito bem, voltem ao jogo.

Eles desviam o olhar daqueles uniformes brancos ofuscantes dos poucos escolhidos e acrescentam mais uma camada de frustração à partida.

Por um momento, enquanto os dízimos desaparecem por cima de uma colina, Connor imagina reconhecer um rosto entre eles, mas sabe que é apenas sua imaginação.

54 · Lev

Não é a imaginação de Connor.

Levi Jedediah Calder é um dos hóspedes mais que especiais do Campo de Colheita Happy Jack, e está usando novamente os trajes brancos do dízimo. Ele não vê Connor na quadra de vôlei porque os dízimos são estritamente instruídos a não olhar para os péssimos. Por que deveriam? Desde que nasceram, eles são informados de que pertencem a uma casta diferente e têm uma vocação mais elevada.

Lev pode ainda ter os restos das queimaduras de sol, mas seu cabelo está cortado rente e arrumado, exatamente como costumava ser, e seus modos são delicados e brandos. Pelo menos do lado de fora.

Ele tem uma fragmentação agendada para daqui a treze dias.

55 · Risa

Ela toca no teto do Ferro-Velho, e sua música ecoa pelos campos até os ouvidos de mais de mil almas que esperam passar pela faca. A alegria de ter os dedos mais uma vez nas teclas só se equipara ao horror de saber o que está acontecendo lá dentro, abaixo dos pés.

Do ponto de vista privilegiado no teto, ela os vê sendo conduzidos pelo caminho pavimentado de pedras marrons que todos os fragmentados chamam de "tapete vermelho". Os jovens que pisam no tapete vermelho têm guardas escoltando-os de cada lado, segurando-os firmemente pelos braços — firmes o bastante para detê-los, mas não o bastante para feri-los.

Apesar disso, Dalton e o resto da banda tocam como se nada importasse.

— Como vocês conseguem? — pergunta ela durante um dos intervalos. — Como conseguem vê-los passar dia após dia, entrando e nunca saindo?

— Você se acostuma — responde o baterista, tomando um gole de água. — Você vai ver.

— Não vou! Não posso! — Ela pensa em Connor. Ele não receberá esse adiamento da fragmentação. Ele não tem a menor chance. — Não posso ser cúmplice do que eles estão fazendo!

— Ei — diz Dalton, ficando irritado. — Isso aqui é sobrevivência, e nós fazemos o que for preciso pra sobreviver! Você foi escolhida porque sabe tocar, e você é boa. Não desperdice isso. Ou você se acostuma com as pessoas andando pelo tapete vermelho ou você mesma se torna uma, e aí nós vamos ter que tocar *pra você*.

Risa entende a mensagem, mas isso não a obriga a gostar dela.

— Foi isso que aconteceu com o último tecladista? — pergunta.

Ela percebe que esse é um assunto no qual eles preferem não pensar. Eles olham uns para os outros. Ninguém quer responder à pergunta. Então, a principal vocalista responde, jogando o cabelo em um gesto indiferente, como se não se importasse:

— O Jack estava pra fazer dezoito anos, então, foi levado uma semana antes do aniversário.

— Ele não foi um Jack muito feliz — emenda o baterista, tocando um *rimshot*.

— Só isso? — diz Risa. — Ele simplesmente foi levado?

— Negócio é negócio — explica a vocalista. — Eles perdem muita grana se um de nós fizer dezoito, porque quando isso acontece eles têm que nos libertar.

— Mas eu tenho um plano — revela Dalton, piscando para os outros, que obviamente já ouviram isso antes. — Quando eu estiver perto dos dezoito, e eles estiverem prontos pra me pegar, vou pular bem deste telhado.

— Você vai se matar?

— Espero que não... são só dois andares, mas com certeza vou me estourar todo. Sabe, não podem te fragmentar assim; têm que esperar até você sarar. Até lá eu vou ter dezoito anos e eles vão *se ferrar*! — Ele toca a mão na do baterista, em um *high-five*, e os dois riem. Risa só consegue olhar, incrédula.

— Pessoalmente — diz a vocalista —, estou esperando que baixem a maioridade legal para dezessete anos. Se fizerem isso, vou chegar nos funcionários, nos conselheiros e nos desgraçados dos médicos, vou cuspir na cara deles... e eles nem vão poder fazer nada a não ser me deixar sair por aquele portão com minhas próprias pernas.

Então o guitarrista, que não dissera uma palavra a manhã inteira, ergue o instrumento.

— Esta é pro Jack — diz ele, começando a tocar os primeiros acordes de um clássico pré-guerra, *Don't Fear the Reaper*.

O resto se junta a ele, tocando de ouvido, e Risa faz o melhor que pode para manter o olhar longe do tapete vermelho.

56 · Connor

Os dormitórios são divididos em unidades. Há trinta pessoas por unidade — trinta camas em uma sala longa e estreita com amplas janelas de vidro blindado que deixam entrar a alegre luz do dia. Enquanto Connor se prepara para o jantar, percebe que duas camas na sua unidade estão sem lençóis e que os garotos que dormiam nelas desapareceram. Todos notam, mas ninguém comenta, exceto um menino que fica com um dos leitos, pois seu próprio colchão está com molas quebradas.

— Vou deixar a cama quebrada pra um novato — diz ele. — Na minha última semana eu quero ficar confortável.

Connor não consegue lembrar nem os nomes nem os rostos dos garotos sumidos, e isso o assombra. O dia inteiro cai pesadamente sobre ele — a forma como os meninos pensam que ele poderá de alguma forma salvá-los, quando ele sabe que não pode salvar nem a si mesmo. A forma como os funcionários ficam esperando que ele cometa um erro. Sua única alegria é saber que Risa está segura, pelo menos por enquanto.

Ele a viu depois do almoço quando parou para olhar a banda. Estivera procurando por ela em toda parte, e o tempo todo ela estivera bem ali, à vista, tocando. Ela havia contado que tocava piano, mas ele nunca pensara muito nisso. Ela toca maravilhosamente, e agora ele gostaria de ter tido mais tempo de conhecer a garota que ela era antes de escapar do ônibus. Quando ela o viu assistindo à banda esta tarde, sorriu — algo que raramente fazia. Mas o sorriso rapidamente foi substituído por uma expressão que registrava a realidade. Ela estava lá em cima, e ele, aqui embaixo.

Connor passa tanto tempo entregue a esses pensamentos no dormitório que, quando ergue o olhar, percebe que todos nesta unidade já foram jantar. Quando se levanta para sair, vê alguém parado à porta e para na mesma hora. É Roland.

— Você não deveria estar aqui — diz Connor.

— Não, não deveria — responde Roland —, mas, graças a você, eu estou.

— Não foi o que eu quis dizer. Se você for pego fora da sua unidade, é um ponto contra você. Vão te fragmentar mais cedo.

— Legal da sua parte se importar.

Connor se dirige à porta, mas Roland bloqueia o caminho. Pela primeira vez, Connor percebe que, apesar da constituição muscular de Roland, eles não são tão diferentes na altura. Sempre pensou que o outro fosse muito mais alto que ele. Mas não é. Connor se prepara para o que quer que Roland possa tirar da manga e diz:

— Se você tem uma razão pra estar aqui, desembuche. Do contrário, saia do caminho pra eu poder ir jantar.

A expressão de Roland é tão tóxica que poderia matar uma unidade inteira por envenenamento.

— Eu poderia ter matado você uma dúzia de vezes. Deveria ter matado... porque aí nós não estaríamos aqui.

— Você nos denunciou no hospital — Connor o lembra. — Se *você não tivesse feito isso*, nós não estaríamos aqui. Teríamos todos voltado a salvo pro Cemitério!

— Que Cemitério? Não sobrou nada. Você me trancou naquela caixa e deixou os outros destruírem tudo! Eu teria impedido, mas você nunca me deu chance!

— Se você estivesse lá, teria achado um jeito de matar o Almirante pessoalmente. Que diabo, você teria matado os Dourados se eles já não estivessem mortos! Isso é o que você é! Isso é *quem* você é!

Roland subitamente fica muito quieto, e Connor sabe que foi longe demais.

— Bom, se eu sou um assassino, estou ficando sem tempo — diz Roland. — É melhor pôr mãos à obra. — Ele começa a tomar impulso, e Connor é rápido em defender, mas logo isso é mais do que apenas defender a si mesmo. Connor atinge seu próprio manancial de fúria e dá vazão a uma ofensiva brutal.

É a luta que eles nunca travaram no depósito. A luta que Roland queria quando acuou Risa no banheiro. Ambos impulsionam os punhos com uma raiva do tamanho do mundo. Colidem contra paredes e armações de camas, agredindo implacavelmente um ao outro. Connor sabe que esta luta é diferente de qualquer outra em que ele já tenha estado, e, embora Roland não tenha uma arma, não precisa de uma. Ele é sua própria arma.

Por melhor que Connor lute, Roland é simplesmente mais forte, e, quando as forças de Connor começam a falhar, o oponente o agarra pela garganta e o bate com força contra a parede, as mãos apertando a traqueia de Connor. Ele luta para se soltar, mas o aperto de Roland é forte demais. Ele bate Connor contra a parede de novo e de novo, nunca afrouxando as mãos na garganta.

— Você me chama de assassino, mas é o único criminoso aqui! — berra Roland. — Eu não fiz ninguém de refém! Não atirei num Juvi! E nunca matei ninguém! Até agora! — Então ele aperta ainda mais os dedos e fecha completamente a traqueia de Connor.

Os esforços de Connor enfraquecem sem o oxigênio para alimentar os músculos. O peito se rebela contra a ausência de ar e a visão começa a escurecer até que tudo o que ele pode ver seja a face furiosa de Roland. *Você preferiria morrer ou ser fragmentado?* Agora ele finalmente sabe a resposta. Talvez isto seja o que ele queria. Talvez seja por isso que ele tenha ficado ali provocando Roland. Porque preferiria ser morto por uma mão furiosa a ser desmembrado com fria indiferença.

O campo de visão de Connor se enche de borrões frenéticos, a escuridão se estreita e a consciência falha.

Mas apenas por um instante.

Porque no momento seguinte sua cabeça bate no chão, forçando-o de volta à consciência — e, quando a visão começa a clarear, ele vê Roland olhando-o do alto. Ele está apenas parado ali, olhando. Para espanto de Connor, há lágrimas nos olhos de Roland, que ele tenta esconder atrás da raiva, mas elas continuam lá. Ele olha para a própria mão, que esteve perto de tirar a vida de Connor. Não foi capaz de ir até o fim — e parece tão surpreso com isso quanto Connor.

— Considere-se sortudo — diz Roland. Então, ele parte sem mais palavras.

Connor não saberia dizer se Roland está desapontado ou aliviado por não ser o assassino que pensou que era. Mas suspeita que esteja, sim: um pouco dos dois.

57 · Lev

Os dízimos em Happy Jack são como passageiros de primeira classe no *Titanic*. Há mobiliário estofado em toda a casa dizimal. Há um teatro, uma piscina e a comida é melhor do que comida caseira. Claro que seu destino é o mesmo dos "péssimos", mas pelo menos eles irão para lá com estilo.

É depois do jantar, e Lev está sozinho na sala de ginástica da casa dizimal. Está de pé em uma esteira imóvel, pois ele não a ligou. Em seus pés estão tênis de corrida com solas grossas. Ele usa dois pares de meias para acolchoar ainda mais os pés. No entanto, não é com eles que está preocupado agora — é com as mãos. Ele fica parado ali, olhando para as mãos, perdidos na contemplação delas. Nunca antes ele se sentiu tão intrigado com as linhas que cruzam as palmas. Uma delas não deveria ser a tal linha da vida? A linha da vida de um dízimo não deveria se dividir como os ramos de uma árvore? Lev olha para as espirais nas pontas dos dedos. Que pesadelo de identificação deve ser quando outras pessoas recebem as mãos de um fragmentário. O que as impressões digitais podem significar quando não são necessariamente suas?

Ninguém ficará com as impressões digitais de Lev. Ele sabe disso com toda a certeza.

Há toneladas de atividades para os dízimos, mas, diferentemente dos péssimos, nenhum deles é forçado a participar. É parte da preparação para o ato do dízimo passar por um regime de avaliações mentais e físicas por um mês, antes mesmo da festa de dízimo, de forma que todo o trabalho duro é realizado em casa, antes de eles chegarem aqui. É verdade que este não é o campo de colheita que ele e seus pais haviam escolhido, mas ele é um dízimo — condição de toda uma vida e válida em qualquer lugar.

A maioria dos outros dízimos está na sala de recreação a esta hora da noite, ou em algum dos muitos grupos de orações. Há pastores de todas as fés na casa dizimal — ministros, padres, rabinos e clérigos —, pois a noção de entregar a Deus o melhor rebanho é uma tradição tão antiga quanto a própria religião.

Lev comparece com a frequência necessária, e nos estudos bíblicos ele diz apenas a quantidade adequada de coisas certas para não parecer suspeito. Também fica em silêncio quando passagens da Bíblia são rasgadas para justificar a fragmentação e os garotos começam a ver o rosto de Deus nos fragmentos.

— Meu tio recebeu o coração de um dízimo e agora as pessoas dizem que ele consegue realizar milagres.

— Conheço uma mulher que tem a orelha de um dízimo. Ela ouviu um bebê chorar a uma quadra de distância e o resgatou de um incêndio!

— Somos a Sagrada Comunhão.

— Somos o maná dos céus.

— Somos a parcela de Deus em cada pessoa.

Amém.

Lev recita preces, tentando deixar que elas o transformem e o elevem como costumavam fazer, mas seu coração está endurecido. Ele gostaria que estivesse duro o bastante para ser diamante em vez de jade quebradiço — talvez assim ele tivesse escolhido um caminho diferente. Mas, para a pessoa que ele é agora, pelo que sente e pelo que não sente, o caminho é correto. E, se não for correto, bem, ele não se importa tanto a ponto de mudá-lo.

Os outros dízimos sabem que Lev é diferente. Nunca viram um dízimo caído antes, muito menos conheceram um que, como o filho pródigo, renunciou a seus pecados e retornou ao rebanho. Mas, na verdade, dízimos geralmente não conhecem muitos outros dízimos. Estarem cercados de tantos jovens tão parecidos com eles alimenta a sensação de ser parte de um grupo escolhido. Mas Lev está fora desse círculo.

Ele liga a esteira, certificando-se de dar passos firmes e pisar tão levemente quanto possível. A esteira é de alta tecnologia. Tem um monitor com vista programável: você pode correr por entre o bosque ou na Maratona de Nova York. Pode até mesmo caminhar sobre a água. Prescreveram a Lev exercícios extras quando ele chegou, uma semana atrás. Naquele primeiro dia, seus exames de sangue mostraram altos níveis de triglicérides. Ele tem certeza de que os exames de sangue de Mai e Blaine exibiram esse mesmo problema — embora os três tenham sido "capturados" separadamente e chegado com alguns dias de diferença uns dos outros, para que nenhuma conexão entre os três pudesse ser notada.

— Ou é coisa da sua família ou você teve uma dieta muito gordurosa — o médico havia dito. Ele prescrevera uma dieta com baixa ingestão de gordura durante sua estadia em Happy Jack e sugerira exercício adicional. Lev sabe que há outra razão para o alto nível de triglicérides. Na verdade, o que há em seu sangue não são triglicérides, mas um componente similar. E um pouco menos estável.

Outro menino entra na sala de ginástica. Ele tem cabelos finos e tão loiros que são praticamente brancos, e olhos tão verdes que deve ter havido alguma manipulação genética envolvida. Aqueles olhos custarão um preço alto.

— Oi, Lev. — Ele sobe na esteira ao lado de Lev e começa a correr. — O que há?

— Nada. Só estou correndo.

Lev sabe que o menino não veio até aqui por iniciativa própria. Dízimos nunca devem ser deixados sozinhos. Ele foi enviado aqui para ser companheiro de Lev.

— Daqui a pouco é hora de começar a acender as velas. Você vem?

A cada noite acende-se uma vela para cada dízimo a ser fragmentado no dia seguinte. Cada um dos jovens honrados faz um discurso. Todos aplaudem. Lev acha isso repugnante.

— Estarei lá — responde ele ao menino.

— Você já começou a elaborar o seu discurso? — pergunta ele. — Estou quase terminando o meu.

— O meu ainda está aos pedaços — diz Lev. A piada passa despercebida pelo menino. Lev desliga a máquina. Esse menino não o deixará em paz enquanto estiver aqui, e Lev realmente não quer conversar com ele sobre a glória de ser um escolhido. Preferiria pensar naqueles que não foram escolhidos, que têm sorte o bastante para estar longe do campo de colheita — como Risa e Connor, que, até onde ele sabe, ainda estão no santuário do Cemitério. É um grande conforto saber que as vidas dos dois continuarão mesmo depois que a dele acabar.

Atrás da sala de jantar, há um galpão de lixo pequeno e velho que ninguém usa mais. Lev o encontrou na semana passada e decidiu que era o lugar perfeito para reuniões secretas. Esta noite, quando ele chega, Mai está andando de um lado a outro no espaço reduzido. Ela tem ficado mais nervosa a cada dia.

— Quanto tempo a gente vai esperar? — pergunta ela.

— Por que você está com tanta pressa? — retruca Lev. — Vamos esperar até a hora certa.

Blaine tira seis pequenos pacotinhos de papel de dentro da meia, rasga a ponta de um e tira dele um pequeno Band-Aid redondo.

— Pra que isso? — pergunta Mai.

— Pra eu saber e pra você descobrir.

— Você é tão imaturo!

Mai sempre foi pavio curto, principalmente quando se trata de Blaine, mas esta noite parece haver algo mais afetando sua atitude.

— O que há de errado, Mai? — pergunta Lev.

Ela leva um momento para responder.

— Eu vi uma menina hoje tocando piano no teto do Ferro-Velho. Eu a conheço do Cemitério... e ela me conhece.

— Isso é impossível. Se ela fosse do Cemitério, por que estaria aqui? — pergunta Blaine.

— Eu sei o que vi. E acho que tem outras pessoas aqui que eu vi no Cemitério também. E se elas reconhecerem a gente?

Blaine e Mai olham para Lev como se ele pudesse explicar o caso. Na verdade, ele pode:

— Devem ser pessoas que foram enviadas pra trabalhar fora e foram pegas, só isso.

Mai relaxa.

— É. É, deve ser isso.

— Se nos reconhecerem — diz Blaine —, podemos dizer que a mesma coisa aconteceu conosco.

— Aí está — responde Lev. — Problema resolvido.

— Ótimo — conclui Blaine. — De volta ao trabalho. Então... eu estou pensando que podemos usar o dia depois de amanhã, porque estou programado pra estar num jogo de futebol no dia seguinte e acho que não vai ser muito bom.

Então, ele entrega dois dos pequenos Band-Aids para Mai e dois para Lev.

— Pra que precisamos de Band-Aids? — pergunta a garota.

— Fui encarregado de entregar isso a vocês depois que a gente chegasse aqui. — Blaine equilibra um dos dedos, como se fosse uma folhinha cor de carne. — Não são Band-Aids — explica. — São detonadores.

***

Nunca houve um trabalho em um oleoduto no Alaska. Afinal, que fragmentário se ofereceria para um serviço como esse? Ele só fora proposto para garantir que ninguém além de Lev, Mai e Blaine se apresentassem como voluntários. Aquela van os levara do Cemitério para uma casa arrasada, em um bairro arrasado onde pessoas que haviam sido arrasadas pela vida planejavam feitos impensáveis.

Lev sentira pavor dessas pessoas, mas se sentira semelhante a elas. Elas entendiam a infelicidade de ter sido traído pela vida. Entendiam a sensação de ter menos que nada dentro de você. E, quando contaram como Lev era importante no esquema das coisas, o menino sentiu-se, pela primeira vez em um longo tempo, realmente importante.

A palavra "mal" nunca era usada por essas pessoas — exceto para descrever os males que o mundo fizera a elas. O que estavam pedindo para Lev, Mai e Blaine fazerem não era um mal — não, não, não, de jeito nenhum. Era uma expressão de tudo o que eles sentiam por dentro. Era o espírito, e a natureza, e a manifestação de tudo o que eles haviam se tornado. Não eram apenas mensageiros, eram a mensagem. Foi com isso que preencheram a mente de Lev, e não era diferente da substância letal com que preencheram suas veias. Era distorcido. Era errado. E, ainda assim, serviu muito bem a Lev.

— Não temos outra causa além do caos — Talho, o recrutador, sempre gostara tanto de dizer. O que Talho nunca percebera, mesmo no fim da vida, é que o caos é uma causa tão atraente quanto qualquer outra. Pode até se tornar uma religião para aqueles desafortunados o bastante para nele serem batizados, aqueles cujo único consolo só pode ser encontrado em suas águas turvas.

Lev não conhece o destino de Talho. Ele não sabe que está sendo usado, nem se importa com isso. Tudo o que sabe é que muito em breve o mundo sofrerá uma pequena parte da perda e do vazio e da absoluta desilusão que ele sente por dentro. E eles saberão no momento em que ele erguer as mãos para aplaudir.

58 · Connor

Connor come o café da manhã tão rápido quanto pode. Não por estar com fome, mas porque há outro lugar onde ele quer estar. A hora do café da manhã de Risa é logo antes da dele. Se ela comer devagar, e ele comer rápido, eles podem forçar seus caminhos a se cruzarem sem atrair a atenção dos funcionários de Happy Jack.

Eles se encontram no banheiro feminino. Da última vez que foram forçados a ficar em um lugar como este, usaram cabines separadas, isoladas. Agora, compartilham uma. Abraçam-se no espaço apertado sem procurar desculpas para isso. Em suas vidas não resta mais tempo para jogos, nem para constrangimento, nem para fingir que não gostam um do outro. Então, eles se beijam como se tivessem feito isso desde sempre. Como se fosse tão fundamental quanto a necessidade de oxigênio.

Ela toca os hematomas no rosto e no pescoço dele, aqueles que ganhou na luta com Roland. Ela pergunta o que aconteceu. Ele diz que não é importante. Ela diz que não pode ficar muito mais tempo aqui, que Dalton e os outros membros da banda esperarão por ela no telhado do Ferro-Velho.

— Eu ouvi você tocar — conta Connor. — Você é maravilhosa.

Ele a beija outra vez. Os dois não falam de fragmentários. Neste momento, nada disso existe. Connor sabe que eles iriam mais longe se pudessem — mas não aqui, não em um lugar como este. O relacionamento nunca dará em nada, mas de alguma forma ele está contente em saber que, em outro lugar e época, teria dado. Ele a abraça por dez segundos. Vinte. Trinta. Depois ela lhe escapa e ele volta ao refeitório. Dentro de alguns minutos ele a escuta tocar, a melodia de sua música transbordando, enchendo Happy Jack com a trilha sonora dos condenados, que pulsa como um coração.

59 · Roland

Eles vêm buscar Roland na manhã seguinte, logo após o café da manhã. Um conselheiro da colheita e dois guardas o cercam no corredor do dormitório, isolando-o dos outros.

— Vocês não me querem — diz Roland desesperadamente. — Eu não sou o Desertor de Akron. É o Connor que vocês querem.

— Receio que não — responde o conselheiro.

— Mas... mas eu só estou aqui há alguns dias... — Ele sabe por que isso aconteceu. É porque ele acertou aquele cara com a bola de vôlei, deve ser isso. Ou é por causa da luta com Connor. Connor o denunciou! Ele sabia que Connor o denunciaria!

— É o seu tipo sanguíneo — informa o conselheiro. — AB negativo... é raro e está com uma demanda muito alta. — Ele sorri. — Pense desta forma, você vale mais do que qualquer outro garoto na sua unidade.

— Sorte a sua — diz um dos guardas enquanto agarra Roland pelo braço.

— Se serve de consolo — conclui o conselheiro —, seu amigo Connor está com a fragmentação agendada para esta tarde.

Roland sente as pernas fracas enquanto eles o trazem para a luz do dia. O carpete vermelho se estende diante dele, com cor de sangue seco. Toda vez que os adolescentes têm que atravessar esse terrível caminho de pedra, pulam por cima dele como se tocá-lo desse má sorte. Agora, não deixam que Roland saia dele.

— Eu quero um padre — diz ele. — Eles dão padres pras pessoas, né? Eu quero um padre!

— Padres dão a extrema-unção — responde o conselheiro, colocando uma mão gentil no ombro dele. — Isso é para pessoas que estão morrendo. Você não vai morrer... ainda vai estar vivo, só que de um jeito diferente.

— Ainda assim eu quero um padre.

— Tudo bem, vou ver o que posso fazer.

A banda no teto do Ferro-Velho iniciou o repertório da manhã. Eles tocam uma música dançante conhecida, como se para zombar da marcha fúnebre que toca dentro da mente dele. Roland sabe que Risa está na banda agora. Ele a vê lá em cima tocando o teclado. Sabe que ela o odeia, mas ainda assim acena para ela, tentando chamar-lhe a atenção. Mesmo o reconhecimento de alguém que o odeia é melhor do que não ter ninguém além de estranhos observando-o perecer.

Ela não olha para o tapete vermelho. Ela não o vê. Ela não sabe. Talvez alguém lhe conte depois que hoje ele foi fragmentado. Ele imagina o que ela sentirá.

Chegaram ao fim do tapete vermelho. Há cinco degraus de pedra levando às portas do Ferro Velho. Roland para diante do primeiro degrau. Os guardas tentam empurrá-lo adiante, mas ele se livra com safanões.

— Eu preciso de mais tempo. Mais um dia. Só isso. Mais um dia. Amanhã eu vou estar pronto. Prometo!

Ainda assim, acima dele, a banda toca. Ele quer gritar, mas aqui, tão perto do Ferro-Velho, seus gritos serão afogados pela música. O conselheiro sinaliza para os guardas. Eles agarram o garoto com mais firmeza sob as axilas, forçando-o a subir aqueles cinco degraus. Em um momento ele já passou pelas portas, que se fecham deslizando atrás dele, separando-o do mundo. Ele nem consegue ouvir mais a banda. O Ferro-Velho é à prova de som. De alguma forma, ele sabia que seria.

60 · Colheita

Ninguém sabe como acontece. Ninguém sabe como é feita. A colheita dos fragmentários é um ritual médico secreto que fica confinado às paredes de cada clínica de colheita da nação. Sob esse aspecto, não é diferente da própria morte, pois ninguém sabe que mistérios jazem além daquelas portas secretas.

O que é necessário para fragmentar os indesejados? São necessários doze cirurgiões, em equipes de dois, entrando e saindo da sala à medida que suas especialidades médicas são solicitadas. São necessários nove cirurgiões assistentes e quatro enfermeiros. São necessárias três horas.

61 · Roland

Faz quinze minutos que Roland entrou.

A equipe médica alvoroçada ao redor usa aventais amarelo-berrantes.

Os braços e pernas do garoto foram presos à mesa de operação com tiras fortes, mas acolchoadas, para que ele não se machuque caso lute para se soltar.

Uma enfermeira enxuga o suor da testa dele.

— Relaxe, estou aqui para ajudar você a passar por isso.

Ele sente uma picada aguda no lado direito do pescoço, depois do esquerdo.

— O que é isso?

— Isso — responde a enfermeira — é a única dor que você sentirá hoje.

— É o fim, então — diz Roland. — Vocês estão me botando pra dormir?

Embora ele não possa ver a boca da mulher sob a máscara cirúrgica, pode ver o sorriso nos olhos dela.

— De forma alguma — diz ela. — Por lei, somos obrigados a manter você consciente durante todo o procedimento. — A enfermeira segura a mão dele. — Você tem o direito de saber tudo o que estiver acontecendo, a cada passo do caminho.

— E se eu não quiser?

— Você vai querer — responde um dos assistentes cirúrgicos, limpando as pernas de Roland de cima para baixo com um desinfetante cirúrgico marrom. — Todo mundo quer.

— Acabamos de inserir cateteres na sua artéria carótida e na veia jugular — informa a enfermeira. — Neste instante o seu sangue está sendo substituído por uma solução sintética rica em oxigênio.

— Mandamos o sangue de verdade direto pro banco de sangue — diz o assistente aos pés dele. — Nem uma gota é desperdiçada. Pode apostar, você vai salvar vidas!

— A solução de oxigênio também contém um anestésico que amortece os receptores de dor. — A enfermeira dá um tapinha afetuoso na mão dele. — Você vai estar totalmente consciente, mas não vai sentir nada.

Roland já sente os membros ficando dormentes. Ele engole em seco com força.

— Eu odeio isso. Odeio vocês. Odeio todos vocês.

— Eu entendo.

Vinte e oito minutos após a entrada.

A primeira equipe de cirurgiões chegou.

— Não ligue pra eles — diz a enfermeira. — Fale comigo.

— Sobre o quê?

— Qualquer coisa que você queira.

Alguém deixa cair um instrumento. Ele quica na mesa e cai no chão. Roland se encolhe por dentro. A enfermeira segura-lhe a mão com mais força.

— Talvez você tenha uma sensação de puxar perto dos tornozelos — informa um dos cirurgiões ao pé da mesa. — Não é nada com que se preocupar.

Quarenta e cinco minutos após a entrada.

Tantos cirurgiões, tanta atividade. Roland não conseguiria lembrar de algum momento em que tivera tantas atenções dirigidas a ele. Quer olhar, mas a enfermeira ocupa seu foco. Ela leu o arquivo dele. Sabe tudo sobre ele. As coisas boas e as ruins. As coisas das quais ele nunca fala. As coisas das quais não consegue parar de falar.

— Eu acho que o que o seu padrasto fez foi horrível.

— Eu estava só protegendo a minha mãe.

— Bisturi — diz um cirurgião.

— Ela deveria ter sido grata.

— Ela me mandou pra fragmentação.

— Tenho certeza de que não foi fácil pra ela.

— Tudo bem, pode grampear.

Uma hora e quinze.

Cirurgiões saem, outros chegam. Os novos adquirem um imenso interesse no abdômen de Roland. Ele olha na direção dos pés, mas não consegue enxergá-los. Em vez disso, vê um assistente limpando a metade inferior da mesa.

— Eu quase matei um cara ontem.

— Isso não importa agora.

— Eu queria matar, mas fiquei com medo. Não sei por quê, mas fiquei com medo.

— Deixa pra lá. — A enfermeira estava segurando a mão dele antes. Não está mais.

— Músculos abdominais fortes — comenta um médico. — Você malha?

Um clangor de metal. A metade inferior da mesa é desencaixada e afastada. Isso o faz pensar em quando tinha doze anos e a mãe o levara para Las Vegas. Ela o largara em um show de mágica enquanto jogava nos caça-níqueis. O mágico havia cortado uma mulher ao meio. Os dedos dos pés dela ainda se moviam, o rosto ainda sorria. A plateia aplaudia estrondosamente.

Agora Roland sente um desconforto nas entranhas. Desconforto, uma sensação de cócegas, mas dor, não. Os cirurgiões erguem e carregam coisas. Ele tenta não olhar, mas não consegue evitar. Não há sangue, apenas a tal solução rica em oxigênio, que é verde fluorescente, como um anticongelante.

— Estou com medo — diz ele.

— Eu sei — responde a enfermeira.

— Eu quero que vocês todos vão pro inferno.

— Isso é natural.

Uma equipe sai; outra entra. Esta adquire um interesse intenso pelo peito dele.

Uma hora e quarenta e cinco.

— Receio que precisemos parar de conversar agora.

— Não vá embora.

— Vou estar aqui, mas nós não vamos mais poder conversar.

O medo o cerca, ameaçando consumi-lo. Ele tenta substituí-lo com raiva, mas o medo é forte demais. Tenta substituí-lo com a satisfação de saber que Connor também será trazido muito em breve, mas nem isso o faz sentir-se melhor.

— Você vai sentir uma fisgadinha no peito — diz um cirurgião. — Não é nada com que se preocupar.

Duas horas, cinco minutos.

— Pisque duas vezes se conseguir me ouvir.

Pisca, pisca.

— Você está sendo muito corajoso.

Ele tenta pensar em outras coisas, outros lugares, mas a mente continua sendo atraída de volta para este lugar. Todos ao seu redor estão tão próximos agora. Figuras amarelas se inclinam à sua volta como pétalas de uma flor se fechando. Outra parte da mesa é levada embora. As pétalas se fecham ainda mais. Ele não merece isso. Fez muitas coisas, nem todas boas, mas não merece isso. E o padre que ele pediu nunca veio.

Duas horas, vinte minutos.

— Você vai sentir uma fisgadinha na mandíbula. Não é nada com que se preocupar.

— Pisque duas vezes se puder me ouvir.

Pisca, pisca.

— Ótimo.

Ele trava o olhar na enfermeira, cujos olhos ainda sorriem. Eles sempre sorriem. Alguém fez com que ela tivesse olhos eternamente sorridentes.

— Eu receio que agora você precise parar de piscar.

— Cadê o relógio? — pergunta um dos cirurgiões.

— Duas horas e trinta e três minutos.

— Estamos atrasados.

Ainda não é escuridão, só uma ausência de luz. Ele ouve tudo ao redor, mas não consegue mais se comunicar. Outra equipe entrou.

— Ainda estou aqui — diz a enfermeira, mas depois fica em silêncio. Alguns momentos depois ele ouve passos e sabe que ela foi embora.

— Você vai sentir uma fisgadinha no couro cabeludo — informa um cirurgião. — Não é nada com que se preocupar.

É a última vez que falam com ele. Depois disso, os médicos conversam como se Roland não estivesse mais lá.

— Você viu o jogo ontem?

— Baita decepção.

— Separando o corpo caloso.

— Bela técnica.

— Bom, não sou nenhum neurocirurgião. — Risadas por toda parte.

Memórias piscam e faíscam. Rostos. Pulsos oníricos de luz no fundo da mente. Sentimentos. Coisas nas quais ele não pensava havia anos. As memórias florescem, depois murcham. Quando Roland tinha dez anos, quebrou o braço. O médico disse à sua mãe que ele poderia ganhar um braço novo ou um gesso. O gesso era mais barato. Ele desenhou um tubarão nele. Quando o gesso saiu, ele fez uma tatuagem no lugar para tornar o tubarão permanente.

— Se pelo menos tivessem acertado aquela cesta no final.

— Vão ser os Bulls de novo. Ou os Lakers.

— Começando o trabalho no córtex cerebral esquerdo.

Outra memória faísca.

Quando eu tinha seis anos, meu pai foi para a cadeia por uma coisa que ele fez antes de eu nascer. Eu nunca soube o que ele fez, mas Mamãe diz que sou exatamente como ele.

— Os Suns não têm a menor chance...

— Bom, se tivessem uma equipe técnica decente...

— Lobo temporal esquerdo.

Quando eu tinha três anos, tive uma babá. Ela era linda. Ela sacudiu a minha irmãzinha. Bem forte. Minha irmã ficou esquisita. Nunca ficou normal outra vez. As lindas são perigosas. Melhor pegá-las primeiro.

— Bom, talvez eles cheguem às eliminatórias no ano que vem.

— Ou no outro ano.

— A gente tirou os nervos auditivos?

— Ainda não. Vou tirar agora mes...

Estou sozinho. E estou chorando. E ninguém vem até o berço. E a lâmpada noturna queimou. E eu estou furioso. Tão furioso.

Lobo frontal esquerdo.

Eu... eu... eu não me sinto muito bem.

Lobo occipital esquerdo.

Eu... eu... eu não lembro onde...

Lobo parietal esquerdo.

Eu... eu... eu não consigo lembrar meu nome, mas... mas...

Temporal direito.

... mas ainda estou aqui.

Frontal direito.

Eu ainda estou aqui...

Occipital direito.

Ainda estou...

Parietal direito.

Estou...

Cerebelo.

Estou...

Tálamo.

Eu...

Hipotálamo.

Eu...

Hipocampo.

...

Medula.

...

...

...

Cadê o relógio?

— Três horas e dezenove minutos.

— Tudo bem, eu vou pro intervalo. Preparem tudo pro próximo.

62 · Lev

Os detonadores estão escondidos em uma meia nos fundos do cubículo. Qualquer um que os encontre pensará que são Band-Aids. Ele tenta não pensar nisso. Pensar nisso é trabalho de Blaine, assim como dizer a Lev quando chegar a hora.

Hoje, a unidade de dízimos de Lev está fazendo uma caminhada pela natureza para comungar com a criação. O pastor que os guia é um dos mais presunçosos. Ele fala como se cada palavra que saísse de sua boca fosse uma pérola de sabedoria, pausando após cada pensamento como se esperasse que alguém anotasse o que ouviu.

Ele os leva até uma estranha árvore desfolhada do inverno. Lev, que está acostumado a invernos com gelo e neve, acha esquisito que as árvores no Arizona ainda percam as folhas. Esta tem uma profusão de galhos que não combinam uns com os outros, cada um com casca e textura diferentes.

— Eu queria que vocês vissem isso — diz o pastor ao grupo. — Não há muito para ver agora, mas, oh, vocês deveriam vê-la na primavera. Ao longo dos anos, muitos de nós enxertamos ramos de nossas árvores favoritas no tronco. — Ele aponta para os muitos galhos. — Este aqui dá flores cor-de-rosa de cerejeira, e este aqui se enche de enormes folhas de sicômoro. Este floresce com flores púrpuras de jacarandá, e este outro fica pesado de pêssegos.

Os dízimos examinam a árvore, tocando os galhos cuidadosamente, como se a qualquer momento ela pudesse se transformar na sarça ardente.

— Que tipo de árvore era no começo? — pergunta um dos dízimos.

O pastor não sabe responder.

— Não tenho certeza, mas na verdade não importa... o que importa é o que ela se tornou. Nós a chamamos de nossa arvorezinha da vida. Não é maravilhosa?

— Não tem nada de maravilhoso nisso. — As palavras saem da boca de Lev antes que ele perceba que as disse, como com arroto súbito e inesperado. Todos os olhos se voltam para ele, que rapidamente emenda: — É o trabalho dos homens, e não deveríamos nos orgulhar dele. "Quando vem o orgulho, chega a desgraça, mas a sabedoria está com os humildes."

— Sim — confirma o pastor. — Provérbios... onze, não é?

— Provérbios, 11:2.

— Muito bom. — Ele parece apropriadamente humilhado. — Bem, ela *é* bonita na primavera.

O caminho de volta até a casa dizimal os leva por campos e pátios onde os péssimos estão sendo observados e levados às melhores condições físicas antes da fragmentação. Os dízimos suportam a zombaria e os resmungos ocasionais dos péssimos, como mártires.

É quando eles passam pelos dormitórios que Lev se vê cara a cara com alguém que ele jamais esperara ver novamente. Ele se vê bem na frente de Connor.

Cada um estava indo em uma direção. Cada um vê o outro ao mesmo tempo e para a poucos passos, encarando em choque absoluto.

— Lev?

De repente o pastor pomposo está ali, agarrando ambos os ombros de Lev.

— Fique longe dele! — rosna o pastor para Connor. — Você já não causou dano suficiente? — Então ele arrebata Lev e o leva embora, deixando Connor parado ali.

— Está tudo bem — diz o pastor, o aperto protetor nos ombros do menino ainda firme enquanto marcham. — Sabemos muito bem quem ele é e o que fez a você. Esperávamos que você não descobrisse que ele estava neste mesmo campo de colheita. Mas eu lhe prometo, Lev, ele nunca mais prejudicará você. — Então, diz em voz baixa: — Esse menino vai ser fragmentado hoje à tarde.

— Quê?

— E já era hora mesmo!

Não é comum ver dízimos sem supervisão nas instalações de Happy Jack, embora eles normalmente andem em bandos — ou, pelo menos, em grupos de dois. Raro é ver um andando apressado e sozinho, quase correndo pelos campos.

Lev não ficou muito tempo parado depois que voltou à casa dizimal — aproveitou a primeira oportunidade para sair despercebido. Agora ele está procurando Blaine e Mai por toda parte.

Connor vai ser fragmentado hoje à tarde. Como isso pode ter acontecido? Como ele chegou até aqui? Connor estava em segurança no Cemitério. O Almirante o expulsou ou ele partiu por vontade própria? De um jeito ou de outro, Connor deve ter sido pego e trazido para cá. A única coisa que confortava Lev — a segurança de seus amigos — agora foi arrancada dele. A fragmentação de Connor não deve ser permitida... e Lev tem o poder para impedi-la.

Ele encontra Blaine no gramado entre a sala de jantar e os dormitórios, passando por uma série de exercícios calistênicos com sua unidade. Blaine os realiza estranhamente, aplicando tão pouca força quanto possível, fazendo com que todos os movimentos sejam de baixo impacto.

— Preciso falar com você.

Blaine olha para ele, surpreso e furioso.

— Que é, tá louco? O que você tá fazendo aqui?

Um funcionário o vê e segue em linha reta até os dois — afinal, todos sabem que dízimos e péssimos não se misturam.

— Está tudo bem — explica Lev ao funcionário. — Eu o conheço da minha cidade. Só queria me despedir.

O funcionário é relutante em dar sua aprovação.

— Tudo bem, mas seja rápido.

Lev puxa Blaine de lado, garantindo que ambos estejam longe o bastante para ninguém escutá-los.

— Nós vamos fazer hoje — diz Lev. — Chega de esperar.

— Ei — retruca Blaine —, *eu* decido quando vamos fazer, e eu digo que ainda não.

— Quanto mais esperarmos, maior será o risco de acontecer por acidente.

— E daí? O acaso funciona também.

Ele quer bater em Blaine, mas sabe que, se fizer isso, provavelmente deixará no campo uma cratera com quarenta metros de diâmetro. Então, diz a única coisa que sabe com toda a certeza que fará Blaine ceder:

— Eles sabem sobre nós — sussurra Lev.

— Quê?

— Não sabem quem é, mas sabem que há batedores aqui. Tenho certeza de que estão conferindo os testes sanguíneos de novo neste exato momento, procurando alguma coisa anormal. Não vai demorar muito até eles nos descobrirem.

Blaine range os dentes e xinga. Ele pensa por um momento, depois começa a balançar a cabeça.

— Não, não, eu não estou pronto.

— Não importa se você está pronto. Você quer o caos? Bom, o caos vai chegar hoje, quer você deseje ou não... porque, se eles nos descobrirem, o que acha que vão fazer?

Blaine parece ainda mais nauseado pela ideia.

— Vão nos detonar na floresta?

— Ou no meio do deserto, onde ninguém nunca vai saber.

Blaine pensa nisso por mais um momento e depois respira fundo, estremecendo.

— Vou encontrar a Mai na hora do almoço e contar pra ela. Vamos fazer exatamente às duas da tarde.

— Que seja à uma.

Lev revira seu cubículo, ficando cada vez mais frenético. Aquelas meias têm que estar aqui! Têm que estar — mas ele não consegue encontrá-las. Os detonadores não são cruciais, mas são mais limpos. Lev quer que tudo seja limpo. Limpo e rápido.

— Isso é meu.

Ele se vira para ver o menino loiro de olhos verde-esmeralda parado atrás dele.

— Esse é o meu cubículo. O seu é ali.

Lev olha ao redor e percebe que errou por uma cama. Não há nada na unidade para diferenciar as camas e cubículos uns dos outros.

— Se está precisando de meias, eu posso emprestar.

— Não, eu tenho meias, obrigado. — Ele respira fundo, fecha os olhos, coloca o pânico sob controle e se dirige ao cubículo certo. A meia com os detonadores está lá. Ele a guarda discretamente no bolso.

— Você está bem, Lev? Está meio estranho.

— Estou ótimo. É que eu acabei de correr, só isso. Estava correndo na esteira.

— Não, não estava — retruca o menino. — Eu acabei de vir da ginástica.

— Escuta, cuida da sua vida, tá? Eu não sou seu companheiro, não sou seu amigo.

— Mas nós deveríamos ser amigos.

— Não. Você não me conhece. Não sou como você, tá? Então, vê se me deixa em paz!

Então ele escuta uma voz mais profunda atrás de si.

— Já chega, Lev.

Ele se vira e vê um homem de terno. Não é um dos pastores, mas o conselheiro que cuidou da entrada de Lev aqui uma semana atrás. Isso não pode ser bom.

O conselheiro meneia a cabeça para o garoto loiro.

— Obrigado, Sterling.

O menino baixa o olhar e sai às pressas.

— Nós designamos o Sterling para ficar de olho em você e ter certeza de que você se adaptaria. Estamos, no mínimo, preocupados.

Lev senta-se em uma sala com o conselheiro e dois pastores. A meia está saliente dentro do bolso. Ele mexe os joelhos nervosamente, depois lembra que não deveria fazer nenhum movimento brusco, ou pode se detonar. Ele se força a parar.

— Você parece perturbado, Lev — diz o conselheiro. — Gostaríamos de entender por quê.

O garoto olha para o relógio. São 12h48. Doze minutos até a hora de ele, Mai e Blaine se encontrarem e fazerem o serviço.

— Eu vou ser dizimado — responde Lev. — É motivo suficiente?

O mais jovem dos dois pastores se inclina para a frente.

— Nós tentamos garantir que cada dízimo chegue ao estado dividido no estado de espírito apropriado.

— Não estaríamos fazendo nosso trabalho se não tentássemos endireitar as coisas pra você — emenda o pastor mais velho. Então, oferece um sorriso tão forçado que mais parece uma careta.

Lev quer gritar com eles, mas sabe que isso não o tirará daqui mais rápido.

— Eu só não tenho vontade de estar perto de outros meninos agora. Eu prefiro me preparar pra isso sozinho, tá bom?

— Mas não é bom — responde o pastor mais velho. — Não é assim que fazemos as coisas por aqui. Todos apoiam uns aos outros.

O pastor jovem se inclina para a frente.

— Você precisa dar uma chance aos outros. Todos eles são bons meninos.

— Bom, talvez eu não seja! — Lev não pode evitar olhar para o relógio outra vez. Meio-dia e cinquenta. Mai e Blaine estarão no local combinado daqui a dez minutos, e se ele ainda estiver aqui nesta porcaria de escritório? Não será simplesmente ótimo?

— Tem algum lugar onde você precise estar? — pergunta o conselheiro. — Você fica olhando as horas.

Lev sabe que sua resposta precisa fazer sentido ou esses homens suspeitarão mesmo dele.

— Eu... eu ouvi dizer que o menino que me raptou ia ser fragmentado hoje. Estava só imaginando se já aconteceu.

Os pastores e o conselheiro se entreolham, e o último se reclina para trás na cadeira, tão calmo quanto se pode ser.

— Se ele ainda não tiver sido fragmentado, será muito em breve. Lev, eu acho que seria saudável discutir o que aconteceu com você enquanto foi mantido como refém. Tenho certeza de que foi horrível, mas falar sobre isso pode tirar o poder dessa lembrança. Eu gostaria de fazer uma reunião especial esta noite com a sua unidade. Será um momento para você compartilhar com os outros o que tem guardado aí dentro. Acho que você descobrirá que eles são muito compreensivos.

— Esta noite — responde Lev. — Tudo bem. Ótimo. Eu vou falar sobre tudo hoje à noite. Talvez o senhor esteja certo e isso me faça sentir melhor.

— Só queremos tranquilizar você — diz um dos pastores.

— Então, posso ir agora?

O conselheiro o analisa por mais um momento.

— Você parece tão tenso. Eu gostaria de orientar você em alguns exercícios de relaxamento...

63 · Guarda

Ele odeia seu emprego, odeia o calor, odeia ter que ficar parado na frente do Ferro-Velho por horas vigiando as portas, garantindo que ninguém entre ou saia sem autorização. Na época da Casa Estatal, ele sonhara abrir um negócio com os colegas, mas ninguém empresta dinheiro para meninos de Casas Estatais iniciarem empreendimentos. Mesmo depois que ele mudou seu sobrenome de Ward para Mullard — o nome da família mais rica na cidade —, não conseguiu enganar ninguém. No final das contas, metade das pessoas da Casa Estatal havia adotado aquele mesmo nome quando saíram, achando que seriam mais espertos que todo o mundo. O melhor que ele conseguiu fazer foi encontrar uma série de empregos frustrantes no ano em que saiu da Casa — e o mais recente deles é ser um guarda de campo de colheita.

No teto, a banda começou a tocar o repertório da tarde. Pelo menos isso ajuda a passar o tempo um pouco mais rápido.

Dois fragmentários se aproximam e sobem nos degraus na direção do guarda. Eles não estão sendo escoltados, e ambos trazem pratos cobertos com papel-alumínio. O guarda não gosta do jeito deles. O garoto tem a cabeça raspada. A garota é asiática.

— O que vocês querem? Não deveriam estar aqui.

— Disseram pra gente entregar isto pra banda.

Ambos parecem nervosos e desonestos. Isso não é novidade. Todos os fragmentários ficam nervosos perto do Ferro-Velho — e, para o guarda, todos os fragmentários são desonestos.

Ele espia debaixo do papel-alumínio. Frango assado. Purê de batata. De fato, manda-se comida para a banda de vez em quando, mas normalmente são funcionários que a trazem, não fragmentários.

— Achei que eles tinham acabado de almoçar.

— Acho que não — responde o careca. Ele está com cara de quem preferiria estar em qualquer lugar no mundo que não em frente ao Ferro-Velho.

Então, o guarda decide prolongar o tormento, fazendo-os ficar ali por ainda mais tempo.

— Vou ter que verificar isso — diz ele. Saca o telefone e liga para o escritório da administração. Dá sinal de ocupado. Típico. O guarda imagina o que lhe causaria mais problemas: deixá-los levar a comida para dentro ou mandá-los embora se eles tiverem sido realmente enviados pela administração. Ele analisa o prato nas mãos da garota. — Me deixa ver isso. — Ele retira o papel-alumínio e pega para si o maior peito de frango. — Entrem pelas portas de vidro e subam a escada à sua esquerda. Se eu vir vocês indo pra qualquer outro lugar além da escada, vou entrar e disparar o tranquilizante tão rápido que vocês nem vão ver o que os atingiu.

Depois que entram, eles estão fora das vistas e do pensamento. O guarda não sabe que, embora tenham se dirigido à escada, nunca levarão a comida para a banda — simplesmente descartarão os pratos. E ele nem notou os pequenos Band-Aids nas palmas das mãos de ambos.

64 · Connor

Connor olha pela janela do dormitório, arrasado. Lev está aqui em Happy Jack. Como ele chegou aqui não importa; tudo o que importa é que Lev agora será fragmentado. Tanto esforço para nada. A sensação de inutilidade de Connor faz com que ele sinta como se uma parte dele já tivesse sido separada do corpo e vendida.

— Connor Lassiter?

Ele se vira para ver dois guardas na entrada. Ao seu redor, a maior parte dos garotos já saiu do dormitório para cuidar de suas atividades da tarde. Os que restam olham rapidamente para os guardas e para Connor, depois desviam o olhar, ocupando-se com qualquer coisa que os mantenha fora desse assunto.

— Isso. O que vocês querem?

— Sua presença é solicitada na clínica de colheita — informa o primeiro guarda. O outro não fala. Apenas mastiga chiclete.

A primeira reação de Connor é pensar que isso não pode ser o que está parecendo. Talvez Risa os tenha enviado. Talvez ela queira tocar alguma coisa para ele. Afinal, agora que ela está na banda, tem mais influência do que um fragmentário qualquer, não tem?

— A clínica de colheita — ecoa Connor. — Pra quê?

— Bom, digamos apenas que hoje você vai deixar Happy Jack.

Chomp, chomp, faz o outro guarda com o chiclete.

— Deixar?

— Qual é, filho, a gente tem que dizer com todas as letras pra você entender? Você é um problema aqui. Muitos dos outros ainda te veem como um exemplo, e isso nunca é uma boa coisa num campo de colheita. Então, a administração decidiu dar um jeito no problema.

Eles avançam sobre Connor, erguendo-o pelos braços.

— Não! Não! Vocês não podem fazer isso.

— Podemos e vamos. É o nosso trabalho. E, quer você torne a coisa difícil ou fácil, não importa. Nosso trabalho vai ser feito de todo jeito.

Connor olha para os outros garotos como se eles pudessem ajudá-lo, mas não o fazem.

— Adeus, Connor — diz um deles, mas nem mesmo olha na direção de Connor.

O guarda que masca chiclete parece mais simpático, o que significa que pode haver uma forma de obter socorro. Connor olha suplicante para ele. Isso faz o guarda parar de mascar por um instante. Ele pensa um pouco e diz:

— Tenho um amigo que está procurando olhos castanhos, porque a namorada dele não gosta dos que ele arranjou. É um cara legal... você poderia ir parar num lugar bem pior.

— Quê?

— A gente às vezes pode escolher as partes aqui — explica ele. — É uma das vantagens do trabalho. De qualquer jeito, só o que estou dizendo é que posso te dar um pouco de paz de espírito. Você sabe que seus olhos não vão pra algum vagabundo nem nada assim.

O outro guarda solta uma risadinha.

— Paz de espírito. Boa. Tá legal, hora de ir.

Eles empurram Connor adiante, e ele tenta se preparar, mas como se preparar para algo assim? *Talvez o que eles dizem seja verdade. Talvez isso não seja morrer. Talvez seja só uma passagem para uma nova forma de vida. Talvez fique tudo bem, não é? Não é?*

Ele tenta imaginar como devem sentir-se os prisioneiros que são levados para a execução. Será que eles lutam? Connor tenta se imaginar chutando e gritando por todo o caminho até o Ferro-Velho, mas de que adiantaria? Se seu tempo na Terra como Connor Lassiter está acabando, então talvez ele deva usá-lo bem. Ele deve se permitir passar os momentos finais apreciando quem foi. Não! Quem ele ainda *é*! Deveria apreciar os últimos alentos que entram e saem de seus pulmões enquanto esses pulmões ainda estão sob seu controle. Deveria sentir a tensão e relaxar os músculos enquanto anda, e enxergar as muitas vistas de Happy Jack com *seus* olhos e guardá-las em *seu cérebro.*

— Tirem as mãos de mim. Vou andar sozinho — ordena ele aos guardas, e eles instantaneamente o libertam, talvez surpresos pela autoridade em sua voz. Ele gira os ombros, estala o pescoço e dá um passo à frente. O primeiro é o mais difícil, mas deste momento em diante ele decide que não há de correr nem vacilar. Não vai nem tremer nem lutar. Fará a última caminhada de sua vida com passos firmes — e, daqui a algumas semanas, alguém, em algum lugar, terá na mente a memória de que este jovem, quem quer que tenha sido, encarou o destino com dignidade e orgulho.

65 · Batedores

Quem poderia dizer o que passa pela cabeça de um batedor momentos antes de realizar seu feito malévolo? Sem dúvida, quaisquer que sejam esses pensamentos, são mentiras. No entanto, como todas as fraudes perigosas, as mentiras que os batedores contam a si mesmos usam disfarces sedutores.

Para batedores que foram levados a acreditar que seus atos são aprovados por Deus, a mentira se veste em mantos sagrados e tem braços abertos prometendo uma recompensa que nunca virá.

Para batedores que creem que seu ato de alguma forma causará uma transformação no mundo, a mentira se disfarça como uma multidão que os encara do futuro, sorrindo e apreciando o que fizeram.

Para batedores que procuram apenas compartilhar sua desgraça pessoal com o mundo, a mentira é uma imagem deles mesmos livres da dor ao testemunhar a dor de outros.

E, para batedores que são guiados pela vingança, a mentira é uma balança da justiça, na qual ambos os pratos pesam o mesmo, finalmente equilibrados.

Só quando um batedor une as duas mãos é que a mentira se revela, abandonando o batedor naquele instante final de forma que ele parta deste mundo completamente sozinho, sem nem mesmo uma mentira para acompanhá-lo no esquecimento.

Ou acompanhá-la.

O caminho que trouxe Mai a este momento da vida foi cheio de fúria e decepção. Seu ponto de ruptura foi Vincent. Foi um garoto que ninguém conheceu. Foi um garoto que ela encontrou e pelo qual se apaixonou no depósito, mais de um mês atrás. Foi um menino que morreu em pleno voo, enfiado em uma caixa com quatro outros garotos que sufocaram em seu próprio dióxido de carbono. Ninguém pareceu notar o desaparecimento dele, e certamente ninguém se importou. Ninguém além de Mai, que encontrara sua alma gêmea e a perdeu no dia em que chegou ao Cemitério.

A culpa era do mundo, mas, quando ela testemunhou em segredo os cinco Dourados do Almirante enterrando Vincent e os outros, foi capaz de dar rostos à própria fúria. Os Dourados enterraram Vincent sem o menor respeito, de maneira profana. Fizeram piadas e riram. Cobriram os quatro corpos mortos descuidadamente com terra, assim como os gatos cobrem a própria merda. Mai nunca sentiu tanto ódio.

Depois que Talho fez amizade com ela, ela lhe contou o que viu e ele concordou que a vingança era necessária. Foi ideia de Talho matar os Dourados. Foi Blaine quem os drogou e os levou até o avião da FedEx — mas foi Mai quem trancou a escotilha da caixa. Para ela, foi fantástico ver que matar podia ser tão fácil quanto fechar uma porta.

Depois disso, não houve mais volta para Mai. Ela já arrumara a cama: só lhe restava deitar-se nela. Ela sabe que hoje é o dia em que descansará.

Assim que entra no Ferro-Velho, ela encontra uma sala usada como depósito, cheia de luvas cirúrgicas, seringas e instrumentos brilhantes que ela não consegue identificar. Sabe que Blaine está em algum lugar na ala norte do edifício. Ela espera que Lev também esteja na posição certa, na doca de carga nos fundos do Ferro-Velho — pelo menos, este é o plano. Agora é exatamente uma hora da tarde. Hora de trabalhar.

Mai entra na sala de armazenagem e fecha a porta. E espera. Ela fará o que precisa, mas não ainda. Que um dos outros faça antes. Ela se recusa a ser a primeira.

Blaine espera em um corredor deserto no segundo andar. Esta área do Ferro-Velho não parece estar em uso. Ele decidiu não utilizar os detonadores. Detonadores são para covardes. Para um batedor durão, uma única palma poderosa é o bastante para gerar destruição, mesmo sem detonadores — e Blaine quer acreditar que é um dos durões, como seu irmão foi. Ele fica parado no fim do corredor, as pernas afastadas na distância dos ombros, pulando sobre os calcanhares como um tenista à espera da bola. Suas mãos estão separadas. Mas ele aguarda. Ele é durão, sim — mas não quer ser o primeiro.

Lev convenceu o psicólogo de que está adequadamente relaxado. É o melhor maior fingimento de sua vida, pois seu coração está acelerado e há tanta adrenalina inundando o seu sangue que ele teme entrar em combustão espontânea.

— Por que você não volta à casa dizimal? — sugere o doutor. — Passe algum tempo lá conhecendo melhor os outros meninos. Faça um esforço, Lev... você vai ficar feliz por isso.

— Sim. Sim, vou fazer isso. Obrigado. Eu me sinto melhor agora.

— Que bom.

O conselheiro faz um gesto para os pastores e todos se levantam. São 1h04. Lev quer sair correndo pela porta, mas sabe que isso só lhe arranjará outra sessão de terapia. Ele deixa o escritório acompanhado dos pastores, que tagarelam sobre o lugar dele no esquema das coisas e sobre as alegrias de ser um dízimo. Só quando Lev chega lá fora é que percebe a comoção. Adolescentes estão fugindo de suas atividades e entrando nas áreas comuns entre os dormitórios e o Ferro-Velho. Será que Blaine e Mai já detonaram? Ele não ouviu nenhuma explosão. Não, isso é outra coisa.

— É o Desertor de Akron — ele ouve alguém gritar. — Ele vai ser fragmentado!

É quando Lev visualiza Connor. Ele está na metade do caminho pelo tapete vermelho, marchando com dois guardas logo atrás de si. Os jovens se reuniram nos gramados, mas mantêm distância enquanto mais jovens chegam. Estão enxameando para fora dos dormitórios, do refeitório — de toda parte.

A banda parou de tocar no meio de uma música. A tecladista — uma garota — geme ao ver Connor no caminho de pedra avermelhada. O rapaz olha para ela lá em cima, para por um instante e lhe assopra um beijo antes de continuar. Lev consegue ouvi-la chorar.

Agora guardas, funcionários e conselheiros convergem para o pátio em pânico, tentando conduzir esse ajuntamento volátil de adolescentes de volta a seus lugares, mas ninguém quer ir embora. Os jovens só ficam ali — talvez não possam impedir isso, mas podem ser testemunhas. Podem estar ali enquanto Connor se dirige ao fim desta vida.

— Vamos lá, essa é pro Desertor de Akron! — berra um menino. — Essa é pro Connor! — E ele começa a aplaudir. Logo toda a multidão de jovens está aplaudindo e dando vivas a Connor enquanto ele marcha pelo tapete vermelho.

Aplausos.

Palmas.

Mai e Blaine!

De repente, Lev percebe o que está a ponto de acontecer. Ele não pode deixar Connor entrar lá! Não agora! Precisa detê-lo.

Lev se separa dos pastores. Connor está quase nos degraus do Ferro-Velho. Lev corre entre as pessoas, mas não pode sair empurrando-as. Se fizer isso, sabe que detonará. Ele precisa ser rápido, mas também cuidadoso — e ser cuidadoso o torna mais lento.

— Connor! — grita ele, mas os vivas ao redor são altos demais. E agora a banda começou a tocar outra vez. Estão tocando o hino nacional, exatamente como fazem nos funerais de grandes cidadãos americanos. Os guardas e funcionários não podem impedir isso. Eles tentam, mas não podem — e estão tão ocupados tentando controlar a multidão que deixam Lev passar livremente até o tapete vermelho.

Agora ele tem o caminho livre até Connor, que começou a subir os degraus. Lev grita o nome dele novamente, mas Connor ainda não consegue ouvi-lo. Embora Lev corra pelo tapete, ainda está a quase vinte metros de distância quando as portas de vidro se abrem e Connor entra com os guardas.

— Não! Connor, não!

Mas as portas se fecham. Connor está dentro do Ferro-Velho. Mas não será fragmentado. Ele morrerá, exatamente como todas as outras pessoas lá dentro... e, como se para completar o fracasso de Lev, ele finalmente olha para o teto e encontra a tecladista olhando diretamente para ele.

É Risa.

Como ele pode ter sido tão estúpido? Deveria ter sabido desde o começo que era ela pela forma como havia chorado, e pelo beijo que Connor soprara para ela. Lev fica parado ali, petrificado e incrédulo... E então o fim do mundo acontece.

Blaine ainda está parado no fim do corredor, esperando que alguém detone primeiro.

— Ei! Quem é você? O que está fazendo aqui? — grita um guarda para Blaine.

— Fique longe! — responde Blaine. — Fique longe, senão...

O guarda saca a pistola de tranquilizantes e fala ao rádio:

— Tenho um fragmentário desgarrado aqui em cima. Preciso de reforços!

— Estou te avisando — diz Blaine. Mas o guarda sabe exatamente como lidar com um fragmentário desgarrado no Ferro-Velho. Ele mira com a arma de tranquilizantes na coxa esquerda do garoto e dispara.

— Não!

Mas é tarde demais. O impacto de uma bala tranquilizante é mais eficaz que qualquer detonador. Blaine e o guarda são incinerados quando os quase seis litros de líquido explosivo correndo pelo corpo do jovem se inflamam.

Mai ouve a explosão. Ela sacode toda a sala de armazenagem como um terremoto. A garota não pensa nisso. Não pode. Não mais. Ela olha para os detonadores na palma da mão. Isto é por Vincent. Isto é por seus pais, que assinaram a ordem de fragmentação. Isto é para o mundo todo.

Ela bate palmas uma vez.

Nada.

Bate palmas duas vezes.

Nada.

Bate uma terceira vez.

Três é o número certo.

No momento em que Risa *vê* Lev parado lá embaixo, no tapete vermelho, uma explosão irrompe na ala norte do Ferro-Velho. Ela se vira para ver a ala inteira desmoronar.

— Ai, meu Deus! Ai, meu Deus!

— A gente tem que sair daqui! — grita Dalton, mas, antes que possa fazer alguma coisa, uma segunda explosão ruge abaixo deles, mandando as placas de ventilação pelos ares feito foguetes. O chão debaixo dos pés racha como gelo fino e o teto inteiro se desfaz. Risa mergulha com o resto da banda no abismo fumacento, e nesse instante tudo em que consegue pensar é em Connor. A banda nunca pôde terminar o hino de adeus para ele.

Lev fica ali parado enquanto o vidro explode ao seu redor. Ele vê a banda cair quando o teto desaba. Um uivo nasce dentro dele, escapando-lhe da boca, um som inumano nascido de uma agonia que ele não consegue descrever. Seu mundo realmente acabou. Agora ele precisa finalizar o trabalho.

Parado ali, diante do edifício arruinado, ele tira a meia do bolso. Manuseia a peça até encontrar os detonadores. Retira o verso, revelando o adesivo, e gruda cada um na palma de uma das mãos. Parecem estigmas, os ferimentos dos pregos nas mãos de Cristo. Ainda berrando sua agonia, ele ergue as mãos diante do corpo, preparando-se para fazer a dor ir embora. Ele ergue as mãos diante do corpo. Ele ergue as mãos diante do corpo. Ele ergue as mãos diante do corpo.

E não consegue juntá-las.

Ele quer. Precisa. Mas não consegue.

Faça isso parar. Por favor, alguém faça tudo isso parar.

Não importa o quanto ele tente, não importa o quanto sua mente queira acabar com isso aqui e agora, outra parte dele — uma parte *mais forte* — se recusa a deixá-lo bater palmas. Agora, até como fracasso ele é um fracasso.

Deus, querido Deus, o que estou fazendo? O que eu fiz? Como vim parar aqui?

A multidão, que fugiu ao som das explosões, já voltou. Eles ignoram Lev, pois há algo mais para ver.

— Olhem! — grita alguém. — *Olhem!*

Lev se vira para ver o que o garoto está apontando. Saindo pelas portas de vidro despedaçadas do Ferro-Velho está Connor. Está cambaleando. Seu rosto está arruinado, sangrando. Ele perdeu um olho. O braço direito está esmagado, destroçado. Mas ele está vivo!

— Connor explodiu o Ferro-Velho! — berra alguém. — Ele explodiu e salvou todos nós!

E então um guarda surge do nada na cena.

— Voltem aos seus dormitórios. Todos vocês! Agora!

Ninguém se mexe.

— Vocês não me ouviram?

Então um garoto acerta o guarda com um gancho de direita que praticamente faz o corpo todo do homem girar. Ele reage sacando a arma de tranquilizantes e atingindo o garoto no braço agressor. O jovem vai para a terra dos sonhos, mas há outros jovens, e eles arrancam a arma da mão do guarda, usando-a contra ele. Exatamente como Connor um dia fez.

O boato de que o Desertor de Akron explodiu o Ferro-Velho passa como um relâmpago por cada fragmentário em Happy Jack, e, dentro de segundos, a desobediência cresce até virar uma revolta em larga escala. O péssimo é agora um perigo. Os guardas atiram, mas há jovens demais aqui e não há balas tranquilizantes que bastem. Para cada adolescente que cai, há outro de pé. Os guardas são rapidamente sobrepujados e, depois disso, a massa começa a empurrar o portão principal.

Connor não toma conhecimento desse evento. Tudo o que sabe é que foi levado para dentro do prédio e aí alguma coisa aconteceu. E agora ele não está mais no prédio. Há algo errado com seu rosto. Está doendo. Doendo muito. Ele não consegue mexer o braço. O chão parece estranho sob os pés. Os pulmões ardem. Ele tosse e aí dói ainda mais.

Ele está cambaleando degraus abaixo agora. Há adolescentes aqui. Montes de adolescentes. Fragmentários. Isso mesmo, ele é um fragmentário. Todos eles são fragmentários. Mas o significado disso está lhe escapando rapidamente. Os jovens estão correndo. Estão lutando. Então, as pernas de Connor cedem, e de repente ele está no chão. Olhando para o sol no alto.

Ele quer dormir. Sabe que este não é um bom lugar para isso, mas quer mesmo assim. Sente-se molhado. Sente-se grudento. Será que o nariz está escorrendo?

Então há um anjo pairando sobre ele, todo de branco.

— Não se mexa — diz o anjo. Connor reconhece a voz.

— Oi, Lev. Como é que vai...?

— Shh.

— Meu braço está doendo — diz Connor, preguiçosamente. — Você me mordeu de novo?

Então, Lev faz algo esquisito. Ele tira a camiseta. Depois, rasga a peça em duas. Aperta metade da roupa rasgada contra o rosto de Connor. Isso faz doer mais. Ele geme. Então, Lev pega a outra metade da camiseta e a amarra ao redor do braço de Connor. Prende-a bem forte. Isso dói também.

— Ei... o que...

— Não tente falar. Só relaxe.

Há outros ao redor dele agora. Ele não sabe quem são. Um jovem segurando uma pistola de tranquilizantes olha para Lev, e Lev meneia a cabeça, concordando. A pessoa se ajoelha ao lado de Connor.

— Isto vai doer um pouquinho — diz o jovem com a arma de tranquilizantes. — Mas acho que você está precisando.

Inseguro, ele mira em várias partes do corpo de Connor, até se decidir pelo quadril. Connor ouve o disparo, sente uma dor aguda no quadril e, enquanto sua visão começa a escurecer, ele vê Lev correndo sem camisa rumo a um edifício que verte fumaça negra.

— Esquisito — resmunga Connor. Então, sua mente migra para um lugar silencioso onde nada disso importa.

Parte Sete

Consciência

"O ser humano é parte de um todo, chamado por nós de Universo, uma parte limitada no tempo e no espaço. Ele experimenta a si mesmo, a seus pensamentos e sentimentos, como algo separado do resto — um tipo de ilusão de ótica de sua consciência. Esta ilusão é uma espécie de prisão para nós... Nossa tarefa deve ser nos libertar dessa prisão ao ampliar nosso círculo de compaixão para abraçar todas as criaturas vivas e a toda a natureza em sua beleza."

— *Albert Einstein*

"Duas coisas são infinitas: o universo e a estupidez humana; mas quanto ao universo eu não tenho certeza."

— *Albert Einstein*

66 · Connor

Connor recupera a consciência sem nada além de uma névoa confusa no lugar que os pensamentos deveriam ocupar. O rosto dói, e ele só consegue enxergar com um dos olhos. Sente uma pressão sobre o outro olho.

Está em uma sala branca. Há uma janela através da qual se pode ver a luz do dia. Isto é inquestionavelmente um quarto de hospital, e essa pressão no olho direito deve ser um curativo. Ele tenta erguer o braço direito, mas há uma dor no ombro; então, decide que no momento não vale o esforço.

Só agora ele começa a juntar as peças dos eventos que o trouxeram até aqui. Ele estava prestes a ser fragmentado. Houve uma explosão. Houve uma revolta. Depois, Lev estava parado de pé acima dele. Isso é tudo que Connor consegue lembrar.

Uma enfermeira entra no quarto.

— Então, finalmente você acordou! Como está se sentindo?

— Bem — responde ele, a voz pouco mais do que um grasnido. Ele pigarreia, limpando a garganta. — Quanto tempo?

— Você esteve em coma medicamente induzido por pouco mais que duas semanas — conta a enfermeira.

Duas semanas? Com uma vida que vinha sendo vivida um dia de cada vez por tanto tempo, duas semanas parecem uma eternidade. E Risa... o que aconteceu com Risa?

— Tinha uma garota — diz ele. — Ela estava no teto do Ferro... da clínica de colheita. Alguém sabe o que aconteceu com ela?

A expressão da enfermeira não revela nada.

— Isso pode ser verificado depois.

— Mas...

— Nada de mas. Neste momento você precisa sarar. E, preciso dizer, você está se saindo melhor do que qualquer um teria esperado, Sr. Mullard.

A primeira coisa que Connor pensa é que não deve ter escutado direito. Ele se remexe, desconfortável.

— Como é?

Ela afofa os travesseiros para ele.

— Relaxe, Sr. Mullard. Nós vamos cuidar de tudo.

A segunda coisa que ele pensa é que deve ter sido fragmentado mesmo. Ele foi fragmentado e, de alguma forma, alguém acabou ficando com seu cérebro inteiro. Ele está dentro de outra pessoa agora. Mas, ao mesmo tempo que pensa nisso, sabe que não pode ser. Sua voz ainda soa como sua própria voz. Quando ele esfrega a língua contra os dentes, são os mesmos dentes de que se recorda.

— Meu nome é Connor — diz ele. — Connor Lassiter.

A enfermeira o avalia com a expressão gentil, mas calculada — de forma quase perturbadora.

— Bem — diz ela —, acontece que um documento de identidade com a foto queimada foi encontrado nos destroços. Pertencia a um guarda de dezenove anos chamado Elvis Mullard. Com toda a confusão após a explosão, realmente não foi possível saber quem era quem, e muitos de nós acharam que seria uma pena deixar aquele documento simplesmente ir pro lixo, não concorda? — Ela estica o braço e ajusta a inclinação da cama de Connor até ele estar confortavelmente sentado. — Agora, me diga — pede ela —, qual é o seu nome mesmo?

Connor entende. Ele fecha o olho, respira fundo e o abre novamente.

— Eu tenho um nome do meio?

A enfermeira verifica na prancheta.

— Robert.

— Então meu nome é E. Robert Mullard.

A mulher sorri e estende a mão para apertar a dele.

— É um prazer conhecer você, Robert.

Em um reflexo, Connor tenta esticar a mão direita na direção dela e experimenta aquela dor frouxa no ombro outra vez.

— Desculpe — diz a enfermeira. — Culpa minha. — Ela aperta a mão esquerda dele. — Você vai sentir o ombro um pouco dolorido até o transplante sarar completamente.

— O que foi que você disse?

A enfermeira suspira.

— Eu e minha boca grande. Os médicos sempre querem ser os primeiros a contar, mas agora já foi, não? Bom, a má notícia é que não conseguimos salvar seu braço e seu olho direito. A boa notícia é que, como E. Robert Mullard, você foi qualificado para receber transplantes. Eu vi o olho; não se preocupe, ele combina bem. Quanto ao braço, bom, o novo é um pouco mais musculoso que o esquerdo, mas uma boa fisioterapia pode igualar os dois em pouco tempo.

Connor deixa a novidade afundar dentro de si, revirando-a na mente. *Olho. Braço. Fisioterapia.*

— Sei que é muita coisa para se acostumar — diz a enfermeira.

Pela primeira vez, Connor olha para a nova mão. Há bandagens envolvendo seu ombro, e o braço está em uma tipoia. Ele flexiona os dedos. Eles obedecem. Gira o pulso. Ele obedece. As unhas precisam ser aparadas e os nós dos dedos são mais grossos que os originais. Ele passa o polegar pela parte fofa das pontas dos dedos. A sensação de toque é como sempre foi. Então ele gira o pulso um pouco mais além e para. Sente uma onda de pânico se erguer dentro de si, que se condensa em um nó no fundo das entranhas.

A enfermeira sorri enquanto olha para o braço.

— As partes frequentemente vêm com personalidade própria — diz ela. — Nada com que se preocupar. Você deve estar com fome. Vou te trazer o almoço.

— Sim — responde Connor. — Almoço. Isso é bom.

Ela o deixa sozinho com o braço. Seu braço. Um braço que carrega a tatuagem inconfundível de um tubarão-tigre.

67 · Risa

A vida de Risa como ela a conhecia acabou no dia em que os batedores explodiram o Ferro-Velho — e, finalmente, todos ficaram sabendo que não havia sido Connor, e sim batedores. A evidência foi inquestionável. Especialmente depois da confissão do batedor sobrevivente.

Diferentemente de Connor, Risa nunca ficou inconsciente. Ainda que tenha ficado presa debaixo de uma viga de aço, permaneceu bem acordada. Enquanto estava ali em meios aos destroços, parte da dor que sentira quando a viga caíra sobre ela se foi. Ela não sabia se esse era um bom ou mau sinal. Dalton, porém, estava sofrendo muito. Ele estava aterrorizado. Risa o acalmou. Falou com ele, dizendo-lhe que estava tudo bem — que tudo terminaria bem. Continuou repetindo isso até o momento em que ele morreu. O guitarrista tivera mais sorte. Foi capaz de se arrastar até sair de debaixo dos escombros, mas não conseguiu libertar Risa, então foi embora, prometendo que mandaria socorro. Ele deve ter mantido a promessa, pois o socorro finalmente chegou. Foram necessárias três pessoas para erguer a viga, mas apenas uma para carregar Risa.

Agora ela descansa em um quarto de hospital, amarrada a uma engenhoca que parece mais um instrumento de tortura que uma cama. Está toda cravejada de pinos de aço, como uma boneca de vodu humana. Os pinos são mantidos no lugar por armações rígidas. Ela consegue enxergar os dedos dos pés, mas não consegue senti-los. De agora em diante, vê-los terá que bastar.

— Você tem visita.

Uma enfermeira está parada à porta e, quando ela entra, Connor aparece parado no corredor. Ele está cheio de hematomas e ataduras, mas bem vivo. Os olhos de Risa instantaneamente se enchem de lágrimas, mas ela sabe que não pode se deixar soluçar. Soluçar ainda dói demais.

— Eu sabia que eles estavam mentindo — diz ela. — Disseram que você tinha morrido na explosão, que tinha ficado preso no prédio, mas eu te vi do lado de fora. Sabia que estavam mentindo.

— Provavelmente eu teria morrido — responde Connor —, mas o Lev conteve o sangramento. Ele me salvou.

— Ele me salvou também — conta Risa. — Ele me carregou pra fora do prédio.

Connor sorri.

— Nada mal pra uma porcariazinha de dízimo.

Pela expressão dele, Risa percebe que ele não sabe que Lev era um dos batedores — aquele que não explodiu. Ela decide não contar nada. O assunto ainda está em todos os noticiários; ele saberá muito em breve.

Connor conta a ela sobre o coma e sobre a nova identidade. Risa conta a ele que foram poucos os desertores de Happy Jack que foram pegos — que os jovens arrombaram o portão e fugiram. Enquanto conversam, ela olha para a tipoia dele. Os dedos que saem daquela tipoia definitivamente não são de Connor. Ela sabe o que deve ter acontecido e consegue perceber que ele se sente contrariado com o fato.

— Então, o que eles disseram? — pergunta Connor. — Sobre os seus ferimentos, quero dizer. Você vai ficar bem, né?

Risa pensa em como contar a ele. Então, decide simplesmente ser breve:

— Me disseram que estou paralisada da cintura pra baixo.

Connor espera que a garota conte mais, mas isso é tudo o que ela tem a dizer.

— Bom... isso não é tão ruim, né? Eles podem consertar... estão sempre consertando esse tipo de coisa.

— Sim — responde Risa. — Eles consertam substituindo uma espinha quebrada pela espinha de um fragmentário. Foi por isso que eu recusei a operação.

Connor olha para ela, incrédulo, e ela, por sua vez, aponta para o braço dele.

— Você teria feito a mesma coisa se tivessem te dado uma escolha. Bom, eu tive escolha e escolhi.

— Sinto muito, Risa.

— Não sinta! — A única coisa que ela não quer de Connor é pena. — Eles não podem me fragmentar agora. Existem leis contra fragmentar deficientes. Mas, se eu fizesse a operação, me fragmentariam no momento em que eu sarasse. Assim eu consigo ficar inteira. — Ela sorri para ele em triunfo. — Então, você não é o único que derrotou o sistema!

Ele sorri para ela e gira o ombro enfaixado. A tipoia escorrega um pouco, expondo mais do novo braço — o bastante para revelar a tatuagem. Ele tenta esconder, mas é tarde demais. Ela está vendo. Ela a reconhece. E, quando cruza olhares com Connor, ele desvia o seu, envergonhado.

— Connor...?

— Eu prometo — diz ele. — Prometo que nunca vou te tocar com esta mão.

Risa sabe que este é um momento crucial para ambos. Aquele braço — o mesmo que a segurou contra a parede de um banheiro. Como ela poderia olhar para aquilo agora e sentir algo além de nojo? Aqueles dedos que ameaçaram fazer coisas indizíveis. Como podem fazê-la sentir algo além de repulsa? Mas, quando ela olha para Connor, tudo aquilo se esvai. Há apenas ele.

— Me deixe ver — diz ela.

O garoto hesita, então ela estende a mão e delicadamente tira a dele da tipoia.

— Dói?

— Um pouco.

Ela passa os dedos pelas costas da mão dele.

— Consegue sentir isso?

Então ela ergue a mão gentilmente até o rosto, pressionando-a contra a bochecha. Segura-a ali por um momento, depois a solta, deixando Connor assumir. Ele move a mão pela bochecha dela, enxugando uma lágrima com o dedo. Suavemente, acaricia seu o pescoço e ela fecha os olhos. Ela sente quando ele move as pontas dos dedos por sobre os lábios dela antes de afastar a mão. Risa abre os olhos e toma a mão dele na sua, fechando-a com força.

— Eu *sei* que esta é a sua mão agora — diz ela. — O Roland nunca teria me tocado assim.

Connor sorri, e por um momento Risa olha para o tubarão tatuado no pulso. Não representa medo para ela agora, pois o tubarão foi domado pela alma de um menino. Não — pela alma de um homem.

68 · Lev

Não muito longe dali, em um centro de detenção federal de alta segurança, Levi Jedediah Calder é mantido em uma cela projetada para suas necessidades muito específicas. A cela é acolchoada. Há uma pesada porta de aço com sete centímetros de espessura. A sala é mantida na temperatura constante de sete graus Celsius para impedir que a temperatura corporal de Lev se eleve demais. Lev não sente frio, porém. Na verdade, sente-se quente. Quente porque está embrulhado em camada após camada de tecido isolante, resistente ao fogo. Ele parece uma múmia, suspenso no ar — mas, diferente de uma múmia, suas mãos não estão cruzadas sobre o peito, mas abertas dos lados do corpo e presas com correias a uma viga, para que ele não possa bater palmas. Na opinião de Lev, eles não sabiam se queriam crucificá-lo ou mumificá-lo, então fizeram as duas coisas. Desta forma, ele não pode bater palmas, nem cair, nem detonar a si mesmo inadvertidamente — e, se por alguma razão isso acontecer, a cela foi projetada para resistir à explosão.

Deram a ele quatro transfusões. Não contam a ele de quantas mais precisará até o explosivo ser eliminado de seu organismo. Não contam nada. Os agentes federais que vêm visitá-lo estão interessados apenas no que ele pode lhes contar. Deram-lhe um advogado que fala de insanidade como se fosse uma boa coisa. Lev insiste em dizer a ele que não é insano, embora nem ele mesmo tenha mais certeza disso.

A porta da cela se abre. Ele espera outro interrogatório, mas o visitante é novo. Lev precisa de um momento para reconhecê-lo — principalmente porque não está usando as vestimentas modestas de pastor. Está de jeans e camisa listrada com botões.

— Bom dia, Lev.

— Pastor Dan?

A porta se fecha com um estrondo atrás dele, mas não há eco. As paredes macias absorvem o som. O Pastor Dan esfrega os braços por causa do frio. Deveriam ter dito a ele para trazer um casaco.

— Estão te tratando bem? — pergunta ele.

— Sim — responde Lev. — A parte boa de ser explosivo é que ninguém pode bater em você.

O pastor solta uma risadinha obrigatória, depois o constrangimento toma conta. Ele se força a olhar Lev nos olhos.

— Eu entendi que só vão manter você embrulhado desse jeito por algumas semanas, até você estar fora de perigo.

Lev imagina de que perigo em particular ele está falando. Certamente, sua vida agora será perigosa, uma floresta negra dentro de outra, dentro de outra. Lev nem mesmo sabe por que o pastor está aqui ou o que espera provar. Será que Lev deveria ficar feliz por vê-lo? Ou deveria ficar zangado? Este é o homem que sempre lhe disse que o dízimo era uma coisa sagrada desde o tempo em que ele era um garotinho — e depois o mandou fugir disso. O Pastor Dan está aqui para repreendê-lo? Ou para parabenizá-lo? Os pais de Lev o mandaram vir aqui porque ele está tão intocável agora que eles não querem vir pessoalmente? Ou talvez Lev esteja prestes a ser executado e o pastor esteja aqui para a última comunhão.

— Por que você não vai em frente de uma vez? — diz o menino.

— Vai em frente com o quê?

— Com o que quer que tenha vindo fazer aqui. Faça e vá embora.

Não há cadeiras na cela, então, o Pastor Dan se encosta à parede acolchoada.

— Quanto já te contaram sobre o que está acontecendo lá fora?

— Eu só sei do que acontece aqui dentro. O que não é muito.

O pastor suspira, esfrega os olhos e leva algum tempo para pensar em por onde começar.

— Primeiro de tudo, você conhece um menino chamado Cyrus Finch?

A menção do nome faz Lev começar a entrar em pânico. Ele sabia que seu passado seria verificado e reverificado. É o que acontece com os batedores — sua vida inteira se torna páginas pregadas em uma parede para serem examinadas, e as pessoas que participaram dessa vida tornam-se suspeitas. É claro que isso normalmente acontece depois que o batedor já bateu palmas para sair deste mundo.

— O CyFi não teve nada a ver com isso! — responde Lev. — Nada mesmo. Não podem envolvê-lo nisso!

— Fique calmo. Ele está bem. É que acontece que ele decidiu se pronunciar e está fazendo bastante barulho... e, já que ele conheceu você, as pessoas estão ouvindo.

— Barulho sobre mim?

— Sobre a fragmentação — conta o pastor, aproximando-se de Lev pela primeira vez. — O que aconteceu no Campo de Colheita Happy Jack... fez com que muita gente começasse a falar, gente que andava só enterrando a cabeça na areia. Houve protestos em Washington contra a fragmentação. Cyrus até deu um depoimento ao Congresso.

Lev tenta imaginar CyFi diante de um comitê do Congresso, insultando-os no seu patoá umber de série de TV pré-guerra. Pensar nisso o faz sorrir. É a primeira vez que ele sorri em um longo tempo.

— Há boatos de que eles podem até baixar a maioridade legal de dezoito para dezessete anos. Isso salvaria um quinto dos jovens marcados para a fragmentação.

— Isso é bom — responde Lev.

O Pastor Dan coloca a mão no bolso e tira de lá um pedaço de papel dobrado.

— Eu não ia te mostrar isso, mas acho que você precisa ver. Acho que precisa entender a que ponto as coisas chegaram.

É a capa de uma revista.

Lev está nela.

Não só nela. Lev *é* a capa. É a sua fotografia do time de beisebol da sétima série — luva na mão, sorrindo para a câmera. A manchete diz: POR QUÊ, LEV, POR QUÊ?. Durante todo o tempo que ele esteve aqui, sozinho, para pensar e repensar seus atos, nunca lhe ocorreu que o mundo lá fora estivesse fazendo a mesma coisa. Ele não quer essa atenção, mas agora parece que o mundo está íntimo o bastante dele para tratá-lo pelo primeiro nome.

— Você tem aparecido na capa de praticamente todas as revistas.

Ele não precisava saber disso. Espera que o Pastor Dan não tenha uma coleção dessas revistas no bolso.

— E daí? — retruca Lev, tentando agir como se não se importasse. — Batedores sempre são notícia.

— As *ações* deles são notícia. A destruição que causaram. Mas ninguém nunca liga para quem um batedor é. Para o público, todos os batedores são iguais. Mas você é diferente dos outros, Lev. Você é um batedor que não bateu.

— Eu queria ter batido.

— Se quisesse, teria batido. Mas, em vez disso, correu para os destroços e tirou quatro pessoas de lá.

— Três.

— Três... mas provavelmente você teria entrado e tirado mais alguém se pudesse. Os outros dízimos, todos recuaram. Eles protegeram suas próprias partes preciosas. Mas você basicamente liderou os esforços de resgate, pois houve "péssimos" que seguiram você para ajudar a tirar os sobreviventes.

Lev se lembra disso. Enquanto a multidão estava derrubando o portão, havia dúzias de fragmentários voltando para os destroços com ele. E o pastor está certo — ele teria continuado a entrar lá, mas então lhe ocorreu que um movimento em falso poderia detoná-lo e trazer o resto do Ferro-Velho abaixo. Por isso, ele voltou ao tapete vermelho e se sentou com Risa e Connor até que ambulâncias os levassem. Depois, ficou parado no meio do caos e confessou que era um batedor. Confessou de novo e de novo para quem quisesse ouvir, até que finalmente um policial se ofereceu gentilmente para prendê-lo. O policial teve medo até mesmo de algemar Lev pela possibilidade de detoná-lo, mas correu tudo bem — ele não pretendia resistir à prisão.

— O que você fez, Lev... confundiu as pessoas. Ninguém sabe se você é um monstro ou um herói.

O menino pensa nisso.

— Existe uma terceira opção?

O pastor não responde. Talvez não saiba a resposta.

— Eu tenho que acreditar que as coisas acontecem por uma razão. O seu sequestro, o fato de se tornar um batedor, sua recusa em bater... — ele olha para a capa da revista na mão — ... tudo levou a isto. Por anos, fragmentários foram apenas crianças sem rosto que ninguém queria, mas agora você deu a eles um rosto.

— Será que eles podem pôr o meu rosto em outra pessoa?

O Pastor Dan ri novamente, e desta vez não é forçado como antes. Ele olha para Lev como se este fosse só um menino, e não uma coisa inumana. Isso o faz sentir, ainda que só por um momento, como se ele fosse um garoto normal de treze anos. É uma sensação estranha, pois mesmo em sua antiga vida ele nunca foi realmente um garoto normal. Dízimos nunca são.

— Então, o que acontece agora? — pergunta Lev.

— Da forma como eu vejo, eles vão tirar a maior parte do explosivo da sua corrente sanguínea em algumas semanas. Você ainda vai ser volátil, mas não tanto quanto antes. Pode bater palmas o quanto quiser e não vai explodir... mas eu não praticaria nenhum esporte de alto impacto por um tempo.

— E depois vão me fragmentar?

O pastor balança a cabeça, negando.

— Eles não vão fragmentar um batedor. Essa coisa nunca sai completamente do seu organismo. Eu estive falando com o seu advogado. Ele tem a impressão de que eles vão te oferecer um acordo; afinal, você realmente ajudou a capturar aquele grupo que te deu a transfusão, para começo de conversa. Aquelas pessoas que te usaram, elas vão ter o que merecem. Mas o tribunal provavelmente vai te encarar como uma vítima.

— Eu sabia o que estava fazendo — afirma Lev.

— Então, me conte por que fez.

Ele abre a boca para falar, mas não consegue expressar-se em palavras. Raiva. Traição. Fúria contra um universo que finge ser bom e justo. Mas isso era um motivo mesmo? Era uma justificativa?

— Você pode ser responsável por suas ações — diz o Pastor Dan —, mas não é culpa sua não estar emocionalmente preparado para a vida lá fora, no mundo real. Isso foi culpa *minha*, e de todos aqueles que te criaram para ser um dízimo. Somos tão culpados quanto as pessoas que injetaram esse veneno no seu sangue. — Ele desvia o olhar, envergonhado, refreando a própria raiva crescente, mas Lev consegue perceber que não é raiva dirigida a ele. O homem respira fundo e continua: — Do jeito que as coisas estão caminhando, provavelmente você vai cumprir pena por uns anos em um reformatório, depois mais uns anos de prisão domiciliar.

Lev sabe que deveria sentir-se aliviado com isso, mas o sentimento demora a chegar. Ele analisa a ideia da prisão domiciliar.

— Na casa de quem? — pergunta ele.

Consegue perceber que o pastor lê tudo nas entrelinhas dessa pergunta.

— Você tem que entender, Lev, que seus pais são o tipo de pessoa que não se dobra sem quebrar.

— Na casa de quem?

O pastor suspira.

— Quando seus pais assinaram a ordem de fragmentação, você se tornou um tutelado do Estado. Depois do que aconteceu no campo de colheita, o Estado propôs restituir a custódia aos seus pais, mas eles recusaram. Eu sinto muito.

Lev não está surpreso. Está horrorizado, mas não surpreso. Pensar nos pais traz de volta velhos sentimentos que o deixaram furioso o bastante para tornar-se um batedor. Mas agora ele acha que a sensação de desespero não é mais um abismo sem fundo.

— Então, agora meu sobrenome é "Ward"?

— Não necessariamente. Seu irmão Marcus vai solicitar a sua guarda. Se ele conseguir, você vai ficar aos cuidados dele aonde quer que te deixem ir. Então, você ainda vai ser um Calder... isto é, se quiser ser.

Lev concorda balançando a cabeça, relembrando a festa do dízimo e como Marcus fora o único a defendê-lo. Na época, Lev não entendera.

— Meus pais renegaram o Marcus também.

Pelo menos ele sabe que estará em boa companhia.

O pastor arruma a camisa e estremece um pouco por causa do frio. Ele realmente não se parece consigo mesmo hoje. Esta é a primeira vez que Lev o vê sem os trajes pastorais.

— Por que você está vestido assim, afinal?

Ele leva um momento para responder.

— Eu renunciei ao meu cargo. Abandonei a igreja.

A ideia do Pastor Dan sendo qualquer outra coisa além do Pastor abala Lev.

— Você... você perdeu a fé?

— Não — responde ele —, só minhas convicções. Eu ainda acredito muito em Deus. Só não creio em um Deus que tolere o dízimo humano.

Lev começa a sentir-se sufocar com a avalanche inesperada de sentimentos, todas as emoções que estiveram se acumulando durante a conversa — durante as semanas — chegando de uma só vez, como uma onda de choque.

— Eu nunca imaginei que isso fosse uma escolha.

Por toda a vida, houve apenas uma coisa na qual Lev teve permissão para acreditar. Uma crença que o cercara, envolvera, comprimira com a mesma suavidade abafada das camadas de tecido isolante ao seu redor agora. Pela primeira vez na vida, Lev sente as correias ao redor da alma começando a se soltar.

— Você acha que talvez eu possa acreditar nesse Deus também?

69 · Fragmentários

Há uma ampla fazenda no oeste do Texas.

O dinheiro para construí-la veio do petróleo que há muito tempo já secou, mas o dinheiro permaneceu e se multiplicou. Agora, há todo um complexo de instalações, um oásis tão verde quanto um campo de golfe no meio das planícies vastas e selvagens. Foi aqui que Harlan Dunfee cresceu até os dezesseis anos, encontrando problemas ao longo do caminho. Ele foi preso por desordem duas vezes em Odessa, mas seu pai, um almirante poderoso, o liberou em ambas as vezes. Na terceira vez, os pais escolheram uma solução diferente.

Hoje é o aniversário de vinte e seis anos de Harlan Dunfee. Ele ganhou uma festa. De certa forma.

Há centenas de convidados na festa de Harlan. Um deles é um menino chamado Zachary, embora os amigos o conheçam como Emby. Já faz algum tempo que ele vem morando na fazenda, esperando seu dia. Ele tem o pulmão direito de Harlan. Hoje, ele o devolve a Harlan.

Ao mesmo tempo, a mais de novecentos quilômetros a oeste, um enorme avião pousa em um cemitério de aeronaves. Está cheio de caixas, e cada uma contém quatro fragmentários. Quando as caixas se abrem, um adolescente espia de dentro de uma delas, sem saber o que esperar. Dá de cara com uma lanterna acesa, e, quando a lanterna é abaixada, ele consegue ver que não foi um adulto quem abriu a caixa, mas outro garoto. Usa roupas cáqui e sorri para os recém-chegados, exibindo aparelhos odontológicos em um conjunto de dentes que não parecem precisar deles.

— Oi, meu nome é Hayden e eu vou ser o seu salvador hoje — anuncia ele. — Todo mundo está são e salvo aí?

— Estamos bem — responde o jovem fragmentário. — Onde estamos?

— No Purgatório — diz Hayden. — Também conhecido como Arizona.

O jovem fragmentário sai da caixa, aterrorizado pelo que pode estar à sua espera. Ele se junta à procissão de adolescentes sendo pastoreados para fora e, contrariando o aviso de Hayden, bate a cabeça na porta do compartimento de carga quando sai. A áspera luz do dia e o calor abrasante o atacam enquanto ele desce uma rampa até o chão. Ele percebe que isto não é um aeroporto, e mesmo assim há aviões por toda parte.

Ao longe, um carro de golfe vem na direção deles, erguendo uma nuvem de poeira vermelha. A multidão fica em silêncio enquanto ele se aproxima. Quando para, o motorista desce. É um homem com enormes cicatrizes passando por metade do rosto. Por um momento, o homem fala em voz baixa com Hayden. Depois, dirige-se à multidão.

É aí que o jovem fragmentário percebe que esse não é um homem, mas só outro garoto, não muito mais velho que ele. Talvez sejam as cicatrizes no rosto que o façam parecer mais velho — ou talvez seja apenas a postura.

— Me deixem ser o primeiro a lhes dar as boas-vindas ao Cemitério — diz ele. — Oficialmente, meu nome é E. Robert Mullard... — Ele sorri. — Mas todo mundo me chama de Connor.

O Almirante nunca voltou ao Cemitério. Sua saúde não permitiu. Em vez disso, ele está no rancho de sua família, no Texas, aos cuidados da esposa, que o deixara anos antes. Embora esteja fraco e não possa mais se deslocar tão bem, ele não mudou muito.

— Os médicos dizem que só vinte e cinco por cento do meu coração ainda está vivo — conta a qualquer um que pergunte. — Vai servir.

O que o manteve vivo mais que qualquer outra coisa foi a expectativa da grande festa de Harlan. Você pode até dizer que aquelas histórias pavorosas sobre "Humphrey Dunfee" são verdadeiras. Pelo menos, todas as partes dele foram encontradas, todos os beneficiários foram reunidos. Mas não haverá cirurgias aqui — apesar dos rumores, reconstruir Harlan pedaço por pedaço nunca foi o plano. No entanto, os Dunfees *estão* mesmo remontando o filho da única forma significativa possível.

Ele está aqui neste exato momento, enquanto o Almirante e sua esposa saem para o jardim. Ele está nas vozes dos muitos convidados da festa, conversando e rindo. Há homens e mulheres de todas as idades. Cada um usa uma etiqueta, mas não há nomes nelas. Hoje, nomes não importam.

MÃO DIREITA está escrito na etiqueta colada na lapela de um rapaz. Ele não pode ter mais que vinte e cinco anos.

— Deixe-me ver — diz o Almirante.

O jovem estende a mão. O Almirante olha para ela até encontrar uma cicatriz entre o polegar e o dedo indicador.

— Eu levei o Harlan para pescar quando ele tinha nove anos. Ele ganhou essa cicatriz tentando descamar uma truta.

Então, há uma voz atrás dele — outro homem, um pouco mais velho que o primeiro.

— Eu me lembro! — diz ele.

O Almirante sorri. Talvez as memórias tenham se espalhado, mas estão lá — cada uma delas.

Ele pega aquele menino que insiste em se chamar de Emby vagando pelo canto do jardim, sozinho, arfando menos agora que ele finalmente está recebendo o medicamento correto para asma.

— O que você está fazendo aqui? — pergunta o Almirante. — Deveria estar na festa com os outros.

— Eu não conheço ninguém.

— Conhece, sim — retruca o Almirante. — Só não percebeu isso ainda. — E ele guia Emby rumo à multidão.

Enquanto isso, no cemitério de aviões, Connor fala com os recém-chegados enquanto eles ficam parados fora do avião que os trouxe até aqui. Ele está admirado por todos estarem ouvindo o que diz. Está admirado por realmente angariar esse respeito. Nunca se acostumará a isso.

— Vocês todos estão aqui porque foram marcados para a fragmentação, mas conseguiram escapar e, graças aos esforços de muitas pessoas, puderam chegar até aqui. Este será seu lar até vocês fazerem dezessete anos e se tornarem legalmente adultos. Essa é a boa notícia. A má notícia é que eles sabem tudo sobre nós. Sabem onde estamos e o que fazemos. Eles nos deixam ficar aqui porque não nos encaram como uma ameaça.

Então, Connor sorri.

— Bom, nós vamos mudar isso.

Enquanto ele fala, faz contato visual com cada um deles, certificando-se de que lembrará cada rosto. Certificando-se de que cada um se sinta reconhecido. Único. Importante.

— Alguns de vocês já passaram por problemas suficientes e só querem sobreviver até os dezessete — diz ele. — Não os culpo. Mas sei que alguns estão prontos para arriscar tudo e acabar com a fragmentação de uma vez por todas.

— É isso aí! — grita um menino no fundo. Socando o ar com o punho, ele começa a cantar: — Happy Jack! Happy Jack! — Outros jovens se juntam a ele, até perceberem que isso não é o que Connor quer. O canto rapidamente esmorece e para.

— Nós não vamos explodir Ferros-Velhos — diz ele. — Não vamos alimentar a imagem que eles têm de nós como adolescentes violentos que seria melhor fragmentar mesmo. Nós *vamos* pensar antes de agir, e isso vai tornar tudo mais difícil para eles. Vamos nos infiltrar em campos de colheita e unir os fragmentários por todo o país. Vamos libertar crianças de ônibus antes mesmo que elas cheguem aos campos. Vamos ter voz, e vamos usá-la. Vamos nos fazer ouvir. — Agora a multidão não consegue conter os vivas, e desta vez Connor permite. Esses jovens foram maltratados pela vida, mas agora há uma energia no Cemitério que está começando a preencher todos e cada um deles. Connor se lembra desse sentimento. Ele o teve quando chegou aqui pela primeira vez.

— Não sei o que acontece com nossa consciência quando somos fragmentados — diz ele. — Nem sei quando é que começa a consciência. Mas de uma coisa eu sei. — Ele para, certificando-se de que todos estejam ouvindo. — Nós temos direito à vida!

Os jovens vão à loucura.

— Temos o direito de escolher o que acontece com nossos corpos!

Os vivas chegam a um ponto febril.

— Merecemos um mundo onde ambas as coisas sejam possíveis... e é nosso dever ajudar a criar esse mundo.

Enquanto isso, a animação também aumenta na fazenda Dunfee. O burburinho das conversas em torno do jardim cresce até um rugido enquanto mais e mais pessoas se conectam. Emby compartilha suas experiências com uma menina que tem o lado esquerdo do pulmão dele. Uma mulher fala sobre um filme que nunca viu com um homem que se lembra dos amigos com os quais nunca viu o filme. E, enquanto o Almirante e a esposa observam, algo maravilhoso acontece.

As conversas começam a convergir!

Como vapor de água cristalizando na forma magnífica e única de um floco de neve, a algazarra de vozes se amalgama em uma única conversa.

— Olhem ali! Ele caiu daquele muro quando tinha...

— ... seis anos! Sim, eu lembro!

— Teve que usar uma munhequeira por meses.

— O pulso dele ainda dói quando chove.

— Ele não deveria ter escalado o muro.

— Eu tive que escalar... estava sendo perseguido por um touro.

— Eu tive tanto medo!

— As flores naquele campo... conseguem sentir o cheiro?

— Elas me lembram daquele verão...

— ... quando a asma não estava tão ruim...

— ... e eu senti que era capaz de fazer qualquer coisa.

— Qualquer coisa!

— E o mundo estava só esperando por mim!

O Almirante agarra o braço da esposa. Nenhum dos dois consegue conter as lágrimas — não lágrimas de sofrimento, mas de espanto. Se o que resta de seu coração parasse agora, neste momento, o Almirante morreria mais feliz do que qualquer outro homem na Terra.

Ele olha para a multidão e diz fracamente:

— H-Harlan?

Cada par de olhos no jardim se volta para ele. Um homem leva a mão à garganta, tocando-a levemente, e responde em uma voz que é quase definitivamente a de Harlan Dunfee, só um pouco mais velha:

— Pai?

O Almirante está tão dominado pela emoção que não consegue falar. Então, sua esposa olha para o homem diante dela, para as pessoas ao lado dela, para a multidão ao redor, e diz:

— Bem-vindos ao lar.

A mais de novecentos quilômetros dali, em um cemitério de aviões, uma garota toca um piano de cauda sob a asa de um velho jato que já foi o Força Aérea Um. Ela toca com um raro tipo de alegria, desafiando a cadeira de rodas, e a sonata eleva os espíritos de todos os recém-chegados. Ela sorri para eles enquanto passam e continua a tocar, deixando claro que esta fornalha de lugar, cheia de aviões que não podem voar, é mais do que parece. É um ventre de redenção para cada fragmentário, e para todos aqueles que lutaram na Guerra de Heartland e perderam — isto é, todo mundo.

Connor deixa que a música de Risa o preencha enquanto observa os recém-chegados serem recebidos pelos milhares de adolescentes que já estavam aqui. O sol começou a se pôr, atenuando o calor, e as filas de aviões a esta hora do dia criam padrões agradáveis de sombra na terra dura. Connor se pega sorrindo. Até mesmo um lugar áspero como este pode ser lindo sob uma certa luz.

Ele absorve tudo — a música, as vozes, o deserto e o céu. Já tem um trabalho bem definido para si, o de mudar o mundo e tudo mais, mas as coisas já estão em movimento; tudo o que ele tem a fazer é manter o ímpeto. E não precisa fazer isso sozinho. Ele tem Risa, Hayden e cada um dos fragmentários aqui. Ele inspira fundo e solta o ar com a tensão. Por fim, permite-se o maravilhoso luxo da esperança.

Agradecimentos

Quando o assunto é um romance, a soma das partes às vezes é maior do que o todo. Este livro não teria sido possível sem meu editor, David Gale, que me desafiou a tornar esta obra a melhor que ela poderia ser. De fato, tenho uma dívida de gratidão para com todos na Simon & Schuster, não só por me apoiarem neste livro, mas por apoiarem tanto todo o meu trabalho.

Agradeço aos meus filhos, Brendan, Jarrod, Joelle e Erin, por serem o tipo de criança maravilhosa que ninguém nunca fragmentaria — e um "obrigado" especial ao Jarrod, que não só criou minha página no MySpace como foi o primeiro leitor de *Fragmentados* e me entregou uma série de anotações editoriais brilhantes que me ajudaram enormemente a trabalhar nos primeiros esboços, antes mesmo de o original seguir para o editor.

Obrigado a Haidy Fisher e a seu filho, Cyrus, que inventou o nome CyFi e deixou que eu o usasse para um dos meus personagens favoritos.

Ao meu grupo de escrita, os Fictionaires, por seus *insights* constantes, bem como a Trumanell Maples e Leigh Ann Jones, extraordinários especialistas em mídia, que me ajudaram imensamente enquanto eu trabalhava na segunda versão.

Para Steve Layne, que, quando ouviu minha ideia, me fez sentar e disse: "Você TEM que escrever este livro".

Obrigado à minha assistente, Brandi Lomeli, por ser o meu cérebro.

Eu gostaria de agradecer a Justin Sewell, do despair.com (um dos sites mais divertidos que já vi) por permitir que eu me referisse ao seu pôster "desmotivacional" *Ambition*.

Também quero agradecer a Charles Pamment, da BBC, Jim Bremner e Joe Zentner, do desertusa.com, e Dave Finn, pela ajuda com as informações fatuais entre os capítulos. A alma está mesmo à venda no eBay, e há quem responda. O cemitério de aviões existe — e a história arrepiante dos bebês ucranianos sequestrados por causa dos seus órgãos é real, provando que, muitas vezes, o que separa a ficção da realidade é mera racionalização.